KB248230

우리들의 빈티지 카페

인천중학교22회 · 제물포고등학교19회
졸업 50주년 기념 문집

우리들의 빈티지 카페

머리말

2025년 올해는 우리가 고등학교를 졸업한 지 오십 년이 되고 나이로는 칠순이 되는 해다. 지나간 세월이 어찌 보면 순간인 것 같기도 하고 또 어찌 보면 아득한 옛날 같기도 하다. 어찌 됐든 우리가 칠순의 나이라니 어이도 없고 실감도 잘 나지를 않는다.

그간 우리는 졸업 이십 주년 행사를 비롯해 십 년 주기로 동기회 행사를 쭉 해왔다. 오십 주년을 맞아서는 좀 더 특별한 추억을 만들어봤으면 하는 생각을 하던 중, 우리 동기들의 추억과 사색이 담긴 글들을 모아 문집을 만들면 어떨까 하는 생각이 들었다.

문집 제작을 통해 오십 년 만에 모든 동기들이 서로 소통하는 장을 마련했으면 하는 마음으로 제물포고등학교를 졸업한 612명은 물론, 인천중학교만 졸업한 120명 전원을 대상으로 원고를 모으기로 했다. 상대적으로 한정된 준비 기간에 원고를 모집하다 보니 더 많은 숫자의 동기들 참여가 힘들었다. 그리고 좀 더 여러 분야에서 여러 일을 하는 동기들이 참여해 더 많은 다양한 이야기를 실었더라면 하는 아쉬움이 조금은 남는다.

친구들이 낸 글들을 읽으면서 내가 그동안 알아 왔던 친구들의 모습을 다시금 확인하기도 하고, 또 어떤 경우는 새로운 모습들도 알게 되었다. 그 어떤 것이든 같은 학교를 다니면서 같은 스승 아래에서 공부했던 우리들이기에 모든 글들이 정겹고 흥미로웠다.

그래서 문집의 제목을 〈우리들의 빈티지 카페〉로 정했다. 문집의 애기들이 대부분 우리들의 추억을 담고 있는데, 그 추억의 이야기가 단순히 시간적으로 돌아가자는 것이 아니라 우리가 함께 했던 그 시절의 의미를 반추하고 향유해보자는 뜻에서였다.

우리 인제 굽이진 인생길을 돌아 다시 이곳에 함께 서게 됐다. 앞으로 또 다시 먼 곳까지 가려면 가슴 처마 끝에 풍경 하나쯤은 달아 놓아야 할 게다. 외롭고 힘들 때 저 아득한 곳에서 가슴을 울리며 들려오는 풍경 소리 한 자락! 이 문집에서 이런 것들을 확인하기를 바란다.

이 문집을 위해 애쓴 백형찬, 양문규, 이기석 동기에게 감사의 말을 전한다. 그리고 이 문집이 나올 수 있게 글을 내준 동기들, 그리고 비록 글을 내지는 않았지만 성원을 보내준 모든 동기들이 이 문집의 주인공들이라 생각하며 졸업 50주년 기념 문집 발간을 자축한다.

2025년 가을

김 정 태(인중22 · 제고19 동기회장)

차례

차례

누리의 온갖 진리 캐고 말련다

소금 꽃 · 등대지기

이기석

짠 내 나는 세상 냄새
잠시 한 결 그늘막에 가둬두고

검버섯 듬성듬성 그은 얼굴로
가끔씩 튀어 오르는 물세례에 쓴 웃음 짓고
알갱이 뒤집어쓰면 모자 삼아 삐딱하게 걸쳐 쓰고
수북하게 소금 꽃을 피웠어도
상처투성이 양손으로 바지런히
소금밭 일꾼은 바닷물을 엎고 다시 뒤집는다

저 건너

출렁이는 세월 소리 귓가에 스쳐 보내고
민머리에 듬성듬성 난 흰머리 날리면서
아플 새도 없이 챙길 게 밀려와

두 눈은 부릅뜨고 이제는 뒷짐 지고
등대지기 여전히 어수선하다

잽싼 손짓 날랜 걸음 주춤하고
휘몰아치던 예지(叡智)바람 잦아들었어도

아직 청춘인 그대,
상큼한 그 마음
여명이 식을 때까지
이침 이슬 마를 때까지

축시

펜 한 자루의 추억

조재훈

자네들은 아직
그 때를 기억하는지
성덕당 곁 잎이 진
겨울 은행나무 아래서
삼삼오오 모여서서
몸집에 비해 작아진
빛바랜 검정 교복을 입고
삼촌과 형들의 카메라 렌즈 앞에서
어색한 포즈를 취했던
그날의 순간을

난 아직도 가끔 우리가
정든 교정을 떠나던 날과 함께
그해 가을
도서관에서의

어느 늦은 밤을 떠올리곤 한다

"이걸로 써봐
한결 나을거여"
글 쓰고 있는 내가 힘겨워보였는지
옆자리의 친구가 내게
쓰던 펜을 건네주었다

이제 그 친구는
몇 명 친구들과의 졸업사진 속에
남겨져 있을 뿐
그 후 오십 년
만나보기 힘든 많은
그리운 얼굴들 중 하나가 되었지만
펜을 건네주던 따스한 마음은
오랫동안
가슴에 남아 있다

교정을 떠난 뒤
그렇게 우리는
많은 친구들을
빛바랜 사진 속에서나
만날 수 있게 되었지만

펜 한 자루를 건네주던
친구들의 우정은
모교에 대한
자부심과 긍지를 더불어
언제나
우리들 마음 깊은 곳에 자리 잡아
지난 오십 년
우리들 앞에 닥쳐온
많은 파도를 넘어설 수 있는
든든한 버팀목이 되어주었으리라

자네들 아직
그때를 기억하는지
소금등대의 교모를 눌러쓰고
응봉산 자락 너른 교정에 모여
모두 한마음으로
"타시트"를
목청껏 외쳤던
열정의 순간들을

이제 우리
오랜만에 다시 잡게 되는 손
부드럽던 피부는

이미 거칠어진지 오래지만
다시 잡은 손길은
여전히 따스하고

우리들
다시 한 번
타시트를 힘차게 외치며
자랑스러운 모교의 추억
그리고
친구들의 우정과 함께
또 다시
힘찬 발걸음을 옮겨 나아가세

아침 길
저녁 길에
더욱
새롭다

나무지장보살

길상사 전경

김정태 대학에서 법학을 전공하고 한국은행, 동화은행, 예금보험공사 등에서 근무했다. 지금은 서울 성북동 길상사(순천 송광사의 옛 이름)에 다니며 뒤늦게 마음공부를 하고 있다.

56년 원숭이띠가 올해 칠순이 되는데 나도 ‘고희(古稀)’ 또는 ‘종심(從心)’ 이라고도 부르는 일흔(七十) 나이가 된다.

‘고희(古稀)’는 당나라 시인 두보(杜甫)가 ‘곡강(曲江)’ 이라는 시에서 사람이 일흔까지 살기 힘들다며 “人生七十古來稀”라고 표현한 데서 유래한다. 요새는 평균나이가 일흔(70)을 훌쩍 넘겼고 상가(喪家)에 가면 망자(亡者)가 아닌 상주(喪主)가 칠십 대인 경우가 드물지 않으니 ‘古來稀’라고 하기는 좀 적절치 않은 것 같으나 적지 않은 나이인 것만은 분명하다.

‘종심(從心)’은 공자가 〈論語〉 위정편(爲政編)에서 “七十而 從心所欲不踰矩”라고 한데서 나온 표현이다. 88세를 ‘미수(米壽)’ 라고도 하는 등 70세 이후의 나이에 대한 다른 표현도 있지만 73세에 세상을 떠난 공자는 80세, 90세, 100세에 대한 말은 없다.

공자가 “하고 싶은 대로 하여도 법도를 어기지 않는다.”라고 한 의미는 ‘70세가 되면 인생의 경험과 지혜가 깊어져 모든 행동에 자연스러운 균형이 잡힌다.’는 뜻이라는데 나는 오히려 칠순이 되어 기한(期限) 없이 나이를 자꾸 먹어 가는 것이 조금은 불안하다.

음식은 어느 정도 먹어 포만감이 들면 그만 먹을 수 있는 데 나이란 것은 더 먹고 싶어도 못 먹고 그만 먹고 싶어도 내 마음대로 그만 먹을 수가 없는 것이다. 때문에 나이를 먹어 가면서 언제 못 먹게 될지 그러면 어떻게 되는지가 불안한 것이다.

이런 불안감을 조금이라도 덜기 위해서 떠나기 전에 미리 준비할 수 있는 것들이 무언지 생각해 본다. 돈 많은 사람은 후손들 간의 분쟁을 막기 위해 미리미리 재산 정리를 한다는 데 나는 가진 재산도 그리 많지 않고 딸 하나라 그런 걱정은 없어 다행이다

대신 유언장을 미리 작성하고 가족들에게 연락처를 알려 주고 연명 치료

거부 신청서를 작성해 등록하는 것은 할 수 있을 것이다. 다만 시신이나 장기 기증까지는 아직 염두에 두고 있지 않다.

그러나 이런 것들이 언제 숟가락을 놓을지 모르는 데 대한 준비로서는 턱이 없음은 말할 필요가 없을 것이다. 아버지가 77세에 어머니가 92세에 떠나셨으니 나도 그 어느 중간쯤에 떠나기를 기대한다. 하지만 정확한 것은 알 수가 없으니 딱히 준비라고 할 수 있는 것이 별로 없는 지금은 나 아닌 누군가에게 빌어보는 것을 생각한다.

동기들과 격주로 가는 청계산 정상 못 미치는 곳에 '돌문바위' 가 있다. 구멍이 뚫린 아치 모양의 돌로 한때는 우리가 '땡중' 이라 부르던 스님이 시주함을 갖다 놓고 목탁을 두드리며 시주를 권하곤 했던 곳인데 요새도 산에 오는 많은 사람이 나이와 성별을 불문하고 돌문을 세 바퀴 돌면서 무언가 기도를 한다.

나도 여기 오면 세 바퀴 돌면서 기도하는데 그 내용이 나이가 들면서 많이 바뀌어 간다. 먼저 떠나신 분들과 남은 가족들을 위해 극락왕생이나 복을 비는 것은 매한가지다. 그러나 나이가 들면서 요새는 '주위 사람들에게 폐가 되지 않도록 깨끗하게 떠날 수 있게 해달라' 고 기도한다.

다니는 절에 가서도 치매에 걸리거나 아파서 자리를 보전하는 일이 없이 깨끗하게 떠나게 해달라고 빈다. 믿음과 계시 또는 은총을 중심으로 구원을 가르치는 다른 종교와는 달리 불교는 철저한 자기 수행을 통해 올바른 지혜, 깨달음을 얻을 것을 요구한다.

그럼에도 불자(佛者)로서 수행이 한없이 부족한 나는 부처님께 기도한다. 준비라고 할 수는 없더라도 지금 당장 내가 할 수 있는 것은 이것뿐이라는 생각에 정말 간절히 기도한다.

나이를 먹는 것도 내 뜻대로 되지 않는 것이지만 나이를 먹더라도 떠날 때는 정말 깨끗하게 떠났으면 좋겠다. 칠순(七旬)을 맞으며 깨끗하게 떠날 수 있기를 정말 간절하게 빌어 본다.

"나무아미타불 나무석가모니불 나무관세음보살 나무지장보살"

참고로 '나무'는 南無로 범어 Namas를 음사(音寫)한 표현으로 '귀의(歸依)한다', 쉽게는 '의지한다'는 뜻이다.

'인간적' 이길 갈망했던 어느 친구의 이야기

충남 태안 백화산에서(가운데가 필자)

김창완 대학원을 마치고 부산의 한 대학에서 28년을 보냈다. 지금도 부산에서 살고 있다. 퇴임 후 창원에 조그만 텃밭을 마련해 부산과 창원을 오간다. 흙에 손을 댄 지 5년이 지났건만 여전히 건너편 감밭 주인 부부의 도움으로 버티고 있다. 집 근처 막걸리집 주인의 '행님! 오데 갑니꺼?'라는 인사에 부산을 못 떠나고 있다.

| 0 | 0 | 0 | 0 | | | | |

"어…"

화면에 '0'이 계속되자 옆에 있는 친구의 입에서 나오는 한숨이다. 소리가 작은 걸 보니 아마 자신도 모르는 사이에 나온 것이리라.

| 0 | 0 | 0 | 0 | -1 | | | |

"어~ 이게 아닌데…!"

이번에는 그 옆에 있던 여자의 솔직한 감정을 담은 보다 직설적인 탄식이 등장한다. 기대와 어긋나는 결과에 대한 초조함을 담고 있어서 그런지, 목소리의 피치는 높아지고 음성은 주위의 시선은 안중에도 없다는 듯 커지고 있다.

| 0 | 0 | 0 | 0 | 0 | -1 | 0 | +2 | +2 |

"그럼 그렇지! 이래야 인간적이지! 이게 인간적인 모습 아닙니까? 헤헤~"

하이파이브를 나누는 두 남녀의 모습은 그동안의 심적 불편함을 해소하는, 다소 늦기는 했으나 기대에 부응하는 결과에 대한 만족을 가득 담고 있다.

이 두 남녀는 졸업생 부부이다. 여유 있게 사는 사람에게는 일상으로 즐기는 골프를 이 부부는 스크린으로 대신하고 있다. 이 부부는 가끔 저녁을 걸고 내게 내기를 걸어오곤 한다. 잘 해보려고 애를 쓰지만, 이 산 저 산으로 공을 찾아 나서야 하는 실력을 나는 아직도 벗어나지 못하고 있다. 구력이나 앞섰지 '킬리만자로의 나무꾼(?)'이라는 소문을 익히 아는 이 부부는 오늘은 기필코 내가 사는 저녁을 먹으리라는 큰 기대를 갖고 왔으리라. 그러니 드디어 나오는 '+'의 숫자에 안도할 수밖에. 그리고 그러한 스코어를 찍는 나를 '인간적' 이라 한다. 하하~ 인간적이라….

사람들은 니체를 떠올리겠지만 나는 니체를 모른다. 그저 나름 이렇게 생각할 뿐이다. '인간적이라 함' 은, 결코 도달할 수 없는 완벽함에 빗대어 '그에 못 미치는, 모자라는, 미진할' 수밖에 없는 인간의 본성적 한계를 폄하하는 게 아니라, 오히려 이를 '당당하고 부끄럽지 않게' 여기는 우리 자신의 긍정적인 마음가짐이라고.

이상한 방식으로 '인간적' 이길 바랬던 친구가 있었다.

예비고사도 끝났고 대학입학 본고사도 치른 어느 날, 한 친구가 이렇게 말하는 것이었다.

"나, 내일 학교에 안 온다!"

왜 그러냐고 이유를 묻자 그 친구의 답은 이랬다.

'국민학교 6년, 중학교 3년, 이제 졸업을 앞둔 고등학교 3년, 도합 12년 동안 한 번도 결석한 적이 없어. 사람이 어찌 그럴 수 있어? 어떻게 한 번도 (절대자가 아닌, 사람이 정한) 규정에서 벗어난 일을 하지 않는 거야?

인간이라면 그래도 한 번쯤 일탈이 있어야 하는 거 아닌가? 12년 내내 개근을 한다는 게 내게는 인간적으로 보이지 않아. 그래서 내일 난 학교에 안 올 거야!'

지금의 중·고등학생처럼 일탈의 유혹이 다양한 방식으로 주어지지 않았던 그때 '인간적인 일탈' 은, 그 친구의 입장에서는, 아마도 학교를 빠지는 것이었으리라. 다음날 그 친구는 자신의 말 대로 학교에 나타나지 않았다. 그리고 그날 그는 자신의 '인간적임' 을 만끽하며 지냈으리라.

인간적인(?) 모습을 보이는 내 스코어에 졸업생 부부의 얼굴에는 미소가 가득했고, 학생 시절에는 보기 어려웠던 열정과 신바람으로 이들은 거침없이 작대기(?)를 휘둘러 댔다. 나는 더욱 인간적인 모습을 보였고, 부부는 '드디어 오늘은 맛난 저녁을 얻어먹는다.' 는 기대를 한껏 부풀려 갔다.

결석 다음 날, 학교로 돌아온 친구의 표정은 '인간적임'을 만끽한 밝은 표정이 아니었다. 오히려 그 반대였다. 뭔가 불만이 가득한, 결코 펴질 수 없는 찡그림으로 안타까움을 그득 채운 얼굴이었다.

스크린 골프 18홀의 결과는?

나는 그날 저녁을 사지 않았다. 나는 충분히 인간적인 모습을 보였는데, 졸업생 부부는 나를 훨씬 뛰어넘는 더욱 인간적인 스코어를 보였다. 졸업생 부부가 사는 탕수육과 고량주를 나는 할 수 없이(?) 즐겨야 했다.

"다음에 우리 언제 또 만날까요?"

결코 굴하지 않는, 기필코 이기고 말리라는 각오와 열정을 숨기지 않는 졸업생 부부가 그저 보기 좋았다.

인간적이길 바랐던 그 친구는 그 바람을 누릴 수 없었다. 고등학교 또한 개근으로 졸업해야 했다. 결국 국민학교 6년, 중학교 3년, 고등학교 3년, 도합 12년을 개근하고 말았다. 인간적이지 못하게.

결석 다음 날, 학교에 온 친구의 말.

"어제 선생님 어느 한 분도 출석을 부르지 않았대."

이후 그 친구는 어떻게, 어떤 방식으로 인간적임을 느끼며 살았을까? 완벽함을 기대하며 그것을 잣대로 살진 않았겠지? 늘 인간적임을 꿈꾸었을 테니. 그래서 그런지 지금도 만나면 늘 뭔가 하고 있더라고. 모자람을 채우려는 듯 새로운 시도와 노력을 계속하더라고.

완벽을 염원하며 그에 최상의 가치를 부여하면서도 그 못지않게 모자람에 또한 우리는 높은 가치를 부여하며 산다.

인간적이라는 이름으로. 뭔가 모자랐고 성에 차지도 않았고 꽤 힘이 들었음에도 하루를 견뎌내고 내일은 나아지리라 기대하는 오늘의 내가 그다지 밉지가 않다. 인간적이라서 그런가?

지금도 이 추억은 '최상과 최선'을 염두에 두었기에 잘못되었던 결정과 선택, 그리고 그에 따른 후회가 만드는 번민에서 나를 건지는 든든한 밧줄이 되고 있다.

아, 참! 그 친구가 누구냐고?

ㅎㅎ~

안병현 군!

천국에 있는 인탁아!

오른쪽에서 두 번째가 황인탁(맨 왼쪽이 필자)

김춘식 감리교신학대학을 졸업하고 20여 년을 담임 전도사와 목사로 임직했다. 지리산으로 내려와 20년 동안 행복하게 살고 있다. 동기들 밴드에 종종 '지리산 일기'를 올리고 있다. 현재 토종벌을 키우며 토종벌 강사로 전국을 다닌다.

2025년 4월 14일, 강원도 철원 목련 공원에서 어머니(93세) 하관 예배를 상주인 내가 직접 인도했어. 어머니를 천국으로 보내드리며 문득 네 생각이 났어. 네가 천국에 입성하던 날(2020년 11월 6일)이 떠올랐던 거야. 나는 네 장례식에 가지 못했지. 아니 가지 않았어. 너는 친구들이 많으니까 외롭지 않을 거라서….

내가 기억하는 너와의 첫 만남은 2007년 겨울, 전라도 광주에서 있었던 우리 딸 결혼식 때였지. 2005년, 목사였던 내가 탈진해 건강을 잃었기에 담임 목회를 사임하고 지리산으로 귀촌한 지 2년이 지난 후였지. 두문불출하던 때인데 컴퓨터로 '제고넷'이 연결되어 간간이 친구들 소식은 들었어. 2006년인가 제고넷에서 너의 등장을 알리는 글이 떠서 네 이름은 알고 있었지만 비행기를 타고 나타날 줄은 정말 몰랐어. 그때 여러 친구도 같이 왔었지? 너는 기도원에 있다고 했었지? 너에 대한 사전 정보가 없던 나는 너와의 첫 대화가 마치 스무 고개 같았지.

이후 우리는 '아데스' 모임이 지리산 쪽에서 있었을 때나, 내가 서울 가는 길에서도, 네가 벚꽃 구경하러 지리산에 내려왔을 때도 같이 있었지. 그리고 국립중앙박물관에도, 네가 출석하는 교회의 음악회에도 같이 갔었지. 너의 집과 우리 집을 오가며 네가 몸이 아프다는 것을 알았고, 기적같이 신장을 이식받아 10년을 잘 버텼다는 것도 알았지. 신장이식도 10년이 지나면 이상이 생긴다는 것도 그때 알게 되었어.

요즘은 벌 분봉(分蜂) 철이라 봉장에서 매일 대기해. 오늘은 하루종일 비가 내려 벌들도 쉬었어. 내일은 오늘 나오려다 늦어진 분봉까지 몰아서 나오면 무척 바빠질 것 같아. 내리는 비를 보다가 문득 네 생각이 나서 컴퓨터 앞에 앉아 이렇게 자판 두드리고 있어.

어느 해 봄, 너와 광윤이, 그리고 재훈이와 같이 우리 집에서 2박 3일 자며 구례 산수유 마을, 쌍계사 벚꽃길(바람 따라 날리는 꽃비를 원 없이 맞던 기억), 하동포구 재첩국집, 산청 엑스포 박물관을 돌던 기억이 새롭구나. 세상을 먼저 떠난 네가 볼 수는 없어도 나 이렇게 잘살고 있다는 것을 알려 주고 싶어.

며칠째 물까치 떼(열댓 마리가 몰려다님)와 숨바꼭질 중이야. 우리 마당에 온갖 종류의 나무들이 많은데 내 키보다 큰 것이 60그루가 넘어. 산에서 캐왔던 어린 소나무가 자라 내 키의 두 배를 넘었고, 5일 장에서 사 온 나무들, 목련, 단풍, 사철, 매실, 복숭아, 단감, 두릅, 뽕, 밤나무 등이 마당에 가득해. 까치들이 마당 소나무 세 곳에 둥지를 만들고 있었는데. 나는 그것도 모르고 쫓고 쫓았어. 그래도 자꾸 오기에 하도 이상해서 그 이유를 가만히 살펴보았더니 보금자리를 만들고 있었던 거야. 그러니 쫓아도, 쫓아도 다시 올 수밖에 없었던 거지. 그곳은 얼마 전에 산비둘기가 둥지를 틀었던 곳이기도 해. 오늘 비가 내리는데도 다섯 번 이상을 쫓았어. 박수를 치면 그 소리에 날아가다가 내 모습이 안 보이면 또다시 날아와. 그럼 나는 "까불지 마, 까치들아! 나도 한다면 하는 놈이다."라고 말해.

새벽 5시 30분, 휴대폰 알람 소리에 깼어. 지난해 겨울에 사위가 강원도 D시에 있는 교회 담임목사로 취임했어. 사위 목사가 인도하는 새벽기도회를 유튜브 중계로 들으며 하루를 열곤해.

6시가 넘으면 진돗개와 산책해. 그 진돗개는 10년 전 선친 장례 마친 날, 홀로 되신 어머니를 지리산으로 모셔 오며 데려온 막 젖을 뗀 강아지야.

장갑 끼고 바구니를 손에 들고 마당을 돌며 두릅을 채취했어. 두릅이 내 키보다 높은 가지에 달렸기에 두릅을 채취하려면 가시를 조심하며 가지를 앞으로 당겨 휘거나 더 높으면 사다리를 놓고 꺾어. 어제 아침까지 다 땄기에 오늘은 땅바닥에서 두 뼘 남기고 모든 두릅나무를 베었어. 그래야 아래 새순에서 잎과 줄기가 자라고 내년 봄에 새순을 내어주거든.

마당 잔디에 민들레, 쑥, 질경이가 올라왔어. 호미를 들고 보이는 대로 없애버려. 이들은 잔디를 괴롭히는 녀석들이야. 잔디를 키우려면 눈에 보일 때마다 이들을 제거해 주어야만 해. 처음 지리산에 들어왔을 때는 이들 모두를 사랑했었지. 그런데 잔디 때문에 내게 미움받게 된거야. 이를 생각하면 가슴이 아프기도 해.

마당에 10평 남짓한 연못이 있어. 작년에 금붕어를 50마리쯤 인터넷으로 구입해 넣었어. 이전에 기르던 금붕어와 잉어는 아래 저수지에 사는 수달이 2킬로나 떨어진 이곳까지 수로를 따라와서는 모두 잡아먹었어. 그래서 1년간 연못 물을 모두 뺐다가 허전해 다시 물을 채우고 금붕어 넣은 것이야. 계곡물이 계속해서 들어오기 때문에 1년 동안 먹이를 주지 않았어. 그러다가 최근에 금붕어 먹이를 사서 주기 시작했어. 내가 연못에 가면 녀석들은 저만큼 도망가 곤했지. 열 번 이상 먹이를 주었더니 슬슬 내 근처로 오기 시작하더라고. 요즘에 연못 위에 뜨는 부유물(나무에서 떨어지는 노란 꽃 수술)을 작은 거름망으로 걷어주었더니 금붕어들이 모여들기 시작했어. 그렇지! 물 진동으로 모이게 하면 되는구나. 연못에 가까이 가서 물을 두드려보았어. 그랬더니 금붕어들이 모여들었어. 금붕어를 모이게 하는 새로운 방법을 터득했어.

황토방 벽의 담쟁이 줄기에서 새잎이 피기 시작했어. 이 시기가 되면 자벌레를 잡아 주어야 해. 잎을 자세히 살펴보아야 자벌레의 존재를 알 수 있어. 잎이 뜯어 먹힌 곳 근처를 가만히 관찰하면 가느다란 줄기와 똑같은 것이 움직이지 않고 있는 것이 보여. 바로 그놈이 잎을 뜯어 먹은 자벌레야. 오늘도 자벌레 한 마리를 발견해 잡았어.

요즘 마당 한켠에 50공 포트 14개에 상토 흙을 넣고 땅콩 한 알씩 심고 비닐을 덮어 모종을 만들고 있어. 낮에 해가 나면 비닐을 걷었다가 밤에는 다시 덮어주곤 해. 5월 10일경에 텃밭에 정식(定植)할 예정이야.

어제 점심은 부추 전이었어. 텃밭에서 베어낸 부추를 간장에 찍어 먹었어. 그 시간에 집사람은 나와 교대해 분봉 벌이 나오는지 지켜봤지. 점심상 옆에는 집사람이 읽고 있는 세계문학전집 '포르노그라피아', '인간실격', '네루다의 우편배달부' 세 권이 놓여 있어. 수년에 걸쳐 함양군 도서관에 있는 세계문학전집을 다 읽고 다시 1권부터 읽는 중이야. 우리 집사람 왈 이제 전 세계 역사와 문화가 저절로 꿰어진다고 하네. 인탁아, 네가 지식이 광활했던 것처럼.

아! 지금 내 몸 상태? 궁금하지? 건강해. 두 달 전부터 화목(火木)으로 쓸 참나무 15톤을 들여와 엔진 톱과 도끼로 장작을 만들고 있어. 그런데 장작 을 창고에 높이 쌓다가 아래 바닥에 놓인 나무를 잘못 밟아 넘어지면서 갈 비뼈를 다쳤어. 처음 엑스레이에는 괜찮았는데 2주 만에 골절되어 6주간 소염진통제를 먹고 있는 중이야. 재채기할 때, 웃을 때, 용변 볼 때 엄청 아 팠어. 지금은 통증이 전혀 없어. 의사 말이 수술할 정도는 아니고 푹 쉬면 괜찮다고 하네.

오랜만에 아들이 전화했어. 개구리와 개구리 알 그리고 올챙이를 구할 수 있냐고 묻더군. 아들은 수원에 있는 영재 학원 선생인데 부탁한 것들은 과학경시대회에 나갈 학원생들 교재로 쓰려고 하는 것 같아. 아직 논에 물 을 채워 넣질 않아 개구리는 없어. 혹시 계곡이라면 있을지도 모르겠어. 아 들이 경희대 연못에 있다는 정보를 얻었는데 그곳에 가기 전에 혹시나 우 리 집에 있나 해서 전화했다고 하더군.

저녁이면 네가 꾸준히 성경 필사했듯이 나는 요즘 성경 일곱 권을 차례 로 읽고 있어. 관주 개역한글판, 국한문 한글판, 새 번역, 프리즘 성경, 공동 번역, 개역개정판 그리고 천주교 발행 성경이야. 천주교 발행 성경에는 개 신교 성경에 없는 '외경'이 포함되어 있어. 서로 비교하며 읽기도 하고 한 권씩 읽기도 해. 너처럼 한자에 능통하지 못해 국한문 성경은 빨리 읽혀지 지가 않네.

우리 둘이서 신앙과 믿음에 대해 참 많은 이야기를 나누었지. 나는 목사였지만 너는 장로가 되었어야 하는데 극구 사양해 안수집사로 만족했지. 천국에 대한 너의 확신은 호주에 살던 신호식과 같았어. 너는 이미 죽기 전에 죽음을 초월했던 삶을 살았지.

나중에 천국에서 같이 만나자. 이렇게 글로나마 너와 대화하니 참 좋다.

그리움이 사무치는 친구야!

아, 참! 어머님이 그러셨어. 내가 제고 3학년 때 교대를 가려다가 감리교신학대학을 지망했을 때 어머니는 말없이 고개만 끄덕여주셨어. 내가 신학대학 졸업하고 전도사로 목회 2년하고 목사 시험에 합격해 목사 안수받기 바로 전날에 어머니가 말씀하시길 나를 임신하시고 '아들이면 하나님께 바치겠습니다.' 라고 서원 기도하셨다는 거야. 나는 내가 목회를 결정한 거라고 '으쓱' 했었는데 그게 아니더라구. 하나님의 섭리는 이렇게 이루어지는 것이구나 하고 많이 놀랐지.

지리산에 내려올 때, 부모님 모두 생존하시고 아들딸 대학생이라 65세까지 생명 연장 소원 기도를 드렸었는데 지금 일흔 살이 되었어. 덤으로 사는 현재의 삶이 날마다 고맙고 감사하다네. 봉사하며 살아야 하는데…. 합력(合力)하여 선을 이루시는 하나님을 믿으며 오늘도 잠자리에 든다네.

지리산에서 벗 김춘식

1933년생 울 엄마

필자의 어머니

문양환 고려대 사학과를 졸업했다. 시와 바둑을 좋아하고 술을 사랑하는 낭만파다.

울 엄마는 1933년생,
한국식 나이로 93세이다.

그리스 여가수,
나나 무스쿠리보다 한 살 위다.
천상의 목소리를 자랑하는
나나 무스쿠리!

반면에 울 엄마는
지금도 '젊은 목소리' 라고
주위 사람이 칭찬한다!

울 엄마가 늘 하는 말
"젊어서 죽는다는 사람이 이렇게 오래 살고,
주변 사람이 다 죽어 이야기할 사람도 없어."

총기가 많이 떨어지셨지만,
아직도 살림을 하신다!
밥하고
청소하고
빨래도 하신다!
내가 밥 세 끼 꼬박 얻어먹는다.
불효자인 셈이다!

울 엄마는 음식도 잘하신다.

티브이 요리 프로도 매일 보신다!
라디오를 벗 삼아.

내가 늦게 오는 날에는
전화를 해 귀가를 재촉하신다.
마치 환갑 넘은 자식에게
'차 조심하라' 는 부모의 마음이다.

올겨울 눈이 많이 와서,
길이 미끄러워
나에게 금족령이 내려졌다.

울 엄마는
뇌경색이 있어 약을 드신다.
허리도 안 좋으시고
응치도 시리지만
지팡이 없이
꼿꼿하게 걸어 다니신다!

우리 5남매가 건재한 것도
울 엄마의 복이다!
큰누나가
암으로 투병해 걱정이지만
울 엄마보다 먼저 가는
불효는 않겠지.

얼마 전 집 앞에서
울 엄마가 넘어져
얼굴에 타박상을 입었다.
다행히 뼈는 안 다치고
상처가 아물었다!

엄마!
건강하게 오래 사세요!

흰 개와 나의 어머니

흰 개와 필자

송문철 인하대를 졸업하고 플랜트 설계 분야에서 일했다. 요즘은 집 주변 도서관에서 스페인어를 공부하며 더불어 좋은 책들을 읽고 있고, 공원을 걷고, 좋아하는 테니스 등으로 '제2의 인생'을 보내고 있다. 사실 이글의 원래 제목은 스페인어로 'Perra blanco y mi madre(흰 개와 나의 어머니)'였다.

　4월 말 햇볕이 따스한 오후, 호수공원에서 조깅하는 남녀노소, 자전거를 타고 쌩쌩 달리는 학생들, 개를 데리고 산책하는 사람들이 눈에 띈다. 산책을 당하는(?) 개 중에 하얀 개들이 유난히 많다. 문득 1970년대 우리 한옥집에서 기르던 하얀 암캐가 생각난다.

****

　스피츠와 똥개 사이에서 하얀 털을 갖고 태어난 내 이름은 '쫑'이다. 내 이름이 요즘처럼 그렇게 멋있지는 않지만 주인아줌마가 지어준 소중한 이름이다. 서열은 이 집안에서 제일 낮다.

　나의 공간은 뒷마당으로 약 8평 넓이의 콘크리트 바닥이다. 만약 지금 내가 태어났다면 따뜻한 안방에서 호의호식하고 있을 것이다. 하지만 현실은 달랐다. 낮에는 수도꼭지 파이프에 줄로 묶여 있고, 밤이 되면 '자유의 개'가 되어 좁은 공간을 돌아다니다 어쩌다 쥐를 잡았다. 그러면 주인아줌마가 칭찬해주셨다. 추운 겨울에는 요 하나 깔린 내 작은 집에서 코를 배에 묻고는 추위를 피해 잠을 청한다.

　나의 임무는 한밤중에 누군가 지나가다 담 안으로 고개를 내밀면 짖어서 쫓아내는 것이다. 그리고 가끔 나처럼 벽에다 '볼일'을 보는 취객에게 목이 쉬도록 짖어대는 것이다. 그렇게 시끄럽게 짖어대면 주인아줌마는 조용히 하라고 나를 야단친다. 깨깽~

　나의 식성은 잡식성이다. 지금처럼 간식이니 영양식이 아닌 주인아줌마가 주시는 대로 먹었다. 그중에서도 겨울철 김장김치인 배추 대가리를 '어쩔 수 없이' 자주 먹었다. 이것을 가지고 주인아줌마의 아들은 내가 그것을 특히 좋아한다고 지금도 떠들고 다닌다. 그것은 정말 오해다. 주인댁도 좋은 먹거리가 많지 않아 개인 나는 주인이 주는 대로 먹어야 했다. 그런데 김장김치가 유난히 맛있는 것은 '미원' 덕분인 것 같다. ㅋㅋ

　주인아줌마는 나를 목욕시킬 때, 빨간색 큰 고무 대야에 물을 붓고 빨래 세제인 하이타이를 풀어 휘휘 젓는다. 나를 그 속에 집어넣고는 씻어 주신다. 그런데 그 화학 세제인 하이타이 때문에 내 털은 까칠해지고 피부도 좋지 않게 되었다. 그것이 내가 그 집에서 살면서 서운한 것 중 하나이다. 나도 명색이 여자인데 요즘처럼 때 빼고 광을 내지는 못해도 세제인 하이타이로 목욕시키다니. ㅠㅠ

　가끔은 나를 주인아저씨나 주인집 아들이 밖으로 데리고 나가 산책을 시킨다. 그런데 산책 시간은 고작 30분 이내이다. 이웃집에는 친구들이 있어 내 냄새를 맡고 반가워 짖어댄다. 그러면 온 동네가 시끄럽고 난리가 난다.

　세월은 흘러 흘러 어느덧 내 나이도 10살이 넘었다. 인간으로 따지면 60살인 환갑이다. 더 이상 새끼도 낳지 못하니 주인아줌마는 구박만 한다. 밤이면 여기저기 쑤시고 아파서 나도 모르게 하늘을 쳐다보며 '개 팔자' 서러워 울곤 한다. 그러면 주인아줌마는 개가 밤에 재수 없게 운다고 해서 조용히 하라고 야단친다.

　나는 며칠을 밤마다 구슬프게 울었다. 그랬더니 주인아줌마는 나를 누군가에 넘겼다. 넘긴 대가로 돈 7천 원을 받아 작은 밥상을 하나 마련하셨다. 나를 작은 밥상과 맞바꾸어버린 것이다. 나는 헤어질 때, 주인집 아들을 못 봤는데 헤어지는 것이 무척 서운했던 모양이다.

****

　나는 쫑이 없어진 후에 더 이상 개를 기르지 않았다. 개를 키우면 정이 들기 마련이고, 그 개가 쫑처럼 늙으면 어머니가 하신 것처럼 개를 처분할 것이 뻔하기 때문이다. 그런데 요즘에는 세상이 변해 비싼 돈을 들여가며 개 장례식까지 치러준다고 하니 세상이 정말 많이 바뀌었다.

　황해도 연안에서 아버지와 함께 월남하신 어머니는 생활력이 엄청나게 강하신 '슈퍼우먼'이었다. 아버지의 독선으로 관계가 좋지 않아 어머니는 늘 힘드셨다. 그래도 어머니는 우리 형제들 때문에 사신다고 여러 번 말씀하셨다. 그런데 어머니는 자식들의 효도도 제대로 받아보지 못하시고 85세의 이른 나이에 사고로 돌아가셨다.

산책하던 하얀 개들을 보다가 문득 고생만 하시다가 하늘나라로 가신 어머니가 생각나는 2025년 4월이다.

먼 옛날의 크리스마스 선물

송환구 인하대에서 영어교육을 전공하고 건일제약에서 근무했다. 지금은 물류센터 관리실에서 현역으로 일하고 있다. 제고 선후배 그리고 동기들과 바둑을 두며 삶을 즐기고 있다.

중학생이 되니 교회(천주교 성당) 학생회에 들라고 해서 가입했다. 미사 끝난 후, 학생회실에서 기도도 하고 성경 공부도 하는 모임이었다. '레지오 마리에' 라고 발음조차 어려운 모임에도 들었다. 일종의 신심 단체 모임이 었다. '미사도 지루한데 또 무슨 성경 공부람. 어휴, 내 팔자야.' 하지만 아버지가 성당에서 평신도 회장직을 맡고 있어서 학생회 가입 권유를 뿌리칠 수 없었다. '초등학교 때 복사도 두햇가 했는데 뭐.' 하며 위안 삼았다. 복사(服事)는 미사 집전 시 신부님을 옆에서 도와드리는 일을 하는데 나는 붉은 가운에 흰색의 반팔 상의를 덧입고 신부님을 늘 따라다녔다.

학생회 모임에 곧 익숙해졌다. 성경 공부는 따분했지만, 한 가지 재미가 생겼기 때문이었다. 그것은 '탁구' 였다. 중학생이 되어 학생회원에게만 개방된 소강당에서 탁구를 처음으로 배운 것이다. 지루한 회합이 끝나면 남녀 학생들이 소강당에서 탁구를 쳤다. 상대를 노려보며 라켓으로 볼을 넘기는 게 여간 재미있는 일이 아니었다. 볼록한 돌기가 나 있는 보급형 라켓을 사용했는데 라켓이 싸구려여도 상관없었다. 나의 탁구 실력은 빠르게 늘어갔다. 주로 선배 고등학생과 한편이 되어 복식 게임을 하는데, 탁구 잘친다고 서로 자기편이 되라고 할 땐 어깨가 으쓱거렸다. 그러나 탁구 자체보다 여학생들과 어울리는 게 그렇게 기분 좋은 일이 아닐 수 없었다. 말만한 여고생들은 관심 밖이었고 또래 여중생들이 눈에 들어왔다.

봄에 집을 개축하며 건축자재 비용을 아끼려는 아버지는 블록을 직접 찍기로 하셨다. 크고 작은 규격의 블록을 만드는 기계를 두 틀 빌렸다. 그러고는 신부님의 허락을 받아 성당 마당 한켠에서 블록을 찍으셨다. 농사일 하시는 작은아버지가 일꾼을 자처해 블록 찍는 일을 도와주셨다. 나는 찍어 놓은 블록에 물 뿌리는 일을 맡았다. 비록 물 뿌리는 일이었지만, 잡역부 한 사람 분을 거뜬히 하는 내 모습을 보고 작은아버지는 빙긋 웃으셨다.

물 뿌리는 일을 잠깐 멈추고 플라타너스 그늘에서 쉬고 있던 어느 날, 여중생 한 명이 다가왔다. 이날은 아버지가 잠시 시간을 내서 나와 계셨다. 그 여학생은 아버지한테 다가와 예쁘게 인사를 했다. "회장님, 안녕하세요?" 그리고는 딱지 접은 걸 하나 내게 건넸다. 펼쳐보니 나를 좋아한다는 내용의 약식 '연애편지'였다. 나는 속으로 생각했다. '이런 눈치 없는 아이 같으니라고. 아버지 안 계실 때 주든가 하지 않고.'

경치 좋기로 소문난 절로 학생회에서 소풍을 갔다. 읍내 정거장에서 일반 승객과 함께 버스를 탔는데 우리 때문에 버스는 만원이 됐다. 태어나 버스를 처음으로 타 봤다. 초등학교 때 이사 온 후, 읍내를 벗어나 보는 것도 처음이었다. 소풍은 걸어서 가는 것으로만 알았는데 버스를 타고 먼 곳까지 가다니 신기하기만 했다. 목적지가 가까워지자 버스 안이 웅성거렸다.

"야! 저기다. 저기. 다 왔어. 내릴 준비들 해."

버스 창에 봉긋한 산봉우리가 나타났다. 이곳에 처음 온 나를 비롯해 어린 학생들은 동양화에서나 볼 수 있는 산의 멋진 풍경에 탄성을 질렀다. 김밥 도시락 까먹고 보물찾기 등을 하며 하루를 보냈다. 성당 소풍은 학교에서 가는 소풍과 별반 다를 게 없었다. 다만 뭔지 꼬집어 설명할 수 없는 '설렘'이 종일 내내 있었다.

절을 나서 산길을 내려가는데 비가 뿌리기 시작했다. 하늘이 어두워지자 일찍 파장하고 바삐 움직였지만 소용없었다. 산 아래 개울에 도착하니 금세 물이 많이 불어 있었다. 깊은 물이 아니어서 위험하지는 않았으나 발을 적시는 것은 피할 수 없었다. 바지를 걷어 올리고 개울을 건너며 주위를 살폈다. '아, 그런데 저기….' 절에서부터 내가 유심히 본 여학생이 개울가에 서서 어떻게 개울을 건널지 궁리하고 있었다. '이럴 때 냉큼 다가가 손잡아 주는 기사도 정신을 발휘해야 하는데….' 하지만 항상 그랬듯이 생각으로만 그쳤다. 그새 한 고등학생 선배가 여학생을 물에 잠긴 징검다리로 걷게 하고 자신은 물속으로 걸으며 개울을 건네주었다.

산에서 내려온 사람들은 버스 정류장 옆에 있는 집 안채에 들어가 비를 피했다. 마루에 앉기도 하고 헛간이나 대문간에 옹기종기 서서 잡담을 나누며 버스를 기다렸다. 비는 계속 쏟아졌다. 마루에 혼자 앉아 있는 그 여학생이 보였다. 처마에서 떨어지는 낙숫물을 쳐다보기도 하고, 화단의 달리아에 눈길을 주기도 하며 조용히 앉아 있었다. 하얀 교복 차림에 비에 젖은 머리카락을 단정히 쓸어 올린 모습이 참 예뻤다. 잠시 주위가 고즈넉해지고 시간이 정지한 듯한 느낌이 들었다. '미인은 왜 조용한 모습일까?' 라는 생각이 퍼뜩 났다. 버스가 더 늦게 와서 곁눈질로라도 여학생을 오래오래 보고 싶은 순간이었다.

"엄마 먼저 집에 가세요. 나는 오늘 올나이트 해야 돼요."

크리스마스이브 자정 미사 후에 학생회에서 주최하는 올나이트 행사가 있어서 어머니를 먼저 집에 가시라고 했다. 매년 우리 가족은 크리스마스이브 자정 미사에 참례한 후, 아버지는 성당에 좀 더 계시고 나와 어머니는 곧바로 집으로 가곤 했는데, 이젠 나마저 집에 안 들어가게(늦게 들어가게) 된 것이다. 학생회 올나이트 행사장인 성당 유치원에 들어서자 유치원생들이 앉는 엉덩이 끝만 겨우 걸칠 수 있는 작은 의자가 우리를 반겼다. 구유에 계신 아기 예수님도 방긋 웃고 있었다. 벌집 난로는 뜨겁게 타오르고 있었고, 천장의 만국기와 크리스마스 장식들이 행사장의 분위기를 더했다.

게임을 하며 시간을 보냈다. 게임에서 걸리면 벌칙으로 노래를 하든가 궁둥이로 이름을 쓰든가 했다. 선물 교환 차례가 되자 장내에 갑자기 침묵이 흘렀다. 모두 눈을 동그랗게 뜨고 있는 것을 보니 긴장한 게 분명했다. '어떤 선물을 받게 될까?' 하는 기대에 가득 찬 눈치들이었다. 선물이 가득 쌓여 있었다. 그런데 선물에는 주는 사람의 이름은 숨기고 받는 사람의 이름만 적혀 있었다. 학생회 지도 수녀님이 선물 겉에 적힌 이름을 하나씩 부르며 나누어주었다. 놀랍게도 '가마니'로 포장된 커다란 선물이 있었다. 그

44

선물은 맨 나중에 개봉해 그날 행사의 클라이맥스를 장식했다. 가마니를 벗기니 자루가 나오고, 자루를 벗기니 또 다른 포장이 나오고, 또~ 또 다른 포장이 나오고. 이건 보통 정성이 아니면 만들기 힘든 선물 포장이었다. 스무 겹 정도의 포장을 벗긴 끝에 나온 선물은 토실토실한 '곰 인형'이었다. 당시 곰 인형은 흔치 않은 귀한 선물이었다. 선물을 받은 사람은 여고생이었는데 그 곰 인형을 껴안고 크게 감격했다.

"아버지, 이번 크리스마스이브에 학생회에서 선물 교환한다고 하는데 뭐가 좋을까요? 금액은 얼마까지만 하라는데."

"응, 글쎄다."

나는 뭐든지 아버지에게 묻던 버릇대로 선물을 뭐로 할 것인지에 대해 아버지의 고견(?)을 구했다.

"뭐, 빵이나 사서 선물해라."

"예, 알았어요."

선물을 받아보지도 해보지도 않은 나는 아버지의 말씀에 따랐다. 집 앞 가게에 가서 동그란 '밤 빵'을 정해진 금액만큼 샀다. 밤 빵은 가게에서 파는 빵 중에서 제일 고급이었다.

"아버지, 이거 포장은 어떻게 해야 돼요?"

"여기다 담으면 되겠구나."

아버지는 당귀, 감초 등의 한약재를 약장 서랍에 넣고 남은 것들은 여러 규격의 종이 푸대에 나누어 담으셨는데, 약장 옆에 세워둔 빈 종이 푸대를 주시며 그 안에 밤 빵을 담으라고 하셨다.

"아, 그럼 되겠네요."

선물 봉투에 받는 사람의 이름을 큼지막하게 적어 정해진 기일에 수녀님께 전달했다. 그런데 가만히 보니 사단이 날 조짐이 보였다. 아니나 다를까, 내 선물을 받아든 상대 여학생의 얼굴이 일그러지는가 싶더니 이내 울상이 되어버렸다. 보내는 사람의 이름을 안 적었으니 모른 체하고 있어도 됐으련만, 한약 냄새 나는 봉투 때문에 그만 들키고 만 것이었다. 한 번도 사용하지 않은 새 봉투였는데도 한약 냄새가 배어 있었던 것이었다. 여학생들의 사나운 눈초리가 나를 향했다. 난로는 활활 타오르고 있었고 난로의 열기 때문이었는지 내 얼굴도 붉게 달아올랐다.

나는 목 부분이 스프링으로 되어있어 살짝 건드리면 머리를 까닥까닥 흔드는 '빨간 플라스틱 인형'을 선물로 받았다. 그 귀여운 빨간 플라스틱 인형은 군대 입대 전까지 내 책상의 책꽂이 맨 위에서 나를 늘 내려다봤다.

선물을 누구에게 할 것인지를 결정하는 '이름 적힌 제비뽑기'에서 여학생들은 "애, 너 누구 뽑았니? 걔한테는 내가 선물할 테니, 너는 딴 애한테 해." 하며 속닥거렸다. 추측하건대 그해 봄, 그 여학생은 성당 마당에서 런닝구 차림으로 블록에 물 뿌리고 있던 나를 생각하며 제비를 다른 친구와 바꿔치기하지 않았을까 싶다.

이성에 눈뜨기 시작할 무렵의 정다운 모습들이다.

비 오는 소풍날, 시골집 마루에 앉아 있던 그 여학생의 모습은 수채화처럼 기억에 남아 있고, 크리스마스이브 선물 교환 추억은 생동감 넘치는 영화처럼 지금도 내게 다가온다.

과거 회상 여행

안계영 인천 사동에서 태어났다. 한국항공대(전자공학)와 연세대 경영대학원을 졸업했다. 외국회사에서 25년 동안 일했다. 주로 한 일은 반도체 장비와 신재생에너지 관련 일이었다. 지금은 이천에서 농사지으며 중소기업 경영 컨설팅을 하고 있다.

나의 과거를 시차적으로 회상해 본다. 시간은 흘러갔지만 과거의 여러 그때 상황으로 돌아가 나의 잘못은 사과하고 베풀어 주신 고마움에는 감사함을 표하고 즐거웠던 만남은 좋은 추억으로 간직하고 싶다. 인생 후반에 와 있는 이 시점에서 과거로 떠나보는 여행을 시작하련다. 이는 20여 년 전부터 생각해왔으나 7~8년 전부터는 한동안 잊고 살았다. 그러다가 졸업 50주년 기념 문집 원고 마감을 바로 앞두고 생각났다. 내 마음속에 품어왔던 은퇴 후에 꼭 하고 싶은 일에 대해 다시 생각이 났던 것이다. 나는 그것을 '과거 회상 여행'이라 이름 지었다.

대학 3학년 1학기 말 시험 때였다. 일부 과목의 시험지를 백지로 내며 휴학하고 입대하기로 마음을 먹었다. 중고교 6년간 '무감독' 시험을 보며 가슴속에 '양심'을 소중히 간직해왔다. 그런데 3학년 1학기 때 시험공부를 제대로 하지 않아 몇 학우에게 답안지를 보여 달라고 절실하게 요청했었다. 시험감독을 너무 철저하게 하는 바람에 컨닝은 실패하고 말았다. 나는 내 자신의 '그릇된 행동'에 대해 크게 실망했다. 처절하게 반성했다. 그러면서 마음속으로 울었다. 나는 마음먹은 대로 그해 가을에 입대했다. 논산 훈련소에서 소장(☆☆)이 입소식(또는 퇴소식) 행사에서 훈련병들에게 훈시했다. 그 연설이 내 가슴에 깊이 박혔다. '이상을 가져라! 그 이상을 잊지 마라!' 였다. 그 말은 힘든 세상을 살아갈 젊은이에게 주는 훌륭한 인생 지침이었다. 나는 훈련소장의 말대로 내가 가지고 있던 이상을 다시 정리해 보았다. 그 이상을 군대에서뿐만 아니라 제대 후 20여 년 동안 머리에 되새겼다.

나는 한때 잘 나가던 외국회사의 한국지사장으로 근무했다. 그러다가 IMF 구제금융 사태를 맞았다. 회사는 부침을 거듭했다. 결국 나는 그 회사를 퇴직하고 말았다. 당시 큰딸애가 해외에서 고교 유학 중이었기에 그 참에 2002년 캐나다로 자녀 유학 이민을 떠났다. 그곳 생활에서 경제활동 소득이 없어서 비디오 대여와 피자를 만들어 파는 가게를 운영했다. 여유가 없어 직원을 둘 형편이 되지 못했다. 아내에게 궂은일을 시킨다는 것은 결혼 전이나 후에도 전혀 생각해본 적이 없었다. 아내가 피자를 만들어 구웠다. 그 우아하고 곱던 손이 피자를 구우면서 형편없이 되었다. 지금도 그때를 생각하면 아내에게 미안한 생각이 가득하다. 정말 미안하다. 그렇게 앞뒤 돌아보지도 않고 살다 보니 나의 이상이 무엇이었는지 생각조차 나지 않았다. 군대 훈련소에서부터 오랫동안 간직했던 그 이상은 흔적조차 없이 사라졌다. 잊지 말자는 경각심조차 잊어버린 삶을 살고 있었다.

두 아이를 토론토에 있는 대학에 보냈다. 그 후, 2005년 초에 한국으로 귀국했다. 경영지도사 자격증을 획득하고 중소기업 경영컨설팅과 전문대 겸임교수로 재직했다. 2009년 초에 운 좋게도 포항에서 다시 외국회사(신재생에너지 관련) 한국지사장 직책을 맡게 되었다. 그곳에서 열심히 일하다가 만 60세가 되는 해 12월에 퇴직했다. 포항에서 여덟 해를 지내면서 '과거 회상 여행'에 대해 생각했다.

그동안 살아오면서 만났던 수많은 사람과의 관계에서 특히 내가 잘못된 말과 행동으로 상대방에게 큰 상처를 준 일들이 떠올랐다. 그 사람을 만나 진정으로 사과하고 싶었다. 이는 내 마음속의 짐을 덜고 싶은 심정도 있고, 내가 세상을 떠나기 전에 꼭 하고 싶은 일이기도 하다.

지금부터 1주일 전, 1달 전, 3개월 전, 6개월 전, 1년 전, 3년 전, 5년 전, 10년 전, 20년 전, 30년 전, 결혼 직후, 결혼 이전, 학생 시절(대학, 중고교, 초등)을 시차적으로 회상해 보았다.

기억을 더듬어 보았다. 깊이 후회되었던 시간과 기쁘고 행복했던 시간이 기억났다. 이를 기록해야겠다는 생각이 들었고, 그 사람을 만나야겠다는 생각도 들었다. 어서 그 사람을 수소문해서 만나고 싶었다. 그 사람을 만나 나의 잘못한 말과 행동에 대해 깊이 사과하고 싶었다. 반면에 기억나는 즐거움에 대해서는 함께 기쁨을 나누고 싶었다. 그러곤 그 사람과 헤어질 때는 깊은 악수를 청하며 그 사람의 행복을 빌어주고 싶었다.

첫 번째 회상 여행

가장 먼저 만나고 싶은 사람은 대학 시절에 인천에서 미팅해 만났던 간호학과 여학생이다. 그 여학생과는 한동안 사귀었다. 그러다가 나는 그 여학생과 더 가까워지면 책임져야 할 일이 생길 것 같아 헤어지려고 거짓말을 했다. 거짓말뿐만 아니라 잘난 척하며 그녀를 무시했고, 인생 철학까지 주제넘게 강연했다. 지금 돌이켜보면 그 여학생은 정말 아름다운 마음을 가졌고 나를 이해하려고 무던히 노력했던 사람이었다. 군 복무를 마친 후, 복학해 졸업반이던 때에 나는 그녀를 결혼 상대자로까지 생각했다. 그래서 다시 연락하려고 마음을 먹었다. 그런데 우연히 동인천역에서 신촌 가는 고속버스에 그녀가 갓난아이와 함께 남편인 듯한 사람이 타는 것을 보았다. 그 모습을 보고 마음속에 간직했던 결혼 생각을 포기하고 말았다.

이후 30여 년이 지났다. 그녀의 소식이 궁금했다. 그녀의 여동생과 결혼한 초등학교 동기가 있었다. 나는 그 동기에게 전화를 걸어 그녀의 소식을 물었다. 그런데 전혀 뜻밖의 소식을 들었다. 그녀가 1주일 전에 폐암으로 세상을 떠났다는 것이었다. 나는 무척 놀랐다. 그녀는 결혼 후에 미국 이민 가서 잘 살았는데 그곳에서 세상을 떠났고 그곳 묘지에 묻혔다고 했다. 나는 너무 허망했다. 가슴이 저렸고 눈시울이 젖었다. 좀 더 일찍 그녀의 소식을 알았어야 했는 데 그렇게 하지 못한 것이 후회되었다. 그녀를 만나 내 진심을 이야기해주고 싶었다. 그러곤 그녀에게 진정으로 사과하고 용서를 빌고 싶었다. "그 당시 내가 일부러 헤어지게 만들어서 미안했어. 나는 그때 바보같이 아름다운 당신을 못 알아보았어. 나는 당신과 결혼할 생각도 가졌었어. 정말 미안해. 용서해줘."라고. 언젠가 미국에 갈 기회가 생긴다면 그녀의 묘소를 찾아가 꽃다발을 놓고 내 마음을 전하며 용서를 빌고 싶다.

두 번째 회상 여행

군대를 제대한 후, 대학에 복학했다. 4학년 여름방학에 현장실습을 신청했다. 마산공업단지에서 2주간 실습연구생으로 일하게 되었다. 어느 날 일과 후에 단지에서 한 여성과 버스를 함께 탔는데 우연히 좌석도 같이 앉게 되었다. 비록 짧은 시간이었지만 이런저런 얘기를 나누었다. 나는 어느 회사에 실습연구생으로 왔다고 했고, 그녀는 어느 회사 총무과에서 근무한다고 했다. 그날 아침에 비가 와서 우산을 갖고 왔는데, 퇴근할 때는 비가 오지 않아 그만 우산을 버스 안에 두고 내렸다.

그런데 다음날 점심시간에 그녀가 내가 실습하는 회사로 찾아왔다. 내가 버스에 두고 내린 우산을 전해주려고 온 것이었다. 나는 고맙다고 말하고 저녁 식사를 사겠다고 했다. 퇴근하여 그녀와 저녁 식사를 했고, 맥주도 곁들여 마셨다. 2주 동안 그녀를 자주 만났다. 이런저런 이야기를 나누며 시간을 보냈다. 서로에게 정이 들었다. 실습 마지막 주말에는 멀지 않은 관광지로 1박 2일 여행을 함께 다녀왔다. 물론 내가 책임져야 할 단계까지는 가지 않았다.

이후 학교로 돌아온 나는 그녀에게 학교에서 발행하는 학보를 보내주곤 했다. 그러면 그녀는 꼭 답장했다. 그녀의 편지는 2주마다 한 번 정도 받았다. 그녀는 문학에 관심이 많아 글을 무척 잘 썼다. 그녀가 보낸 마지막 편지는 42년이 지난 지금까지도 내가 소중히 간직하고 있다. 물론 비밀스럽게 보관하고 있다.

대한항공에 입사한 첫해였다. 어머님이 다니시던 성당의 신부님이 지금의 아내를 소개해주셨다. 아내와 사귀면서 결혼을 고심하고 있었다. 그 시기에 그녀로부터 간간이 안부 편지가 왔다. 나도 그녀에게 답장을 보냈다. 그러던 어느 날, 그녀가 마산에서 인천으로 오겠다는 연락이 왔다. 나는 놀랐다. 오라고 했다. 이젠 그녀에게 나의 결심을 전해주어야 했기 때문이었다. 그녀와 다시 만났다. 그녀는 나와 결혼하고 싶다고 했다. 나는 지금 다른 여성과 결혼을 전제한 교제를 하고 있다고 했다. 그러면서 그녀의 결혼 제의를 거절했다. 그녀는 본인에게는 기회가 없냐고 반문하며 재차 자기와 결혼할 의향이 없냐고 묻고 또 물었다. 그러면서 나와 결혼하지 못하면 수녀가 되겠다고 했다. 그렇게 간곡하게 호소하는 그녀를 밤차에 태워 내려보냈다. 정말 그녀에게 미안했다. 나는 몇 달 후에 약혼했고 이어서 결혼도 했다. 그녀에게 그 소식을 전했다.

그 이후, 그녀는 수녀원에 들어갔다. 그녀는 지금도 수도자의 삶을 살고 있다. 10여 년 전부터 그녀를 만나보려고 여기저기 알아보았다. 그때마다 실패했다. 그러다가 인터넷으로 기사를 검색하다가 그녀에 대한 단서를 발견했다. 그곳에 연락했더니 연락처를 알려줄 수 없다며 거절했다. 한동안 포기하고 지냈다. 몇 년이 흐른 다음에 다시 그녀에 대한 정보를 검색해 보았다. 드디어 연락처를 알아냈다. 그녀와 통화도 했다. 그녀가 살아있어 내가 그녀에게 사과할 기회가 주어지게 된 것이 너무나 기뻤다. 그 기쁨에 눈물이 어리기도 했다. 그녀와 이야기를 나눌 수 있도록 허락해주신 하느님께 감사드렸다. 그 후로도 명절 때면 그녀와 안부를 주고받았다. 지난해에도 만나려 했으나 그녀가 강의와 집필로 바쁘다고 해 못 만났다. 나는 점점 늙어가고 있다. 머리도 심하게 빠지고 있다. 솔직히 나이든 노인네 모습으로 그녀를 만나고 싶진 않다. 올가을에는 꼭 그녀를 만나 용서를 빌고 싶다. 만나서는 혹시 나에게 받은 상처로 수녀가 되지 않았는지 조심스럽게 묻고 싶다. 또한 40여 년 동안 고이 간직해온 그녀의 마지막 편지도 가져가 그녀의 응어리진 마음도 풀어주고 싶다. 두 번째 과거 회상 여행은 아직도 진행 중이다. 그 여행을 마치면 다시 세 번째 이번에는 내가 가장 고마움을 간직하고 있는 분을 찾아 회상 여행을 떠나려 한다.

OB맥주와 함께 한 인생 여정

이스라엘 광야에서

오수열 서울대(농화학)를 졸업하고 영국 Birmingham 대학원으로 유학 가서 '맥
주양조학'으로 석사학위를 받았다. OB맥주에서 오랫동안 근무했고 중역으
로 퇴직했다. 그 후에는 식품위생과 관련된 일본 회사의 Agent로 수년간
일했다.

올해가 고등학교를 졸업한 지 벌써 50년이 되었다니, 어릴 적의 학창생활 기억이 아직도 뚜렷한데, 벌써 그렇게 되었나 하고 세월의 무상함이 느껴진다. 주자(朱子)의 '少年易老學難成(소년이로학난성) 一寸光陰不可輕(일촌광음불가경) - 소년은 쉽게 늙고 학문은 이루기 어렵다. 순간의 세월을 헛되이 보내지 마라' 라는 대학자의 가르침이 가슴에 깊이 와 닿는다.

짧은 지면이지만, 지나온 인생 역정의 일부분을 간단히 되돌아보고자 한다. 나는 인중(仁中)을 안 나오고, 제고를 갔기에 처음에는 아는 친구들이 거의 없었다. 초등학교 때 공부를 나름 잘했는데, 집안이 넉넉지 않아 다른 중학교를 장학생으로 들어갔다. 제고에 들어가서 보니, 다들 똑똑하고 집안도 좋은 애들이 대부분이었다. 1학년 때는 키도 작고 아는 친구도 별로 없어 앞줄에 앉아 공부만 했다. 다행히 똑똑하고 공부에 열심인 친구들을 만나 그 면학 분위기에 휩싸여 나도 좋은 대학을 갈 수 있었다. 그것은 행운이었다. 고등학교 은사 중에 탁월한 실력으로 명쾌하게 수업을 해주시던 선생님들이 기억에 남는다.

'학식은 사회의 등불, 양심은 민족의 소금' 이라는 교훈은 훌륭한 교훈이다. 그런데 어찌 보면 일제 강점기 때 독립을 위한 '민족정기의 함양' 교훈 냄새가 난다. 너무 학식과 양심을 강조하다 보니, 사회생활에서 융통성이 떨어지는 결과를 낳기도 한다. 경기고의 교훈을 찾아보았다. '자유인, 문화인, 평화인' 이다. 무척이나 단순하다. 학창시절에 귀가 아프게 들은 말은 '100등 안에 들어야 SKY대를 간다.' 는 것이었다. 이를 목표로 열심히 공부했다. 고3 말에는 상당히 상위권에 들었는데, 진학지도 때 선생님이 하도 낮추어 지원하기를 권해서 다소 마음에 안 드는 농학 계열을 지원했다. 이때도 장학생으로 들어갔다.

당시 내 점수는 의학 계열의 커트라인을 넘는 점수였다. 그래서 아쉬움이 많이 남는다. 당시 사립대 갈 형편이 되었다면, 사립대 의대에 들어가서 일생을 편히 살 수도 있었을 것이다. 돈이 다는 아니더라도, 돈이 없으면 하고 싶은 일에 제약을 받기 마련이다. 이는 부정할 수 없는 사실이다.

농대를 진학해서 식품과 관련된 강의를 많이 들었다. 직장도 식품 회사를 다녔다. 정확히는 'OB맥주' 이다. 나는 남들을 가르치는 것에 다소 소질이 있다고 생각했다. 배움에 대한 그리움이 있었다. 그러나 대학원에 갈 형편이 못되어 졸업 후 바로 취직했다. 그런데 이는 핑계에 불과하다, 내가 아는 사람 중에 취업 후 이삼 년 동안 벌은 돈으로 미국이나 일본에 유학 가서 대학교수를 한 친구들이 몇 명 있다.

인생은 길게 봐야 하고, 멘토가 있으면 더욱 좋다. 나는 술을 잘하지 못하지만, 당시 OB맥주가 식품회사 중에서는 급여가 좋은 편이라 그곳을 지원했다. 당시 OB맥주에서는 몇 년에 한 명씩 사원을 선발해 외국에 유학 보내는 제도가 있었다. 배움에 대한 열망이 컸던 나는 영어공부도 열심히 하고, 회사 일도 열심히 해 선발되었다. 그래서 1986년에 영국 Birmingham 대학원으로 '맥주양조학' 을 공부하러 떠났다.

당시는 해외여행이 자유롭지 않았던 때라 외국을 가려면 Visa를 얻어야 했다. 그때 가본 영국은 선진국이고, 한국은 개발도상국이어서 생활수준에서 너무 많은 차이가 났다.

멋있는 건물들과 잘 가꾼 정원이 있는 집들, 평화로운 농촌은 부러움의 대상이었다. 한국 사람들은 유럽의 중세시대에 대한 환상을 갖고 있다. 나도 그러한 환상을 갖고 있었고, 사진으로만 보고 가보고 싶었던, 버킹엄 궁, 윈저 성, 웨스트민스터 사원, 영국 국회의사당과 Big Ben, 대영박물관, 옥스퍼드, 케임브리지 등은 정말 멋있었다. 세계를 주름잡았던 찬란한 역사와 인류문명에 기여한 그들의 업적에 대한 자부심을 느낄 수 있었다.

외국인들과 영어로 공부를 경쟁한다는 것은 쉬운 일이 아니었다. 언어에 대한 핸디캡은 수업을 알아듣는데 무척이나 불리했다. 그러나 나를 믿고 보내준 회사에 대한 책임 때문에 열심히 공부해 좋은 성적을 받았고, 졸업 논문도 유명한 학회지에 실리기도 했다. 더 많은 배움에 대한 열망이 있었으나, 석사만 마치고 귀국해 맥주 양조의 실무에 복귀했다.

영국에 2년 있는 동안, 방학을 이용해 중부 유럽 여러 나라를 여행했다. 유럽은 어디를 가나 성당이 있고, 나 또한 가톨릭 신자이기 때문에 어디를 가더라도 나의 관심사는 성당, 박물관, 미술관이었다.

다들 유명하지만 그중에서도 기억에 남는 것은 대영박물관의 '로제타스톤'과 수많은 미이라, 런던타워에 있는 역대 왕들의 찬란한 보석 관과 왕홀, 루브르박물관의 '모나리자', 인상파 화가들의 그림, 로마의 성 베드로 대성당, 바티칸의 시스티나 성당에 있는 미켈란젤로의 '천지창조'와 '최후의 심판' 등이 기억에 남는다.

귀국해 공장에서 맥주를 만드는 현업에 열중했다. 맥주는 보리를 발아시켜 맥아(Malt)를 만들고, 이를 당화(糖化)하여 여기에 효모(Yeast)를 첨가해 발효, 숙성시키고 여과해서 만든 술이다. 맥아를 만드는 일이나 맥주를 만드는 일은 생물체와 곡물을 다루는 일이기 때문에 많은 생화학적 지식이 요구되며, 과학적인 양조지식도 요구된다.

맥주 하면 독일을 연상하지만, 그 기원은 메소포타미아 수메르 인들이 BC 4,000년경에 만들기 시작했다고 알려져 있다. 현재 독일은 Lager, 영국은 Ale, Stout, 체코는 Pilsen 등으로 유명하다.

세계의 많은 나라는 나름대로 명주(名酒)를 갖고 있다. 예를 들면 영국의 위스키, 독일의 맥주, 프랑스와 이태리의 와인과 브랜디, 소련의 보드카, 중국의 백주(白酒), 멕시코의 데킬라, 일본의 사케 등을 들 수 있다. 그러면 한국의 명주는 무엇일까? 선뜻 내어놓기 어렵다. 막걸리를 얘기할 수도 있으나, 나는 막걸리가 세계적인 명주가 되기는 어렵다고 본다, 그 이유는 막걸리는 효모를 걸러내야 맑고 투명하며 보존성이 길어지는데, 효모가 있는

탁한 상태로 있어 미관상 불리하며 보존성이 떨어진다. 어떤 술을 한국의 명주로 키워낼 것인가는 양조인들에게 달려있다.

술은 인간세계와는 끊을 수 없는 인연을 가지고 있다. 어떻게 보면 술은 건강에 해로운 음료로 생각할 수도 있으나, 이는 술을 남용하거나 오용하기 때문이다. 술은 좋은 일을 축하할 때도 필요하고, 외롭거나 슬플 때도 이를 치료해주는 명약(名藥)이다. 감미로운 분위기에서 음악과 와인 한잔은 우리의 생활에 여유와 풍요로움을 가져다준다. 서먹한 인간관계에서도 가벼운 생맥주나 소주 한 잔이 대화의 물꼬를 터주고, 부드러운 관계를 이끌어간다. 걱정되는 일로 마음이 심란할 때 한 잔의 술을 털어 넣고, 아무 생각 없이 밖을 바라보는 것도 근심을 해결하는 좋은 방법이 될 것이다.

회사 생활을 열심히 해 중역(重役)도 되었지만, 누구나 다 느끼듯이 회사 생활, 사회생활의 어려움은 인간관계이다. '행복은 성적순이 아니다' 라는 말이 있듯이, 회사생활도 실력순은 아니다. 인간 만사가 다 그러하다. 가장 중요한 것은 겸손하고, 자기를 낮추는 것이다. 나는 이런 점이 부족했다. 중역도 빨리 되었지만, 기대에 못 미치게 회사도 빨리 나왔다. 제고인들은 너무 정직하고 거짓말 못하는 경향이 있다. 나의 사견이지만 매일 학식과 양심을 강조한 탓도 있으리라. 나는 나의 아이들에게 항상 겸손함을 강조한다. 그들은 직장 생활을 나름 잘하고 있어서 다행이다.

나는 성당을 오랫동안 다니고 있고 가톨릭 신앙을 갖고 있다. 가족 전체가 성당에서 세례를 받고 신자가 되었기에 나도 그 흐름을 따랐던 것이다. 사람은 신앙을 가질 수도 있고, 안 가질 수도 있다. 이는 개인의 자유이며 선택이다. 많은 사람이 신앙을 가졌다가 다시 돌아서기도 한다. 진정한 신앙은 '기복(祈福)' 신앙이 아니다. 중요한 것은 믿음이 있고 이를 잘 지키면 절제하고 올바르게 살게 되어 생활도 평안하고 주변의 평판도 좋아지게 된다. 이는 나 스스로를 수련하는 좋은 방법이라 생각한다.

2023년에 요르단과 이스라엘을 성지순례 했다. 성지순례는 참으로 성스러운 여행이었으며 나에게 커다란 영적 기쁨을 주었다. 성서에 나오는 예수님이 태어나신 베들레헴, 성장하신 나자렛, 요르단 강의 세례터, 예수님이 설교하신 갈릴레아 호수, 올리브 동산, 고뇌하신 겟세마네 동산, 최후의 만찬장, 돌아가신 골고다 언덕, 부활하신 곳 등을 직접 둘러보고 미사를 드릴 수 있었던 것은 커다란 축복이며 은총이었다.

작년까지 하던 일본 회사의 Agent를 연말로 거의 정리했다. 이젠 시간이 남는다. 무엇을 할까 여러 가지로 알아보다가 지역 평생교육원에서 영어와 컴퓨터 강좌 몇 개를 신청했다. 영어로 하는 강좌 중에 '시니어 스토리 텔링 강사 과정'이 있었다. 그 자격증을 따게 되면 시니어들에게 재능기부로 봉사할 수 있을 것 같다. 꼭 그렇게 되면 좋겠다. 앞으로 '왕성하게 할 일'은 별로 없을 것 같다. 우리의 후세들이 좋은 나라에서 잘 살 수 있도록 그러한 나라가 되도록 조금이라도 힘을 보태는 일을 하고, 나의 모든 경험이 아이들에게 도움이 되면 참 좋겠다.

동기 중에는 벌써 유명을 달리한 친구들도 있고, 병환 중에 있는 친구들도 있다. 그들을 위해 틈틈이 기도한다. 졸업 50주년을 같이 하는 동기들이 많아 좋다. 그 친구들과 60주년, 70주년도 같이 할 수 있기를 기원한다.

숲과 꽃향기에 취해

산림생산기술연구소(광릉시험림) 근무 시절

이경재 임학(학사 · 석사 · 박사)을 전공하고 30년 동안 국립산림과학원에서 연구원으로 일했다. 현재 '강원영동생명의숲' 이사와 국립산림과학원 퇴직자회(산과회) 회장을 맡고 있다. 서울과 삼척을 오가며 예쁜 딸을 키우는 재미로 살고 있다.

나, 3학년 8반에서 졸업한 이경재야.

졸업 50주년 기념 문집에 넣을 글을 꼭 써달라는 '하명(下命)'에 고민하다가 나를 기억하고 있는 친구들이 별로 없을듯하여 내 소개나 하려 합니다.

대학과 대학원에서 '임학(林學)'을 공부하고 국립산림과학원이란 산림청 산하 연구기관에서 30년 가까이 근무하고 2016년 퇴직한 후, 나의 인생 목표인 백수 생활을 10년째 하고 있소이다. 산림과학원에서 우리나라의 숲을 어떻게 하면 울창하고 좋은 숲으로 만들지를 고민만 하다가 이룬 것 없이 퇴직하였네요.

그 알량한 지식으로 산림공무원들에게 '숲 가꾸기'에 대해 강의도 하고 교육도 했는데 제대로 잘했는지는 의문입니다. 얼마 전, 경북에서 2000년 동해안 산불보다 더 큰 산불이 나서 피해가 컸는데, 내가 제대로 잘 연구하지 못한 잘못도 있었던 게 아닌가 자문해 보기도 했습니다.

그럼에도 불구하고 우리나라 숲은 온 국민의 노력으로 정말 푸르고 울창해졌지요. 그 노력의 결과로 우리나라 녹화사업 성공 사례(산림녹화기록물)가 얼마 전 UNESCO 세계기록유산에 등재되었습니다. 지구상에서 우리나라처럼 황폐해진 산지를 푸르고 울창한 숲으로 회복시킨 나라는 우리나라밖에 없습니다. 온 국민이 축하하고 자랑스러워할 일지요.

요즘 길을 가다 보면 아카시나무(일반적으로 아카시아라고 함), 이팝나무의 흰 꽃이 흐드러지게 피었고, 간간이 보라색의 오동나무 꽃이 사이사이에 끼어 눈을 즐겁게 하고, 아카시나무 꽃 향이 코를 강하게 찔러 우리의 오감을 행복하게 하고 있습니다. 이 모두가 우리 국민의 '피와 땀'으로 이루어낸 결과입니다.

차창을 통해 풍기는 꽃향기에 취해서 고등학교 졸업하고 50년 동안 '무엇을 하며 어떻게 살아왔는가?' 반추해 봅니다. 아직 혼자 자유롭게 사는 친구들도 간혹 있지만, 나는 좀 늦었지만 48살에 장가가서 48년 차이의 띠 동갑 예쁜 딸 하나 낳아 잘살고 있음을 깨닫곤 합니다. 그리고 그런대로 직장과 사회생활에서 큰 잘못이 없이 살아온 것은 '학식은 사회의 등불, 양심은 민족의 소금'이라는 정말 멋진 교훈이 나도 모르는 사이에 내 잠재의식 속에서 작용하고 있었던 것은 아닐까 하는 생각도 해 봅니다. 다른 친구들도 잘 생각해 보면 알게 모르게 이 멋진 교훈이 사회생활을 하는데 틀림없이 영향을 주었을 것입니다.

이제 남은 생을 무엇을 하며 어떻게 살아야 할지 가끔 생각해 봅니다. 나이가 들면 알아도 모르는 척하며 잔소리하지 말고 살아야 한다는데, '그래도 배웠다는 사람이 뭔가 사회에 도움 되는 일을 해야 하지 않을까?' 하고 주변을 둘러보면 딱히 구미에 맞는 그 무언가가 잡히질 않네요. 그래서 인간의 의미를 찾아보고자 인간의 위치를 잠시 알아보았습니다.

빅뱅으로 생겨난 우주의 나이는 138억 년, 지구의 나이는 46억 년이라고 합니다. 우리 현생 인류는 30만 년 전에 출현해 현재까지 진화해 왔다고 하고, 태양은 점차 뜨겁고 어마어마하게 커지면서 50억 년 후 적색거성(赤色巨星)이 되면 지구는 태양에 먹혀 사라질 것이라 합니다. 이러한 태양계의 변화로 5억 년(길면 10억 년) 후에 지구는 생명체가 살 수 없는 환경이 되므로 인류는 그 전에 지구와 같은 환경의 다른 행성으로 이주할 수 없다면 사라질 수밖에 없겠지요? 결국, 인간은 '우주의 먼지에서 와서 우주의 먼지로 돌아갈 수밖에 없는' 운명이지요. 우주의 긴 시간 속에서 우리가 존재하는 기간은 정말 짧지요.

또한, 관측 가능한 우주의 크기는 930억 광년(1광년＝9,461조km)이라는데 상상이 불가한 크기입니다. 거대한 우주에 비하면 인간은 지구라는 백사장의 모래알 하나도 안 되는 작은 곳에서 살고 있는 현미경으로도 볼 수 없는 정말 '미물(微物)'이지요. 이런 생각을 하면 인생이 허무하기도 합니다. 그렇지만, 우주의 먼지가 인간이란 생명체로 태어나서 우주의 시간에 비하면 '눈 깜짝할 만한 시간' 도 안 되는 짧은 시간 동안이지만 지구라는 신비로운 곳에서 살고 있는 것은 어쩌면 인간에게만 주어진 '신(神)의 선물' 인지도 모릅니다. 그러니 열심히 행복하게 살아야 하지 않겠어요?

봄은 시간의 흐름을 잘 느끼게 하는 계절입니다. 몇 자 안 되는 글을 쓰는 사이 주변의 산에는 아까시나무꽃 향기가 지나가고 곳곳의 정원에는 장미꽃과 그 향기가 우리의 오감을 행복하게 해주고 있습니다.

장미꽃 향기를 맡으며 남은 생은 인간의 의미를 열심히 찾으며 행복하게 살아보려 합니다.

제고 19회 친구들, 내가 그대들에게 해줄 수 있는 것이 딱 하나 있네. 거의 평생을 숲만 보고 살아왔기에 혹여 가진 산이 좀 있는데 '숲을 어떻게 키웠으면 좋을까?' 하는 의문이 들어 나에게 요청한다면 어디든 찾아가서 무료로 현장 상담을 해줄 수 있네.

밥 한 그릇만 사준다면. 연락을 기대해 보겠네.

제고 졸업 50주년을 맞는 모든 친구에게 '모두 열심히 잘 살아왔네!' 축하의 말을 전하면서, '학식은 사회의 등불, 양심은 민족은 소금' 이란 교훈은 시대가 바뀌어도 길이 남아있기를 기대하면서 두서없는 졸필을 마치네.

다시 한 번, 학식은 사회의 등불, 양심은 민족의 소금!

아카시나무 꽃과 장미꽃 향기가 교차하는 5월에
강원도 삼척에서

청포도와 짝사랑

청포도 멤버들(맨 오른쪽이 필자)

이문수 약대를 졸업하고, 25년간 대웅제약, 영진약품, 한국업존 등에서 근무했다. 제약회사에서 주로 한 일은 신제품 개발, 해외사업, 신약 개발 및 글로벌 마케팅 등이었다. 분당에 살며, 용인시 수지에서 약국을 운영하고 있다. 취미는 친구들과 함께 미술 전시회 구경 가는 것이다.

'일체유심조(一切唯心造)'는 불교의 〈화엄경〉의 핵심사상을 이루는 말로 '모든 것은 오직 마음이 지어낸다.'라는 뜻이다. 과거는 지나갔고, 미래는 오지 않고, 현재는 한순간에 지나간다. 돌이켜보면, 내 인생과 모든 삶은 내가 선택하고, 내가 행한 결과물임이 분명했다. 나는 과거에 대한 지난날의 기억이 별로 남아 있지 않다. 지난 과거를 다시 소환하는 것은 지금 현재에는 생명력 다한 한 시절 순간들의 기억일 뿐이다. 지난 수많은 기억이 내 인생이었을 뿐이다.

반세기도 지난 인중·제고 시절의 기억은 옛 삼류극장의 영화처럼 비도 내리고. 종종 필름이 끊겨서 단절돼 있으며, 많이 헷갈린다. 기억을 소환해야 할 일이 있으면, 친한 친구들에게 물어봐서 그런 줄 알뿐이다.

내가 매우 확실한 기억으로 남아 있는 게 있긴 하다. 하나는 '청포도'라는 문학 서클이고, 또 하나는 서클 멤버였던 인일여고 한 여학생에 대한 생생한 아픈 기억이다.

내 인중·제고 시절의 기억은 거의 단편적이다. 학창시절 나는 조용하고 순진한 학생일 뿐이었다.

내가 생각해도 내가 많이 변해야 한다는 '절실한 욕구'가 있었다. 나를 바꿔야겠다는 절실한 시도로 고1 때 두 가지를 실천했다.

첫 번째로 실천한 것은 '복싱'이었다. 숭의동에 금강체육관이라는 복싱 도장이 있었다. 그곳에 등록해서 2년 동안 복싱을 수련했다. 1970년도 후반 한국 밴텀급 챔피언이 된 형과 스파링도 많이 했다. 내가 복싱을 좋아하는 이유는 명확하다. 복싱은 링 위에서 승·패가 정해지기 때문이다. 지지부진하지 않고 깔끔하게 결론을 낸다. 예전 복싱은 '헝그리' 운동이라 가정이 불우한 선수들이 많았다. 나는 매우 인간적이고, 한편 연민의 정을 느낄 수 있는 인간들을 좋아했기에 복싱을 좋아했다. 나는 지금도 복싱·격투기를 좋아한다. 예전에 K-1, 지금은 UFC, One Championship 등 MMA를 거의 중독적으로 시청한다.

두 번째로 실천한 것은 '인간관계를 넓히는 것'이었다. 나는 서클에 들어가 인간관계를 넓히고, 사교성을 키우기로 했다. 그래서 1학년 때 화학반에 가입했다. 18회 김순일, 김현군 선배가 나한테 본인들이 하는 '청포도'라는 서클에 가입하고, 19회 멤버들을 모집하라고 했다. 그래서 내가 주도해서 19회 '청포도' 서클 회원을 모집했다. '청포도'는 인일여고 학생들과 같이하는 문학 서클이었다. 당시 나는 서클 활동이 감수성 있는 호기심과 사회성을 넓히기에 좋다고 판단했다.

고등학교 3학년 초, 나는 아무 생각 없이 입시를 준비하고 있었다. 목표도 없었고, 막연하게 '서울대 공대나 가야지' 하고 있었다. 어느 날, 수업시간 중간에 강양희 선생님이 3반 출입문을 드르륵 열더니, 큰소리로 "이문수, 교무실로 와!" 하고 문을 쾅 닫았다. 내가 잘못한 게 하나도 없는데 뜬금없이 왜 나를 부르나 무척 의아했다. 교무실로 가니 '청포도' 멤버들이 다 모였다. 그 당시 학교에서는 학교 밖 서클 활동이 학칙에 어긋난다고 판단해 단속했다. '청포도'를 이어받은 20회 후배들이 서클 활동을 하다가 선생님들 단속에 걸렸던 것이다. 단속한 선생님이 "청포도의 선배들이 누구인지 대라!"고 했다. 결국 후배들은 선생님의 집요한 신문에 선배들이 누구누구인지 알려주었다.

강양희 선생님은 우리를 아주 껄렁하고 부끄러운 짓을 하는 학생들로 취급했다. 나는 이를 인정할 수 없었다. 우리 그 누구도 그런 잘못을 하지 않았다. 학교의 명예를 조금도 실추하지 않았다.

나는 더 듣기 싫고 힘들어, 강 선생님에게 조목조목 대들었다. "만약 부끄러운 행동을 했다면, 지금 당장 자퇴하겠습니다!"라고 소리 질렀다. 그랬더니 선생님은 내 귀싸대기를 '예배당 종 치듯이' 때렸다. 내 인생에서 귀싸대기를 처음으로 맞은 날이었다.

　1974년 고등학교 3학년 봄, 인일여고를 다녔던 내 첫사랑 그녀는 우리 청포도 서클의 멤버였는데 초기에만 활동하고 잘 나타나지 않았다. 그때는 만날 수 있는 방법이 별로 없었다. 다행히 나는 그녀의 집 전화번호와 사는 곳은 알고 있었다. 나는 꾹 참고 인내했다. 짝사랑이니 나만 힘들었다. 한 번은 용기를 내어 그녀의 집으로 전화를 했다. 전화를 받은 사람은 그녀의 오빠 부인(올케)이었다. 그녀를 바꿔 달라고 정중하게 요청했으나 바꿔주지 않았다. 어떻게 해서 그 올케를 학교 근처 빵집에서 만났다. 올케는 나에게 충고했다. 요지는 '그 애는 몸이 매우 약해서 요즘 병원 다니고, 링거를 꽂고 사는데, 고등학교 3학년은 대학 준비로 공부를 열심히 해야지 이러면 안 된다.'는 것이었다. 덧붙여 '대학에 들어가면 그때 만나라.'고 했다. 나는 올케의 말에 바로 수긍하고 그렇게 하겠다고 약속하고 헤어졌다.

　그때, 내 인생에서 '새로운 목표'가 생겼다. 의대에 진학해서 그녀를 건강하게 오래 살게 해주고 싶은 마음이 생겼던 것이다. 그래서 의대에 가기로 그날 결심했다. 내 목표는 '연세대 의대'였다. 본고사를 보러 서울로 가기 전에 그녀의 집으로 전화를 걸었다. 그 올케가 전화를 받았다. 나는 '의대에 합격하면 전화할 것이고, 떨어지면 나타나지 않겠다.'는 '비장한 말'을 남겼다. 나중에 생각해보니 굳이 하지 않아도 될 말을 뱉어버린 것이다.

　제고 19회 중에 연세대 의대에 합격한 사람은 한 명도 없었다. 나를 비롯해 몇몇 친구들이 시험을 보았으나 모두 낙방했다. 재수한 18회 김순일 선배만이 합격했다. 나는 내가 '내 코를 꿰는 특이한 재주'가 있는 줄 그때 알았다. 나는 그 이후로 그녀를 볼 수도 그 집에 전화할 수도 없었다. 돌이켜보면, 그때 그 올케가 충고했던 말 중에 '매우 아파서 병원에 입원을 자주 한다', '생사를 오간다.'는 말은 사실이 아닐 수도 있었다. 나는 그 시절에 그 정도로 순진했다. 아니 순진하기보다는 멍청했다.

　내가 그녀를 기억에서 다시 불러낸 것은 2024년 가을이었다.

나는 어쩌다 약사가 됐다. 대학 졸업하고, 25년간 제약업계에서 근무했다. 지금은 용인시 수지에서 14년째 약국을 운영하고 있다. 수지에 19회 동기인 한정열이 살고 있어서 자주 만나 즐겁게 이야기를 나눈다. 어느 날, 당구장에서 당구를 치며 이야기하던 중에, 정열이가 자신은 '아데스' 멤버이고, 그중 한 여성 회원이 인일여고 출신이면서 '동기회 마당발' 이라고 했다. 그러면서 그 여성 회원은 서울에 있는 유명한 음악대학 교수라고 했다. 50년 전 내 인생을 바꾼 첫사랑 '그녀의 소식' 이 불현듯 궁금해졌다. 그래서 한정열에게 그녀의 소식을 알아봐달라고 부탁했다. 카톡으로 연락이 되었다. 그 마당발 여성이 놀랍게도 그녀의 미국 캘리포니아 집과 한국 전화번호를 찾아내 알려주었다. 그 마당발 여성은 내게 '왜 그녀를 찾아야 하는지' 물었다. 또한 '그녀의 연락처를 알려줘도 되는 사람인지' 물었다. 나는 그녀 때문에 '내 인생을 걸었던 사람' 이라고 했다. 결국 마당발 그 여성은 첫사랑 그녀의 올케와 연락이 닿았다. 50년 전 나와 만났던 그 올케와 다시 연결된 것이었다. 마당발 여성을 통해 들은 그녀는 미국으로 이민 가서 잘 살고 있다고 했다. 다행이었다. 50년도 더 지난 그 시절의 가슴 시린 추억이 지금은 빙그레 헛웃음이 나오는 해프닝으로 남아 있다. 지금은 가슴이 두근거리지도 않고, 만나고 싶은 생각도 없다. 그때의 순수하고 아련했던 추억을 송두리째 잃고 싶지 않을 뿐이다.

한동안, 그녀의 전화번호를 지울까 말까 무척 망설였다. 그러다가 결국은 저장해 두었다. 아직도 '혹시나 하는 그리움' 이 남아 있나 보다. 그 전화번호가 전혀 쓸 일이 없어 보이는데도 말이다.

세상에 영원한 것은 없다.

속담의 달인, 나의 어머니

초등학교 졸업 당시

이상경 대학을 졸업하고 학군단(ROTC) 장교로 임관했다. 육군 대위로 전역 후, 현대중공업에 입사했다. 그 후에 LG그룹으로 이직해 10년 넘게 근무했다. 그러다가 IMF를 만나 퇴직했고, 개인 사업을 오랫동안 하였다. 지금도 현역으로 열심히 일하고 있다.

나는 지금까지 ‘학식은 사회의 등불 양심은 민족의 소금’ 을 가슴 속에 담고 살아왔다.

그 전의 생활 지혜는 어머님에게서 배웠다.

어머님께서는 내가 거짓말할 때나 진실을 말하지 않을 때는 “이놈아, 내가 너 머리 꼭대기에 앉아 있는데 어디서 거짓뿌렁이냐?” 하고 회초리를 드셨다. 그런데 정작 때리지는 못하시고 겁박만 하셨다. 그러곤 “이놈아, 바늘도둑이 소도둑 된다. 앞으로 절대 그러지 마라.”라고 타이르셨다.

어머님은 경상도 시골에서 태어나셨다. 학교에 다니실 때 조금은 날리셨던 것 같다. 어머님 말씀에 의하면, 그때는 일제강점기라 어린 마음에 아무것도 모르고 일본 선생이 가르쳐 주는 대로 잘 따라 해 학우들 앞에서 칭찬을 많이 받으셨다고 했다. 어머님은 그렇게 ‘똑똑한 학생’ 이었다. 당시 초등학교를 졸업하면 중학교에 진학해야 하는데 외할아버지께서 쌍지팡이 들고 중학교 진학을 반대하셨다. 결국, 어머니는 중학교에 가지 못했다. 일본 선생이 외할아버지를 여러 번 찾아와 어머니의 상급학교 진학을 간곡히 말씀드렸는데도 어머니의 중학교 진학은 무산되고 말았다. 그 후로 어머니는 할머니 밑에서 꿀벌을 키우며 사셨다. 나는 어렸을 적에 외할머니 집에 종종 놀러 갔다. 얼굴에 당시 유행하던 화장품인 ‘동동구르무’ 를 바르고 갔더니 벌들이 유난히 나에게만 달려들었다. 겁이 무척 많았던 나는 벌이 정말 무서웠다. 벌에 쏘이지 않으려고 이리저리 피하다가 마당에서 뒹굴기도 했다. 그 기억이 지금도 생생하다.

나는 어머니의 속을 썩이지는 않았다. 나름 착한 성격의 아이였다. 숭의국민학교를 졸업하고 담장을 같이 쓰는 ‘인천 남중’ 에 지원했다. ‘그깟 남중!’ 하고 건방을 떨었다. 그런데 낙방하고 말았다. 합격자 발표하는 날, 어머니를 모시고 발표를 보러 갔다. 그런데 합격자 명단에 있어야 할 내 이름이 없는 것이었다. 나는 보기 좋게 낙방한 것이다. 나는 그때 큰 충격을 받았다. 모시고 온 어머니를 뵐 면목이 없었다. 그때 어머니 마음은 어떠셨을까? 나는 어머니께 너무너무 죄송했다. 그날 하루를 어떻게 보냈는지 기억조차 나지 않는다. 나는 이를 계기로 2차 지망학교인 '인하부중'에 들어갔고 이어서 제물포고, 인하대, 학군단(ROTC) 군복무, 전역 후 현대그룹과 LG그룹에서 일했다. '인천 남중' 불합격 이후부터 시험을 보거나 측정을 하면 절대 떨어지지 않고 합격했다. 일화(逸話)로 제고 입학시험을 볼 때, 나의 수험번호는 '444'였다. 친구들이 그 수험번호를 보고 '너는 볼 것도 없이 불합격!' 이라고 놀려댔다. 그러나 나는 '당당히' 합격했다. 그 후부터 승승장구(乘勝長驅)했다.

울산 현대중공업에서 5년을 근무했다. 그랬더니 서울 향수병에 걸려 결국 LG그룹으로 이직하고 말았다. 이직했더니 나를 기다린 것은 '무한 연장 근무'와 '끝도 없는 회의'였다. 이것들이 나를 무척이나 피곤하게 만들었다. 일하다가 가끔 인천 집에 오면 어머니께서는 회사 생활은 어떠냐고 물으셨다. 그러며 나는 울산보다 몇 배 힘들다고 말씀드렸다. 그러면 어머니는 "이놈아, 세상일이 다 그렇다. 토끼가 여우 피하려다 범 만난다." 하시며 꾀부리지 말고 열심히 일하라고 하셨다. 어머니는 덧붙여 "돈 나오는 모퉁이가 죽을 모퉁이다." 라고 말씀하셨다.

그 말씀을 생각하면 입가에 미소가 번진다.

내 형님은 나보다 딱 10년 늦게 장가를 갔다. 늦은 장가였다. 그 당시 어머니는 형님에게 명언을 남기셨다. "얘야, 이웃 처녀 믿다가는 장가 못 간다." 어머니는 형님에게 사귀는 사람이 "어느 정도 맞으면 장가가야 한다."고 하시며 "참한 아가씨라 생각되면 얼른 장가가라."고 몰아붙이셨다. 형님은 어머니 말씀에 "안 되면 혼자 살지요."라고 했다. 그러자 어머니는 "이놈아, 홀아비 3년이면 이가 서 말이고 과부 3년이면 구슬이 서 말이다."라며 "장가가야 돈 모은다." 하셨다. 그렇게 닦달하셨다. 지금 생각해보아도 어머니는 당시 상황에 '꼭' 맞는 말씀을 하신 것 같았다. 아직도 어머니의 그 말씀이 머리에 맴돈다.

그밖에도 어머님께서 자주 하셨던 말씀은 "급히 먹는 밥은 쉬 체한다.", "일은 순서를 지켜 차근차근해라.", "아무리 급해도 실을 바늘허리에 매어서는 못 쓴다."였다. 어머니는 어느 날인가 텔레비전을 보시다가 "소금 먹은 놈이 물켠다."라는 말씀을 하셨다. 그때 어째서 그런 말씀을 하셨는지 지금도 잘 모르겠다. 어머니는 또 이런 말씀도 하셨다. "앞으로는 치매가 가장 무서운 병이니 항상 조심해야 한다." 젊었을 때 그렇게 총명하시고 똑똑하시고 지혜로우셨던 어머니는 팔순에 치매가 찾아왔다. 팔순 끝자락부터 돌아가실 때까지 치매로 조금 고생하셨다.

이제는 어머니는 다시 뵐 수 없지만, 어머니가 남기신 속담 말씀은 나에게 뜻깊은 추억과 소중한 지혜로 남아 있다. 오늘은 4월 25일이다. 조금 있으면 어린이날과 어버이날이다. 내가 결혼한 이후 어버이날에 꼭 지켜온 것이 있다. 이를 친구들에게 알려주며 글을 마칠까 한다.

내가 나이가 들어도 부모님은 늘 어린애로 취급하셨다. 그래서 부모님께 여전히 어린애였던 나는 어린이날이면 내 아이들을 데리고 부모님을 찾아뵙곤 했다. 이를 한 해도 빠짐없이 실천했다.

가정을 꾸린 내 두 아들은 어린이날과 어버이날을 합쳐 한 번에 끝내려고 한다. 내 생각에는 '부모님을 자주 찾아뵙는 것'이 최고의 효도다. 요즘 이 평범한 진리가 자꾸 생각난다.

"아버님 어머님 고맙습니다."

인생 후반은 자원봉사입니다!

코이카(KOICA) 시절

이석필　인하대 대학원(화공과) 졸업 후, 30년간 외국계 회사인 '로디아 실리카'와 '에어프로덕츠 코리아'에서 울산공장 공장장으로 근무했다. 퇴직 후에는 아프리카 에티오피아 산업부에서 '한국국제협력단' 자문관으로 근무했다. 그 후, 지금까지 꾸준히 자원봉사활동을 하고 있다.

나를 포함한 나의 모든 친구는 잠시 후면 '70세 노인'이라는 말을 듣게 될 것이다. 아직도 이를 인정할 수 없고, 하고 싶지도 않지만, 60대와는 또 다른 삶을 살게 될 것이다. 살아온 세월보다 살아갈 시간이 짧다는 것을 인정하기 싫어도 서서히 그곳으로 가고 있다.

지금까지 60여 년의 인생을 되짚어 보면, 나의 부모님은 당신들이 못한 공부에 대한 미련과 못 배웠음에 대한 홀대로 인한 한(恨)을 풀기 위해, 네 남매 자식이 좀 더 나은 인생을 살 수 있도록, 늘 좀 더 좋은 학교를 보내고자 하셨다. 다른 아이들보다 더 좋은 국민학교, 중학교, 고등학교를 보내려 하셨고, 남들이 부러워하는 대학에서 네 남매 모두 공부하게 하셨고, 대학원까지 공부하게 도와주신 선친(先親)과 어머니에게 한없는 감사를 드린다.

학창 시절 때, 내 생각은 '앞으로의 내 인생은 꽃길의 연속일 거야' 하는 막연한 바람 속에서 보냈다. 그러나 직장에 들어가고 결혼하고 자식이 생기면서 많은 실수를 하는 삶이 연속되었다. 이러한 실수와 실패는 여러 생각을 하게 했다. 한 번도 인생의 매뉴얼이라는 것을 본 적도 없었고, 한 번의 예행연습 없는 삶을 사느라 많은 시련과 실수가 연속되었다. 부부 삶의 매뉴얼, 부모 매뉴얼도 없었으니 당연히 자녀 양육에 대한 매뉴얼도 없었다. 그때그때 부모와 인생 선배의 입을 통해 또는 책 속에서 그 해답을 얻고자 했으나 그것은 그들의 삶이 배어 있는 해답이지 내 해답은 아니었다.

모든 문제집에는 '해답집'이 있다. 그런데 왜? 인생에는 인생 해답지나 매뉴얼은 없는 걸까? 만약 있다면 우리네 삶을 좀 더 슬기롭고 풍요롭게 하지 않았을까? 되물어 보지만, 내 대답은 "아니다."이다. 늘 돌아보면 후회스러운 일이 많이 남아있지만, 그렇지 않은 것이 더 많이 있었으니 그렇다. 수많은 실패와 낙담과 후회가 있는 60여 년의 삶이지만, 우리는 늘 그렇듯이 넘어지고 또 일어서고 다시 답습하고 또 반복하면서 억척스럽게 살아냈다. 그것만으로도 '성공한 인생이었다고 말할 수 있지 않을까?' 생각한다. 그래도 마음 한구석에는 작은 후회와 회한이 있는 것은 무엇 때문일까. 다시 그 시절로 돌아가면 잘할 수 있었을까? 실패하지 않았을까? 후회하는 일을 하지 않았을까? 이 또한 내 대답은 "아니다."이다, 이런 것들이 우리의 삶을 더욱 풍요롭게 하였으니까.

현재의 나를 알릴 수 있는 것이 무엇일까 생각하다가 최근 2년 동안 (2023~2024) 페이스북에 쓴 글 중에 몇 개를 뽑아서 올려본다.

24년 11월 23일 - 정리 정돈, 비움, 배려

오늘도 어김없이 청소년 무료급식센터에 나와 청소를 마치고 이 글을 쓰고 있다. 어제는 센터장님이 일찍 들어가신 모양이다. 마무리하는 자원봉사자가 뒷정리를 못 한 것 같다. 개수대에 먹고, 설거지 안 한 머그잔이 쌓여 있다. 청소를 마치고, 이 머그잔들을 씻고, 설거지통에 물 빠짐을 위해 받침대에 넣고 나서 마당으로 나갔다. 마당에 있는 감나무 잎이 거의 다 떨어진 것을 보며 생각한다. 만약 여름에 파랗던 나뭇잎이 가을이 되어 단풍이 들고, 겨우 내내 안 떨어지고 그대로 붙어있다 내년 봄까지 가면 어떻게 될까? 이런 예는 없겠지만, 그곳에는 새로운 잎이 나오지 못할 것이고, 나무는 서서히 죽어갈 것이다. 다시 감나무를 고개 들어 쳐다보니 몇 개의 익은 감이 달려 있다. 어른들은 말했다. 이것은 '까치밥'이라고. 정말로 우리네 조상들은 까치와 같은 새들에게 주려고 안 땄을까? 난 그렇게 생각하지 않는다. 굶주리고 배고픈 이들에게 마음껏 먹으라는 배려의 마음으로 남겨 놓은 것이 아닐까? 지금도 '잘 안 되는 비움'과 '배려 없는 나 자신'을 바라보며 이렇게 기도한다. "내가 살아온 세월보다 살아갈 날이 짧음을 압니다. 가을날 나무의 단풍잎처럼 잘 비울 수 있도록 도와주시고, 나무에 남아있는 까치밥처럼 나에게 있는 것을 나누어주며, 남을 배려하고, 경청하며, 말을 적게 하는 일상이 되게 하시고 건강하게 살 수 있게 해주세요.”

24년 4월 19일 – 늙음이란?

그 생각에 서글픈 하루가 될 것 같다. 오늘 오전에 강서 자동차 면허시험장으로 ‘1종 보통 자동차 면허증’을 갱신하러 갔다. 일찍 간다고 갔지만, 시험장 민원실은 사람들로 인산인해 만원이었다. 서류 작성과 동시에 번호표를 뽑았지만, 대기자 80명! 열군데 민원창구에서 서류를 처리하지만, 30분은 족히 걸릴 것 같은 느낌이었다. 긴 기다린 끝에 민원창구에 신청 서류를 넣고서 20분 기다리니 신규 운전면허증이 나왔다. 역시 한국은 속사포처럼 빨리빨리 처리가 가능한 IT 강국임을 실감케 했다. 앞면은 전에 비해 더 세련되었고, 뒷면은 영문 운전면허증으로 되어 있었다. 받은 신규 면허증을 신비롭게 들여다보고 있자니 조금 이상함을 발견하였다. 신규 면허증의 유효기간이 ‘5년’이란다. 예전에 받았을 때는 ‘10년’ 유효기간이었는데 말이다. 교통사고도 없었고, 신체 멀쩡하고, 건전한 사고를 갖고 있을 뿐만 아니라 전과도 없는데도 말이다. 창구에 가서 문의하니 법으로 65세 이상은 고령자로서 10년 유효기간이 5년으로 변경이 되어 그렇다는 것이다. 그리고 70세 기준, 75세 기준의 갱신 조건은 좀 더 엄격해지고 까다롭다고 한다. 아직 늙지도 않았는데 국가에서 ‘노인네 취급’을 하고 있다니 서럽다!

23년 10월 11일 – 이립(而立)

나이가 들고나면 자연스럽게 늙어간다. 이는 어쩔 수 없는 생의 과정이다. 육체는 예전과 같지 않다고 해도 마음과 정신은 풍요롭고 풍성해질 줄 알았다. 그런데 전과 같지 않게 조급해지고, 기다림에 화를 내고, 생각도 많아지고, 움켜쥐고 놓지 못하고, 한 생각에 빠지면 헤어 나오지 못하고, 남을 믿지 못하고, 나와 다른 생각을 틀렸다고 하고, 듣기보다는 말 자르고 먼저 말을 하고, 자꾸 잊어버리고, 싫은 소리를 들으면 고까운 생각이 들고, 먹으면서 자꾸 흘리고, 움직이며 무언가에 부딪쳐 아파한다.

공자가 아래와 같이 말했던가?
30대 이립(而立), 기초를 세우고(三十而立)
40대 불혹(不惑), 세상의 이치를 알아 판단이 흐리지 않고(四十而不惑)
50대 지천명(知天命), 하늘의 뜻을 알고(五十而知天命)
60대 이순(耳順), 말을 객관적으로 듣고 이해하고(六十而耳順)
70대 종심(從心), 뜻대로 행해도 어긋나지 않고(七十而從心所欲 不踰矩)

내 나이 60 후반을 향하니 이 나이라면 '지천명'은 이미 지났고 '이순'을 넘어 '종심'으로 가야 하는데 개뿔! 이런 생각을 하는 것조차 '지천명'이요 '이순'이라 하면 좋으련만, 아직 '이립'을 못 벗어나고 있다는 생각이 든다. 자괴감이 드는 이 마음을 어떻게 다스릴꼬. 이것이 '라떼'를 주장하는 꼰대의 실상이 아닐까?

23년 9월 30일 - 득도의 날들

자원봉사센터에서 커피 한잔을 놓고 이 글을 쓰고 있다. 10년 전, '2013년 9월 30일' 오늘은 나에게 잊혀지지 않는 날이다. 30년간 외국인 투자회사 직장생활 중 두 번째 직장을 다니다가 12년 만에 '잘린 날'이기 때문이다. 회사 다니면서 늘 하던 말이 내게 씨가 될 줄 몰랐다. "구조조정을 함에 있어 말단직원 10명을 치는 것보다 머리에 있는 중역 한 명을 내보내는 것이 더 효율적이다." 내가 다녔던 회사에서 중역 1호의 구조조정이 되었던 날이 바로 2013년 9월 30일이다. 그 전주 금요일에는 회사 창립 70주년 기념식을 호텔에서 거창하게 하고, 바로 그다음 주 월요일에 '중역 구조조정

1호’의 기회(?)를 맞이했으니 말이다. 갑자기 잘린 회사원들과 마찬가지로 나는 1년간 많이 방황했다. 방황 끝의 그다음 해 말에는 ‘한국국제협력단’ (KOICA) 자문관으로 아프리카에 가서 많은 경험을 했다. 실로 그곳의 1년 은 ‘득도(得道)의 날들’이었다. 그만큼 힘들었다. 한국에 돌아와서는 10년 동안 많은 일을 했다.

　자원봉사를 하면서 끊어진 사회적 소통라인을 새롭게 구축하고, 많은 사람과 인재를 만나면서 새로운 사회생활로 바삐 보냈다. 영원한 직장은 없다고들 이야기하지만, 그러나 있다. 그것이 바로 ‘자원봉사’이다. 내가 하고 싶으면 하고, 내가 골라서 할 수도 있고, 내가 시간을 선택할 수도 있고 정년도 없다. 자원봉사를 하다 보면 보수의 일도 생겨 적은 금액이지만 용돈이 들어오기도 한다. 10년 동안 내 아내의 삶도 많이 바꾸어 놓았다. 아내는 안락한 중역 부인의 삶에서 어엿한 자원봉사처 대표로 일하고 있다. 서로가 바삐 지내다 보니 아침에 얼굴 보고 저녁에 다시 대하게 된다. 서로 바쁜 하루를 보내고는 그냥 곯아떨어진다. 지금은 먼저 그리고 빨리 일반 사회에 나오게 해준 그 회사에 ‘고마운 생각’이 든다. 재직 감사패를 만들어 준 회사 동료 직원들의 얼굴을 하나하나 떠올려 본다.

어머니, 정말로 그땐 몰랐습니다

어머니 팔순 잔치(오른쪽 두번째 필자)

정영철 인하대에서 전기공학을 전공하고 졸업 후에는 한전, 한국지역난방공사, 위드인천에너지 등에서 40여 년 근무했다. 얼마 전에 양산과 세종 열병합발전소 시운전에 투입되어 일했고 지금은 도움 준 사람들에게 자문역할을 하고 있다. '발전소 귀신'이 되어 하루도 쉬지 않고 달려왔기에 푹 빠질 취미를 갖지 못했다. 양심이 소금? 그 양심은 가끔 팔아도 되는데 그걸 못하여 가끔 머뭇거리게 하고, 발목 잡는 경우가 많았던 것 같다.

어머님은 항상 마음속에 자리하고 계십니다.
고달픔과 아픔이 가슴을 찢어 놓더라도
항상 마음속에서 웃고 계십니다.

너무 어려서 철부지였던 저희 6남매를
흩어짐 없이 하나로 잘 키우셨습니다.

머리에 이신 식구들 양식거리 장만의 이불과 생선박스,
얼마나 머리며 고개며 허리가 아프셨습니까.
그땐 몰랐습니다.

또하나 양식거리 장만의 배추며, 무며 갖은 채소로
추운 날씨에 손과 발이 얼마나 시려우셨습니까.
그땐 몰랐습니다.

말썽을 피며 동네 친구들과 싸움을 하고
맞고 들어와도 맞았고, 때리고 들어와도 맞았습니다.
아버지께 맞을 때 어머니는 얼마나 가슴이 아프셨습니까.
그땐 정말 몰랐습니다.

오늘 하늘나라에서 어머님을 바라보고 계실 아버지께서는
맞을 짓을 하지 말고, 남을 해하지도 말라는 것이었는데
너무 늦게야 알았습니다.
그땐 정말 몰랐습니다.

작은 누명을 써서
학교에서 엉덩이가 부르틀 정도로 맞고 왔을 때
학교로 달려가시지도 않고 그냥 약만 발라 주셨습니다.
그땐 어린 나이에 원망도 했습니다.
그냥 엎디어 울고 있는 모습을 보시고 얼마나 마음이 아프셨습니까.
그땐 정말 몰랐습니다.

재산을 물려주지는 못해도
누구도 빼앗아가지 못하는 먹물,
머리에 먹물을 넣어 주셔야 한다고
학비 마련에 전전긍긍,
이집 저집 다니시며 집문서까지 들고 다니실 때
얼마나 서글프셨습니까.
정말 그땐 몰랐습니다.

배 아파 낳으신 자식인데
고단하고 근심과 걱정으로 힘들게 키우실 때 고마워하지 못하고
(그냥 저를 버리려고도 했습니다)
정말 죄송합니다.

자식들(제 자신)이 방황하고
스스로가 미워, 마음 아파하고 슬퍼할 때도
혼자 일어나라고 그냥 모른척하시느라 얼마나 힘드셨습니까.
정말 죄송합니다.

거짓으로 책값을 용돈으로 사용할 때
그냥 먹물이겠거니 이해해 주셨던 어머니.
연안부두 바닷바람에 그을린 모습을 보면서도 거짓을 해야 했습니다.
정말로 죄송합니다.

제 앞길만 바라보며 바삐 생활하느라 제대로 찾아뵙지 못해도
이해해 주시는 어머니.
자식들(저)에겐 마음속 깊이 어머니가 계셨기에 그냥 지나쳤습니다.
정말 죄송합니다.

성장하여 사각모가 얼마나 생소했습니까.
누구도 믿지 않았던 모든 것들을 얻으셨습니다.
얼마나 기쁘십니까.

외동아들에서 딸린 식구만 무려 20여 명
자식농사 생에 한번만 지으시는 건데 너무나 잘 지으셨습니다.
얼마나 기쁘십니까.

이젠 손자 손녀들의 새로운 생활을 지켜보시기에
얼마나 든든하십니까.

이젠 자식들로 하여 더이상 마음 아파하시지도,
근심과 걱정, 그리고 우려도 하지 마십시요.
어머니의 푸근한 맘속에 온 가족이 하나 되어 자리하고 있습니다.
또한 아버님도 저희 맘속에 함께 하고 있을 겁니다.

얼마나 푸근하십니까.

어머니께 더 큰 기쁨을 안겨주기 위해
자식들은 오늘도 열심히 살고 있습니다.
어머니 얼굴에 먹칠하는 일 없도록 성실히 생활하겠습니다.

어머니의 끝없는 사랑이 없었다면
모든 것들을 이룰 수 없었을 것입니다.

어찌 강이 바다라 할 수 있으며,
어찌 연못이 바다라 할 수 있겠습니까.
깊고 드넓은 어머니의 마음을 닮기 위해
바다로 바다로 흐르려 할 뿐입니다.

삶이 고달프고 아프게 하더라도
어머니의 마음을 상하지 않게 할 것입니다.

이젠 아버지의 양심을 닮고
어머니의 맘으로 자식들을 바라볼 것입니다.

사랑하는 어머니,
어머니 곁에 온 식구들이 모여 있습니다.
우리에겐 오늘이 얼마나 소중한 날인지 영원히 기억할 것이며
서로 사랑하고 아껴주는 그런 삶을 살겠습니다.

어머니,
오래오래 건강하시어
손자 손녀들 잘 성장하도록 지켜주십시오.

끝으로 어머니의 팔순을 맞이하여
어머니를 비롯한 모든 식구들에게 건강은 물론,
주님의 은총이 항상 함께하시길 기도드립니다.

어머니,
사랑합니다.

어머니 팔순 때
둘째 아들 영철이가 드립니다.

무엇이 사람의 운명을 결정하는가?

정일섭 인하대 행정학과에서 정년퇴임했고(2021년 8월), 2004년부터는 강원도 홍천에서 자연과 더불어 지내고 있다.

세상을 살다 보면 '무엇이 사람의 운명을 결정하는가?' 하는 생각을 하게 된다. 사회과학의 중요한 주제 중의 하나가 '정의'라고 한다면 사회과학을 공부하는 모든 사람은 정의와 관련하여 사람의 운명을 결정하는 요인에 대해서도 생각해 보았을 것이다. 그간 내가 생각해 본 바를 정리해 보면 다음과 같다. 인생은 타고난 개인적 조건, 주어진 환경, 살아가면서 맞이하게 되는 운, 개인의 의지와 노력이었다. 물론 더 나누어 볼 수도 있고, 나와 다른 생각도 얼마든지 있을 수 있다.

첫째, 타고난 개인적 조건은 개인의 외모, 성격이나 성품, 지적능력, 신체적 조건으로 나누어 볼 수 있다. 개인의 외모는 부인할 수 없는 것이 다른 사람에게 호감을 주는 경우도 있고, 그렇지 못한 경우도 있다는 점이다. 단체로 외국에 가다 보면 입국장에서 다른 사람은 그냥 통과하는데 유독 어떤 사람에게는 다른 사람보다 까다롭게 질문을 한다든지 귀국편 항공권을 제시하라고 하는 경우가 있다. 그런가 하면 외모가 뛰어나서 연예인이 되어 많은 사람의 사랑을 받기도 한다. 여성들로부터도 외모가 뛰어나면 많은 사람이 친절하게 대해주고 그 결과 성격도 밝아진다고 하는 얘기를 들은 적이 있다. 남녀를 불문하고 호감이 있는 외모는 세상을 살아가는데 편리한 점이 많다.

성격이나 성품도 보면 어떤 사람은 여간해서는 화를 내지 않는 사람이 있는가하면 어떤 사람은 같은 말을 해도 기분 나쁘게 하는 사람이 있다. 오래 전에 친구의 사무실에 전화하면 여직원이 먼저 전화를 받았는데 그 여직원의 응답소리를 들으면 저절로 기분이 좋아졌던 기억도 있다. 지적능력도 사람에 따라 다양한데 극단적인 예를 들면 정신지체 장애자도 있고, 소위 천재라고 불리울 만큼 뛰어난 사람도 있다. 신체적 조건으로 보면 타고난 건강체질부터 특정한 운동을 하는 데 적합한 조건으로 태어난 사람도 있다. 그런데 타고난 개인적 조건이라는 것이 운 또는 우연의 결과라는 것이다. 타고난 개인적 조건은 그 개인이 원인을 제공한 결과가 아니기 때문이다.

둘째, 주어진 환경이다. 주어진 환경은 태어난 나라와 부모를 생각할 수 있다. 주어진 환경이 어떠하냐에 따라 개인이 가지고 있는 여러 가지 조건이 더욱 발전될 수도 있고 묻혀질 수도 있다.

홍콩과기대에서 재직하다 지금은 연대 의대에 재직하고 있는 김현철 교수는 대한민국에서 태어난 것만으로도 전세계적으로 보면 상위 30%에 해당하는 행운을 누리는 것이라고 했다. 우리와 비슷한 연배의 빌 게이츠가 아마존의 밀림이나 아프리카의 정글에서 태어났다면 아마 아직도 맨발에 벌거 벗고 뛰어 다니고 있지 않았을까.

부모와 가정환경도 생각해 볼 수 있다. 세상에 어느 부모인들 자기 자식을 좋은 환경에서 자라게 하고 공부하게 하고 싶지 않겠는가? 하지만 현실적인 제약에 의해 뜻대로 되지 않는 것이 현실이다. 그렇다고 이상적인 조건을 자식에게 제공해 줄 수 있는 부모는 몇 명이나 되겠는가? 그런데 환경이라는 것도 주어진 것이라는 점이다. 나의 의지가 작용한 결과가 아니라 주어진 것이다. 물론 태어나고 나서 보다 좋은 환경을 찾아 이사를 가거나 이민을 갈 수도 있지만 태어났을 때의 환경은 나의 의지와는 전혀 관계없이 주어진 것이니 이 또한 운이라고 할 수 있다.

셋째, 살아가면서 맞이하는 운이다. 아파트를 청약했다가 당첨된다든지, 고속버스나 열차에서 어여쁜 여인과 함께 앉게 되고 그것이 인연이 되어 결혼까지 하게 되는 경우도 있다. 얼마 전 무안공항에서 난 사고와 같이 우연히 탄 비행기에서 사고가 나 대형 참사가 일어나는 경우도 있다. 이러한 운은 미리 예측하기도 어렵고 피할 수는 더욱 없다.

넷째, 개인의 의지와 노력이다. 아무리 주어진 조건이나 환경이 좋다 해도 의지와 노력이 없으면 좋은 조건이나 환경은 무용지물이다. 조건이나 환경은 개인의 의지와 노력이 결합될 때 비로소 꽃 필 수 있는 것이기 때문이다. 따라서 개인의 의지와 노력으로 이루어낸 성과야말로 무엇보다 값지고 소중한 것이다. 그런데 생각해 보면 개인의 의지와 노력이란 것도 개개인에 따라 천차만별이다. 매사에 열심인 사람이 있는가 하면 항상 느긋하고 낙천적으로 사는 사람도 있듯이 타고난 것이기 때문이다.

　과거에는 신분제적 제약으로 아무리 능력이 뛰어나도 능력을 발휘할 수가 없었다. 그러나 오늘날은 누구나 능력이 있으면 열심히 노력하여 능력을 발휘하고 사회적으로 평가받을 수 있다. 그러나 냉정히 따져보면 과연 그 능력이란 것은 어디서 왔는가? 개인의 의지와 노력만의 결과인가? 엄격히 보면 이루어낸 성과는 개인의 의지와 노력 외에 타고난 조건이 더 많이 작용했다고 볼 수 있다. 손흥민이 오늘날과 같은 축구 스타가 된 것은 뼈를 깎는 훈련이 있었기 때문이다. 그러나 신체적 조건이 축구를 하는 데 적합하지 않았다면 아마 손흥민이보다 두 배의 노력을 기울였어도 그 절반의 성과도 이루어 내기 어려웠을 것이다.

　따라서 인생의 대부분은 운에 의해 결정된다고 할 수 있을 것이다. 우수한 인재들이 의과대학에 가서 어려운 학업을 마치고 거의 10년이나 되는 준비과정을 마치고 나서야 의사로서 활동하게 된다. 그러므로 그간의 노력은 인정되고, 그에 걸맞는 보상 또한 이루어져야 마땅하다고 생각한다. 그러나 자신들은 우수하고 어렵게 공부하여 의사가 되었으니, 자신들은 특별한 존재이고 따라서 당연히 특별한 대우를 받아야 한다고 생각한다면 그러한 생각은 올바르다고 할 수 없다. 그들의 우수한 지적능력 또한 자신들의 의지와 노력의 결과가 아니고 우연이나 운의 결과이기 때문이다.

　그럼 어쩌란 말인가? 평생 '정의'를 연구한 하버드 대학의 존 롤스(John Rawls, 1921~2002)는 이런 글을 남겼다. "네가 남보다 좋은 조건을 갖고 태어나서 누릴 수 있는 혜택을 너 혼자서만 누리지 말아라. 그것은 사회가 공유해야 할 자산이다. 그 이유는 네가 남보다 좋은 조건을 가지고 태어나야 할 당연한 이유가 없기 때문이다."

그렇다 내가 남보다 좋은 조건을 갖고 태어났다면 그것은 우연이지, 그래야 할 당연한 이유가 있는 것은 아니다. 따라서 남보다 좋은 조건을 갖고 태어났다면 그 자체에 감사하고 겸손해야 한다. 그리고 나보다 부족한 사람을 위해 할 수 있는 일을 해야 할 것이다. 아울러 내가 남보다 부족한 조건을 갖고 태어났다고 해서 너무 비관할 일도 아니다. 내가 무슨 잘못을 저지른 결과가 아니기 때문이다.

이런 면에서 모두에게 고르지 않은 운을 고르게 해주고 기회를 공평하게 하는 것이 정부의 역할이다. 모든 사람이 인간의 존엄성을 잃지 않도록 최소한의 생활을 보장해주고, 공무원이 됨에 있어서도 사회경제적 약자에게 일정한 혜택을 주기도 한다.

모든 사람들이 자신이 원인을 제공하지 않은 '운'에 많은 영향을 받고 살아간다는 사실을 인식하고 살아간다면 세상은 지금보다 훨씬 밝고 따뜻해지지 않을까.

이루지 못한 인연

조재천 서울대 약대를 졸업하고 유한양행, 중외제약 등에서 근무하였다. 현재는 시흥시에서 작은 약국을 운영하며 인생 2막을 준비 중이다.

누구나 마음속에 가끔씩 떠오르는 노래가 몇 곡 정도는 있기 마련이다. 그리고 어떤 노래들은 들으면 바로 먼 기억 속의 그때로 우리를 소환하기도 한다.

영수에게는 Animals의 'House of the rising sun', Simon & Garfunkle의 'Bridge over troubled water', Rainbow의 'Temple of the king', 김광석의 '너무 아픈 사랑은…', 이선희의 '인연' 등의 노래가 그러했다.

****

1995년 5월, 영수는 둘째 아이가 다니는 유치원에서 주최하는 어린이날 행사에 참석 차 온 가족이 부근 미군 부대로 갔다. 이미 운동장에는 제법 많은 사람이 모여 아이들의 노는 모습도 보며 유쾌한 시간을 보내고 있었다. 어느덧 오전 일정도 끝이 나고 준비해온 도시락으로 점심도 마치고 잠시 소화도 시킬 겸 운동장을 어슬렁어슬렁 거닐던 그때, 잊혀졌던 모습이 눈에 들어왔다.

영신이었다. 채영신…. 마음 깊숙이 빚으로 남아있던, Simon & Garfunkle의 음악을 좋아하던, 묘한 분위기의 여인….

영수의 발길은 자신도 모르게 그녀에게 향했다.

"저…. 부근에 사시나 봐요?"

"네? 어머! 네…" 놀란 영신이 더듬으며 대답했다.

흔들리는 영신의 눈동자를 보며 영수도 무슨 말을 할지 몰라 망설이다 겨우 한다는 말,

"잘 지내셨죠?"

"아, 네…"

"……."

“그럼….”

더 이상 할 말을 찾지 못하고 그렇게 서로 목례만 하고는 돌아섰다.

그랬었다.

또 보자는 말도 못하고, 전화번호도 주고받지 못한 채 10여 년 만의 우연한 만남도 그렇게 지나갔다. 저녁 내내 “바보, 바보….” 속으로 되새기며….

라디오에서는 ‘Temple of the king’ 노래가 흘러나오고 있었다.

****

짧은 재회가 있기 10여 년 전 가을 어느 날, 영수는 주말을 맞아 전방 부대에서 복무 중인 친구를 면회하려고 청량리역으로 기차를 타러 가고 있었다. 그때만 해도 좌석제가 아닌 선착순이라 먼저 가야 앉아 가는 식이었다.

영수가 기차에 올랐을 때는 이미 상당수의 좌석이 2~3명씩 채워져 있었다. 다행히 학생 혼자 앉아 있는 좌석에 자리하고는 안도하며 생각했다. ‘곧 있으면 모든 좌석은 3명씩으로 채워질 터, 뚱뚱한 아줌마나 아저씨가 옆에 앉지 않기를….’ 마음속으로 바라며 잠시 눈을 감았다.

곧 출발한다는 차장의 안내 방송에 눈을 떠보니 맞은편 의자에 호리호리한 아가씨가 기대어 서 있는 게 보였다. 옆의 학생 쪽으로 영수가 자리를 좁히며 말했다.

“여기 같이 앉아서 가요.”

“아, 예. 감사합니다~.” 맑은 소프라노로 그녀가 인사를 하며 반겼다.

“어디 가시나 보죠?”

어색함을 달래려 던진 말에 갸름한 얼굴에 검은 눈동자가 매력적인 영신이 답했다.

“친구 만나러 가는 길이에요. 그쪽은요?”

“저는 친구 면회 가는 길이구요”

"친구 분도 공군인가요?"

영수가 입은 군복을 보고는 묻는 말이었다.

"내 친구는 육군이죠, 우리끼리 땅개라고 부르는… 하하."

"어머, 그런가요? 그럼 공군은 뭐라고 부르죠?"

말을 안 걸었으면 어쨌을까, 호기심 많은 아가씨였다.

"육군이 땅개니까 공군은 하늘개이겠죠? 아니면 날개?"

"호호, 그렇네요, 재미있어요."

이런저런 이야기를 나누며 몇 정거장이나 지났을까, 메모지를 한 장 건네며 그녀가 말했다.

"혹시 펜 있으세요?"

"네, 있을 거예요."

대답과 함께 볼펜을 건네자 영수의 손을 막으며 그녀가 나지막이 말했다.

"02-789-xxxx 적으세요."

"네? 02-789-xxxx. …근데, 이게 뭐죠?"

보면 바로 알 수 있는 것을, 평소 침착한 영수도 당황했는지 멍청한 질문을 하고 있었다.

"제 전화번호인데요, 저 이번 역에서 내려요. 다음 주 토요일에 전화주세요!"

영수의 대답을 듣기도 전에 다급히 자리에서 일어서며 그녀가 던진 말이었다.

****

"뚜루루~ 뚜루루~"

전화 신호음이 두세 번 울리자 그녀의 낭랑한 목소리가 들렸다.

"여보세요?"

“지난주에 기차에서 만났던….”

“아, 예. 기다렸어요.”

“?”

그렇게 영신과의 두 번째 데이트가 시작되고 몇 번의 만남이 반복되며 서로를 조금씩 알아가고 있었다.

영수와 영신….

서울에서 우연히(?) 만났지만 집도 동인천과 부평으로 같은 인천이었고, 나이도, 키도, 이름도 비슷하니 참 특이한 인연이라 생각되었다.

하지만 당시 사회 분위기였는지, 적극적인 성격 탓인지, 집에서 빨리 시집가라고 재촉한다는 말을 전하는 영신에게서 영수는 압박감과 난감함을 느끼곤 했다.

“그날, 우리가 우연히 만난 것 같죠?”

“응? 당연하지, 아니야?”

“내가 그 기차 칸에 들어섰을 때 영수 씨가 눈에 확 띄었어요. 그래서 그 앞에 가서 서 있었죠. 호호….”

“그랬었구나….”

그날도 서울에서 데이트를 마치고는 부평역에서 내려 집으로 데려다주는 길이었다.

둘이는 팔짱을 꼭 낀 채 어두운 언덕길을 걸어가고 있었다. 영수는 팔에 전해지는 영신의 부드러운 촉감을 느끼며 상쾌한 밤하늘을 쳐다보았다.

“난 제복 입은 남자가 좋더라.”

“음… 근데 난 직업군인이 아니야. 곧 군복 벗고 학교에 복학해야 해.”

“그래도 상관없어요.”

“허허, 그래? 군인이 좋다며?”

잠시 침묵 속에 몇 걸음 더 가서는 영신이 팔짱을 풀며 말했다.

"이제 거의 다 왔어요. 늦었으니 그만 돌아가요."

"응? 더 가도 되는데? 읍!"

기습 입맞춤에 어쩔 줄 몰라 하는 영수를 놔둔 채, 영신은 집 쪽으로 뛰어가고 있었다.

****

오늘도 영신을 만나러 가는 길에 영수는 몇 번을 다짐했다. 아무리 익숙지 않은 이별 통보일지라도 더 이상은 미루면 안 되겠다고….

하지만 평소처럼 커피 마시고 저녁 먹는 내내 영신은 전혀 눈치를 못 채고 즐겁게 조잘거렸다.

"학교에 복학하면 언제 졸업하는 거야?"

"1년 후겠지."

"그럼 그다음엔 뭐하고, 취직?"

"그렇겠지…."

"그럼 됐네, 호호."

되긴 뭐가 되었다는 건지, 영수가 취직할 때까진 자기가 벌면 된다는 듯이,

좋아하는 영신에게 바로 말도 못하고 영수는 속이 먹먹해졌다.

이윽고 전철에서 내려 영신의 집으로 향하는 길에서 영수는 용기를 내어 말했다.

"영신아, 나는 전혀 준비가 안 되어 있어…."

"응? 무슨 준비?"

"나는 학교도 마쳐야 하고, 그다음에도 어찌 될지 모르고. 마음의 준비도 전혀…."

"…."

“나는 결혼은 아직 생각도 안 해봤어.”

“상관없어. 나 기다릴 수 있어.”

다른 말로는 설득될 것 같지가 않았다.

“나⋯ 전부터 만나는 여자가 있어.”

“흑! 거짓말이야. 거짓말이지?”

“미안해. 하지만 너무 갑작스레 다가와 미처 말할 틈이 없었어.”

울음을 참으며 돌아서는 그녀를 잡지도 못하고, 멍하니 서서는 멀어져가는 뒷모습을 바라보고만 있었다. 어두워서인지 시야는 점점 흐려지고, 귓가에는 어디선가 익숙한 음악이 들리는 듯했다.

“♬ Like a bridge over troubled water~ ♬”

****

그날도 답답한 마음에 기분 전환 차 친구를 만나러 가는 길이었다. 중·고등학교 다닐 때부터 대학 졸업 후까지도 셀 수도 없이 다니던 동인천역 앞길을 20여 년 만에 또 가는 중이었다.

하지만 옛날 그대로인 건물은 간간이 보여도 상점은 모두 바뀐 듯해 약간은 낯선 거리를 두리번거리며 천천히 걷고 있었다.

그때였다. 길 건너편에서 걸어가고 있는 익숙한 모습이 눈에 들어왔다.

“설마⋯ 십여 년 만에, 또?”

그녀였다. 비록 나이가 들었지만 예전의 꼿꼿한 모습이 그대로인 영신이 틀림없었다. 영수는 그 자리에 굳어 선 채, 점점 멀어져가는 그녀를 눈길로만 쫓아가고 있었다.

“♬ 이 생에 못 한 인연~ ♬ 먼 길 돌아 다시 만나는 날~”

야속하게도 길가의 레코드 가게에서는 얼마 전에 순명이와 같이 본 영화의 주제곡이 흐르고 있었다.

내일 죽어도 호상(?)인 우리 나이

Venezuela 동네 사람들과 함께(필자 맨 왼쪽)

주창원 인하대(경영학)를 졸업하고 증권회사에서 근무했다. 그 후에 남미 베네수엘라로 건너가 10년을 살았다. 귀국 후에는 친구 이우재가 지은 책들을 독학으로 공부했다. 그것이 계기가 되어 지금까지도 '經' 자 붙은 책들을 읽고 있다.

借古照今(옛 것을 빌려 오늘을 비춘다)

졸업 50주년 기념문집에 글을 쓰려 하니 '내가 글 쓸 자격이 있는가?' 라는 물음과 함께 '좋은 학교, 명문이란 무엇일까?' 라는 생각이 들었습니다. 그런 생각들이 이리저리 뒤섞여 약간 혼란스러웠습니다. 2005년 졸업 30주년을 치루고 Venezuela에 가서 10년을 살다가 40주년 때 왔습니다. 이제 졸업 50주년을 맞이하는 2025년이 되었습니다. 글은 2018년 6월에 내 블로그와 '제고넷' 에 쓴 이후 처음 씁니다. 지나간 50년은 좋은 친구들과 함께한 행복한 시간이었습니다.

좋은 학교, 명문은 훌륭한 선생님과 좋은 친구가 있기 때문입니다. 반대로 왕따를 당했거나 학교와 선생님들에게 핍박을 받았다는 생각이 들면 세상에서 이야기하는 좋은 학교, 명문은 아닐 것입니다. 아주 오래전에 제고 5회 김학준 선배님께서 말씀하셨습니다.

"우리 학교 교가는 모든 학교 교가 중에서 학교 위치를 나타낸 구절이 없는 유일한 교가일 것입니다."

그렇습니다. '희망의 빛', '사랑의 동산', '배움의 집', '수련의 마당' 에서 좋은 친구들을 만나 즐겁고 행복한 시절을 보냈습니다.

無事猶成事(일 없음이 오히려 일이 된다)

늙는다는 것은 별 게 아닙니다. 어떤 동작을 할 때 자신도 모르게 몸이 무엇인가 잡거나 기대는 행동을 하는 것이고, 정신적으로는 '믿는 구석' 을 가지는 것입니다.

몸과 마음이 무엇인가에 기댄다고 해서 '늙음' 이 결코 나쁜 것은 아닙니다. '조금만 더 조심하자' 는 뜻이 들어있을 뿐입니다. 이제 우리 나이는 흔히 하는 말로 '입은 닫고 지갑은 열어야 한다.' 가 되었습니다.

Venezuela에서 낡은 스페인 풍 집을 사서 숙박업을 했습니다. 일 년에 두 달 정도 방을 팔면 돈은 많이 벌지 못해도 먹고 사는 데 지장이 없었습니다. 처음에는 목수나 일꾼을 불러 집을 고쳤습니다. 그런데 느릿하고 시원찮게 일하는 모습에 품삯 주는 것이 아까워 내가 직접 일을 했습니다. 비가 새는 지붕을 전부 걷어내고 머리 굴려 새로운 공법으로 시공해 이웃들에게도 알려주었습니다(페인트칠, 시멘트 블록 쌓아 방을 새로 짓는 등). 좌우간 그런 일들이 바탕이 되어 집 고치는 일은 무엇이든 혼자 할 수 있게 되었습니다. '공부는 머리로 하는 것이 아니고 몸으로 하는 것' 이라는 생각을 확고하게 한 시간들이었습니다.

집 바로 앞(2미터)이 해변 모래사장이었습니다. 그래서 늘 파도 소리가 들렸고, 방향을 바꾸면 밝은 아침 해와 붉은 석양에 물든 해를 볼 수 있었고, 휘영청 높게 뜬 달과 쏟아질 듯 반짝이는 많은 별을 보았습니다. 어린이 동화책에서나 나올 듯한 아름다운 풍경들이었습니다. 또한 현지 친구들과 스페인어를 공부하며 나름대로 '의미 있는 시간' 을 보내기도 했습니다. 친구 이우재 '싸부' (師父)가 선물로 준 〈논어〉 책으로 열심히 공부했습니다. 그 시간은 '게으름 피우지 않은 시간' 이었습니다.

Venezuela의 자연과 풍광 그리고 술 먹으면 스페인어가 더 잘 되어 무엇인지 모를 주제로 종일 떠들던 그 시간들이 이제는 아득하기만 합니다. 나이 예순이 넘으면 학력이 없어지고, 일흔이 넘으면 돈이 인생에서 지워진다고 합니다. 움베르토 에코가 지은 〈장미의 이름〉에서 독일 신학자 아켐피스가 한 말이 생각납니다. 'In omibus requiem quaesivi, et nusquam inveni nisi angulo cum libro(내 이 세상 도처에서 쉴 곳을 찾아보았으나, 마침내 찾아낸, 책이 있는 구석방보다 나은 곳이 없더라)' 이 말은 나에게 딱 들어맞는 말이었습니다. 지금 나는 '일 없음' 이 오히려 '나의 일이 된 시간' 을 보내고 있습니다.

日暮途遠(날은 저물고 갈 길은 멀다)

이제 우리 나이는 '日暮途遠'에 '不'자를 더해야 하는 시간이 된 것 같습니다. '日暮途不遠', 즉 날은 저물었지만 갈 길은 멀지 않다. '조금씩' 정리가 필요해진 시간이 되었습니다. 내가 7년 전에 마지막으로 쓴 글을 이제부터 다시 이어가려고 합니다. 친구 이우재 덕분에 익히게 된 한문 실력으로 읽은 '經'자가 들어간 책들과 한시(漢詩)에 대한 감상문을 써서 당시 느꼈던 감흥을 되새기겠습니다. 그리고 그때그때 느끼는 세상에 대한 이야기와 세상을 먼저 떠난 친구들에 대한 이야기를 써서 그 친구들과 함께 했던 그 소중한 시간들이 없어지지 않도록 하겠습니다.

내가 쓴 글을 누가 읽어 줄 것이라고 기대하지는 않습니다. 다만 내가 스스로 느꼈던 생각을 잊지 않고 기억하려 합니다. '그 아이의 재능은 무슨 색깔인가?'라는 쓸데없는 생각에서 벗어난 마음도 한몫했습니다.

예전처럼 '제고넷'은 이용하지 않고 내 블로그에만 글을 올리겠습니다. 친구들이 내 블로그(blog.naver.com/j65185)에 놀러 오면 함께 이야기를 나누겠습니다.

天下無人(천하에 남이란 없다)?

앞으로 졸업 60주년, 70주년을 축하할 일이 있을지 없을지 모릅니다. "내일 죽어도 호상(好喪)인 우리 나이야!" 하던 어느 친구의 말이 이제 나에게 진리가 되었습니다. 나는 '위대한 성공도 있고, 찬란한 실패도 있다'고 생각합니다. 어디선가 읽었는지 기억에 없지만 "세상이라는 전투에서는 졌을지 몰라도 열심히 싸웠다는 것은 분명하다. 그래서 한 발자국 내디딘 것만으로도 충분했다."는 말을 가슴속에 간직하고 있습니다. 성실함에서는 부족했지만 포기하지 않았다고 생각합니다. 그래서 '得易守難(얻기는 쉬워도 지키기는 어렵다)에 다다른 것 같습니다. '얻은 것을 변함없이 굳건하게 지키자' 고 마음먹은 데는 좋은 친구들이 있기 때문이었습니다.

'사랑은 마주 보는 것이 아니고 같은 방향을 바라보는 것' 이라는 말이 있습니다. 학창시절부터 60년 가까운 세월을 같은 방향을 바라보게 만들어 준 좋은 친구들이 내게 끊임없는 도움을 주었습니다. 그저 감사할 따름입니다. 그 친구들을 진실로 사랑합니다. 몸이 깨끗하지 않다는 핑계로 동기 모임에도 나가지 못합니다. 석 달에 한 번씩 멀리 집 근처로 와주는 '국민학교' 친구들, 한 달에 한 번 만나는 동네 친구들이 세상을 일깨워 줍니다. 가족과 외출하는 경우를 제외하면 그 모임뿐입니다. 그래서 각별하게 그들에게 고마운 마음을 전합니다. 남은 삶을 즐겁게 살겠습니다. 친구들도 그러하리라고 믿습니다.

'천하에 남이란 없다' 는 말을 귀하게 여기겠습니다. 마지막으로 내 마음에 깊이 와 닿는 글을 소개하며 두서없는 글을 마치겠습니다.

"세월은 도도히 흘러가고 노래는 자주 변한다. 아침에 술 마시던 자가 저녁엔 그 장막을 떠나간다. 천추만세는 지금부터가 옛날인 것이다."

(연암 박지원)

산타모니카에서, 그리운 벗에게

성당에서 찍은 사진(맨 왼쪽 황우정)

(고) 황우정 한국해양대를 졸업하고 현대상선에서 일했다. 미국으로 이민 가서 LA 산타모니카 비치 인근에 정착해 살다가 2024년 6월 3일에 우리 곁을 떠났다.

“캘리포니아에 있는 데스 밸리(Death Valley)를 다녀왔어. 그곳은 겨울에 비가 안 오면 비교적 따뜻해. 삭막한 사막도 있지만 나름대로 풍경이 그만이야. 온천도 있고 골퍼들은 골프도 즐겨. 그리고 고급 레스토랑에서 맛있는 음식도 먹을 수 있어. 특히 칠흑 같은 밤하늘에서는 아름다운 은하수를 종종 볼 수 있어.”

“나는 생물반이었어. 어느 날, 자유공원에 올라갔는데 인천 앞바다에 떠있는 외항선을 보고 그만 혹했지. 해양대학 들어가서는 훈련도 세고 다른 대학 다니는 친구들이 자유롭게 공부하고 노는 것이 부러워 괜히 왔다고 생각했지. 해양대학은 특수학교라 사회적으로 활동 범위가 무척 좁아. 배를 타다가 현대상선 본사에서 근무하는데 그곳에서 무척 갈등을 겪었어. 그러다가 하늘의 도우심으로 미국에 이민 가게 되었어. 꿈에 그리던 미국 땅에 도착 후에는 삶이 쉽지 않다는 것을 알게 되었지. 그 후로 기나긴 고난의 삶이 시작되었어. 나중에 알게 되었는데 미국인 대부분이 나와 같은 고생을 겪고 있었어. 미국이 좋은 것은 상하 관계를 그렇게 중요시하지 않아. 고생하는 사람이나 즐기는 사람이나 서로를 인정하고 존중하지. 이는 미국의 저력이야. 갈라져 있지만 일단 뭉치면 무지무지하게 강해.”

“해양대학 간 고교 동기들이 몇 명 있었어. 아직도 선장, 기관장으로 배 타는 친구들이 있지. 해양대학 동기회 카톡 방에서 가끔 소식을 받고 있어. 인생은 갇혀있는 것을 스스로 부술 수 있는 자에게 놀라운 선물을 가져다주지. 자유로움, 인내심, 포용심 등등.”

“김형석 교수의 인문학 강의를 유튜브를 통해 듣고 있는데, 그동안 품고 있던 의문들이 많이 풀리고 있어. 특히 기독교의 발전 과정이 인문학과 밀접한 관계가 있다는 가르침은 수수께끼를 푸는 열쇠가 되고 있어.”

“그리스에서 사도 바울의 발자취를 따라서 성지순례를 하는데, 가이드가 그리스도교를 이해하는 데는 알렉산더 대왕을 아는 것이 매우 중요하다고 해서 책을 사서 읽었지. 정말 눈이 '번쩍' 떠졌어. 그런데 김형석 교수의 인문학 강의를 들으니 이야기가 완성되네."

"나는 집 근처 미국 성당에 다니고 있어. 미국에 오래 살다 보니 한인 성당보다는 미국 성당이 신앙 생활하기가 편해. 처음에는 어색했지만 아침에 일어나면 유튜브로 Daily TV Mass로 미사를 드렸지. 지금은 영어 미사가 더 자연스럽게 되었어. 총회장직은 그만둔 지 6년 정도 되었어."

"나는 최인호 작가가 쓴 '상도(商道)'를 읽고 크게 감명 받았어. 장사에 경험이 없던 이민 초기에 큰 도움을 얻었지. '장사는 재물을 얻는 것이 아니라 사람을 얻는 것이다.' 라는 말이 크게 와 닿았어."

이 글은 황우정·이문수·백형찬 '카톡방' 대화 내용 중, 우정이가 한 말만 발췌한 것이다.

피고,
피고 또 피어
만고에
곱다

작대기와 동그라미가
한 인간의 삶에 미친 영향

필자가 만든 상자 속의 소중한 보물들

구재현 경희대 신문방송학과를 졸업하고 경희대학교 의료원에서 32년간 일했다. 젊은 날 풋살하고 술 마시며 음악 듣기를 좋아했다. 지금은 클래식 음악을 많이 듣는다.

나는 초등학교를 무려 다섯 군데나 다녔다. 경북 의성에서 태어나 어린 시절을 보내고는 1학년부터 강원도로 가서 황지, 도계, 사북으로 옮겨 다녔다. 한번은 이 학교에서 저 학교로 갔다가 다시 이 학교로 돌아오기도 했다. 그러니 아이들은 내가 누군지 다 알고 있는데 선생님은 새로 온 전학생이라고 나를 교단에 세워 소개하는 일도 있었다.

그래도 공부는 괜찮게 한 편이었다.

그런 나를 인천으로 데려가 준 분은 작은 외삼촌이다. 시골에서 썩히기 아까운 아이라고. 초등학교 6학년 초에 전학을 시키는데 창영, 축현 등 이름난 학교에서 받아주지 않아 거의 두 달을 허비하고 나서야 부평서초등학교에 들어갔다. 들어간 지 1주일쯤 후에 중간고사인가를 봤는데 반에서 중간쯤 했다. 졸업할 때는 3, 4등으로 올랐다. 중학교 시험 원서를 쓰는데 반에서 1등 한 A는 인중으로, 2등 한 B는 상인천중으로, 3등 4등 한 C와 D는 동인천중으로 보내졌다. C와 D 둘은 그 바람에 나와는 초등학교부터 중·고교 시절까지 동창이 되었다.

중학교에서는 과목별 배점 방식이 국어, 영어, 수학은 40점, 음악, 미술, 체육은 20점씩으로 비중이 달랐다. 선생님에 따라 시험 결과가 나쁘면 아이들을 체벌하기도 했는데 수학 선생님이 그랬다. 중2 때 수학 선생님은 40점 만점에 20점 이하인 아이들의 이름을 불러 일어서게 하고는 지휘봉 같이 생긴 작대기로 몇 대씩 때렸다. 절반 정도는 일어섰고 한 사람당 세대쯤 맞았을 것 같다. 나도 때리니까 맞았다. 내 점수는 18점이라고 했다.

얼마 후 성적표를 받았는데 수학 점수가 웬걸 28점이 아닌가? 화가 매우 났다. 당장 선생님께 가서 따지고 싶었지만 지나간 일인데다 선생님에게 가서 따지기에는 무리였다. 어디 가서 억울함을 호소해보지도 못하고 나홀로 자신에게 다짐했다. '오늘부터 수학 공부 안 할 거야!!!' 그렇게 나는 어린 마음에 상처를 입고 수학에 등을 돌렸다.

고등학교 입시를 보게 되었는데, 내 기억으로는 제고로 시험 보러 간 학생 수가 50명인지 합격한 것이 50명인지 확실하지 않다. 당시 40여 명이 합격한 것으로 봐서 50등까지 제고 원서를 써준 것 같다. 시험 보러 가기 전 E의 담임 선생님은 지원자들을 모아놓고 '너희는 학교의 명예를 빛낼 학생들이니 가서 시험 잘 보고, 합격하면 잊지 말고 학교에 꼭 찾아오라' 는 말씀을 하셨다고 한다. 나는 그런 기억은 없고, 어쨌든 그해 인중에서 제고로 곧바로 진학한 학생이 400명이고 200명이 다른 중학교에서 들어간 것으로 알고 있다.

제고에 들어갔으면 정신을 차리고 공부를 열심히 했어야 하는데, 놀다가 시험 공고가 나면 그때부터 공부하는 버릇은 변하지 않았다. 고1 때는 화성에서 온 F와 친하게 지내고 방과 후면 공을 찼다. 수학도 점점 어려워졌다. 그러다 보니 석차가 점점 내려가더니 고1 말에는 500등이 넘었다. 아뿔싸! 이거 안 되겠구나, 뜨끔했다. 결국 아무 생각 없이 지내다가 중요한 1년을 허비한 셈이 되었다.

고2 올라가기 전에 학교에서 문과와 이과를 가른다고 했다. 들어보니 문과가 2개 반이고 이과 8개 반이라고 했다. 조그만 쪽지에 '문과', '이과' 이렇게 써놓고 거기에 동그라미를 치라는 것이었다. 내가 자신을 생각할 때 문과 적성인 것 같은데 문제는 성적이었다. 2개 반 밖에 안 만든다는데 문과에 지원을 한다 한들 120명 안에 들어갈 수 있을까? 문과를 선택했다가 떨어지면 얼마나 창피할까 생각도 들었다. 며칠을 혼자 고민하다가 에이 모르겠다, 결국 이과에 동그라미를 치고 말았다.

이것이 내 인생의 가장 잘못된 선택이라는 건 2학년이 되자 곧바로 알 수 있었다. '수학I' 도 어려운데 '수학II' 까지 해야 했다. 다른 과학 과목도 그렇고, 수업시간에 열심히 필기하고 공부할 때는 그럭저럭 이해가 되는 듯했다. 그런데, 정작 시험만 보면 성적이 형편없이 나왔다. 이게 아닌데 이렇게 돌아가면 안 되는데 하면서 문과 반으로 옮겨달라고 말하고 싶었다. 하지만 이미 반 편성 다 끝나서 공부하고 있는데 선생님을 불편하게 만들고 싶지도 않고 그런 말을 할 용기도 없었다. 죽이 되던 밥이 되던 내가 선택한 거니까 남은 2년을 참고 견디기로 했다.

정말 힘들었다. 그놈의 동그라미를 왜 이과에 쳐가지고 이러고 있는지 자책이 많이 되었다. 손행규 선생님의 국어 시간에 나의 앞날이 걱정되어 무의식적으로 노트에 안에서 밖으로 뻗어 나가는 동그라미를 계속 그리고 있으니 내게 오셔서 내 얼굴을 빤히 바라다보시며 '동그랗게, 동그랗게' 하고 가신다. 윤연선의 '얼굴' 가사다.

2학년 때는 1학년 때보다는 공부를 좀 더 했는데 그래서인지 성적이 점점 올라갔다. 담임이시던 박기양 선생님이 어느 날 나를 일으켜 세우더니 '구재현이는 시험 볼 때마다 100등씩 올라간다.'고 칭찬을 해 주셨다. 그렇지만 국어 영어, 사회 같은 과목에서 점수를 많이 벌어 놓아도 수학, 물리, 화학 과목에서 다 까먹는 현상은 고3이 되어도 계속되었다.

고3 2학기 들어서면서 통학하는 시간이 아까워 홍예문 너머 있던 독서실로 거처를 옮겼다. 고3 말에 학교에서 대학 진학 배치고사를 세 번 보고 났는데, 결국 나의 졸업 성적은 230등이 되었다. 수학 점수는 정말 처참하였다. 세 번의 시험 총점 300점에 5점을 득점하고 평균이 100점 만점에 2점이 된 것이다. 과학 과목도 생물, 지학은 어느 정도 선방했지만 물리, 화학은 좋지 않았다.

인간이 왜 그 어려운 수학, 과학을 해야 하는지 가끔씩 수업시간에 공상에 빠지기도 했다. 용어 개념 잡기도 어려웠다. 수학 없는 세상은 없을까? 산수만 해도 충분히 먹고 사는데 이상 없을 것 같은데 말이다.

하여간 스스로 위안하기를 이과에서 2년간 그렇게 고생하고도 230등이 되었으니 나름 선방한 것으로 생각되었다. 문과로 갔으면 '수학II' 같은 거 안 해도 되었는데, 그랬다면 석차가 더 위로 올라갈 수 있었는데…
진한 아쉬움이 남았다.

학교에서 100등까지 서울대, 200등까지 연·고대 원서를 써준다는 말을
들었다. 나의 고3 때 진학 목표는 '고려대 국어국문학과'였는데 어렵게 되
었다. 등수도 30등 벗어났지만 고대 입시에 과락 규정이 있어서 수학에서
미끄러질 것이 뻔했다. 무슨 과를 가야 하는지 정보도 거의 없이 길을 알려
주는 사람도 없이 혼자 고민하다가 같이 공 많이 차던 G에게 물어보니 중
앙대 신문방송학과로 간다고 한다. 꿩 대신 닭, 친구 따라 강남 간다고 같
이 시험 보기로 했다.

대학 입시를 보는데 학교에서 단체로 대학교 근처에 방을 잡아 시험 전
날 서울로 이동했던 기억이 난다.

필기시험은 그럭저럭 치르고 면접을 하는데 면접관이 물었다. '평소에
신문방송학과에 관심이 있었나요?' '아니요, 성적 맞춰 친구 따라 왔어요.'
가 정답인데 그렇게 말할 수는 없고 일단 잘 보여야 하니까 '네, 그렇습니
다.'라고 대답했다. 면접관이 '그러면 미국의 유명한 일간지 이름을 몇 개
말해보세요'란다. 그걸 알 턱이 있나? 순간적으로 머리를 굴리다 'Time,
Newsweek'라고 대답했다. '사실은 공부만 하다 와서 잘 모르는데 입학해
서 열심히 공부해보겠습니다.'라고 해야 되는데 말이다.

귀신에 홀렸는지 어찌된 일인지 면접을 두 군데서 했다는데 그것도 모르
고 시험 끝났다고 덜커덕 인천으로 내려왔다. 필기시험에 어느 정도 했는
지도 모르지만 '면접1'에서는 주간지 이름을 일간지로 말했으니 거짓말이
들통 난 거고, '면접2'는 아예 불참했으니 붙을 리가 없었다. 아주 시원하
게 '똑' 떨어졌다.

재수는 싫고 하겠다고 집에 말하기도 어려웠다. 이리저리 생각하다 '경
희대 신문방송학과'로 결정했다. 필기시험 후에 면접을 보는데 면접관이

'오, 제물포에서 왔어요?' 하고 반긴다. 되었구나 싶었다. '성적은 어땠나 볼까요?' 하더니 잘했네, 못 했네 말씀은 안 하신다. '네, 썩 뛰어난 성적은 아니지만 제고에서 그 정도면 못한 거도 아니잖아요?' 속으로 말했다. 나중에 알고 보니 25명 중에 광주일고 나온 친구가 1등을 하고 나는 2등으로 합격이 되었다.

그것을 알아차린 건 입학 후 얼마 안 있어서 조교가 면담을 하자고 해서였다. 부를 이유가 없는데 하고 갔더니 '집안 형편이 어려운지'를 물었다. 어린 마음에 혹시나 집안 사정이 안 좋다고 대답하면 무슨 불이익을 주려나 생각하고 '아니요, 아무 걱정 없습니다.' 라고 대답했다. 나중에 알고 보니 장학금을 주려고 했던 것이었는데, 내가 굴러들어온 '복'을 걷어 차버린 것이었다. 그 장학금은 다른 누구에게 흘러갔음이 분명하다.

일단 대학에 들어와서 대학생활이 시작되었는데 마음속은 편치 않았다. 고교 시절 무슨, 무슨 학교는 되어야 대학교인 줄 알았고, 경희대는 75학년도까지 후기 전형을 해서 애교심이 없는 학생이 많았다. 대학 배지를 안 달고 다니는 경우가 흔했는데, 그래서 학교에서는 체대 다니는 학생들을 동원해서 대학 정문 바로 안쪽에서 등굣길에 배지를 달고 다니는지 검사했다. 나는 반발심에 들어가기 전에 배지를 차고 들어갔다가 100미터쯤 지나서 빼 버리곤 했다.

그러다 언필칭 반수, 대학입시를 다시 한 번 해보기로 결심했다. 하숙방에서 쓰던 책꽂이가 2단으로 생긴 것이었는데, 위는 대학교재 아래는 대입 수험도서로 채웠다. 다시 예비고사를 보고 성적을 받았는데 서울 커트라인에 걸려 겨우 합격했다.

더 좋은 어느 대학에도 시험 볼 수가 없는 점수였다. 그래서 나의 반수 생활은 그렇게 허무하게 끝났다. 지금 생각하면 등록만 하고 휴학을 한 후 입시에 열중하거나, 대학에 정을 붙이고 새롭게 생활을 했어야 하는데 이도 아니고 저도 아니고 어정쩡하게 대학 1년이 지나가 버렸다.

중학교 때 수학 선생님께 '작대기'로 맞지 않았다면 나는 수학을 잘했을까? 물론 아닐 거라 생각한다. 나의 아들딸도 수학을 잘 못했다. 나와 띠가 같은 모친은 '이상하게 산수 시간만 되면 잠이 오더라?' 하셨다. 그러니까 이건 틀림없이 '유전'이다. 그러면 어쩔 수 없는 건데, 그렇더라도 맞지 않았다면 수학을 멀리하고자 하는 마음이 생기지는 않았을 것이다.

'문과'에 동그라미를 쳤다면 어떻게 되었을까? 어려운 이과 과목을 안 해도 되니 성적은 더 올라갔을 것이다. 그랬어도 수학, 과학에 대한 핸디캡은 없어지지 않았을 것으로 생각된다. 그렇지만 조금 더 나은 선택을 할 수는 있었을 것 같다. 누가 좀 잘 이끌어줬다면, 지금 같이 무슨 정보든 쉽게 접할 수 있었다면, 아쉬운 마음에 이런저런 가정을 해보지만 모두 쓸데없는 일이 되고 말았다. 진학 교육에 대해 이런 생각은 해본다. 고등학교 1학년 때쯤 인생의 여러 갈래를 선생님들이 PPT로 만들어서 학생들에게 미리 보여준다면 나처럼 아무 생각 없이 살지는 않을 것 같다.

자식들에게는 나의 경험을 되풀이하지 않게 하기 위해 노력했다. 유전자의 힘으로 둘 다 수학은 잘 못했지만 그런대로 자리 잡고 산다. 나는 외삼촌 덕에 제고도 나올 수 있었고 그것만으로도 평생 자부심을 안고 살았다. 그때 나를 '인천'으로 데리고 오지 않았다면 어찌 되었을까? 대학 마치고 직장생활도 중간에 이런저런 사연이 많이 있었지만, 길게 보면 다른 보통 사람들에 비해서는 비교적 인생의 굴곡과 어려운 풍파를 겪지 않고 살아온 편이니 감사하며 살아야겠다.

학력에 대한 마음의 갈증은 대학 졸업 후 고려대 경영대학원에 입학함으로써 풀었다. 내가 이렇게 봄날 하루 종일 앉아 많은 시간을 들여 글을 쓴 이유는 아마도 국문과에 가지 못한 마음의 응어리를 잡글 쓰기로 푸는 것 때문에 아닌가 생각한다.

촌놈의 '인연들'

도산서원에서 친구들 부부와 함께(필자는 오른쪽 끝)

권대봉 대학 졸업 후, 배합사료 분야에서 40년 넘게 종사했다. 우리나라는 물론 북한을 비롯해 일본, 중국, 동남아, 아프리카 등에 다수의 사료 플랜트를 건설해 그 나라 국민들의 단백질 보충에 이바지하고 있다.

동이 트기도 전인 새벽 5시쯤이었다. 그 시간 라디오에서는 김형석 교수(당시 연세대 철학과)의 인문학 강의가 흘러나오고 있었다. 라디오를 듣는 둥 마는 둥 하며 대충 아침밥을 챙겨 먹고 길을 나섰다. 등굣길이었다.

집은 서울이었다. 경북 안동 촌에서 제법 공부를 잘했다. 공부 좀 하는 촌놈들은 대구로 서울로 명문 중학을 찾아 유학 가던 시절이었다. 중학교는 서울에서 다닐 계획으로 상경했다.

그러나 뜻대로 되지 않았다. 명문 중학에 도전했으나 고배를 마시고, 재도전을 위해 친척 어른이 6학년 담임으로 계시던 고양시의 한 국민학교에서 반(半) 재수를 하게 되었다. 그때니까 가능한 일이었다. 그런데 하필이면 바로 그 해, 서울의 중학교 입시가 사라졌다. 1968년이었다. 이듬해 신입생들부터는 추첨제, 소위 '뺑뺑이'로 중학교를 배정받게 되었다. 혼란스러웠다. 서울의 명문 중학 5개교는 아예 신입생을 받지 않는다고 했다. 목표를 잃은 재수생 권대봉은 방황했다. 어린 나이에 좌절과 상심은 상당했다. 그러나 솟아날 구멍은 있었다. 당시 교육계에 계시던 또 다른 친척 어른이 '서울에서 가까운 인천의 입시는 바뀌지 않았고, 당대 최고의 명문 중학이 있다.'는 언질을 주셨다. '인천중학교'였다.

통학을 위해 식구들과 따로 살 수 있는 형편이 아니었다. 상경한 인척들과 함께 살던 서울 영천(서대문 독립문 근처)에서 동인천까지는 2시간 반 이상 걸리는 먼 길이었지만, 어쩔 수 없었다. 다행히 동행하는 '통학 멤버'들이 있었다. 덕분에 등굣길은 즐거웠고, 먼 거리만큼 많은 추억이 쌓였다. 집을 나서는 새벽 5시의 발걸음이 그리 무겁지 않았다.

첫 번째 '멤버'는 놀랍게도 선생님이었다. 당시 도덕을 담당하셨던 신일균 선생님 댁과 우리 집은 불과 몇 백 미터 떨어진 거리였다. 서울 남부역으로 가는 길목에서 선생님은 항상 날 기다리셨다. 기차가 연착해 지각이라도 하는 날이면 든든한 우군이셨다. 선생님과 동행이면 지각생들이 받는 얼차려는 언제나 면제였다. 선생님과 함께 당시 화양극장이 있던 서대문 사거리를 지나 지금의 경찰청과 서소문공원을 지나면, 지금은 많이 사라졌는데 그 당시 수많은 노점상이 있던 염천교 다리다. 다리를 건너 서울역을 지나면 서울 남부역이었다. 역에서 다른 '멤버'들과 합류했다. 이*성, 이*택, 윤*국 등이었다. 이곳에서 우리는 함께 동인천행 증기기차에 올라탔다. 그리고 정차하는 역마다 또 다른 '멤버'들이 합류했다. 박*기와 홍*창이 노량진역에서 합류했고, 임*수, 오*룡, 황*재, 윤*식, 송*훈 외 여러 명이 영등포역에서 탑승했다. 수원에서 출발한 이*후, 백*기, 윤*용, 최*환 등도 이곳에서 환승해 경인선 기차에 올라탔다.

오류역에서는 송*수가, 소사역에서는 한*호가 승차했다. 부평역에서도 여러 명이 합류하고, 제물포역에서는 문*영과 곽*형 등이 탔다. 동인천역까지 겨우 한 정거장 밖에 안 갔던 이 친구들을 통학 '멤버'에 넣어야 하느냐 말아야 하느냐는 오랜 토론 거리였다.

그 기차간에서 어떤 이야기를 나누었는지, 어떤 장난을 쳤는지는 다 잊었다. 무엇이 그렇게 즐거웠을까. 오직 즐거웠다는 기억만 남았다. 그래도 기억나는 장면이 하나 있다. 소사역을 지나면 부평역 가기 전에 완만한 곡선의 커브 길이 있다. 이 구간을 지날 때면 기차가 서행을 하곤 했는데, 마침 기찻길 옆으로 복숭아밭이 펼쳐져 있었다. 호기로운 몇몇 고등학생들이 열차에서 뛰어내려 복숭아를 서리해오는 모습을 보고, 우리는 영화 속 주인공처럼 달리는 열차를 뛰어서 오르내리는 모습을 상상하며, 언젠간 해내고 말리라는 객기를 부리곤 했다. 열차에 우리만 있었던 것은 아니었다. 중학생 때는 누구나 첫사랑이 시작될 때가 아닌가. 기차간에서 우연인 듯 자주 마주치는 인연들이 있었다. 몇몇 '멤버'들은 함께 통학하던 인천여중 학생들과 사귀기도 했고, 그중 두 커플은 결혼에 골인하고야 말았다. 그때 경인선에는 '그런 낭만'이 있었다.

동인천역에서 내리고부터는 '체력단련' 시간이었다. 지각하지 않으려면 잰걸음으로 1킬로 남짓의 오르막길을 올라가야 했다.

헉헉거리며 교문을 통과하고 나서도 중학교 교실이 있는 곳까지 100여 개의 계단을 올라가야만 했다. 뜨거워진 허벅지로, 이마에 송글 맺힌 땀을 닦으며 교실에 도착하면 해는 벌써 저만큼 떠 있고, 집을 나선 지도 아침밥을 먹은 지도 한참이었다. 아침 자습시간 때부터 이미 점심시간을 기다렸다. 늘 배고프던 시절이었다.

훗날 언젠가 임*수 군과 함께 신 선생님을 찾아뵌 일이 있었다.

교장으로 퇴직하시고 고향 가평에서 문화원 원장으로 계시던 선생님과 강변의 매운탕 집에서 반주와 함께 그 시절을 안주 삼아 즐겁고 따뜻한 시간을 가졌다. 얼마 전 선생님의 뒤늦은 부고를 들었다. 조금 더 자주 찾아뵙지 못한 걸 후회한다.

2년여의 통학 생활 후, 중학교 3학년 마지막 10개월 정도는 학교 근처에서 하숙하며 고교입시를 준비할 수 있었다. 형편이 나아진 것은 아니었으나 집안의 기대가 커진 결과였다. 역시 하숙도 혼자 하진 않았다. 하숙 '멤버'는 임*수, 오*룡, 황*재, 박*렬, 이*성, (고) 장*환 그리고 나까지 일곱이었다. 하숙집은 당시 인일여고 정문 앞에 있던 공의표 선생님 댁과 그 앞집이었다. 선생님 댁이라고 하숙집이 절간이나 고시원이 되는 것은 아니었다. 겨울철 긴 밤에 출출함을 달래려고 주인집 장독 속 무김치를 참 많이도 해치웠고, 우리가 안방의 따뜻한 아랫목을 차지하고 공 선생님의 딸들을 윗목으로 내쫓은 적도 많았다. 지금은 고인이 된 장*환이 아예 주인집 아들인 양 아랫목에 비스듬히 누워서 자물통 채워진 '텔레비전'을 보곤 했는데, 그 넉살이 아련히 그립다. 일요일에는 하숙 '멤버'들과 캔맥주를 사 들고 부평 근처의 백운산이나 강화도의 전등사 등으로 소풍을 다녔다. 친구들과 시답잖은 이야기를 나누며 낄낄거리고 돌아다니는 것은 예나 지금이나 매한가지이니, 그 즐거움과 그 편안함이 변치 않았기 때문이리라.

30여 년 세월이 흘러 아들이 중학생이던 무렵에 온 나라를 힘들게 했던 IMF 외환위기가 닥쳤고, 나도 위기에서 자유롭지 않았다. 나뭇가지 한 개는 쉽게 부러져도 나뭇가지 묶음은 쉽게 부러지지 않지 않은가. 당시 내가 살던 목동 근처의 친구들이 하나둘 모였다. 유*영, 추*식, 문*영, 조*천, (고) 황*탁, 홍*횡, 권*명 등과 함께 주말마다 청계산을 오르며 세상일을 잠시 잊을 수 있었다.

알아도 모르는 척 몰라도 다 아는 양 그렇게 곁을 지켜준 청계산 '인연'들 덕에 위기를 벗어날 수 있었던 게 아닌가 싶다. 권*현, 이*선, (고) 조*선 회장과 김*, 채*창, 조*진 총무 이래 청계산우회는 많이 발전했다. 부부동반으로 확대되며 회원이 늘었고, 연 단위로 계룡산, 무등산, 치악산, 소백산, 태백산 등으로 부부동반 여행을 떠났다. 배 타고 갔던 한라산 산행, 문*영의 동화 같은 집에서의 가든파티와 마니산 산행, 안동과 영주로 갔던 유림답사, 강릉과 공주, 문화답사 등은 잊을 수 없는 추억거리다.

이렇게 지나고 보니, 삶의 장면 장면마다 홍예문, 자유공원 아래 웃터골에서 맺어진 훈훈하고 추억어린 '인연들'이 있었다. 어디 나쁜이겠는가. 앞으로도 남은 시간 동안에 지금처럼 각자의 삶에 든든한 조연이 되기를 바란다. 추억어린 '인연들'에게 감사하며 글을 끝맺는다.

칠십에 '백수건달'을 외쳐본다

외국 유학생 대상 한국어 수업(필자 맨 앞)

김남영 육군사관학교를 졸업하고 소위로 임관(35기)하여 포병 대령으로 예편했다. 신조는 '바르게 살자'이며 취미는 영화감상과 바둑 그리고 당구이다. 신앙은 기독교로 한국에 유학 온 외국인 학생들에게 한국어를 14년째 가르치며 봉사하고 있다.

어느 날, 부족한 나에게 '글을 써서 보내 주면 좋겠다.' 라는 제안을 받고, 한동안 지난 시간을 돌이켜보는 시간을 갖게 되었습니다.

서울에서 중학교 무시험이 시행될 때, 지방은 1년 후에 적용된다는 교육 정책으로 인해, 인천중학교에 응시하게 되었고, 이때부터 6년간의 열차통학을 하게 되었습니다.

중학교 첫 등교는 새벽 4시에 집을 나와 영등포역에서 동인천역까지 '증기기관차' 를 타고 간 것으로 시작되었습니다. 그 후, 열차는 디젤기관차에서 전동차로 다시 전동차에서 전철로 바뀌었습니다. 참으로 많은 세월이 흘렀으며 격세지감(隔世之感)이 느껴집니다.

열차가 운행 중에 멈추면, 놀랍게도 주검들이 간간이 열차에 실려 올라왔습니다. 그리고 커다란 함지박을 머리에 이고 인천에서 생선을 사와 팔며 생계를 꾸려나갔던 우리 어머니들의 그 억척스러운 모습을 열차에서 많이 보았습니다. 나는 그런 모습들을 보면서 이다음에 크면 '사회에 도움이 되는 사람' 이 되어야겠다고 다짐했습니다.

기차 통학하며 가장 아쉬웠던 점은 학교 수업이 끝나면 서둘러 기차를 타고 집으로 와야 했기에 인천에 사는 동기들과 함께할 수 있는 시간이 없었다는 것입니다. 그래서 내 주변에는 깊은 관계를 나눌 수 있는 친구가 거의 없었던 것 같습니다. 그것이 가장 아쉬운 점으로 남습니다.

반면에 '학식은 사회의 등불, 양심은 민족의 소금' 이라는 멋진 교훈과 무감독 시험제도는 나의 인생에 '반듯한 가치관' 을 심어 주었습니다. 그것은 무엇과도 바꿀 수 없는 소중한 마음의 자산이 되었습니다. 이러한 모교 교훈과 함께 육군사관학교 생도 시절 늘 읊조렸던 '우리는 안일한 불의의 길보다 험난한 정의의 길을 택한다.' 라는 사관생도 신조 역시 나의 소중한 가치관이 되었습니다.

이렇게 각인 된 가치관은 군대 생활에서 소중하게 작용되었습니다. 부대에 새로 들어온 신병들에게 전입신고를 받을 때, 나는 이렇게 훈시했습니다. "여러분들은 계급이 이등병이지 인간 자체가 이등병이 아니다. 군 생활의 시간을 여러분의 것으로 만들어라!", 그리고 상급자들에게는 이렇게 말했습니다. "봉급을 더 많이 받는 상급자가 더 많은 일을 더 열심히 해야 한다!" 그리고 상관으로부터 상식에 어긋난 불합리한 지시를 받았을 때, 나는 개인적으로 불이익을 당할 것을 각오하고 당당하게 직언(直言)하곤 했습니다. 이렇게 당당할 수 있었던 것은 모두 제고와 육사에서 받은 소중한 교육 때문이었습니다.

나의 신앙은 기독교입니다.

전역 후부터 지금까지 한국에 들어와 공부하는 외국인 유학생을 대상으로 한국어 가르치는 일을 14년째 봉사하고 있습니다.

위에 열거한 사항들은 내 자랑을 하려거나 내가 잘나서가 아니라 모교의 훌륭한 교훈 속에 담겨있는 '너는 과연 빛과 소금의 역할을 잘하고 있는가?' 라는 무언(無言)의 울림이 나를 올바른 길로 인도해준 것이라고 생각합니다. 그래서 모교에 대한 자부심과 함께 감사한 마음이 한없이 듭니다.

고교 졸업 50년이 되는 2025년, 우리 모두 고희(古稀)를 맞습니다. 이는 지금까지 살아온 시간보다 살아갈 시간이 적게 남았음을 의미하기도 합니다. 그러므로 우리 모두는 모교의 훌륭한 교훈을 가슴에 담고 초심(初心)으로 돌아가야 합니다. 건강관리도 잘하고 자기계발에도 힘써 작은 행복과 기쁨을 맛보아야 합니다.

또한 서로 이해하고 보듬어주며 베풀면서 멋지게 살아가는 모습을 후배들에게 보여주어야 하고, 다음 세대들에게 물려주어야 합니다.

끝으로 '백수건달'을 힘차게 외쳐봅니다.

'백'(백세 지나)– '수'(수명이 다할 때까지)– '건'(건강한 가운데)– '달'(달콤하게 살기)합시다!

제물포고 · 외대 동문회 '미네르바'

'미네르바' 동문회(필자는 앞줄 왼쪽 세 번째)

김상근 한국외국어대 법학과를 졸업하고 삼성화재 해상보험부에서 약 30년 동안 재직했다. 그 후, THB 손해보험중개사에서 15년째 해상보험 전문가로 일하고 있다.

미네르바 동문회와의 첫 만남은 1975년 1월 말경, 한국외국어대학교 입학시험 소집 일이었다. 이름도 모르는 여러 명의 선배가 나를 찾아와서 숙소로 지정된 하숙집에 짐을 풀게 하고는 대학 교정을 함께 거닐며 대학 생활 및 동문회 등에 대해 '실감 나게' 설명해주었다. 선배들의 말은 '외대 합격'에 대한 막연한 희망을 품게 해주었다. 선배들은 '여유를 가지고 시험 잘 치르라'는 응원의 말도 덧붙여주었다. 덕분에 '외대 합격'이라는 좋은 결과가 나왔다. 이러한 선배들의 격려와 응원이 미네르바 동문회에 대한 애정을 갖게 해주었다.

대학 재학 시절에 매년 모교에서 제물포고 총동문회 주관 하에 '대학별 체육대회'가 열렸다. 그날만큼은 재학생과 졸업생이 뒷동산 미네르바의 현수막 아래 모여 '으샤으샤' 단합하며 체육대회를 즐겼다. 행사 후에는 신포동에서의 뒤풀이를 통해 선·후배 간의 돈독한 정을 나누었다.

재학생 위주로 미네르바 동문회가 운영되었다. 우리는 잘 나가는 선배들의 직장을 찾아가 동문회 후원금도 받았고, 선술집에서 선배들의 주옥같은 조언을 귀담아듣기도 했다. 그때 나도 어서 빨리 졸업해 후배들에게 정을 베푸는 '멋진 선배'가 되겠다고 다짐했다.

1990년 이후부터는 미네르바 재학생 동문회는 신입생이 들어 오지 않아 더 이상 유지될 수 없었다. 더구나 IMF 사태 등으로 졸업생 위주의 동문회마저 유명무실하게 되었다. 나는 미네르바 동문회 재건을 위해 19회 동기들의 적극적인 지원을 받아 발기모임(2011년)을 갖고 현재의 동문회 조직틀을 만들었다. 그 후, 미네르바 동문회는 '쌍문회'(고등학교·대학교 동문)로서는 유일하게 존재하고 있다.

미네르바 동문회는 매년 4월에 회갑 축하연을 하고, 11월에는 정기 총회와 송년(送年) 모임을 가진다. 매번 모일 때마다 30명 내외의 동문이 참여해 동문 간의 우애를 다지고 있다. 미네르바 동문회는 19회 동기가 24명으로 제일 많고, 협조도 제일 잘 된다. 그래서 미네르바 행사 때는 우리 동기들이 가장 많이 참석한다. 그리고 나와 최한영 동기는 회장단의 일원으로서 열정을 가지고 동문회를 이끌어 가고 있다.

우리 동기로, 너무 일찍 평안한 곳으로 간 민호와 형준, 그리고 연락이 두절된 철하와 국명, 해외에서 열심히 사는 형주와 익순, 자주 만나지 못하는 광식, 광훈, 병식이가 있다.

모두 보고 싶구나. 부디 건강하고 행복하길 바란다.

미네르바 동문회는 물론, 매달 두 차례 원터골에서 돌문바위 근처 쉼터까지 짧지 않은 산행을 꾸준히 즐기고 있는 19회 동기 모임인 '청계산우회'도 모두 건강관리를 잘해 향후 10년, 아니 그 이상까지라도 변함없이 함께하기를 소망한다.

* 미네르바(MINERVA)는 로마신화에 등장하는 '지혜의 여신'을 뜻하며, 한국외국어대학교 도서관 건물 앞뜰을 '미네르바 동산'이라고 한다. 미네르바 동문회의 정식 명칭은 '제물포고·외대 동문회'이다.

빛과 소금

백형찬 고려대를 졸업하고 서울예술대학교에서 예술가를 꿈꾸는 학생들을 오랫동안 가르치고 정년퇴임을 했다.

124

모교를 'Alma Mater'라고 합니다. 그 뜻은 '젖을 먹여 기르는 어머니'입니다. 한자어 '母'에는 어미가 자식에게 젖을 먹이는 모습이 들어있습니다. 모교(母校)는 어머니처럼 젖을 먹여가며 나를 '정성껏' 길러주었습니다.

우리 집은 자유공원 기슭에 있어서 어렸을 때 공원에 올라가면 기상대 아래 아늑하게 자리 잡은 학교가 보였습니다.

그 학교가 나의 자랑스러운 모교가 될 줄은 몰랐습니다. 모교의 교훈은 '학식은 사회의 등불, 양심은 민족의 소금'이었습니다. 교표와 배지에 등대와 소금이 새겨져 있었습니다. 등대처럼 '세상을 환히 밝히고' 소금처럼 '썩지 않는 세상을 만들라'는 뜻입니다.

모교에는 훌륭한 선생님들이 계셨습니다. 몇몇 수업이 생각납니다. 1학년 1학기 국어책을 펼치면 맨 앞에 박목월의 '윤사월(閏四月)' 시가 나왔습니다. 국어 선생님(조동현)은 몇 시간에 걸쳐 시인과 시에 대해 가르쳐주었습니다. 그래서 청록파 시인들을 모두 알게 되었습니다. 지금도 '송홧가루 날리는 외딴 봉우리'를 읊조리면 그 시절이 생각납니다.

독어 선생님(정서웅)은 모교 선배로 〈데미안〉, 〈지성과 사랑〉, 〈싯달타〉 등 헤세 문학에 눈을 뜨게 해주었습니다. 서울 남산에 있는 독일문화원도 알려주어서 그곳에서 어학 공부도 할 수 있었습니다.

영어 선생님(전조영)은 낭만주의자였습니다. 어학실에서 'It was many and many a year ago'로 시작하는 에드거 앨런 포의 '애너밸리'를 짐 리브스 목소리(LP판)로 들려주었습니다. 지금도 그 시를 들으면 그 선생님 얼굴이 떠오릅니다.

상업 선생님(류시형)이 담임이었습니다. 한번은 무더운 여름에 우리 반 학생들을 모두 풀장으로 데려갔습니다. 그곳에서 수영 시합을 했습니다. 모두 '물개'란 별명을 가진 학우가 1등 할 것으로 믿었습니다. 호각 소리가 나자 나도 물속으로 뛰어들었습니다. 젖 먹던 힘까지 다해 그 물개를 따돌리며 '드라마틱' 하게 1등 했습니다. 우레와 같은 박수 소리가 터져 나왔습니다. 존재감이 없던 나는 그 일로 존재감이 있게 되었습니다. 지금도 그때를 생각하면 가슴이 '쾅쾅' 뜁니다.

서예반에서 활동했습니다. 서예는 유명한 서예가(박세림)에게 배웠습니다. 처음으로 배워 쓴 글자가 논어에 나오는 '無信不立' 이었습니다. 그 어려운 '無' 자를 얼마나 많이 반복해서 썼는지 모릅니다. 어느 날, 내가 쓴 글자('無信不立')가 표구되어 교실 복도에 걸렸습니다. 얼마나 놀라고 기뻤는지 모릅니다. 방송반에서도 활동했습니다. 운동장 조회가 끝나기 전에 서 있던 줄에서 얼른 나와 방송실로 달려가 행진곡을 틀었습니다. 행진곡이 힘차게 학교 전역에 울려 퍼지면 학우들은 신나게 교실로 들어갔습니다. '라데츠키 행진곡' 을 참 많이 틀었습니다.

잊지 못할 추억이 깃든 곳이 있습니다. 강당(成德堂)은 우리의 정신을 도야하는 '거룩한 전당' 이었습니다. 무감독시험 선서, 외부 강사 특강, 영어 발표회, 독후감 발표회 등이 열렸습니다. 강당 전면에는 여닫이문이 달린 커다란 태극기가 있었습니다. 그 태극기 앞에 서면 늘 숙연해졌습니다.

음악실은 우리가 가장 사랑한 공간이었습니다. 음악실로 갈 때가 가장 행복했습니다. 계단식 강의실에서 쇼팽의 '이별' 곡을 비롯해 '은발', '아 목동아' 등 주옥같은 명곡들을 배웠습니다. 그 노래들은 지금도 삶의 큰 위로가 되고 있습니다.

체육관에 들어가면 묘한 냄새가 났습니다. 매트에서 나는 냄새와 땀 냄새가 섞여진 냄새였습니다. 그곳에서 교기인 유도를 배웠습니다. 어느 날, 유도시간에 흰 띠인 내가 빨간 띠 학우와 대련하게 되었습니다.

그 학우가 나를 잡으려고 마구 달려오는 것을 나는 '배대뒤치기' 로 넘겼습니다. 그러자 그 친구는 보기 좋게 내 뒤편으로 넘어갔습니다. 학우들의 함성이 터져 나왔습니다.

　도서관에서는 삶의 소중한 것들을 깨우쳤습니다. 세계문학전집과 한국
문학전집을 읽었고, 국내외 수필집도 읽었습니다. 그리고 그 어려운 파스
칼의 〈팡세〉와 쇼펜하우어의 〈의지와 표상으로서의 세계〉도 읽었습니다.

　대학에서 근무하던 어느 날, 모교에서 연락이 왔습니다. 도서관의 책들
을 정리하니 필요하면 가져가라는 것이었습니다. 나는 달려갔습니다. 마당
에 책들이 수북이 쌓여 있었습니다. 그 속에서 손때 묻은 책 두 권을 골랐
습니다. 김형석 교수의 〈내 영혼이 고독하거든〉과 안병욱 교수의 〈영원과
사랑의 대화〉였습니다. 나는 그날 무척 행복했습니다.

　인일여고와의 인연도 이야기 안 할 수 없습니다. 지금도 예쁜 매듭의 인
일여고 겨울 교복을 생각하면 가슴이 두근거립니다. 어떻게 여학교와 담
하나를 사이에 두고 남학교 건물을 지었는지 궁금합니다. 그렇게 어울려
함께 크라는 배려였나 봅니다. 짓궂은 친구들은 밤에 담을 넘어 인일여고
교실로 들어가 여학생들이 앉는 방석을 가져왔습니다. 그러곤 보란 듯이
자기 의자에 깔고 앉았습니다. 당시 여학생 방석을 깔고 앉아 공부하면 원
하는 대학에 합격한다는 설이 있었습니다.

　그때는 여학생들과 '서클' 하는 것이 금지되어 있었습니다. 그렇지만 우
리는 했습니다. 선배들이 물려준 서클 '청포도'에서 인일여고 학생들과 함
께 활동했습니다. 회합 장소는 답동성당 가톨릭회관이었습니다. 회합은 이
육사의 시 '청포도'를 낭송하는 것으로 시작했습니다. 지금 생각해도 정말
순수한 만남이었습니다. 힘들었던 사춘기를 서로 도와가며 정신적으로 성
장할 수 있었습니다.

　대학에 들어가서도 인일여고 학생들과의 모임(다른 여학생들로 바뀌었
지만)은 계속되었습니다. 만나면서 서로를 마음에 둔 친구들도 있었지만,
안타깝게도 하나도 이루어지지 않았습니다. 그리고 잊을 수 없는 여학생이
있습니다. 그녀는 600명이 넘는 졸업앨범 속에서 나를 찾아냈습니다. 그러

곤 반듯한 펜글씨로 장문의 편지를 보내 만나고 싶다고 했습니다. 별제과점에서 그 여학생을 만났습니다. 그녀는 내게 노란 귤을 건네주었습니다.

모교는 언제나 나를 앞에서 이끌어주었습니다. 대학 생활할 때도, 군대 생활할 때도, 사회 생활할 때도 나를 힘차게 이끌어주었습니다. 나는 모교의 덕을 참으로 많이 보았습니다. 고마운 마음으로 교가(나운영 곡, 길영희 시)를 불러봅니다.

"여기는 희망의 빛 제물포고교 새 나라 험한 길에 바칠 정성은 아침 길 저녁 길에 더욱 새롭다 아아 네가 참 우리나라 학도로구나"

타시트!

칠순기념 가족사진

심우택 고교 때 응원가인 '타시트'를 만들었다. 대학 졸업 후 군대(정보사령부)에서 위문 공연단 MC도 맡고 공연 시나리오 작업도 많이 했다. IMF 때 정말로 많은 고생을 했다. 지금은 모든 것을 내려놓고 기쁘고 행복한 삶을 살고 있다.

　모든 스포츠 경기는 TV로 보는 것보다 경기장에서 관람하는 것이 생동감 있고 더 흥미진진하다. 각자의 편을 응원하는 함성과 일사불란한 동작들이 경기 몰입에 도움을 준다. 각 팀의 승패를 떠나 둘로 나뉘어 자기 팀을 응원하는 모습은 경기 이상의 재미가 있다. 흥겨운 음악에 맞춰 율동을 하는 치어리더의 움직임은 섹시하기까지 하다. 요즘도 호응을 유도하는 치어리더를 바라보며 간간이 회상에 젖는다.

　돌이켜보면 국민학교 1학년 때부터 담임 선생님의 지명을 받아 운동회 때나 반 대항 경기 때마다 반 친구들 앞에 나가서 어설픈 동작으로 응원 도우미를 했다. 그런 연유로 친구들 앞에 서는 것이 낯설지 않았던 듯싶다. 뭔가 보여주려고 춤 연습도 하고 멋있게 보이려는 동작도 준비하지 않았나 생각한다. 그렇게 하였던 행동들이 몸에 익숙해져 중학교에 입학한 후부터 응원단장으로 뽑혀 본격적인 과외활동을 시작했다. 그 당시 응원의 형태는 정해진 틀을 벗어남이 없이 짜여진 대로 진행을 했다. 예를 들어 선수가 출전하기 전 응원단이 있다는 것을 알리기 위해 학교 교가와 연습 된 박수로 정렬한 뒤, 출전하는 선수의 이름을 함성에 넣어 불러주고 응원단도 선수 못지않게 참여하고 있다는 것을 알린다. 그런 형태를 몇 개로 구분하여 응원하고 쉬고, 다시 응원하는 것을 반복했다. 대대적인 응원일 경우, 북한 응원단처럼 나무 짝짝이와 카드섹션을 위한 반짝이 판도 준비하곤 했다.

　응원의 전성기는 고등학교 입학한 후부터였다. 여느 때와 달리 응원단장에게 응원 시나리오 전권을 부여받았다. 그렇다고 내 마음대로 하는 것이 아니고 교장 선생님 이하 담당하셨던 선생님의 점검은 필수 사항이었다. 2시간가량의 응원이라면 그 시간 안에서 내용을 나름대로 구성했다. 시나리오는 전체의 틀 역할을 하였고, 응원의 내용은 상황에 따라 빠르게 대처했다. 전체 구성의 반 이상이 시나리오에 없는 애드립(Ad Lib)이었다고 보면 된다. 교가 또는 가요와 POP을 부르든 춤을 추든 상황에 따라 달리했다.

창조가 가능했다는 이야기다. 내심 희열을 느꼈던 것은 응원에 임할 때면 모범생활을 하던 '지킬박사'가 아니라 '하이드'로 변신할 수 있었다는 점이다. 또한 1시간 이상 이끌고 갈 응원 시나리오를 구성하는 것이 어려운 일이었지만 주도적으로 한다는 것에 한껏 신이 났다.

그 당시 밴드부에 요청했던 응원곡으로 가요는 펄시스터즈의 '커피 한 잔', '님아', 김추자의 '빗속을 거닐며', 키보이스의 '해변으로 가요' 등이고 POP은 Steam의 'Na Na Hey Hey Kiss Him Goodbye', Beatles의 'Ob-La-Di, Ob-La-Da' 였다. 대부분 박자가 빠른 노래라 밴드부원들의 수고가 많았다.

응원하며 놀라웠던 사실은 응원단이 '선수'였다. 응원에 있어 시행착오가 별로 없다는 점이다. 나의 움직임에 따라 호응하는 전교생의 호흡에 스스로 놀란 적도 무척 많았다. 연습 시간을 1시간 예정하고 시작하면 항상 15분씩 앞서 끝났다. 그 시간엔 노래를 잘 부르는 교우(校友)들이 앞으로 나와 노래를 했다. 일종의 보너스 오락시간이었던 셈이다.

응원에 필요한 개인 도구는 특별한 것이 없었다. 실력이 출중한 밴드부, 깃발 펄럭임을 조율해가며 힘차게 움직였던 기수들, 단합된 교우들이 모두였다. 그런 분위기 속에서 '타시트, 츄랑카, 카프라' 구호가 탄생했다. 1972년, 우리가 고등학교 1학년 때였다. 이 구호는 19회인 우리의 목청을 통해 울려 퍼졌다. 교가 합창을 시작으로 참가 선수들에게 '기(氣)'를 불어넣어주는 구호의 함성은 응원의 절정이었다. 오른팔을 힘차게 뻗어 올리곤 시작과 함께 삑사리 없이 한 사람이 외치듯 내뿜는 '타시트'는 '우리는 하나다'라는 메시지였다.

외치는 구호를 지켜보던 선생님께서도 '엄지 척'을 하시곤 했다. 특히 우리의 응원을 관람한 다른 학교 교우들의 찬사는 대단했다. 전교생이 짙은 옥색 체육복 상의를 입고 응원에 임했던 모습은 아직도 '강렬한 색의 그림'으로 생생하기만 하다. 제물포고의 상징과도 같은 이 구호는 지금도 각 운동 경기나 제물포고 출신 모임의 피날레를 장식하곤 한다. 졸업 50주년을 맞이해 한가지 바람이 있다. 19회 명의로 '구호비(口號碑)'를 모교 한 모퉁이에 세웠으면 한다. 이 바람이 꼭 이루어지면 좋겠다.

대학 입학 후 1학기를 마치고 군대 입대했다. 군에서도 주특기는 '특수정보'였다. 위문 공연단 MC를 맡으며 공연 시나리오 작업을 많이 했다. 정보사령부에 소속되어 HID(육군첩보부대) 요원 위주로 위문 공연을 했다. 그들에겐 분기별로 위로 행사가 있었는데 공연도 위로 행사 중 하나였다. 79년 초 전역 후 복학했다.

그해 7월 아버지가 뇌출혈로 쓰러져 별이 되셨다.

사업을 마무리하지 못하고 작고하시는 바람에 내가 사업 정리한다고 손을 댔다가 학업은 뒤로 미루고 건축설계와 건축시공 쪽으로 빠졌다. 말이 '정리'였지 마무리하지 못한 업무가 워낙 많아 끝을 보려면 2년 이상이 필요했다. 물론 내가 원했던 방향과는 멀어지는 계기가 되었다. 대학원에서 MBA 과정도 마쳤음에도 IMF 때 난파선에서 탈출하지 못했다. '산전수전(山戰水戰)'뿐만 아니라 '공중전(空中戰)'까지 다 겪었다. 지금은 '경험 철학자'가 되어 일상을 긍정적인 자세로 건강하게 보내고 있다.

전조영 선생님과 그랜드 캐니언

미국 유타에서 안식년을 보내며(배경은 그랜드 캐니언)

양문규 국문학을 전공하고 대학에서 오랫동안 '한국근현대소설'을 가르쳤다.

정확한 기억은 아니지만, 언젠가 전조영 선생님께서 중등 영어교사들을 위한 미국 현지 연수 프로그램에 선발돼 미국을 다녀오셨던 적이 있는 것 같다. 우리들은 수업시간에 미국 얘기도 듣고 싶고 또 그 김에 수업도 하지 않을 심산으로 선생님께 여행 얘기를 졸라 댔다.

선생님은 마지못한 양 하면서 몇 가지 얘기를 해주셨다. 그중에서 기억에 남는 건 그랜드 캐니언 얘기였다. 당시 국어 교과서에 천관우의 'K형에게' 라는 한자가 엄청 섞인 서간문 형식의 그랜드캐니언 기행문이 있었다. 선생님의 그랜드 캐니언 관람기가 자못 궁금했다.

선생님은 그랜드 캐니언의 장관이 아니라 뜻밖에도 그곳에서 사귄 관광버스 운전사 얘기를 해주셨다. 선생님은 그 운전사와 특별히 친해져 한번은 그에게, "전 세계 사람들이 모두 보고 싶어 하는 장관을 매일 구경할 수 있어서 좋겠다."라며 부러워하는 말을 건네셨단다.

그랬더니 그이는 오히려 자기 소원은 "이 지겨운 그랜드 캐니언에서 탈출하는"거라고 말하더란다. 그러면서 자기가 교사 경험이 조금 있는데 한국에 가서 영어를 가르쳐볼 수 없겠냐는 간곡한 부탁을 하더란다. 선생님을 한국서 온 교육계의 유력인사로 착각한 것 같다고 하셨다.

물론 그 부탁을 들어주지 못했는데 이후에 들어보니 결국은 일본 가서 영어선생을 하더란다. 선생님은 그 말씀 끝에 누구나 가고 싶어 하는 그랜드 캐니언의 관광버스 운전사지만, 한국을 그렇게 오고 싶어 했으니 거기를 못 가봤다고 그리 애석해할 필요가 없다고 말씀하셨다.

당시 우리들 영어 교과서 속표지에 하버드대학 벤치에서 독서하고 있는 미국 여대생 사진이 실려 있었다. 박성남(이 친구는 선생님 같이 서울사대 영어교육과를 갔다)이 선생님께, "연수 당시 하버드에 계셨다는데 혹시 이 사진 속 여학생을 보신 적이 있나?"라고 여쭤봤다.

선생님께서는 너무나도 깜짝 놀라는 표정을 지으면서, "아니, 제인

(Jane) 아니야!? 어떻게 얘가 사진에 나왔지!?"라며 천연덕스럽게 말씀하셨다. 나는 이런 선생님의 수업을 무척 재미있어 하고 좋아했다. 그랬건만 선생님은 아쉽게도 나라는 제자는 잘 모르셨던 것 같다.

선생님은 가끔 수업시간에 도서관 시청각실로 데리고 가서 '영어'가 아닌 클래식 음악을 틀어주셨는데, 언제는 곡명 알아맞히기 퀴즈를 했다. 아무도 대답 못하는 곡을 내가 몇 개 맞혔다. 선생님은 특유의 뒤집어지는 목소리로 "니가 웬일이냐!?"라고 하셨으나 그걸로 끝이었다.

지금 와서 얘기인데 나는 영어를 잘 하지도 못 했거니와 실제로도 선생님한테 직접 영어와 관련돼서는 뭘 배웠는지 전혀 기억이 없다. 기억에 남는 건 순전히 엉뚱한 거다. 어느 날 영어 문법 문제를 푸는데 선생님이 말씀해주신 정답이 자습서의 정답과 달랐다.

공부 잘하는 애들과 선생님 사이에 정답을 갖고 옥신각신 논쟁이 벌어졌다. 그때 마침 선생님 친구였는지 어떤 미국인이 선생님을 만나러 교실까지 찾아 왔었다. 선생님은 마침 잘 됐다면서 그 사람을 교실로 불러들이더니 그이에게 정답 자문을 구했다.

그 미국인은 자습서 답이 맞는다고 했다. 선생님은 그이 듣는 데서 미국인이라고 해도 실력 없는 애들이 얼마나 많은 줄 아냐고 하면서, 얘는 미국서도 좋은 대학을 안 나왔다고 막말을 하셔서 우리들이 마구 웃었다. 그 미국인은 영문도 모르고 따라 웃었다.

선생님에 대한 학생들의 호불호 편차가 꽤 큰 것 같다. 얼마 전에도 동기들 단톡 방에서 한 친구가 위악적으로 쓴 글이기는 하지만 선생님에 대해 비판적(?)인 글을 썼다. 나도 선생님의 인격이나 여러 생각들에 후한 점수를 드리고 싶은 제자는 아니다.

그럼에도 내 경우 오랜 세월 학생들을 가르치면서 수시로 선생님 생각을 떠올렸던 건, 아마도 선생님 같은 모습으로 학생들을 가르치고, 학생들에게 선생님 같은 이미지로 기억됐으면 하는 무의식적인 바람이 있었기 때문이 아닌가 싶다.

그중엔 수업시간은 어쨌든 재밌어야 한다는 점도 있다. 근데 그게 다는 아니다. 선생님은 당신이 가르치는 영어라는 과목에 대해 애정이 넘치고 즐거워하고 자신감 "뿜뿜"이었다. 우리들 눈에도 그것이 보였다. 나도 내가 가르치는 과목에서 만큼은 그런 선생이 되고 싶었다.

레인보우의 추억

레인보우(필자 앞줄 오른쪽 두 번째)

유태영　서울대 경영대 졸업 후 종합상사에 근무했으며 일본에 5년간 주재했다. 취미는 음악으로 베이스기타를 즐겨 연주하고 있다. 현재는 개인 사업을 하면서 춘추시낭송회 회원으로 활동하고 있다.

　고1 봄날의 어느 일요일 점심쯤, 도서관 앞 느티나무 밑 벤치에 우연히 홍대화 군과 같이 앉아있는데 어떤 고2 선배가 와서 대화에게 자기네 서클 가입을 권유하였다. 당시 홍대화 군은 인중 수석졸업자로 스카웃 대상이었던 듯했다. 대화가 가입을 수락하면서 "태영아, 너도 같이할래?" 하여 얼떨결에 가입한 서클이 바로 '그레이스 클럽'이었다. 나야 중학교 때 그저 평범한 학생이어서 스카웃 대상도 아니었고 요샛말로 끼워서 들어간 셈이지. 토요일 오후 처음으로 창영동 기독교 사회관에 가보니 우리 동기들과 인일여고 학생들이 대략 15명 정도가 한달 전부터 이미 활동 중이었고 대화와 나만 늦게 조인한 지각 멤버였다. 미국인 할아버지와 함께 영어 성경을 공부하는 서클이었는데 나는 아주 열심히 질문도 하면서 적극적으로 활동을 했었다.

　얼마 후 기수 회장 선거를 하는데 여학생들이 몰표를 주어 내가 회장으로 선출되어 나도 놀랐는데, 우리 동기 한 친구가 이의를 제기하면서 다시 투표를 해야 한다고 우겼다. 나중에 알고 보니 남학생들끼리 이미 우리 기수 회장을 미리 정해놓았는데, 엉뚱하게 늦게 들어온 내가 뽑혔으니… 아무튼 심약하기만 했던 나는 그 일로 상처를 받고, 선배 회장에게 이야기한 다음 자진 탈퇴를 하였다. 아마 지금 같았으면 안 그랬을지도 모르겠다. 그때 남자 동기 녀석들과는 지금 친하게 잘 지내지만, 문득 그 이야기를 하면 전혀 기억을 못 하는 듯했다. 그때 인일여고 멤버 중 한 명은 그 인연으로 지금도 함께 밴드에서 드럼 파트를 맡고 있고, 나는 베이스기타를 맡고 있다.

　그 후, 한 달쯤 지나서 송림초등학교 때부터 함께 지내온 황인탁 군과 문성진 군이 같이 '레인보우'란 서클에 들어가자고 해서 망설이다 가입을 결심하고 어느 토요일 선배들에게 신고식을 하게 되었다. 당시 졸업한 15회, 16회 선배들도 왔었는데, 원래 레인보우는 제고 역도부, 검도부 출신들이 만든 서클로 다들 체격이 보통이 아니었다. 그래서 우리 멤버도 추홍식, 원진희, 황인탁 군 같이 운동부 출신들 중심이었고. 깡마른 나를 보고 선배들이 고개를 갸우뚱했는데 인탁이가 자기랑 친하고 운동 잘한다고 소개를 해서 가입하게 되었다. 우리는 공식적으로 레인보우 4기다. 그 후 매주 토요일 뒷산에 모이라고 해서 가보면 18회 선배들이 군기를 잡는데 지금 생각해도 참 웃음이 난다. 다른 서클 친구들은 여학생들과 재미있게 노는데 레인보우는 완전 군대식이고 동기에게도 나이가 많으면 '형'이라고 부르라고 했다. 생일 순으로 정했는데 R(이내희) A(문성진) I(서을원) N(황인탁) B(원진희) O(추흥식) W(유태영) 그리고 학기 중 박창혁 군이 특별히 알파로 가입을 했다. 내가 가입하고 제일 좋아했던 친구가 흥식이다. 자기 동생 생겼다고 좋아한 것이다. 흥식이는 나보다 생일이 한 달 빨랐다.

자유분방하고 소심하고 심약했던 나는 고1 초에 레인보우 활동을 하면서 군대 문화에 적응하지 못해 아주 애먹었다. 당시로서는 드물게 자주색 연습복에 자수로 만든 '빨 주 노 초 파 남 보' 색상에 각자의 기호를 붙이고 입고 다니게 했던 선배들도 참 앞서간 분들이었다. 그때부터 내희는 리더십이 탁월했다고 기억된다. 고 2때 주말마다 1년간 제물포 우리 집 지하실에서 음대 출신인 누나에게 지도를 받으며 합창 연습을 했다(레인보우 전통이 고2 말 때는 무조건 나름대로 뭔가 해야 하는데 우리는 합창 발표회를 갖기로 했던 것이다). 그러면서 정도 많이 들고 완전히 멤버로서 적응하게 된 듯하다. 고2 말, 크리스마스 즈음 지금 없어진 제일교회 구 예배당에서 성황리에 공연을 끝냈다. 당시 인천 시내 여학생들도 많이 왔었는데 지금도 제일 추억에 남는다.

그 후, 50여 년의 세월이 흘렀지만 지금까지도 제일 가깝게 조우하고 있는 친구들이 되었다. 특별한 친화력의 황인탁 군이 몇 년 전 하늘나라로 떠나가서 큰 구멍이 생겼고, 각자의 삶 속에서 인생의 희로애락을 겪었다. 흩어져 살다보니 자주 만나지는 못하지만 그래도 정기적으로 만나 밥도 먹고 추억도 나누면서 함께 늙어가고 있다.

군 시절 함께 한 '盡人事待天命'

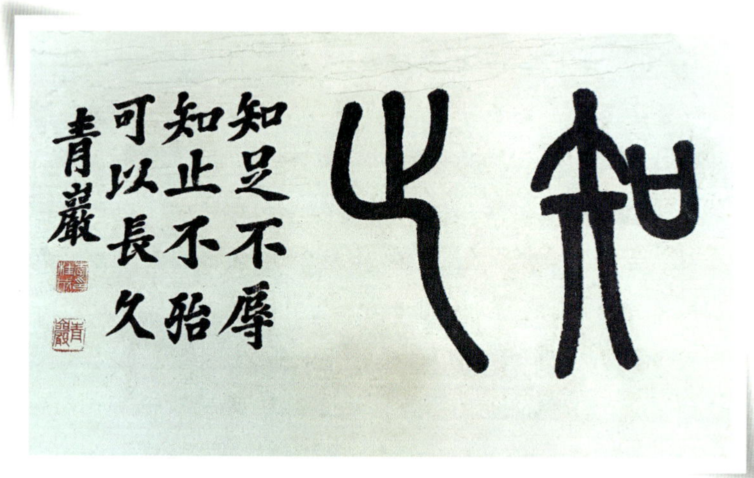

필자의 좌우명 '知止' 서예 작품

이계성 육군사관학교(35기)를 졸업하고 육군 소위로 임관했다. 2008년에 육군 준장으로 진급했고, 국군수송사령관으로 근무하다가 2011년에 정년퇴직했다. 서예로 대한민국미술전람회 및 한국서가협회 공모전에 다수 특·입선했다. 강화에서 전원생활을 하며 시서화(詩書畵)를 즐기고 있다.

군 복무 시절, 나의 좌우명은 '盡人事待天命'(진인사대천명)이었다. 자신이 당면한 일에 최선을 다하고, 그 결과는 하늘에 맡긴다는 뜻이 나에게 잘 와 닿았기 때문이다.

그런데 고3 때 특차로 육사 1차 필기시험에 합격한 후 발생했던 에피소드는 그러한 나의 좌우명을 구현했던 것으로 생각되어 몇 자 적어본다.

1974년 8월경, 나는 육군사관학교 1차 필기시험에 합격하고, 10월에 치를 2차 시험을 준비하고 있었다. 2차 시험 과목은 신체검사, 체력검사, 면접이었다. 그중에서도 신체검사는 현장에서 '불합격' 판정을 받으면 바로 탈락하는 과목이었다. 그래서 당시 육사 생도 선배의 조언에 따라 일반 병원에 가서 간이 신체검사를 받았다. 혹시라도 안 좋은 부분이 있으면 미리 보완할 생각에 체크한 것이다. 그런데 '혈압이 높다'는 충격적인 결과가 나와 버렸다. 의사의 진단은 원인을 알 수 없는 '본태성 고혈압'이라 했다. 이대로라면 2차 시험에서 불합격할 것은 불 보듯 뻔했다.

그 당시, 나는 '육사에 꼭 들어가야 한다.'는 절박함이 있었다. 고3 초, 우연히 알게 된 육사 입학 시 혜택(4년간 전액 장학금과 숙식 제공)은 나의 마음을 사로잡았다. 어릴 적부터 공장 근로자로 힘들게 일하시는 아버지 모습을 보아온 나에게 있어 '육사 입학'은 절실한 목표가 된 것이다.

아무튼 고혈압 판정 이후, 혈압을 낮추기 위한 노력이 시작되었다. 학교 근처에 있는 내과 의원에서 고혈압 치료약을 처방받아 매일 복용하고 하굣길에 혈압을 수시로 체크했다. 혈압은 그야말로 변화무쌍했다.

재는 시간대에 따라 다르고, 심리상태에 따라서도 다른 결과가 나왔다. 많이 재다 보니 팔뚝으로 전달되는 압박감만으로도 혈압의 높낮이를 알 수 있을 정도가 되었다,

그런데 문제는 신체검사일이 코앞으로 다가오는데 혈압이 떨어질 기미가 전혀 보이지 않는다는 것이었다. 그러다가 신체검사 전날, 등교해서 육

사 1차 시험에 동반 합격한 정재호 급우를 만나 애기를 나누던 중, 본인도 혈압이 높아서 안과에 가서 처방을 받았더니 효과가 있었다는 사실을 알게 되었다. 나는 지푸라기라도 잡는 간절한 심정으로 재호와 함께 해당 안과에 가서 약 처방을 받아 다음날 신체검사에 임하게 되었다.

시험 당일 아침, 전날 처방받은 약을 먹고, 검사장인 육사병원에 도착했다. 그런데 조 편성을 하고 조별로 병실을 돌면서 검사를 하는데 하필이면 우리 조가 혈압을 맨 처음으로 측정하게 된 것이었다. 순간 맥이 탁 풀리면서 '이제 끝이구나!' 하는 생각이 들었다.

그런데 의외로 마음이 차분해지는 것을 느꼈다. 드디어 내 순서가 되어 혈압을 재는데 팔뚝에 느껴지는 압박이 전보다 약하게 전달되는 것이었다. 측정 결과는 '수축기 120, 이완기 80'으로 극히 정상이었다. 와우! 정말 꿈만 같았다. 나에게 기적이 일어난 순간이었다.

사실 나는 지금도 그때 혈압이 정상으로 나온 이유를 정확히 모른다. 물론 재호가 알려준 안과 약이 효험이 있어서 좋은 결과가 나왔던 것 같기도 하지만, 그보다는 끝까지 포기하지 않고 최선을 다했던 나의 절실함이 하늘과 통해 좋은 결과가 나왔다고 생각한다. 그해 12월 육사에 최종 합격해 1975년 3월 나는 육사 생도가 되었고, 1979년 3월 대한민국 육군 소위로 임관했으며, 2011년 4월 육군 준장으로 33년간의 군 생활을 마무리했다.

군 복무 시절, 나는 그렇게 특출한 장교가 아니었다. 나의 부족함을 채우기 위해 부단히 노력했으며 투철한 책임감으로 부여된 임무를 완수하기 위해 최선을 다해 수행했다고 자부한다. '盡人事待天命'은 나에게 있어 '맞춤식 좌우명'이었다.

군 퇴직 이후, 나의 좌우명은 '知止'(지지)로 바뀌었다. 노자의 '도덕경'(道德經) 44장에 나오는 글귀 '知足不辱, 知止不殆, 可以長久'(만족을 알면 욕됨이 없고, 그침을 알면 위태롭지 않아, 가히 오래 갈 수 있다)의 일부로

'자신의 분수에 넘치지 아니하도록 그칠 줄을 앎' 이라는 내용이다. 나는 퇴
직하고 인사동에서 서예를 배울 때, 이 글귀를 작품(사진 참조)으로 만들었
다. 그러곤 수시로 보며 그 의미를 되새기고 있다.

'인중(仁中)'의 추억

남한산성 소풍(필자 세 번째 줄 왼쪽 세 번째)

이상후 인천중학교 때 수원에서 인천으로 통학하며 바둑, 미니 당구, 남의 집 놀러
다니기에 시간을 허비하고 공부는 게을리 했다. 인하대에서 행정학을 전공
하고 1974년부터 수원시청, 수원세무서, 수원지방법원 등에서 20여 년 동안
공무원으로 재직하다가 지금은 수원에서 법무사 사무실을 운영하고 있다.

중학교를 졸업한 지 50여 년 만에 처음 만난 어떤 동기가 내게 말했다.

"중2 때 어떤 선생님이 너에게 '너는 왜 항상 입술이 부르터 있느냐?' 고 했는데, 네가 '영양실조예요.' 라고 답했다."

그 동기는 덧붙여 "나는 그전까지 영양실조가 그리도 당당하고 자랑스럽기까지 한 건지 몰랐다. 충격이었다."라고 농했다. 그러고 보니 '영양실조'라는 서슴없는 내 대답에 급우들은 깔깔대고 웃었고 물어본 선생님이 오히려 당황했던 것으로 기억한다.

나는 수원역에서 동인천역까지 통학하는 '최장 거리' 통학생이었다. 새벽 4시 반에 일어나 수원역에서 5시 반 열차를 타고 영등포역에서 인천 가는 기차를 갈아탔다. 수원역에서 다섯 시 반 열차를 놓치고 다음 완행열차를 타면 1교시가 끝난 이후에 등교한다. 그래서 학교에 늦지 않으려면 새벽 5시에는 집에서 나와야 했다. 새벽에 집을 나와 밤에 들어가기에 나는 늘 입술이 부르터 있었고 얼굴에는 버짐과 죽은 깨가 많았다.

용산중학교 입시에 낙방하고 재수를 하던 중이었다. 1968년 7월에 서울은 중학교 입학을 추첨제(소위 뺑뺑이)로 바꾼다는 문교부 발표가 있었다. 서울로 가려던 재수생들은 혼돈에 빠졌다. 수원에는 '인천중학교' 같은 학교는 없었다. 나의 아버님 말씀으로는 인천 사람들은 애향심이 있어 인중·제고라는 학교를 키웠으나 수원사람들은 반에서 10등 이내만 들어도 거의 서울의 중·고등학교로 진학시켜 수원에 좋은 중·고등학교를 못 키웠다고 하셨다. 사실 당시 수원에서는 여학생들을 서울로 보내지 않았기에 수원여중·고는 꽤 괜찮은 학교였다. 당시 수원여고 학생들은 수원의 남고 학생들을 쳐다보지도 않았고, 서울로 통학하는 남고생들하고만 어울리는 경향이 있었다. 경기도에서 수원여고는 인일여고 다음가는 학교였다.

서울에 있는 중학교에 입학하려고 입시를 준비하던 수원의 많은 수험생은 인중이 당시 경기중학 입학보다 더 어려울 것이라는 소문과 수원과 너무 먼 거리에 있기에 인중 입학시험을 포기했다. 그래서 수원에서는 5명 (나, 이심성, 홍대화 등)만 인중에 입학했고 안양에서도 5명(최성한, 윤태용, 고 백능기, 문영환 등)이 진학했다. 그중 수원에서는 나 혼자 기차통학했고 안양에서는 최성한, 윤태용, 백능기 세 명이 기차통학을 했다. 다른 동기들은 인천에서 하숙하거나 버스통학을 했다.

난 재수해서 인중에 들어갔는데도 1학년 때 4번이었다. 당시 인중 입학생 중 '30% 이상이 재수생'이라는 말이 있었다. 재수생 중 나같이 키가 작은 학생은 앞자리에 거의 없고 전부 30번대 이후였다. 당시 나의 키는 138 센티로 요즘 애들 초등학교 저학년 키였다. 나는 내가 재수생이라는 것과 최장 거리 통학생이라는 것을 내세워 앞에서 무척 거칠게 행동했다.

아버지와 선생님한테 매를 맞으며 큰 나는 온순하고 나약한(?) 키 작은 급우들 앞에서 많이 나댔다. 박경백 수학 선생님이 한 문제 틀리는 데 한 대씩 때릴 때도 벌벌 떠는 내 짝의 매를 대신 맞겠다고 해서 대신 맞았는데 맞으면서 실실 웃다가 정말 아프게(디지게) 맞았던 기억이 있다. 내 짝은 5번이었는데 심장병이 있어 자퇴했다. 우리가 단체 관람하던 극장 주변에 살았는데 이름이 기억나지 않는다.

지금도 친구들에게 미안한 것이 있다. 수원에서 통학하기 힘든 나는 아이들에게 1번부터 가정방문을 하겠다고 공언하고 저녁밥과 아침밥과 하루 밤을 신세질테니 부모님께 잘 말씀드려 달라 하면서 반강제로 1번부터 차례로 가정방문을 다녔다. 10번 한경, 11번 임호철까지는 우격다짐으로 집에 가서 하룻밤을 잤는데, 12번 정문수한테는 통하지 않았다. 13번 오용택(2005년 작고)과 문수는 영어 선행학습을 하고 와서 둘이 영어로 대화하며 알파벳만 겨우 깨치고 온 나를 수원 촌놈으로 놀려대서 그 둘한테는 기가 죽어 가정방문 가자고 말도 못 꺼냈다.

한 주에 하루씩 가던 나의 가정방문은 끝이 났지만 효과(?)도 있었다. 중

2 때 남한산성으로 소풍 갔었다. 학교에서 새벽에 출발하기 때문에 나는 수원부터 기차를 타고 가면 그 시간에 학교에 도착할 수 없을 것 같았다. 그래서 나는 소풍을 포기했다. 그런데 1학년 때 6번이었던 차용진의 어머니께서 그 소식을 듣고 "1학년 때 우리 집에 왔다 간 상후를 데려와 우리 집에서 자고 소풍가라."해서 나는 용진이네 집에서 자고 남한산성에 소풍을 다녀올 수 있었다. 저녁과 그다음 날 아침을 진수성찬으로 차려주시고 도시락을 싸주셨는데 소풍 가방까지 새것으로 준비해 김밥은 물론이고 과자, 사탕, 음료수, 초콜릿 등을 잔뜩 싸 주셨다. 용진이 어머님은 얌전했던 용진에게 "상후는 나중에 뭘 해도 먹고 사는 데는 지장이 없겠다. 너는 상후의 숫기를 배워야겠다."고 하셨다.

3학년 때 경주로 수학여행 갈 때는 인천에서 전용 열차를 타고 오는 친구들보다 늦게 일어나 간신히 수원역에서 탈 수 있었다. 이는 담임이었던 공의표 선생님(인자하셔서 우리는 '공 아저씨' 라고 불렀다)의 배려로 가능했다. 선생님은 수원역에서 전용 열차를 나를 위해 세워 플랫폼에서 태워주셨다. 반갑게 대해주시면서 따뜻한 눈빛으로 손을 흔들어주시던 공의표 선생님 모습을 정말 잊을 수가 없다.

나는 새벽 4시 이전에 일어나 내 아침밥과 도시락을 챙기는 어머니의 고생을 조금이라도 덜어 드리려는 마음으로 도시락을 밥만 싸달라고 했다. 그러고는 점심시간에 앞에 나가 "야! 밥 모자라는 놈 손들어!"라고 하고 얼떨결에 손을 든 친구들에게 "밥이 모자라니 반찬은 남은 것 아니냐!"며 반찬을 뺏어 먹었다. 그다음 날부터 몇몇 친구들이 자진해서 내 도시락 뚜껑에 반찬을 갖다 놓았다. 인중 3년! 정말 많은 친구의 배려로 학교를 마쳤다. 그 고마운 친구들과 치고 박고 싸우기까지 했으니 미안하기 그지없다. 재작년에 만난 임호철은 입술에 아직도 남아있는 점을 보여주며 "네가 펜으로 찍은 거다."라고 했다. 당시 나는 참 철없고 무모했다.

인중 입학 후 얼마 안 되어서 남동생이 태어났다. 인중을 회고하던 중 얼마 전 남동생 생일모임에 갔다가 그때가 '인중 1학년' 때였다는 생각이 비로소 들었다. 당시 어머니는 38세였는데 내가 중학교 입학 시절 만삭이었고 한 달쯤 뒤에 동생이 태어난 거다. 평생 해오던 새벽밥도 아니고 산후조리도 제대로 못 하셨을 텐데 어떻게 나를 학교에 보냈을까? 전혀 기억나지 않아 94세 되신 귀가 어두운 어머니께 큰소리로 물었다. "어머니 저 중학교 1학년 때 영환이 나셨는데 어떻게 학교를 보내셨어요?"라고 했더니 "아버지가 새벽 3시 반부터 깨웠다. 영환이 낳고 1주일 정도 여동생 숙의(당시 13세)와 아버지께서 도와줬다."라고 말씀하셨다. "힘드시지 않으셨어요?"라고 하니 어머니께서는 "어린 네가 어둠 속으로 사라지는(수원역까지 걸어서 15분 거리) 걸 매일 아침 바라보는 게 짠해서 내 고생은 전혀 기억나지 않는다."고 답하셨다.

칠순이 지났는데 아직도 옛 기억을 더듬으며 대화할 수 있는 어머니가 계셔서 나는 참 행복하다. 어머니께서 하늘나라 가시는 날까지 지금처럼 정신이 또렷하시고 거동에 불편이 없기를 간절히 기도드린다.

나를 만들어준 네 명의 제고인

항상 온화하신 손행규 선생님 내외와 함께

정원철 시흥문화원장을 역임했고, 지금은 '창작과 전통 인문학 포럼' 대표를 맡고
있다.

고등학교를 졸업한 지 50년이 지났으니, 이젠 지난 시간을 회고해 볼 때가 된 듯하다. 보통의 삶도 되돌아볼 필요가 있는 것은 삶이 개인별로 이야기를 하나씩 만들어 주기 때문이다. 다행스럽게도 내 삶에는 몇몇 제고인이 등장하여 나의 삶에 '문채(文彩)'를 띠게 해주었다.

우리가 알고 있듯이 제물포고등학교는 설립자 길영희 교장 선생님의 남다른 교육관으로 명성이 났다. 선생님의 말씀, '유한흥국(流汗興國)'을 나는 '행동하는 양심이 되어 세상을 이롭게 하자'는 뜻으로 해석하는데, 작거나 크고 간에 제고인은 누구나 그 영향을 받으며 성장했다. 내 삶 역시 길영희 선생님의 교육관에서 자유롭지 못했다.

잊고 지나치기도 했지만 나이 들수록 그 세계로의 욕망이 커졌다. 선생님의 교훈은 어느덧 나의 세계관이 되었으며, 아직 미완성인 채로 늘 성찰하고 있다. 제고인이라면 제고 졸업생을 일컬으나, 제고생을 가르친 스승님도 포함하여 이야기를 풀어 본다.

내가 어렴풋이 삶을 그려보기 시작한 것은 중학교에 입학하면서부터였다. 코흘리개 중학교 1학년 시절, 등하교 때 교정의 느티나무 앞에 세워진 거울과 그 곁에 매일 바뀌어 걸리는 명언을 바라보며 머리에 무언가를 그려 넣곤 하였다. 그러다가 간간이 전해 듣던 길영희 선생님의 일화가 머리에 새겨졌다. 설립자 길영희 선생님의 말씀, '학식은 사회의 등불', '양심은 민족의 소금'이라는 두 구절은 늘 나를 따라다녔다.

'학식과 양심'은 개인이 갖추어야 할 필수 덕목으로, '사회와 민족'은 자신을 넘어서 세계를 포용하라는 뜻으로 이해했다. 하지만 나의 이삼십 대는 목적 없이 달리는 열차와 같았다. 격정과 열정의 사회생활을 하긴 했지만, 돌아보면 무엇을 하고 살았는지 별 기억이 없다. 경쟁 사회의 삶이란 것이 단순한 승부를 위하여 온 힘을 다 쏟아내야 하는 줄다리기와 다르지 않았다. 그러다 불혹의 나이에 접어들면서부터 생각하는 시간이 많아졌다.

사람은 성장하면서, 몇 번의 변화가 있기 마련이다. 내게 처음 다가온 변화는 고등학교 1학년 때였다. 좋은 대학 진학을 목표로 공부해야 할 시기에 나는 공부 외의 세상사에 호기심이 더 많았다. 여학생과 독서 클럽 활동을 하였고, 친구들과 놀러 다니기를 즐겼다. 그 결과로 대학과 사회 초년 시절은 좌충우돌하며 살아야 했다. 어려서부터 지닌 근거 없는 우월감과 현실에서 접하는 이유 있는 열등감 사이를 오갔다.

그러다가 결혼하고, 직장 다니면서 안정기에 접어들었으나 곧 반복되는 일상이 무의미하게 느껴졌다. 마흔에 접어들면서 직장을 그만두는 등의 신상 변화를 겪으며 큰 전환이 이루어졌다. '학식은 사회의 등불'이라는 교훈이 선명해졌다. 학창 시절에 비워둔 지식 창고를 채우고 싶어졌다. 내 인생의 두 번째 변화가 찾아온 것이다.

생각해 보면 나는 청개구리 같은 사람이다. 청소년 시절부터 중년을 거쳐 노년에 이르기까지 보통의 인생길에 역행하며 살았다. 새로운 변화 역시 엉뚱했다. 학창 시절에 친구들은 열심히 공부해서 좋은 대학에 진학해 좋은 직장을 다니는 것이 목표였는데, 나는 공부만 하라는 학창 시절엔 공부를 않다가, 불혹의 나이에 들어서야 책상머리에 앉아 글 읽고 쓰기를 시작했다. 참 딱한 일이다. 그런데 어쩌랴, 그렇게 살아가는 것이 내 인생인 것을. 도반(道伴)도 없는 독불장군이 되어 문화예술 언저리를 기웃거렸다. 내 삶은 어느덧 물질보다는 정신을 강조하는 못 말리는 인생길에 들어섰다. 학식을 쌓아서 누군가에게 빛을 전하고 싶다는 생각도 그즈음에 싹텄다.

그러다가 우연한 기회에 '양심은 민족의 소금'을 접할 기회가 찾아왔다. 학창시절에는 무감독 고사를 치르고, 개가식 도서관을 이용하면서도 양심이 무엇인지, 왜 양심을 따라야 하는지는 모른 채, 정직해야 한다는 정도로 이해했었다. 그런데 시흥시에서 옛 선비 하곡 정제두 선생을 기리는 사업을 할 때에 뭔가 깊은 철학이 담겨 있음을 알게 되었다. 제고 4회 졸업생이

자 서강대 철학과 명예교수인 정인재 교수님이 가르침을 주셨다. 선배님은 '양명학의 정신' 강연에서 무감독고사를 유학의 마음 철학에 비유하셨다. 선배님이 연구하는 '양지(良知)와 지행합일(知行合一)'의 자율정신이 곧 길영희 선생님의 자율 교육 이념과 같은 것임을 알게 되었다. 나아가 현대 정치 사회의 문제는 양심의 문제와 맞물려 있다면서, 무감독고사 정신이 우리 사회에서 더 큰 역할을 해야 한다고 주장하셨다. 선배님은 내게 중국철학사를 들려주시고, '추곡 정제두 선생 유허비' 건립을 도와주셨으며, '하곡학 국제 학술대회'를 개최해 '한국양명학회'를 주선해 주셨다. 2023년에는 정제두 선생의 저서 〈존언(存言)〉을 재번역하는 모임, '우공이산 프로젝트' 기념식 축사를 해주시기도 하셨다. 그렇게 십 년 가까이 정인재 선배님에게 가르침을 받았으나. 안타깝게도 지난겨울에 타계하셨다. 나의 작은 역량이나마 정인재 선배님의 뜻을 이어 무감독고사 정신을 현대인이 주목하는 마음 철학으로 확장시키려 한다.

고교 은사님 중에 1~2학년 때 담임 선생님과의 인연이 지속되고 있다. 손행규 선생님은 한 번 뵌 적 없는 길영희 선생과 달리 내 인생 가까이 계셨다. 선생님의 인자한 미소는 늘 나를 격려해주셨지만, 나는 선생님을 힘들게만 하였다. 공부는 멀리한 채, 놀러만 다니는 철없는 반장을 어떤 시선으로 바라보셨을까? 지금 생각해도 민망하기 그지없다. 사고가 있던 고3 때도 선생님의 온화한 미소와 신뢰는 변함이 없었다. 감사한 마음을 간혹 떠올리기만 하다가, 근년 들어서야 연락을 드리고 만나 뵈었다. 제자를 살피고 존중하며 인도하는 품 넓은 교육자의 인품은 여전하셨다. 선생님에게서 변함없는 신뢰가 반성을 이끌어내며, 인자함이 백 마디 충고보다 더 가치 있음을 배웠다. 그 가르침을 교직 생활을 막 시작한 막내아들에게도 전달하였는데, 지금도 안부 전화를 드리면 핸드폰 너머로 들려오는 따뜻한 음성에 마음이 평안해진다. 제자에게 보내는 '변함없는 미소'와 '따뜻한 말

한마디’는 학식과 양심이 지향하는 궁극의 목표 지점이리라. 손행규 선생님의 소박하고 덕스러운 그 인품을 사랑한다.

우리는 대개 청소년 시절의 친구를 평생 친구로 살아간다. 나 역시 그렇다. 나 역시 몇몇 친구와 소통하며 지낸다. 친구들 모두 훌륭하게 살아들 가는데, 그중에 갈수록 시선을 사로잡는 친구가 있다. 유호룡이다. 고맙게도 고등학교 3학년 때부터 지금껏 친분이 이어진다. 대저 사람의 가치는 어떻게 매겨질까? 가치를 매길 수는 있는 건가? 이에 대해 나는 잘 모른다. 단지 정직하게 공익을 위하여 최선의 노력을 경주하는 사람이 좀 더 가치 있다고 생각할 뿐이다. 공자가 자신의 가르침을 한마디로 집약하여 ‘충서(忠恕)’라 표현했는데, 충(忠)이란 마음의 중심을 잡으라는 뜻이며, 서(恕)는 타인에게 관대한 마음을 가지라는 뜻이라고 한다.

그 말은 곧 ‘양심은 민족의 소금’이라는 말과 다르지 않다. 유호룡은 지역의 공익을 자기 일처럼 여긴다. 오랜 세월 한결같은 모습을 견지하는데, 이는 공적인 일에 사익을 개입시키면 불가능한 일이며, 혼자 있을 때에 도리에 어긋나지 않도록 삼가고 경계하는, ‘신독(愼獨)’의 내공 없이는 불가능하다. 그의 말마디마다 지역 사랑이 충만하다. ‘양심은 민족의 소금’이 내면에 녹아들어야 가능한 일이다.

우리네 삶은 각자 행복을 지향한다. 지상의 천국이라 일컫는 가정을 중심으로 평화와 행복을 추구한다. 전제조건은 국가와 사회의 안녕인데, 이는 여러 부문의 균형이 이루어져야 하는데, 이에는 사심 없는 공인(公人)의 역할이 중요하다. 지역의 작은 일에도 최선을 다하는 공인이 있어야 시민의 가정이 건강하다. ‘양심은 민족의 소금’ 정신으로 일하는 제고인 유호룡은 지역 의정활동을 마치고도 여전히 지역 사랑에 묻혀 산다. 이제는 동기생의 얼굴도 학창 시절의 기억도 잊혀가고 있지만, 우리네는 학식과 양심의 언저리에서 유사한 이야기를 만들며 살아왔으리라. 동기생 대부분이 각

부문에서 유호룡처럼 살았을 것이다.

살다 보니 어느덧 칠순의 나이가 되었다. 가족들이 모여 칠순을 축하해 주던 날, 나는 어떻게 살아왔나, 여생은 어떻게 살아야 할까를 생각해 보았다. 내 삶의 이야기가 존재하긴 하지만 별 특색은 없는데, 단지 학식은 등불이고, 양심이 곧 소금이라는 말씀을 곁에 두고 살아온 것이 조금 다르다. 그런 의미에서 길영희, 정인재, 손행규, 유호룡 네 사람을 만난 것은 행운이었다. 중고등학교 때 전설처럼 들어온 길영희 선생님의 교훈과 평생 나를 지켜봐 주신 손행규 선생님의 신뢰, 그리고 양심을 학문으로 연결해 준 정인재 선배님의 학식, 또 지역의 애로를 안타까워하며 노력하는 유호룡 친구와의 친분이 나를 제고인으로 만들어 주었다.

세상은 한없이 넓다지만, 돌아보니 내 마음의 여정일 뿐이었는데, 그 안에 제고인의 교훈이 있었다.

어린 시절의 수문통과 수도국산 이야기

어린 시절 목마 탄 필자의 모습(오른쪽은 수도국산)

정지열　서울대 법대를 졸업하고 대우 기획조정실에서 수년간 일하다가 사법시험을 준비해 합격했다. 인천에서 변호사로 개업해 현재까지 '변호사 정지열 사무소'를 운영하고 있다. 인천에 대한 깊은 애정으로 인천지역사회에 보탬이 되고자 인천시민단체 일에 관여하기도 했다.

　누구나 어린 시절을 생각하면 모서리가 닳은 낡은 앨범 속의 빛바랜 흑백 사진들처럼 떠오르는 상념들이 있을 것이다. 내가 어릴 때부터 결혼하기 전까지 살았던 곳은 '인천 동구 송현동 66번지'이다. 이곳은 동인천역과는 거리상 가까우나 동인천역 뒤편에 있어 화려한 앞쪽에 비해 오랫동안 낙후된 곳이었다.

　다른 곳에 살던 동기들에게는 생소하겠지만 그곳에는 '수문통(水門通)'과 '수도국산(水道局山)'이 있었다. 수문통은 인천 앞바다의 바닷물이 들고 날도록 인공적으로 조성한 갯골에 침수를 막기 위해 수위 조절용 수문통을 설치해 '수문통'으로 불리었다. 수도국산은 수문통에서 조금 떨어져 있고 길 하나를 건넌 곳에 있는 야트막한 산이었다.

　초등학교 시절 대부분은 동네 친구들과 수문통과 수도국산에서 놀았던 기억밖에는 없다. 그 후로 시간이 많이 흘렀다. 어린 시절 그 모든 것들이 그대로 있을 것이란 나의 기대는 '개발'이라는 시대적 요구와 시간이 지나감에 따라 산산이 부서졌다.

　하지만 기억의 한 귀퉁이를 끄집어내어 당시 내가 느꼈고, 내가 알고 있었던 것들에 대해 친구들과 이야기를 나누고 싶다.

　먼저 수도국산에 대해 말해 보겠다. 본래 이름은 만수산(萬壽山) 또는 송림산(松林山)이었다. 그런데 일제강점기인 1908년에 이 산의 정상에 서울 노량진과 인천 송현동을 잇는 송현 배수로가 완공되면서 '수도국산'으로 불리게 되었다. 또한 수돗물을 관리하던 '수도국'이 있는 산이라 해서 그렇게 불렸다는 말도 있다. 어렸을 때 나는 그런 사실도 몰랐고 그냥 산 이름이 수도국산이라고만 생각했다. 이후 한국전쟁으로 피난민들이 수도국산 비탈길에 모여 살면서 전형적인 '달동네'의 모습을 갖추게 되었다.

　내가 초등학교 저학년 때만 해도 그 동네에서는 소달구지와 말 달구지를 자주 볼 수 있었다. 특히 동네 골목길의 쓰레기 수거에는 말 달구지가 이용되었기에 내가 처음으로 말을 본 것은 쓰레기 달구지를 끌고 가는 말이었다. 말은 너무 왜소했고 힘도 없어 보이고 느릿느릿 걸었다. 그래서 '과연 영화에서처럼 사람을 태우고 쌩쌩 달리는 말이 실제로 있는지?' 의구심을 갖기도 했다. 우리 집에서 수도국산 올라가는 입구 쪽에 소달구지를 운영하는 사람이 있었다. 그 사람은 소달구지 일이 끝나면 소는 데리고 가고 빈 달구지는 아래쪽 도로에 세워 놓곤 했다. 그즈음에 일곱 살 차이가 나는 여동생이 갑자기 사라진 적이 있었다. 혹시 유괴된 것이 아닌가 해서 집안 식구들이 동생을 찾느라고 난리가 났다. 나는 여동생을 찾으러 동인천역까지 달려가기도 했다. 난리가 난 한참 후에 여동생은 빈 달구지 아래에서 잠든 채 발견되었다. 알고 보니 달구지 주인의 딸이 달구지 아래가 시원하다는 것을 알고 여동생과 함께 그곳에서 놀다가 여동생 혼자 잠들자 달구지 주인 딸은 그곳에서 나왔다. 그런데 여동생이 달구지 밑에서 자고 있다는 것을 말하지 않아 여동생이 유괴된 줄 알고 그렇게 난리를 쳤던 것이었다.

내가 초등학교 들어갈 무렵이었다. 송현동 66번지와 그 일대의 취학아동은 '송현초등학교'로 배정되었다. 물론 나의 형들과 누나도 송현초등학교를 나왔다. 그런데 나는 어떻게 된 것인지 '송림초등학교'로 배정되었다. 결국 나는 집에서 조금 더 먼 송림초등학교를 다니게 되었다. 근처에 살고 있던 친구들도 나와 비슷한 처지가 되었으나 그 수는 그리 많지 않았다. 반면에 우리 집에서 가까운 수도국산에 사는 친구들은 당연히 송림초등학교로 배정되었다. 그래서 송림초등학교 친구 중에 수도국산에 살던 친구들이 유독 많았다. 이런 연유로 초등학교 때 수도국산 일대를 뛰어다니며 놀았다. 특히 기억이 나는 놀이가 있다. 당시는 냉전 시대라 미국, 소련으로 편을 나누어 계급을 적은 쪽지를 가진 후에 서로 계급이 낮은 상대방을 잡으러 다니는 놀이였다. 나는 비교적 달리기를 잘하는 편이어서 높은 계급장을 가지고 상대방을 잡으러 다니는 역할을 많이 했다. 수도국산에는 미로

처럼 좁다란 골목길이 많아 상대방에게 발견되지 않고 도망 다니기가 쉬웠
다. 그래서 계급 놀이하기에 꼭 안성맞춤이었다. 수도국산은 꼬마들에게
꽤 넓은 공간이었다. 그래서 친구들과 어울려 놀다 보면 방과 후 시작된 놀
이가 어두컴컴해져야 끝이 나곤 했다. 지금은 수도국산 일대에 고층아파트
가 올라가 내가 기억하고 있는 옛 모습은 찾아볼 수 없다. 그런데 다행히
그곳에 '수도국산 달동네 박물관'이 개관해 당시의 생활을 추억할 수 있고,
산 정상부근에는 아직도 수도국 시설 잔재가 남아 있다.

　이제 수문통에 대해 이야기하련다. 수문통은 고깃배들이 드나들 정도로
폭이 넓고 깊었다. 썰물 때에는 고깃배들은 바닥이 훤히 드러난 갯벌에 묶
여 있었다. 그러다가 밀물 때가 되어 물이 들어오면 상당히 깊어진 수면 위
로 배가 두둥실 떠 올라 넘실대는 물결 위로 고개를 갸웃거리며 바다로 나
가기를 고대하던 그런 곳이었다.

　수문통 중에 동인천역 쪽으로 가까운 절반 부분에 수상가옥 형태의 판자
촌이 생겼다. 그곳에 수문통 시장이 만들어져 밑으로 흐르는 바닷물이 보
이지 않았다. 수문통 시장은 순대가 유명해 순댓국집이 여러 곳 있었다. 순
댓국집을 제외하고는 대부분 과일이나 채소를 파는 가게였다. 한편 나머지
수문통 절반 부분에는 수상가옥 형태의 판자촌이 없어 바닷물이 들어 왔다
가 나갔다 하는 모습이 그대로 보였다. 이곳이 바로 내가 말하고 기억하는
수문통이다. 초등학교 시절에 그곳에서 낚시하거나 수영하는 사람을 많이
보았다. 비가 많이 오는 날에는 부유물이 떠다녔다. 간혹 공처럼 쓸 만한
것이 있으면 사람들은 장대를 이용해 공을 건져 올리곤 했다. 하지만 수문
통은 그 주변에 있는 집들의 오수가 모두 모여 여기로 배출되기 때문에 '똥
바다'라는 더러운 오명을 뒤집어썼다. 이따금 장마 때 밀물과 겹치게 되면
오수가 들어있는 수문통이 범람해 인근의 집들은 더러운 물에 잠기곤 했
다. 이런 일이 벌어지면 어른들은 오수를 막고 힘들게 청소를 했다. 꼬마들

은 어른들의 수고에 아랑곳하지 않고 비를 맞아가며 즐겁게 뛰놀았다.

바람에 실려 오는 찝찔하면서도 비릿한 바다 내음과 인근 동네의 생활하수가 섞여 풍기는 냄새는 비록 향기로운 냄새는 아니지만 어린 시절을 가득 담은 '추억의 냄새' 였다. 어렸을 때 수문통 수로는 무척이나 넓었다. 나는 그 수로를 보면서 수로가 나를 그 넓은 망망대해로 인도해 줄지도 모른다는 막연한 생각을 가졌었다. 수문통 주위에는 적십자병원, 변전소가 있었고 그 반대편에는 공작창이 있었다. 그곳에서는 불쾌한 냄새가 났지만 저녁에는 가로등도 없고 인적도 드물어 중고등학교 시절에는 친구들과 어울려 별별 이야기를 나누기가 적당한 장소였다. 그래서 친구들과 수많은 이야기를 하며 여러 바퀴를 돌았다. 그래도 그곳을 떠나기 싫어 발길이 떨어지지 않았던 적이 한두 번이 아니었다. 우리는 수문통을 '세느강' 이라 불렀다. 누가 제일 먼저 그처럼 불렀는지 알 수 없다. 전혀 가 본 적도 없는 '세느강' 이라고 부른 이유는 '미라보다리 아래 세느강은 흐르고…' 라는 아뽈리네르의 시와 같이 먼 나라 프랑스에 있는 '세느강' 은 무언가 낭만이 있는 곳이라는 생각에 비록 냄새가 나는 척박한 공간이고 경제적으로도 어려웠지만, 그런 환경에서 '벗어나고 싶은 마음' 과 '위로받고 싶은 마음' 에서 그렇게 불렀는지 모르겠다.

후에 실제로 가 본 '세느강' 도 그리 깨끗해 보이지는 않았다. 우리가 '똥바다' 라고 부르던 수문통을 '세느강' 이라고 불렀다는 것을 프랑스 사람들이 알면 우리를 어떻게 생각할까? 그래서 미안한 마음이 들기도 했다. '세느강' 이라고 불러서라도 스스로 위로받고자 했던 당시의 우리 현실을 생각하면 지금도 마음이 '짠' 하다. 지금은 수문통을 덮어 도로를 만들고 수문통 시장 역시 철거되고 덮어져 도로가 만들어졌다. 이렇게 수문통 전 구역이 도로가 되었기에 이젠 수문통 흔적을 찾아보려야 찾아볼 수가 없다. 우리들의 '세느강' 이었던 수문통은 어느덧 추억 속으로 사라져 버렸다. 비록 수도국산에는 고층아파트가 들어서 산이 보이지도 않고 수문통 역시 복개공사로 바닷물이 보이지도 않지만 내가 살았던 '수도국산과 수문통'은 전형적인 배산임수(背山臨水) 지역으로 풍수지리상으로 이상적인 지형임에 틀림이 없다. 수문통과 수도국산에 대한 이런저런 추억들이 현재의 나를 형성하는데 일부가 된 것이 아닌지 생각해 본다.

다시 찾은 자유공원에서

'장애인의 날'에 받은 국민훈장 목련장

조창영 한국외국어대에서 법학을 전공하고 사법시험에 합격해 변호사가 되었다. 그 후, 장애인 인권 변호사가 되어 장애인의 인권과 복지 증진을 위해 40여 년 동안 일했다. 정부가 그 공로를 인정해 2024년 '장애인의 날'에 국민훈 장 목련장을 수여했다.

30세 되던 해, 자동차 운전면허를 따고 설렘과 긴장감으로 서울을 처음 벗어나 운전해서 간 곳이 있다. 바로 제고가 내려다보이는 자유공원이다. 고교 졸업 후 10여 년 만에 돌아와 자유공원에서 바라보는 모교는 집 떠나 갖은 고생을 하다 돌아온 자식을 따듯하게 품어주는 어머니와 같은 포근한 모습이었다. 모교로 가는 좁은 길과 주변에 늘어선 상가 건물들은 크게 변한 것 없이 자리를 지키고 있었고, 자유공원에 우뚝 서 있는 맥아더 장군 동상도 변함없이 늠름한 모습이었다.

도원동에서 제고까지 도보로 등교할 때마다 멀게만 느껴졌던 등굣길을 자동차로 가보니 이렇게 가까웠었나 하는 생각이 들었다.

교련 시간에 목총을 메고 모교 정문을 나와 자유공원 오르막길을 헐떡거리며 구보하던 기억, 교정 숲속 벤치에 앉아 헤르만 헤세의 '데미안'에 빠져 시간 가는 줄 모르고 독서 하던 기억, 방과 후 음악 감상실에서 단골손님으로 명곡을 감상하던 추억, 며칠 동안 퍼지게 놀다가 '월요 고사' 시험 준비를 제대로 못해 초조하게 시험을 치르던 일, 야간 학습을 하다가 학교 앞 분식집에서 라면에 밥 말아 먹던 즐거움이 퍼즐 조각처럼 머릿속을 스쳐 지나갔다. 치열한 입시 경쟁 속에서 친구들과 행복한 추억을 더 많이 갖지 못한 채 주로 공부에만 전념했던 시간이었지만, 돌이켜 보면 행복한 고교 시절이었다.

인생에서 인격 형성은 사춘기인 중고교 시절의 교육이 가장 큰 영향을 미친다. 제물포고 3년 동안 귀에 못 박히도록 듣던 모교의 교훈 '학식은 사회의 등불, 양심은 민족의 소금'과 '무감독시험' 전통은 제고인의 인격 형성에 지대한 영향을 미쳤고, 우리 제고인에게 모교에 대한 강한 프라이드를 심어 준 것은 부인할 수 없다. 나 자신도 40여 년간 법조인 생활을 하면서 많은 사람을 만나고 많은 일을 겪으면서 내 행동의 기준이 됐던 것은 언제나 제고의 교훈이었다.

30세가 되어 10년 만에 돌아와 자유공원에서 내려다보이는 제고 교정에는 여전히 모교 교훈이 빛나고 있었다.

고교 3년 과정을 마칠 무렵, 내 인생의 진로를 바꾼 너무나 큰 시련과 좌절이 찾아왔다. 예비고사를 앞두고 갑작스런 사고로 장시간의 수술을 받고 허리에서 무릎까지 깁스를 한 채 대소변을 받아 내며 누워서 8개월의 암담한 시간을 보냈다. 재활 치료를 받는 동안 반 친구들의 얼굴을 떠올리며 누구누구는 원하던 대학에 입학했겠지 하는 생각을 하였지만, 나는 친구 누구에게도 연락하지 않았다. 절망스런 모습을 보이고 싶지 않았기 때문이다. 그리고 1년 6개월의 병상 생활을 끝내고 나는 두 팔에 목발을 짚고 병원 문을 나섰다.

고3 때, 의학 계열로 갈까, 공대로 갈까 하던 패기는 온데간데없이 미래에 대한 암담한 불안만이 엄습했다. 당시 입시제도 하에서 장애로 보행뿐 아니라 반듯하게 앉지도 못하던 내가 진학할 수 있는 학과는 이과(理科)에는 존재하지 않았다. 당시 '2급 장애' 받은 내가 사회에 진출할 수 있는 길은 '법조인' 이 되는 것뿐이라는 판단이 들었고, 우여곡절 끝에 졸업 후 2년 만에 후기였던 외대 법학과에 진학할 수 있었다.

지금은 외대 법대 후배들이 법원장, 검사장, 대형 로펌 등 요직에 많이 진출하였지만, 내가 진학할 무렵에는 신생 법대라서 사법시험에 합격한 동문이 한 명도 없었다.

외대에서 대학 생활을 하는 4년 동안 캠퍼스를 드나들면서 먼발치에서 19회 친구들의 얼굴이 하나둘씩 보였다.

하지만 시험에 합격할 때까지 친구들과의 교류는 잠시 접어 두기로 하고 2학년 2학기부터 사법시험 준비에 혼신의 노력을 기울였다. 이과 출신이어서 옥편을 옆에 두고 한자부터 공부를 시작해야 했지만, 다행히 법학이 내 적성과 너무나 맞아떨어졌고 밤을 꼬박 새우면서 공부해도 힘든 줄을 모를 정도로 적성에 맞아 다행이었다.

나는 '제고인'이라는 프라이드를 한순간도 잊지 않고 내 인생에서 처음이자 마지막이었을지 모를 정도로 집중해 대학 졸업 후 2년째 되던 해에 괜찮은 성적으로 사법시험에 합격할 수 있었다.

낭떠러지 끝 나뭇가지에 매달려 있던 자신을 가엽게 여기신 하나님께서 마지막 구원의 손길을 내미신 것으로 생각하며 감사의 삶을 살아야겠다는 다짐을 했다. 그리고 합격을 확인하는 순간, 대학 3학년 때 뇌출혈로 세상을 떠나신 아버지 모습이 떠올랐다. 의학 계열을 가겠다던 아들이 장애인이 되어 사법시험에 도전하는 것이 무모하다는 생각에 좌절하셨을 아버지께 너무 죄송스러운 생각이 들었다.

나는 사법연수원에 입소하면서 앞으로 변호사로서 인정도 받고 제고 교훈처럼 사회에 공헌하는 변호사가 되자고 나 자신과 약속했다. 사법연수원에서 장애인 운동의 동반자가 된 같은 장애인이고 후에 국회로 진출했던 이성재 변호사를 만났고, 몇몇이 사비를 털어 '사단법인 장애우권익문제연구소'라는 인권단체를 설립했고, 우리나라의 장애인 인권 및 복지 관련 법 제정과 개정을 주도했다.

그리고 주경야독하는 심정으로 변호사 업무와 인권운동을 병행하며 40여 년 동안 정신없이 달려왔다. 그 결과, 국가로부터 복지 분야 '목련장' 훈장을 받았다. 20세에 인생이 바뀌는 큰일을 당했지만 '제고의 정신'으로 힘겹던 상황을 극복하고 많은 일을 이뤄냈다고 생각하며 스스로를 격려해 보기도 한다.

지금까지 인천을 방문할 때면 틈틈이 자유공원을 찾아가는데 작년 가을에는 모처럼 아내를 태우고 자유공원에 가서 우리 모교를 자랑했다. "저기가 1학년 때 내가 공부하던 교실이고 저 위에 있는 교실이 3학년 때 공부하던 교실이야, 자연과 어우러진 멋진 학교야."라고 자랑하자 아내는 자신도 대전여고 시험 세대라며 빠지지 않고 자기 모교 자랑에 여념이 없었다.

이제 고교 졸업 50주년을 앞둔 지금, 같은 시대, 같은 학교, 같은 정서를 공유한 우리 19회 친구들이 내 인생의 가장 소중한 내 편이라는 생각을 하며 그 시절이 그리울 때마다 자주 자유공원을 다시 찾으리라.

校標 斷想

최승렬 연세대 경영학과를 졸업하였다. 유공에 근무하면서 친 테니스 구력이 30년을 넘었다. 합창 경력은 더 길고, 서예가 취미였으며 지금은 소방감리 일을 하고 있다. 70kg 이하의 체중 관리가 목표이다.

70년대 시절의 이야기이다.

무거운 시기엔 가벼운 얘기가 제격이겠다.

가벼운 소재일망정 졸업 후 어언 五十 星霜이니

60년이 되기 전에 알아 두는 것도 나쁘지 않으리라.

그땐 박정희 정부의 주도로 한글 전용 운동이 현장에 적용되는 시절이었다.

고교 입학식 마당에서 본관 건물 꼭지에 달려있는 교표와 교훈을 바라보며 나는 그 완벽한 조화에 벌린 입을 다물지 못했다.

교훈은 詩였으며, 교표는 예술이었다.

學識과 良心을 등불과 소금으로 비유했고, 마침내 이 둘을 교표로 시각화함으로써 교훈과 교표를 분리할 수 없게 만든 그분은 과연 누구일까?

그러나 이 궁금증을 해소할 틈은 없었다.

모표를 보니 등대는 이미 도도한 한글 전용 운동의 물결에 밀려 침몰해 없어지고, 생뚱맞게도 그 자리에 '제고' 두 글자가 차지하고 있다니…

나는 적잖이 실망하였다.

부랴부랴 한동네에 살던, 갓 졸업한 16회 선배를 찾아가서는 넙죽 모표를 물려주십사 부탁하여 얻어 왔다.

3년 내내 전교생 중 나 홀로 그 모표를 달고 다녔음은 물론이다.

여러분은 소금만을 머리에 이고 다니느라 애만 썼고.

그야말로 앙꼬 빠진 찐빵 같은….

아무리 그랬어도 당시 누구도 우리의

이 뜻깊고 아름다운 상징물에 아무런 관심을 보이지 않았다.

그 의문은 최근에 와서야 풀렸다.

불과 몇 년 전 어느 때 주변 친구들과 한담 중에

이것이 잠깐 화제가 되었다.

그들은 이게 뭔 소리냐 하는 표정이었다.

'嵩' 字가 등대를 의미한 줄은 몰랐다는 것이다!

이는 늘 이마에 이고 다녔던 그 소금마저도

소금인 줄 몰랐다고 하는 것과 다름없지 않나 하는

생각이 드는 순간이기도 했다.

나의 마음에 파문을 던진 글과 그림이 누구에겐

아무런 관심과 흥미를 끌지 못했다는 사실에 당혹감마저 느꼈다.

그러나 풀리지 않은 의문이 있다.

한글 전용 운동을 수행하려는 교장은 그렇다 치더라도, 여러 동문 선배 선생님들께서는 반대 의견을 개진하여 저항이라도 한번 해봤을까?

이건 더 이상 글자가, 漢字가 아니라 등대 그 自體이며 심벌이라고.

실물 등대가 '嵩' 字를 닮았다고 구조변경 내지

철거하겠다는 것과 무엇이 다른가?

이후 본관의 교표까지 한글 표기로 바꿔 달았는지는 기억나지 않는다.

언제부터인가 우리의 교표가 복원되었다.

그러나 지붕만 다를 뿐, 그야말로 漢字인, 그래서 한글 전용 운동의 명백한 대상이 된 여타 학교의 모표 이미지가 떠오른다.

변질되고 위축된 현재의 모교 모습과 교차되어 씁쓸하다.

그래서 넋두리 같은 생각을 해 본다.

좀 더 등대처럼 보이게 할 수는 없었을까?

다시 한번 등대 모습을 살펴보자.

지붕 처리의 절묘함도 절묘함이려니와 등대는 등불이 하이라이트이다.

지금 우리의 등대에서 등불은 빛나고 있나?

'嵩' 字에서 아래 '口'를 등불로 보면 네모난 것이 마치 꺼진 등불처럼 보인다.

꺼진 등대는 무용지물이다.

그렇다고 네모를 동그라미로 바꿔 버리면 글자의 格이 무너진다.

이를 반달 모양으로 치환하여 등불을 삼으면

'高' 字라는 字體의 格을 잃지 않고도

등대의 형상을 최대한 구현해 낼 수 있지 않았을까?

빛나지 않는 반달을 본 적이 있는가?

화룡점정의 등불이다.

아마도 한자문화권에서 이런 교표를 찾아보기란 쉽지 않을 거다.

　바라건대 지금이라도 꺼진 등불을 다시 밝히자.

"너희는 세상의 소금이다.

만일 소금이 짠맛을 잃으면 무엇으로 다시 짜게 만들겠느냐?

너희는 세상의 빛이다.

너희의 빛을 사람들 앞에 비추어라."

다시는 빛과 소금을 잃지 말자.

등대를 세우신 그분과 등불을 밝히실 그분께 이 글을 바친다.

격동의 시대, 젊은 날의 초상

친구들 아지트였던 우리 집

허양회 인하대에서 화학을 공부하다가 미국으로 유학을 떠났다. 버지니아텍에서 호텔경영학으로 박사학위를 받고 미국대학에서 지금까지 학생들을 가르치고 있다.

우리 집은 '인현동 20번지 5통 4반'이다. 교통과 왕래가 빈번한 자리에 집이 위치해 3층에서 보면 멀리 동인천역과 광장이 훤히 보였고, 오른쪽은 동인천 버스 종점이 보였다. 왼쪽으론 분식집인 '오부자'와 '축현초등학교'를 거쳐 모교로 가는 길이 보였고 바로 앞쪽으로는 '대한서림'과 '별제과'가 보였다. 자리가 자리인지라, 방과 후 과외도 선생님을 모시고 한 적이 많았다. 우리 집에서 제과점과 음식점을 운영했을 때는 수많은 친구가 참새가 방앗간 그냥 지나가지 못하듯 항상 문전성시를 이루었다. 물론 거의 거저먹고들 갔다.

한편으로 우리 집은 지정학적 전략 요충지로 사용되기도 했다. 1974년 초여름, 학생회장과 3학년 반장들이 모여 '정의감에 불탄 모임'을 선생님 몰래 가졌다. 학교 안에서도 몇 번 모임을 가졌는데, 그 낌새를 알아차린 강 선생님을 비롯한 몇 선생님이 우리를 심하게 감시했다. 그래서 전략적 요충지인 우리 집 3층에서 모임을 여러 차례 갖게 된 것이다.

어느 날, 3층에서 회의를 하며 아래를 내려다보았다. 그랬더니 정 선생님, 신 선생님 몇 분이 동인천역 부근 별제과와 분식집을 수색하고 있었다. 우리는 불안했으나 모임을 계속 가졌다. 거사 일을 잡았다. 그런데 불행하게도 박정희 대통령 부인인 육영수 여사 저격 사건이 발생했다. 그래서 거사 방식을 '조총련' 궐기대회 형식으로 바꿨다.

3학년 5반과 6반은 1학년·2학년 5반·6반과 통합해 공설운동장에서 모이기로 하고, 여러 가지 물품을 준비해 가기로 했다. 그런데 거사일(D-Day)을 월요일로 잘못 잡는 바람에 거사 계획이 외부로 흘러 나갔다. 우리가 공설운동장에 모였을 때는 이미 경찰들이 버스로 동원되어 와 있었다. 모교까지 행군하려던 계획은 물거품이 될 상황에 처했다.

학우들은 두 그룹으로 갈라졌다. 계획대로 행군하자는 '강경 그룹'과 순순히 버스 타고 가자는 '온순 그룹'으로 나뉘었다. 두 그룹 간의 의견 다툼

이 있었다. 결국 온순 그룹의 의견대로 학우들은 버스를 타고 모교로 돌아왔다. 우리는 '어정쩡한 모습'만 남기고 말았다. 학교 안에 모인 학우들의 일부는 학교 밖과 공원 쪽으로 모여 시내 진출을 강행하다가 부상을 당했다. 학교 안에 있던 학우들은 운동장을 돌면서 크게 구호를 외쳤다. 경찰들은 학교 입구와 학교 안으로 들어와 우리들의 단체 행동을 예의주시했다. 우리는 우리의 의견이 외부에 충분히 알려졌다고 판단해, 시위를 그만두고 학생회장과 반장들이 우리의 의견을 학교 측에 강하게 피력했다. 교육청에도 우리의 의견이 전달되었다. 우리는 목적이 충분히 달성되었다고 판단해 학생 본연의 자세로 돌아갔다.

그 후, 교육청은 학생들의 단체 시위와 관련해 학교에 책임을 물어 인사 조치를 했다. 우리는 목적을 이루었으나 내심 큰 걱정이 생겼다. 그것은 '학생회장이 시위 주동 문제로 벌을 받아 대학 진학에 심각한 문제가 발생하면 어떻게 하나' 라는 걱정이었다. 다행히 학생회장에게 불이익은 발생하지 않았다. 오히려 학생회장이 보여준 출중한 리더십과 불타는 정의감(?) 때문인지 자신이 원하던 학교에 무난히 합격했다. 그때 같이 고생했던 학우들은 물론, 숨어서 같이 모임을 했던 반장들에게 고마운 생각이 든다.

한편으로는 '그때 확실한 증거도 조금 부족했는데 무리한 일을 벌인 것이 아닌가' 하는 생각도 해 본다. 여기에서 자세히 밝힐 수는 없지만, 우리는 나름대로 소신과 확신을 갖고 있었고, 그것을 입증할 만한 정황과 자료도 있었다. 반장의 신분으로 교무실을 자주 왕래하면서 각종 서류를 접해 얻은 일종의 고급 정보들이 우리에게 확고한 동기를 부여했던 것이다.

나는 대학을 1년 마치고 1976년 4월에 공군에 입대해 1979년 2월 28일에 제대했다. 그 후로 부산에서 선교사로 1년 봉사하고 1980년 3월에 2학년으로 복학했다. 그때 제고 동기들은 졸업했거나 아니면 3학년으로 복학했다. 오랫동안 공부에서 멀어졌던 터라 공부에 열중하려던 중에 동기 최

군이 갑작스레 나를 찾아왔다. 그 친구 때문에 얼떨결에 동기와 선배들의 지원을 받아 제고 동문회장과 총학생회장 후보로 추천되었다. 그런데 어디서 소식을 듣고 왔는지 타 대학 졸업 제고 선배들이 서울에서 나를 찾아왔다. 그 선배들 때문에 군사독재 타도하는 모임에 합류하게 되었다. 그 모임에서 여러 서적을 탐독하고 새벽 통금 해제할 때까지 학생운동 요령과 방법, 시위대 구성, 자금 조달 및 사용 방법, 학생회장과 간부 확보 방법 등을 학습하며 학생운동권에 발을 담갔다.

선배들의 말은 설득력이 있었고, 선배들의 말은 질서 정연하게 내 머리에 차곡차곡 쌓였다. 5월 초에(며칠 후 5·18 광주 민주화 운동이 일어났음) 우리는 서울 모처와 인천에서 대단위 궐기대회 등을 준비하고 있었다. 그러던 중에 삼촌이 우리 집을 갑자기 방문했다. 삼촌은 인천에 있는 모 기관의 공무원으로 근무하고 있었다. 삼촌은 형이었던 아버님에게 "양회가 예전에 고등학교에서 운동권에 있었습니다. 그때는 육영수 여사 관련 궐기대회라는 명분과 학교 내의 비리 척결이라는 명분이 있었고 고등학생 신분이라 그냥 넘어갔습니다. 그러나 이번에 양회가 계속해서 궐기대회에 참석한다면 잡혀갈 것이고 그러면 빼내기 힘듭니다."라고 말했다. 삼촌의 말을 들은 아버님은 나에게 학생운동을 그만두라고 말씀하셨다. 그리고 내가 다니고 있는 교회의 지도자도 이를 만류하기에 며칠을 고민하다가 마침내 유학 길에 올랐다. 동기들과 친구들은 최루탄을 맞아가며 민주화 운동을 하고 있는데 나는 '도피성 유학'을 가다니 정말 창피했다.

그때 같이 운동하면서 알게 된 몇 사람은 그 후에 국회의원도 하고 정부 고위직에도 올라갔다. 나는 그때 일을 계기로 미국으로 유학 왔고, 현재는 미국 시민권을 가지고 편하게 생활하고 있다. 그렇지만 45년이 지난 지금 그때를 돌아보면, 마음 한편에 뜻을 같이하며 학생운동 했던 친구들에게 미안한 마음이 많이 든다. 이로 인해 내 몸 한구석에 '딱딱한 응어리'가 자리 잡고 있다. 특히 나 대신 재학 중 동창회장으로 수고하고 학생회장에 출마했던 동기 최 군에게 정말 미안하다.

우리나라 정의 실현을 위해 열심히 민주화 운동하고 정치적 계산 없이 순수한 열정으로 힘든 상황을 이겨낸 많은 정의 투사에게 존경하는 마음을 보낸다. 작금 이해타산만 하며 정치 활동하는 현재의 국내 상황을 보면 씁쓸한 마음 금할 길이 없다.

개그가 그리워

초등학교 시절 황인탁(오른쪽)과 유태영

(고) 황인탁 한양대를 졸업했다. 초등학교 시절부터 교장 선생님의 자제답게 서예를 연마했고, 엄청난 독서량, 특유의 유머 감각, 뛰어난 필력으로 학자나 교수가 될 줄 알았다. 그런데 컴퓨터에 일찍 눈을 떠 데이콤에 들어갔다. 국내에선 거의 최초로 '국제공인 정보시스템 감사사'(CISA, Certified Information Systems Auditor) 자격증을 취득해 국가기관과 공공기관 시스템 안정화에 크게 기여했다. 그런데 오랜 투병 후에 안타깝게도 2020년 11월에 우리 곁을 떠났다.

요즘 여러 가지 상황들로 마음이 꿀꿀합니다.

낄낄대고 싶은데 타이밍 잘못 맞추면 정신 나간 사람 되기 쉽고…

힘을 내야 하는데…

추억 서린 개그를 생각해 봤습다.

중학 때인가 짝이었던 친구의 비감한 해프닝이었습니다.

당시 도서관장이셨던 사회 선생님 '사회 과목' 시간이었습니다.

그분은 '염' 자 성을 가지신, '영감님' 같은 분이셨습니다.

자연스럽게 그분의 '별칭'이 '염소'가 되었고,

학교의 모든 구성원이 그분을 '염소'로 인지하고 있었습다.

선생님 자신도 잘 알고 계셨지요. ^^

'사회' 시간, 출석을 부르셨는데,

모두들 꼬박꼬박 '네' '네' 하면서 대답을 진행하던 중,

내 짝의 차례가 되었습죠.

'석정태!'라고 부르셨을 때 녀석이 '매~ㅎㅎ'라며 염소 울음을 목젖까지 울리며 답했지요. 순간, 교실은 환호에 쌓였고, 염 선생님은 잠시 후 '부르르' 떠시며 본성(?)을 찾으셨습니다. 불려 나간 정태는 한 시간 동안 꿇어앉은 채로 선생님의 분노를 소화해 냈습니다. ^^

녀석은 그 후, '우리들의 전설'로 자격을 획득하고 동기들의 사랑을 받았죠.

마도로스가 된 그는 지금은 포항 앞바다의 베테랑 길잡이(도선사)가 되어 고향은 떠났지만, 바닷가를 누비고 있습니다.

저는 개그 조크 농담… 이런 걸 좋아합니다.

가끔은 배우려고 노력도 하곤 했지요. 그런데 그건 노력만으로는 한계가 있더군요. ^^ 하려고 해도 마음속에 허전함이 남는 것을 느끼곤 합니다. 처칠 수상의 조크를 부러워합니다. 잠깐 생각게 하는 타이밍도 좋고, 무엇보

다도 품위와 순발력이 함께 하는 것 같더라구요.

정치인의 중요 자질의 하나가 유머 감각이라고 생각했는데 요즘 보니까 '짜증 나는 욕지거리' 더군요. 개기면서 가능한 정 떨어지게 하는 고도의 대화법이 그들의 대화법인 것 같더군요. 그런데 지들끼리 잘 소통하는 게 다행입니다.^^ 그것도 개그의 한 장면 같기도 합니다.

여느 때 같으면 여러 가지 스포츠 행사들로 신나야 하는 시기인데 코로나 덕에 마음이 시들합니다. 할 수 없이 총선 중계를 기대해 봅니다.^^ 재밌거리는 아니지만 우리나라에 자극과 반성과 희망을 갖게 하는 웃을 수 있는 해프닝이 되길 기대해 봅니다.

누리의
온갖 진리
캐고
말련다

해광사 얄개에서 조각가의 길로

인천 '해광사'에서

김길남 홍익대 미대(학부·대학원)에서 조각을 전공했다. 가야대(미술대)에서 전임 교수로 학생들을 가르쳤다. 하와이대에서 1년간 연구했다. 인천미술협회 회장을 지냈고, '인천시문화상'을 수상했다. 현재는 인천미술협회 고문으로 있다.

2025년 초, 새로운 동기회장으로 김정태가 정해졌다. 인천 차이나타운 중식당 '만다복'에서 총회가 열렸다. 과거 총회와 비교해 볼 때, 60여 명의 많은 동기가 참석해 졸업 50주년의 '실감 나는 시간'을 가졌다.

얼마 전에 졸업 50주년 기념 문집을 준비하는 실무팀으로부터 글 한 편을 써달라는 부탁을 받았다. 무슨 이야기로 글을 시작하나 고민하다가 '내가 제일 잘 아는 것'부터 시작하기로 마음먹었다. 그래서 서둘러 외손자와 함께 어린 시절에 신나게 뛰놀았던 나의 작은 영토 '해광사'로 향했다. 기독병원을 거쳐 율목동 시립도서관 정문 앞으로 접어들었다. 바로 그 길옆에 임희영네 집이 옛 모습 그대로 있었다. 무척 반가웠다.

고1 때로 기억한다. 희영이네 집은 멋진 현대식 집이었다. 희영이 방은 프라이버시가 잘 보장된 '넉넉한 방'이었다. 그 방에서 임희영, 김선일, 홍성수, 나 이렇게 네 명이 닉슨 대통령이 즐겼다는 '커티샥'을 마셨다. 그곳에서 우리는 '8미리 영화 제작'을 계획했다. 영화를 제작하려면 많은 것을 준비해야 했다. 영화 제작 논의에서 가장 힘들 것이라고 한 것은 '여배우 캐스팅'이었다. 여자 주인공을 누가 섭외할 것인지 뜨겁게 토론했다. 그런데 그 이후로 영화 제작은 유야무야(有耶無耶)가 되고 말았다.

내가 쓴 글은 순전히 내 기억 속에 들어있는 것들을 '그대로' 소환한 것이다. 그래서 당시 상황과 등장인물에 다소 차이가 날 수 있다. 이는 동기들이 글을 재밌게 읽으라고 의도한 것이므로 양해를 구한다. 글을 계속 이어간다. 인천 앞바다가 건물 사이로 약간씩 보이는 인천시립도서관 돌담길을 돌아 율목 공원으로 접어들었다. 그곳은 옛 일본인 공동묘지가 있던 곳이다. 60년대 초에 그곳 움푹 팬 땅속에서 '녹슨 일본도(日本刀)'를 주웠다. 그리고 그곳에서 이름을 알 수 없는 '하얀 풀뿌리'를 씹기도 했다. 5월에는 활짝 핀 아카시아꽃을 한 움큼 따서 입에 넣었다. 그러면 아카시아꽃 향기가 입안 가득 퍼졌다.

율목 풀장을 개장하는 날이었다. 나를 비롯한 탁구부 부원들이 풀장에 가려고 오전에 학교를 빠져나왔다. 우리는 비키니 차림의 멋진 여인을 상상하며 풀장으로 향했다. 오전 시간이라 입장객이 하나도 없었다. 우리가 풀장을 독차지한 셈이 되었다. 가져온 수영복은 하나뿐이었다. 한 명이 수영복을 입고 수영하면 다른 한 명이 따라가서 받아 입었다. 결국, 풀장에는 수영복 입은 녀석은 한 명뿐이고 다른 녀석들은 '누드' 상태였다. 지금 같으면 '공연음란죄'로 경찰서에 끌려갔을 것이다. 그렇게 누드로 신나게 수영을 즐기고 있었다. 그런데 갑자기 사이렌이 울렸다. 율목동 향토예비군 중대에서 울리는 사이렌이었다. 스피커에서 큰 소리가 들렸다.

"송도에 무장 공비 출현! 전 예비군 집합!"

우리는 '무장 공비 출현'이라는 말에 엄청나게 놀랐다. 그때 수영복 입은 녀석이 "가자!"하고 소리치며 풀장 밖으로 나왔다.

그러자 풀장 안에 누드로 있던 녀석 중에 심상연이가 누드 상태로 따라나섰다. 자기도 수영복을 입고 있다고 착각한 듯했다. '실미도 사건'이 일어난 날이 바로 그날이었다.

그때 그 풀장은 사라졌고, 그 자리에 배드민턴장이 들어섰다. 그 위쪽에는 어린 시절 호기심으로 훔쳐보곤 했던 인천 권번(券番) 흔적이 있었다. 그 밑 친구들 집이었던 곳은 전부 빌라 동네로 바뀌었다. 다시 발길을 돌려 해광사로 향했다. 갑자기 초등학교 2학년까지 짝꿍이었던 여자아이가 생각났다. 그 아이는 인천 병원 원장의 딸로 초등학교 1~2학년 동안 나의 등하교를 책임졌다. 어느 날, 학교에서 집으로 가는 길에 동네 악동들을 만났다. 나는 그 여자아이를 보호하려고 멀리 떨어져 있게 했다. 그러곤 그 악동들을 피해 도망치듯 그 아이를 데리고 집으로 달렸다.

그런데 갑자기 똥이 마려웠다. 그 전부터 똥이 마려운 것을 꾹 참고 있었다. 여자아이에게 '똥 마렵다.'라고 하면 더럽다고 생각할 것 같아 똥 마렵다는 내색을 전혀 하지 않았다. 똥을 도저히 참을 수 없었다. 바지에 똥을 싸며 언덕길을 달려 내려왔다. 그다음 날부터 나는 그 여자아이 앞에서 '투명 인간' 이 되었다.

그 후로 시간이 많이 흘렀다. 어느 비 오는 날, 그 아이를 비슷한 장소에서 '우연히' 만났다. 그 아이가 대학 1년 때였다. 그 아이는 빨간 우비를 입고 노란 우산을 썼다. 가슴에는 명문 대학 배지를 달고 있었다. 그 아이가 먼저 나를 보고 "길남아!"라고 반갑게 불렀다. 나는 재수하고 있었고, 비까지 맞은 상태라 내 모습이 초라하게 보일 것 같아 그냥 멋쩍게 대답만 하고 헤어졌다. 그 후로 지금까지 만나지 못했다. 죽기 전에 그 아이를 꼭 만나 맛있는 밥이라도 사주고 싶다. 해광사 마당을 지나니 우리 옆집에 살던 최재관 아버지가 생각난다. 그 아버지는 우리에게 야구 세트(야구 장갑, 야구 배트, 야구공)를 선물해 주셨다. 그 덕분에 우리 동네 아이들의 놀이는 '찜뽕에서 야구로' 업그레이드되었다.

나는 인천에서 태어났다. 평양에서 피난 나오신 부모님이 인천에 터를 잡았기에 운명적으로 인천에 살게 된 것이다. 군대 3년, 지방대 전임교수 2년, 외국 대학 연구 1년을 제외한 모든 시간을 인천에서 보냈다. 그래서 1950년대 중반부터 2025년 지금까지 인천의 모습을 그 누구보다도 '정확히' 기억하고 있다. 그것이 내가 가진 커다란 장점이다. 나와 같은 시대를 인천에서 살아온 사람들을 잘 알고 있고, 인천의 역사, 지리, 문화, 예술을 잘 기억하고 있다.

나는 원래 시키는 공부에는 관심이 없었다. 반대로 시키지 않는 것을 좋아했다. 특히 내가 싫어했던 것은 '글 읽기' 였다. 사진가였던 아버지가 매달 정기 구독하셨던 '아사히 사진 잡지' 를 늘 눈여겨보았다. 그 잡지에는 누드 사진이 많이 들어있었다. 그때부터 호기심을 갖고 인체를 관찰하는 습관이 생겼다. 이런 습관이 나를 '조각가' 로 성장하게 만든 것 같다. 고교 졸업 후에도 조각가인 누나의 작업을 많이 도와주었다. 그 일 역시 조각가로 진로를 정하는 데 결정적 요인이 된 것 같다. 대학은 고교 졸업 후 만 5년 만에 입학했다. 나이가 많이 들어 입학한 나를 동생들이 무척 따랐다. 선배들도 나를 믿음직스럽게 대해주었다.

그래서 작업에 대한 열정이 생겼고, 같은 학년 학생들보다 더 많이 작업했다. 개인전도 동기 중에 가장 먼저 했다. 조각 개인전은 '인천공보관'에서 했다. 당시 공보관은 대관이 무척 까다롭고 어려웠다. 공보관에서의 조각 개인전은 내가 최초였다. 개인전을 스물한 번 개최했는데 모두 인천에서 먼저 개최했고 다음으로 서울을 비롯한 다른 지역에서 개최했다. 이것은 나의 '인천 애향심'에서 비롯된 것이다.

인천조각가협회 회장을 10년 했다. 임기 중에 가장 기억에 남는 것은 어느 인천시장 시절, '인천 조각공원 건립' 약속을 받고 7년 만에 장수동 인천대공원에 조각공원을 건립한 일이다. 당시 대도시 광역단체 중에 유일하게 인천에만 조각공원이 없었다. 인천 최초로 '환경조각전'을 개최했다. 그 전시회가 인천 조각공원 건립 약속을 받아 낸 계기가 되었다. 환경조각전 개막식 전날에 태풍이 불어닥쳤다. 그래서 야외에 세워둔 조각 작품들 상당수가 파손되었다. 도저히 행사를 치를 수 없는 상태가 되었다. 그러나 회원들 모두 힘을 합쳐 작품들을 본래 모습대로 만들어 놓았다. 그 결과, 오픈 행사를 무사히 할 수 있었다. 시장이 이를 보고 감동해 5년 안에 인천에 조각공원을 건립하겠다고 약속한 것이다. 나는 환경조각전에 있는 힘을 다 쏟아부어 기력이 극도로 쇠약해졌다. 결국, 병원으로 실려 갔다. 그곳에서 사경(死境)을 헤맸다. 한 달 이상을 산소마스크를 쓰고 살았다.

정지열 부부가 문병을 와서 적지 않은 병원비를 건네 주었다. 그 후에도 정지열 부부는 전국의 좋은 약방을 함께 찾아다니며 쾌유를 진심으로 빌어 주었다. 나는 지금도 그들 부부에게 고마운 마음을 가슴속 깊이 간직하고 있다. 나를 쓰러트린 그 병은 '허혈성 뇌질환'이었다. 무려 3년 동안 행동 장애, 언어 장애, 무기력감에 시달렸다. 의사의 권유로 머리를 보호하기 위해 모자를 썼다.

'모자 쓴 것'이 건방진 행태로 보인 사건이 발생했다. 초등학교부터 대학원까지 직속 선배이며, 내가 가장 존경하던 선배가 모자 쓴 나를 건방지다고 힐난했다. 그 선배에게 억울하게 배신당했다. 그 모자 사건은 성경에 나오는 '욥 이야기'보다 더 했다. 그 선배는 아직도 자신이 잘못 행동했다고 생각하지 않는 것 같다.

그 사건 이후로 신앙심이 더욱 깊어졌다. 그리고 가정의 행복과 건강의 소중함도 깊이 깨달았다. 또한 나의 작품 세계도 '사랑'을 주제로 많이 바뀌었다. 나의 어머니는 "악인에게도 배울 점이 있다."라고 늘 말씀하셨다. 어머니의 가르침대로 그 선배와 화해하려고 노력하고 있다.

인천미술협회 회장은 선출직이다. '거북한 과정'을 거쳐야 하고, 책임감도 따르는 정말 '피해 가고 싶은 자리'이다. 그러나 나를 믿어주는 여러 회원의 성원에 힘입어 당선되었다. 회장 경험을 통해 인천 예술의 현주소를 알게 되었고, 인천 예술의 미래를 어떻게 그려야 하는지 견해도 생겼다. 나는 회장 재임 중에 '문화예술 예산의 불균형'으로 얼룩진 인천문화재단을 바로잡으려고 애썼다. 그리고 문화재단의 이사로 활동하면서 '아트 플랫폼'의 역할과 기능에 대해 애정을 갖고 비판했다. 특히 인천에 미술관이 없는 상태에서 인천시가 개인에게 '시립일랑미술관'을 건립하게 하려던 일이 있었는데 나는 시청을 상대로 민예총과 힘을 합쳐 이를 막아냈다. 아직도 시립미술관 건립은 이루어지지 못하고 있다. 회장을 지낸 사람으로서 이에 대한 막중한 책임감을 느낀다. 인천시립미술관 건립은 인천 문화예술계의 최우선 과제이다. 인천 문화예술계에 이런저런 일을 기여했다고 해서 '인천문화상'을 받았다. 아버지도 예전에 '인천문화상'을 수상하셨다. 부자가 함께 '인천문화상'을 받은 것은 크나큰 영광이다.

인천은 6·25 동란 때 위기에 처한 대한민국을 승리로 이끈 '인천상륙작전'의 현장이다. 세계적으로 놀라운 역사적 사실이 엄연히 있는데도 기념 사업과 기록물 등이 적극적으로 이루어지지 않고 있다. 제고 후배인 시장이 나름대로 인천상륙작전 기념일을 매년 확대해 개최하고 있다. 세계 자유 민주주의를 지켜낸 '노르망디상륙작전 기념일'처럼 우리도 '인천상륙작전 기념일'을 세계적인 기념일이 되도록 힘을 모아야 한다.

다시 친구들을 추억하고 싶다. 숭의동 의리 맨 '김주성'이 너무 빨리 세상을 떠났다. 그가 지금 우리 곁에 있다면 여러 가지 해결사 노릇을 하며 우리의 답답한 속을 시원하게 풀어주었을 것이다. 몇 년 전에 김준우, 김명구와 함께 주성이 아버님과 나란히 잠들어 있는 주성이를 만나고 왔다. 삼성의료원에 누워 있는 주성이 손을 잡고 기도한 것이 그와의 마지막이었다. 은행에 다녔던 정선오도 직장 동료들과 함께 송도 나의 카페에 와서 함께 허물없이 놀았던 추억도 생각난다. 한갑수도 생각난다.

"갑수야, 네가 세상을 떠난 날에 강화에서 내가 친구 대표가 되어 송별사를 읽었는데 눈물을 많이 흘려서 글을 제대로 읽지 못했구나. 부족함이 많은 나를 이해해 주라. 언젠가 다시 구름이 되어 강화도 외포리 바람길에서 만나자. 그동안 쌓였던 회포를 맘껏 풀어보자."

이젠 이런 추억들이 낯설지 않고 오히려 반갑기만 하다.

2025년은 한국에 개신교가 들어온 지 140년 되는 해이다. 한국 최초의 감리교회인 인천내리교회 기념 사업으로 '아펜젤러' 선교사, 최초의 이민을 주선한 '존스' 목사, 감리교 최초로 안수받은 한국인 '김기범' 목사 이렇게 세 분의 흉상을 내가 제작했다. 20년 전 일이다. 그 일이 계기가 되어 다시 2025년에 한국 최초의 여자 의료 선교사 '로제타 홀'과 결핵 퇴치를 위해 한국에서 크리스마스 씰을 처음으로 만들고 계명대학교를 설립한 로

제타 홀의 아들 '셔우드 홀' 박사 흉상을 내가 만든다. 로제타 홀 흉상은 인천기독병원 옆 기념관에 세우고, 셔우드 홀 흉상은 강원도 고성에 세운다.

또한 '연평 해전'의 전사자 6명에 대한 기념 사업 중의 하나로, 인천시가 참수리호 정장 고 윤영하 소령의 모교인 송도고 앞길을 '윤영하 소령길'이라 이름을 붙였다. 내가 윤 소령의 조각을 부조로 제작할 계획이다. 이는 보훈처 · 인천시 · 연수구 · 송도고가 함께 후원한다.

이런저런 추억들을 친구들과 정답게 나누어 보았다.

부족한 글을 따뜻한 마음으로 읽어주어서 고맙다. 50주년 행사에 친구들 모두 건강한 모습으로 만나자.

제고 야구의 르네상스를 꿈꾸며

여주 전원주택에서 반려견과 함께

김명구 연세대에서 체육학을 전공했다. 34년 6개월간의 교직 생활을 마치고 정년
퇴임했다. 지금은 여주에서 전원생활을 하며 행복하게 살고 있다. 여주 곳
곳을 자전거로 신나게 달리고 있다. 친구들의 여주 방문을 환영한다.

나는 연세대학교 체육학과를 졸업했다. 처음부터 체육 교사가 되고 싶었던 것은 아니었다. 내 꿈은 카페나 스포츠 대리점 사장이었다. 어머니는 대학 공부가 아깝다며 1년 만이라도 교사 생활을 해보라고 하셨다. 마침 아는 선배로부터 박문여자중학교에서 체육 교사를 채용한다는 소식을 들었다.

우리 집은 부모님 때부터 천주교 집안이었다. 박문여중·고는 노틀담 수녀원에서 운영하는 천주교 재단 학교였다. 신앙과 교직이 절묘하게 맞아떨어졌다. 교감 선생님과 1차 면접을 보았다. 교감 선생님은 자신도 오래전에 인중·제고에서 교사로 근무하셨다며 무척이나 반가워하셨다. 그러면서 교장 수녀님과의 면담에서 점수를 딸 수 있는 '팁'을 주었다.

교장 수녀님이 나에게 질문했다. "학생을 지도할 때 가장 중요하게 생각하는 것은 무엇인가요?" 이 질문은 이미 교감 선생님이 나에게 알려주었기에 답변을 준비하고 있었다. 나는 교장 수녀님에게 '힘차게' 대답했다. "학생들을 사랑하는 것입니다!" 그것은 교장 수녀님이 원하는 답이었다. 이렇게 해서 나는 박문여중 체육 교사로 근무하기 시작했다.

여학생들은 체육을 좋아하지 않았다. 그런 여학생들을 가르친다는 것은 '정말' 어려운 일이었다. 그리고 수업환경도 좋지 않았다. 두 명의 체육 선생이 일주일에 63시간을 맡아 가르쳐야 했다. 그리고 합반 수업도 많았다. 그렇게 11년을 근무했다. 그때, 사립학교 교사가 공립학교로 갈 기회가 생겼다. '사립학교 교원 특별채용'의 기회가 열린 것이다. 나는 공립학교로 가기 위해 열심히 준비했다. 응시 결과는 '합격!'이었다. 무척이나 기뻤다.

1995년 4월 1일에 공립학교 교사로 발령을 받았다. 첫 근무지는 옥련동 소재 '해양과학고등학교'(옛 수산고등학교)였다. 두 분의 체육 선생님이 근무하고 있었다. 그 선생님들께 인사를 드리러 갔다. 그중 한 선생님이 고등학교 때 체육을 가르치셨던 '김충회 선생님'이셨다. 얼마나 놀랍고 반가웠는지 모른다. 선생님도 제자가 '동료 교사'가 된 것에 대해 무척이나 기뻐

하셨다. 스승과 제자가 같은 학교에서 같은 과목을 가르치게 된 것이다. 정말 놀라운 일이었다.

해양과학고등학교는 학생들 내신성적이 평균보다 떨어졌다. 착하고 성실한 학생들도 있지만, 선생님에게 대드는 버릇없는 학생들도 있었다. 또한 결석생도 많았고, 수업 중간에 도망가는 녀석들도 있었다. 더구나 체육복도 입지 않고 체육 수업에 들어오는 학생들도 많았다. 나는 그 학생들을 무척이나 무섭고 엄하게 대했다. 필요하면 강력한 체벌도 했다. 그렇게 엄하게 훈육했더니 체육복을 입지 않고 수업에 들어오는 학생이 점점 사라졌다. 교육 효과가 나타나기 시작한 것이다.

수업 시간에는 주로 소프트볼 시합을 했다. 시합에 나가지 않는 학생들에게는 하고 싶은 체육활동을 자유롭게 하라고 했다. 그 결과, 체육 수업이 있는 날은 학생들의 결석이 거의 없을 정도로 체육 시간을 좋아하게 되었다.

그때, 제물포고 추연화 교장선생님(제고 6회)으로부터 연락이 왔다. 내가 모교 출신이라는 사실을 아시고는 '야구부 지도교사'를 맡아달라고 부탁하셨다. 나는 '언젠가는 모교에서 후배들을 가르치며 야구부 지도교사를 하고 싶다.'라는 바람을 가지고 있었다. 그것이 현실로 이루어지게 된 것이다. 졸업한 지 31년 만에 '제물포고등학교 교사'가 된 것이다. 얼마나 내 자신이 자랑스럽고 기뻤는지 모른다. 학생으로 다니던 교정(校庭)에서 교사가 되어 걸으니, 가슴이 벅차올랐다. 감동의 물결이 밀려왔다. 나는 '후배들을 잘 가르치고 지도하며 체육 시간이 즐겁고 행복한 시간이 되도록 해 주겠다.'라고 굳게 다짐했다.

야구부 지도교사로 8년을 지냈다. 주요 업적으로 청룡기 대회에서 '준우승', 전국 체육대회에서 '은메달'과 '동메달', 미추홀기 전국 고교 야구 대회에서 '2연패(連覇)'를 들 수 있다. 미추홀기는 지금은 없어졌지만, 인천시가 주최한 전국 고교 야구 대회였다. 특히 기억에 남는 경기는 일산에서

열린 전국 체육대회였다. 대구고와의 준결승 경기였는데, 제고가 7점 차로
뒤지다가 극적인 역전승으로 '결승'에 진출했다.

비록 우승은 하지 못했지만, 전국 체육대회 '은메달' 포상으로 스페인
포르투갈로 교사 연수를 갈 수 있었다.

야구부 지도교사를 하면서 모교 제물포고를 '야구 명문고'로 만들어 세
상에 널리 알린 것을 무척이나 기쁘고 자랑스럽게 생각한다. 또한 교직 생
활을 무사히 마치고 정년 퇴임한 것도 정말 감사하게 생각한다.

월미도에서 뚝섬까지

김영학 한국외대(北歐語)를 졸업하고 해병 장교로 복무했다. 제대 후 대우조선과 외국은행에서 일했다. 현재는 역사·문화 해설사와 관광통역 안내사로 활동하고 있다. 취미는 악기 수집이며, 올여름 목표는 '식스팩 만들기'이다.

나는 경기도 인천시 남구 숭의동 297번지에서 태어났다.

우리 집 전화번호는 456번. 이제 경기도 인천은 인천광역시가 되고 남구는 미추홀구로 바뀌었으며, 집 전화는 개념조차 사라져 온 가족이 각자 휴대폰을 들고 흩어져 산다. 오랜 세월이 흘렀고 세상이 바뀌었다. 지나온 나의 Story도 길어진다.

월미도(어린 시절)

"우리는 자란다 뛰며 놀며 배우며 / '월미도' 앞바다 푸른 가슴은

우리 마음 우리 뜻 늠름하게 자란다 / 아 ~ 인천교대부속국민학교 ~"

내가 다닌 교대부국 교가는 '월미도'를 노래한다. 어릴 적 자유공원으로 사생대회에 가면 월미도를 그렸다.

대청도(무적 해병)

해안방어부대 식탁엔 삼시세끼 홍어가 올라오고 빨랫줄엔 군복만큼이나 홍어가 널려 있었다. 나는 지금도 돈 주고 사 먹는 홍어는 목구멍에서 넘어가질 않는다. 태풍 부는 밤엔 인당수 연봉바위에 심청이가 어른대고, 해무(海霧) 걷힌 화창한 날엔 장산곶 북한군 해안포가 눈앞에 다가온다. 해병대 최북단 전방이고 떠나고 보니 관광 명소였다. 라떼는 연안부두에서 여객선으로 10시간, LST(해병대 상륙함)로는 1박 2일도 걸렸는데 요즘은 쾌속선으로 4시간이면 도착한다(뱃삯 : 인천시민은 1,500원).

거제도(한려수도의 봄날)

1983년에 군 복무를 마치고 '세상은 넓고 할 일은 많다' 대우그룹에 입사(공채93기)해 김우중 회장처럼 세계를 누비고 다녀보려 했는데, 기조실에서 어학 능력 특기로 대우조선(거제도)에 가라더라. 당시엔 사고방식이

군바리 스타일로 굳어 있었을 때라 직장생활도 '가라면 가' 야 되는 줄 알고 (군대는 '까라면 까') 거제도로 내려갔다. '계약관리실' 에서 이란 국영 해운사(IRISL)가 수주한 VLCC를 맡아 선주 대리인, 노르웨이 DNV 검사관과 붙어살며 주말엔 한려수도 통영에도 놀러 다니고 짬 날 때면 총무과 여직원에게 트럼펫을 배우기도 했다. 인생의 봄날이었다.

계약관리 업무: 수주 선박 건축 기간(대개 3~10년) 동안 계약서의 Spec 사항을 선주의 요구대로 수정하며 계약 금액(뱃값)을 재조정(올리는)하는 일. 조선소의 상징은 용접공이지만 정작 돈 벌어주는 건 계약관리실이다.

총무과 여직원: 평소에는 일상 업무를 하면서 진수식 등 기념행사에서 활약하는 밴드부(은광여고, 동두천여상) 특기생들이 있었다.

홍콩섬(제2의 고향, 1984~2012)

20대 후반부터 50대 중반까지 홍콩에서 외국은행에 근무했다. 처음엔 영국 식민지였다가 1997년 반환 이후에는 중국의 행정자치구(HKSAR)로 바뀌니 그동안 제국/자본/사회/공산주의 세상을 다 살아본 거다. 이국땅 홍콩에서 다시 만난 동창들(규철송연학영선로영환희태익순선일원붕남훈승하수용희성영철등)과 다양하고 각별한 추억들이 많다.

금융업도 나라별로 특성이 있고, 시대에 따라 유행이 있다. 80년대 중국 시장 개방 초기엔 무역 통상(Trade Finance)/ 90년대엔 설비투자 자본지원(IB, Loan syndication)/ 2000년 이후로는 고액 자산가의 투자관리(PB, Wealth Management). 보따리 장사가 돈 벌어서 공장도 짓고 성공해서 거대 자본가가 되어 결국엔 돈놀이까지 하더라는 식으로 이해하면 된다.

외국은행에서 일하다 보니 Pro 선수들이 유명 구단으로 뽑혀 다니는 게 멋져 보였고, 나도 근 30년 동안 영국 은행, 프랑스 은행, 미국증권사 등을 옮겨 다녔다.

80년대(Bank of Credit & Commerce : 영국 은행)

은행에 앉아 허구한 날 Back to back L/C를 만지니 무역 시장 상황이 손바닥 보듯 빤하여 나도 쉽게 큰돈을 벌 수 있을 것 같은 착각과 충동도 있었으나 결국 부와 명예는 용기 있는 자들만의 몫이더라. 영국 은행엔 인도, 파키스탄인이 많다. 영국인들보다도 영어를 더 잘한다. 언젠가는 영국 왕실에까지 까만 얼굴이 나타날 것 같단 생각도 든다.

90년대(Credit Lyonnais : 프랑스산업은행)

기업들의 해외 진출 자본지원을 위한 Offshore Loan Syndication(대우 동구 공장, 현대차 인도 공장, 한전 필리핀발전소 등)의 주선(Lead manager) 업무를 했다. 내 주변 프랑스인들은 학벌(HEC, ENA)이나, 출신 가문(Chateau)을 내세우는 Egoist가 많았다. 프랑스 사회의 똘레랑스 문화는 그만큼 자기중심적인 또라이가 많다는 반증이기도 하다. 프렌치 스타일은 자유분방한 '또라이 기질'로 만들어지는 것 같다(French Kiss). 어쨌든 세간의 논란이었던 2024 파리올림픽 개막식을 난 흥미롭게 즐겼다.

2000년 이후(Merrill Lynch : 미국 금융사)

돈이 아주 많은 사람들(HNWI)의 자산관리 프라이빗 뱅킹(Wealth Management) 일을 하면서 하늘의 섭리를 다시 한번 깨닫게 된다. 물은 높은 데서 낮은 곳으로 흐르고 돈은 가난한 자로부터 부자에게로 옮겨 간다(貧益貧 富益富). PB의 직업병으로는 사치스러운 입맛 / 명품 겉치장, 게다가 웬만한 재벌 2세는 졸(卒)로 보는 허세가 있는데 모두 지난 일이고 이제는 밴댕이회에 소성주 막걸리면 만족이며 아파트 청소 여사님들한테도 공손히 먼저 인사한다.

미국 은행은 국적(미국 출생)보다 학적(미국대학 출신)을 우선시한다. 전

세계 인재들이 미국 가서 비싼 학비 들여 공부하고 졸업 후엔 미국 회사 들어가 헌신하고 돈 많이 벌어 미국에 세금 갖다 바치는 '미쿡사람(MAGA)'이 되고 싶어 한다. 미국은 절대 망하는 일이 없을 것 같다.

여의도(KOSPI 1,000 > 600.)

1988년 봄, KOSPI가 4자리 시대로 열릴 때 한국으로 돌아와 제일증권 국제부(현, 한화증권)에 다닌 적이 있다. 약 3년에 걸친 하락장에서 별꼴 다 보고 다시 외국은행(Credit Lyonnais)으로 되돌아갔다. 이제 오랜 시간이 지나고 마인드 콘트롤이 가능해져서 여의도 시절 힘들었던 기억은 다 지우고 석훈이랑 다니던 맛집(스페인하우스, 여의도 생태탕), 제창이 덕분에 얻어 타던 대우증권 출근 버스만 기억에 남긴다.

뚝섬(흐르는 강물)

2012년 한국에 돌아와 뚝섬(서울숲) 근처에서 산다. 역삼동 GFC 빌딩 (Bank of Singapore)까지 출퇴근에 한강을 건너다녔다. 글로벌 시장에서 오랜 세월 외국은행 도장 깨기(영국 > 유럽 > 미국) 하듯 설치고 다니다 와보니 한국의 금융계는 S.K.Y.와 D상고 출신들이 버티고 있는 곳이었다. 나는 연어도 아닌 것이 먼바다에서 강으로 돌아온 모양이 되었다. 해풍 맞던 섬에서는 사는 맛도 짭짤했는데 민물 한강변으로 와서부터는 일상이 밍밍해졌다. 흐르는 강물처럼 살기로 했다.

역사 · 문화 해설사 / 외국어 가이드

이제 남의 나라 기웃거리며 다니는 건 시들하고 피곤하나 내 나라 찾아오는 사람들 안내하는 일은 나름 보람되다. 요즘은 서울시 문화해설사, 관광공사인증 외국어 가이드로 활동 중이다. 다양한 사람들 데리고 다니며 내 맘대로 ('국뽕' 버전으로) 떠드는 게 재밌다. 걸어 다니는 일이 많고 지속적으로 공부할 내용이 있으니, 심신이 건강해지는 것 같다. 내 주요 레퍼토리는 개화기에서 근현대까지 걸치는 인물 > 사건 > 시대정신에 관한 얘기다. 싸가지 없는 젊은이들과 대화가 답답하거나 외국에서 온 친지, 사돈 내외 한국말 못하는 손주들 등 대접하기 어려울 때면 나랑 같이 고궁, 박물관 돌아다니면 된다.

'저비용 고품격' 교양 프로그램이다.

從心

마음이 가는 대로 살아 보세 ~

Take it to the limit one more time ~~

대구 토박이, 인천 땅을 밟다

싱가포르 회사 임원들과 함께(오른쪽 두 번째 필자)

김정식 한양대에서 정밀기계공학을 전공하고 대림산업에 들어갔다. 그 후로 나라컨트롤 대표이사(부회장), 나라KIC 대표이사(사장), 삼양감속기 대표이사(사장), 사단법인 한국건축물에너지평가사협회 회장, 녹색건축물인증위원회 위원 등을 역임했다. 국립중앙박물관에 기여한 공로로 문화관광부장관 표창을 받았다.

고교 졸업 50주년이라니? 경상도 대구 토박이가 낯선 인천 땅을 밟은 지 벌써 50년이 흘렀다는 말인데 내가 왜 인천에 오게 됐는지는 가슴에 묻고 가렵니다. 인천이란 도시가 대대로 이어온 토박이보다 여러 사연을 품고 둥지를 튼 사람이 대부분인데 경상도에서 인천은 좀 드문 사례라 입학시험 때부터 경상도 사투리로 신고식을 톡톡히 하고 무사히 잘 지내왔습니다.

제2의 고향이고 고교 인맥부터가 사회생활 주류인 점을 감안하면 제물포고는 나의 50년의 기둥인 셈입니다. 따뜻하게 지금까지 마음 주고 함께 해 준 동기들에게 진심으로 존경과 감사를 드립니다. 선배·후배라는 인연으로 물심양면으로 사랑을 주신 모든 동문에게도 깊이 감사드립니다. 정서적으로 경상도가 '아날로그 감성'이라면 인천은 '디지털 감성'이라 말할 수 있을 것 같습니다. 입학 후부터 나를 아날로그 감성으로 품어준 '독쟁이파' 친구들에게 너무도 고맙고 내가 힘들 때마다 용기를 주었던 그 은혜는 평생 잊지 못할 것입니다.

내 고향 대구의 계성중학교는 1906년 미국 북장로회 소속 아담스 선교사가 설립한 기독교 학교로 신구약 성경을 정식 과목으로 3년간 배웠고, 대강당에서 3시간씩 통합예배를 드렸습니다. 불교 신자였던 나에게는 고통이 있었습니다. 그럼에도 불구하고 제고의 '빛과 소금의 정신'에 적응하는 데는 아무런 문제가 없었습니다. 계성중학교도 1962년부터 무감독 시험이 시작되어 나도 중학교 1년 동안은 무감독 시험을 경험했습니다. 제고처럼 전 학년이 아니고 한 학년만 1년 정도 실시한 것으로 알고 있습니다. 계성학교는 대구·경북 3·1운동의 선봉이었고 유도부와 농구부는 1975년에 전국대회 3관왕을 차지할 정도로 유명했습니다. 유도부에 있었던 인연으로 제고에서도 유도부에서 활동했습니다. 계성학교의 유도는 LA 올림픽(1984)에서 금메달 1개와 은메달 2개를 획득했고, 서울올림픽(1988)에서 금메달 2개, 애틀랜타올림픽(1996)에서도 은메달 1개의 놀라운 성적을 낸 유명한 학교

입니다. 지금 교회 집사로 예수님을 따르게 된 것도 계성중학교에서 3년 동안 배운 신구약 성경이 밑바탕이 됐다고 하겠습니다.

인천에서의 생활은 시작부터 너무도 어려웠던 집안 사정과 6남매 때문에 장학금 없이는 대학 진학이 어려웠던 시절이었습니다. 하늘이 나를, 우리 집안을 다시 세워주시고 내가 지금 이렇게 살고 있음은 우리 시대 모두의 사연과 같이 정말 천신만고(千辛萬苦) 끝에 기적이라 해도 무방할 것입니다. 나는 그저 감사하며 살아가고 있습니다.

대학 졸업 후 40년을 대부분 건축물 에너지 분야에서 일했습니다. 우리나라 대형건축물 상당수가 내 손을 거쳐 에너지가 운영되고 있다고 해도 과언이 아닙니다. 가장 기억에 남는 국립중앙박물관을 비롯하여 정부 청사, 공공기관건물, 공항, 서울 도심 빌딩 등 수천 개의 건물에 대해 에너지 제어 시스템을 기획하고 설치하고 교육하고 지원해 왔습니다. 국토부 전문 면허인 '건축물 에너지 평가사' 자격도 취득하고 협회 회장도 잠시 역임했습니다. 하나 아쉬운 기술이 있습니다. 2016년, 내가 (주)나라KIC 대표이사 때 미국 NASA 기술 고문으로부터 1년간 LNG(액화천연가스) 저장 용기인 ISO LNG Tank Container 설계기술을 무려 130만 달러나 들여 전수받았습니다. 그런데 회사가 매각된 후 중공업 사업이 없어졌습니다. 너무나 아쉬웠습니다. 그래서 국내에 이와 관련한 기반 기술을 남겨 주고자 그때 배웠던 설계를 정리해 필요한 업체나 사업체에 넘겨주려고 현재 마무리 작업을 하고 있습니다.

직장에서는 회장 다음으로 부회장도 했고 대표이사도 15년 정도 했으니 '우물 속 개구리'가 출세했다고 하겠습니다. 작년에 정부의 '녹색건축물인증위원회' 위원을 끝으로 모든 업무에서 손을 뗐습니다. 지금은 26개월 쌍둥이 손녀 재롱에 파묻혀 살고 있습니다.

고교 졸업 50주년 기념 문집에 어울릴지 모르겠으나 졸필을 올려봅니다.

아래 내용은 내가 여러 곳에서 '탄소 중립'에 관한 강의 요청을 받고 작성한 원고인데 여러 친구에게 조금 도움이 될까 해서 올립니다. 그동안 동기들이 나와 함께해 준 데 대하여 '깊이' 감사드립니다. 동기 여러분, 모두 건강하고 행복하세요. 진정으로 사랑합니다.

지금부터 나의 전문 분야인 '탄소 중립과 에너지 절약'에 대해 한 장짜리 강연을 시작하겠습니다.

기술적으로 탄소 중립 개념과 에너지 절약 개념은 많은 차이가 있습니다. 에너지원 즉, 전기, 가스, 석유, 휘발유, LPG 등은 모두 우리의 생활에너지이지만 각자 배출하는 탄소량은 많이 차이가 있습니다. 그래서 건물에서 '에너지를 절약하면 탄소배출도 무조건 줄어든다?' 이것은 정확히 맞는 말은 아닙니다. 가정에서 산업에서 필수 에너지양은 항상 필요로 하기에 어떤 에너지를 쓰느냐에 따라 탄소 배출량은 많은 차이가 있습니다.

탄소(C) 배출량 계산은 사용 에너지량×탄소배출계수로 되며,

이산화탄소(CO_2) 배출량 계산은 사용에너지량×탄소배출계수×44/12입니다. 바로 '탄소배출계수'가 에너지원마다 틀리다는 것이 핵심입니다.

탄소배출계수: 전기(소비자 기준) = 0.4747, 도시가스 = 15.236, 석유 = 19.926입니다.

즉, 에너지 1000을 쓸 때, 이산화탄소 배출량을 계산해보면,

전기: 1,000×0.4747×44/12 = 1,740.6

도시가스: 1,000×15.236×44/12 = 55,865.3

석유: 1,000×19.926×44/12 = 73,062.0

전기 기준으로 도시가스는 32배, 석유는 42배 많은 양의 이산화탄소를 배출합니다.

우리나라에서 1GWH 전기를 생산하는 데 원자력은 29톤 CO_2, 태양광은 85톤 CO_2를 배출합니다. 즉, 태양광은 원자력 대비 293% 많은 CO_2를 배

출하는 에너지원입니다. 전 세계적으로 RE100(신재생에너지 100%)에서 CF100(저탄소 에너지 100%)으로 변환된 것은 AI 시대에 전기소요량이 엄청나게 늘어나게 됨에 따라 대표 저탄소 에너지인 원자력발전의 중요성이 더욱 절실하게 대두되었기 때문입니다. 개인적으로 우리나라처럼 자원이 없이 수출 하나로 먹고사는 나라에서 모든 산업의 특히 국가 원동력인 자동차 산업, 반도체 산업, AI 산업의 원천인 '전기'는 쌀보다 더 절박한 자원이고 이를 얼마나 저렴하게 생산하고 산업체에 공급할 수 있느냐가 국가 미래의 명운이 걸렸다고 할 수 있습니다.

우리나라 건물은 용도별로 에너지원 사용량이 완전히 다릅니다. 2018년 건물 에너지 사용량은 총 44.8백만 TOE(에너지 단위, 석유환산톤)이고, 주거용이 22.38백만 TOE, 비주거용은 22.44백만 TOE로 에너지 사용량은 거의 같습니다. 그런데 온실가스(CO_2) 배출량은 주거용 34.3백만 톤, 비주거용 18.11백만 톤으로 주거용이 1.879배 많은 온실가스를 배출하고 있습니다. 이는 사용하는 에너지가 서로 달라서 그렇습니다. 주거용에는 도시가스가 47%, 전기 26%, 석유 13%인데, 비주거용에는 전기 62%, 도시가스 23%, 석유 8%이기 때문입니다. 즉, 주거용 건물에서는 도시가스를 전기로 전환하는 정책을 추진하고, 비주거용은 도시가스 냉난방시설을 전기로 전환하고, 고효율 전기장치로 교체하는 정책을 추진하면 건물 부문의 95%인 민간 건물의 참여를 통해 탄소배출 저감 목표를 달성할 수 있습니다. 예를 들면, 탄소 저감분만큼 정부에서 지원하되 지원금 용도를 탄소 저감 용도로만 재사용토록 한정하면 시너지는 계속 이어질 것입니다.

결론적으로 건물의 탄소배출 저감 정책은 1차로 '저탄소 에너지로의 전환'부터 시작해서 이후 용도에 맞게 에너지 절약정책과 개선 정책을 이어가야지만 '2030 탄소 중립' 목표가 국민적 공감대 속에 성공을 거둘 수 있습니다.

'러치 모드'가 뭐야?

우송정보대 학생들과 함께(필자 오른쪽 끝)

김진성 인하대(기계), 연세대 대학원(고체 역학), 명지대 대학원(자동제어·공학박사 수료)에서 공부했다. 현대기아차 파워트레인연구소에서 일했고, 미국 델파이연구소 EMS 개발 아시아태평양 중역으로 근무했다. 우송정보대 자동차과 교수로 정년퇴직했다.

아반테를 보면 생각나는 에피소드가 있다. 1995년 후반이었다. 아침에 출근해서 사무실에 앉아 있는데 울산으로부터 전화벨이 울렸다. 울산의 품질관리부에서 온 전화였다. 그동안 우리 연구소에서는 새로운 기술인 '자동변속기의 Feed back 제어'를 접목하느라 고생을 많이 했다. 팀원들은 오랜 시간 신기술을 해결하느라 지쳐있었다. 반면에 아반테는 국내 시판에서 고객들로부터 좋은 평가를 받아 팀원들의 사기는 높아 있었다. 그때는 미국 수출을 위해 아반테 첫 물량이 선적되는 시기였다.

"연구소죠? 여긴 울산공장 품질관리부인데요. 미국 수출용 첫 아반테 차량을 부두에서 차량 운반선에 선적하는데 직원들이 직접 운전해서 싣고 있어요. 그런데 차를 두세 번 변속하면 시동은 정상이나 차가 움직이질 않아요. 이거 어떻게 하지요?" 이에 놀라 답변했다. "두세 번 변속해서 차가 안 움직이는 것은 말도 안 되는데 무슨 소리인가요? 차량의 배선이나 커넥터 등이 제대로 되어있는지 점검하셨나요? 성능시험이나 내구시험도 수없이 많이 해서 아무 문제가 없이 합격한 차량이고, 생산공장 최종시험(Final Test)에도 전부 합격한 차량 아닙니까?" 그랬더니 다시 이런 대답이 왔다. "모든 차량이 다 그런 거는 아니고, 차량을 빨리 선적하기 위해 좀 특이하게 운전한 차량만 그래요." 그래서 어떻게 특이하게 운전했는지 물었다. "예~ 차량을 신속하게 선적하기 위해 부둣가에 정렬된 위치에서 운전자가 차량을 후진(R)으로 변속해 가속페달을 밟아 가속 후, 공간이 확보되면 바로 전진(D)으로 변속해 가속하는 방법인데요, 두 번에서 세 번 하면 차량이 앞으로도 안 가고, 뒤로도 안 가요. 빨리 작업하기 위해 후진에서 전진으로 변속 시 브레이크는 안 밟았다고 하네요." 이렇게 대답했다.

나는 놀라서 다시 물었다. "예에~? 빨리 작업하기 위해 후진에서 전진으로 변속 시 브레이크를 안 밟았다고요? 그럼 후진 속도는 어느 정도나 되었다고 하나요?" "글쎄요… 후진에서도 가속페달을 밟았다고 하니, 15~20

킬로 정도 되지 않을까요?" 나는 화가 나서 소리높여 다시 물어보았다. "아니 그렇게 운전하는 사람이 어디 있어요? 후진에서 전진으로 하려면 브레이크 밟아 정지 후 전진을 넣어야지요. 제대로 운전하도록 작업 지시하고 감독하셔야지요. 정상적으로 운전하면 어떤가요?" 그랬더니 그쪽 대답이 "아~ 예! 문제없다고 합니다." 나는 '십년감수(十年減壽)했다' 라는 생각이 들었다. 그날 전화는 해프닝으로 끝났다고 생각하고 있었다. 그런데 다음 날 아침에 다시 전화가 왔다. "저희가 갖고 있는 시험용 샘플 차인 토요다 차와 독일 차를 같은 방법으로 시험을 해 봤는데, 그 차들은 전혀 문제가 없었습니다. 연구소에서 추가로 조사를 해봐야 하는 것 아닌가요?" 이 문제와 관련해서 많은 이야기를 나누었다.

전화를 끊고 나니 눈앞이 캄캄했다. 울산항에 대기 중인 많은 차량이 스쳐 지나갔다. 현대자동차 미국판매본부(HMA)에서 고객들로부터 받아놓은 주문에 대한 대응이 걱정되었다. 얼마나 많은 고객에게 클레임이 걸릴지 또한 회사의 손실과 이미지 손상이 걱정되었다. 정말 감당이 안 되는 순간이었다. 다음날, 연구소 임원의 울산 출장과 원인 규명을 위한 자체 조사가 시작되었다. 타사의 자동변속기 분석과 우리가 설계한 변속기의 차이점을 울산 현지와 용인 마북리연구소에서 팀원들과 함께 실시했다. 왜 우리 변속기에서 문제가 발생하는지 조사하고, 차이점이 무엇인지도 살폈다. 연구소에 있는 많은 수입 차량을 평가하고 수많은 학술자료 등을 보며 차이점을 찾아보았다.

미국 연구소로부터 "통상 미국 사람들은 아침에 커피를 컵에 넣은 상태에서 출근할 때, 집의 주차장에서 후진(R)을 넣어 가속한 후, 제동하지 않은 상태에서 전진(D)으로 변속하는 운전 패턴을 많이 사용한다."라는 사실을 연락받았다. 이러한 운전 패턴을 '러치 모드(luch mode)' 라 한다. 그리고 보니 울산항에서 했던 운전 상황과 비슷했다.

제일 먼저 해야 할 일이 생각났다. 위의 내용을 기본으로 해서 수입차와 생산 차량의 현재 상태를 모두 조사하는 것이었다. 같은 조건으로 시험 차를 운전하고 변속기를 조사해 보니 정말 수입차에서는 문제가 없었고, 우리 차인 아반테는 전진의 동력을 전달하는 클러치(프런트 클러치)가 까맣게 타서 동력 전달이 안 되어 차량이 움직이지 않는 현상이 발견되었다. 우리는 '차량이 후진 상태에서 관성력을 이겨내며 전진 상태로 차량의 동력을 전달하는 데 필요한 전진 클러치 보완 방안은 무엇일까?' 고민에 빠졌다. 따라서 추가로 시험과 설계 구조 및 제어 로직 등에 대해 많이 생각했다.

그러면서 몇 가지 사실을 알게 되었다. '러치 모드' 작동을 위해 많은 회사가 경험적으로 연구했고, 각기 방안을 수립해 제어 로직과 기계적인 보완을 했다는 것을 알았다. 공통 사항은 '러치 모드'가 작동되는 후진 속도 구간이 있으며, 속도 구간을 웃도는 속도에서는 '러치 모드'가 작동하지 않게 되어있고, '러치 모드'가 작동되는 속도 범위에서는 기계적으로 작동 클러치의 내구성을 보완한 것이었다.

이에 근거해 우리도 '러치 모드' 제어 로직을 새로 신설하고 내구성 평가를 실시하도록 했다. 즉, '러치 모드'가 작동하는 한계속도를 설정하는 시험개발과 성능시험 그리고 내구시험 등을 실시하기로 계획을 세운 것이다. 제어 로직을 담당하는 직원은 자신이 개발한 제어 로직으로 성능 및 내구성에 문제없는지 시험하며 시험 모드 특성상 같은 조건으로 차량당 후진(R) 주행 중 브레이크로 제동이 없는 상태로 전진(D)으로 변속하는 주행패턴을 30만 번 정도 수행했다. 그는 너무도 많은 시험으로 심한 멀미가 났지만, 사안이 중요하고 책임감 때문에 말도 못 하고 시험에 임했다고 나중에 나에게 말했다. 그에게는 무척 미안한 일이었으나 중차대한 문제를 우리가 해결했다는 것에 뿌듯한 자부심을 느꼈다.

이 일로 나는 현대자동차에 더 오래 다닐 수 있었다. 사실은 이 일이 터지기 전에 이미 나는 국내 모 대학 교수로 전직하기 위해 원서를 낸 상태였다. 서류심사는 끝났고, 면접만 보면 되는 상황이었다. 그런데 워낙 이 일이 큰 문제다 보니 결국 지원한 학교에 포기 의사를 전달했고, 현대자동차에 그대로 눌러앉게 되었다. 엔지니어는 문제를 통해 기술을 알게 되고 경험이 쌓이게 되며 큰 보람을 느낀다. 당시 이 일을 함께 고민한 연구소 선후배와 임직원들에게 감사드린다. 그들은 "회사에 큰 손실을 보게 한 일이 분명함에도 솔직하게 잘 몰라서 그랬다고 하니 더 열심히 하라."고 했다. 그 말이 새로운 기술을 개발하는 엔지니어에게는 큰 위로가 된 것이었다. 만약 이 문제가 깨끗하게 해결되지 않고 북미 시장에 차량 수출이 그대로 이어졌다면 정말로 큰일이 발생했을 것이다. 그런 생각을 하니 품질관리 담당자, 멋진 주행 상태로 운전했던 직원들에게 한없는 고마움을 느낀다. 이는 그 일에 참여했던 모든 엔지니어와 직원들의 열정이 만들어 낸 결실이라 생각한다. 엔지니어에게 이보다 더 큰 보람이 있을 수 있을까?

공부할래? 농사지을래?

맹종호 대학에서 기계공학을 전공했다. 현대자동차에 입사해 현대기아차 생산기술 총괄본부장 부사장을 역임했다. 퇴사 후에는 자동차 1차 협력사 그룹 총괄 사장으로 2024년까지 일했다. 지금은 매일 체조하고, 1만 보 걷고, 아코디언 연주하고, 교회 봉사 활동하며 행복하게 살고 있다.

2025년, 고교 졸업 50주년! 기념 문집에 내 부족한 글이 실리는 것을 무척이나 영광스럽게 생각합니다. 아울러 내 인생살이 글이 친구들에게 작은 도움이 되었으면 합니다.

내가 태어난 곳은 충남 홍성군 결성면의 아주 작은 두메산골입니다. 앞산, 옆산, 뒷산으로 둘러싸인 곳입니다. 양지쪽 11가구, 음지쪽 5가구 사이에 논이 있고, 그 가운데에 우물이 있었습니다. 봄이면 뻐꾸기와 부엉이가 울었습니다. 나는 6남매 중에 장남으로 태어났습니다. 엄하신 아버지와 어머니 밑에서 가정교육을 받았습니다. 초등학교까지 10리나 되는 길을 걸어 다녔습니다. 아버지는 홍성고를 우수한 성적으로 졸업해 공무원에 합격했습니다. 그런데 농사일을 택하셨습니다. 아버지는 앞산을 개간하셨습니다. 나무뿌리를 캐고 끊임없이 나오는 돌들을 주워내어 약 3천 평 정도의 밭을 일구셨습니다. 그곳에 특용작물을 재배해 자식들 교육비를 대셨습니다. 아버지의 손은 온통 물집투성이였습니다. 나는 아버지가 어깨 펼 시간도 없이 밤낮으로 고생하시는 것을 직접 보며 자랐습니다. 나도 크면 아버지처럼 농사 일을 해야겠다고 마음을 먹었습니다. 당시 마을 사람들은 대부분 농사일에 전념했기에 그렇게 마음먹는 것은 당연했습니다.

초등학교 3학년 때였습니다. 집에서 1킬로 정도 떨어진 곳에 보리밭이 있었습니다. 추수 시기였는데 할머니께서 내게 보리 한 짐을 지고 오라 하셨습니다. 한 짐을 지고 오는데 보리 이삭 가시가 목을 찌르고, 땀은 줄줄 흐르고, 어깨는 끊어질 듯 아팠습니다. 육체적으로 무척 고통스러웠습니다. 그때 할머니께서 말씀하셨습니다. "너, 공부할래? 농사지을래?" 나는 그때 절대 농사를 짓지 않겠다고 결심했습니다. 그때부터 열심히 공부했습니다. 그 결과, 초등 6학년 때 전교에서 최고의 성적을 거두었습니다. 할머니의 '산 교육' 결과였습니다.

중학교 진학할 때가 되었습니다. 아버지께서 인천으로 보내 주셨습니다.

인천에 있는 중학교에 합격했습니다. 마을 어르신들의 칭찬이 쏟아졌습니다. 열네 살 어린 소년은 타향에 살며 늘 머나먼 고향이 그리웠습니다. 흐르는 눈물을 꾹 참았습니다. 라디오에서 흘러나오는 트로트 가요를 따라 부르며 고향 생각을 떨쳐버렸습니다. 트로트 가요 책을 사서 독학으로 100여 곡을 외웠습니다. 지금도 그 노래들을 모두 기억하고 있습니다. 그 노래를 종종 흥얼거립니다. 중학교 2학년 음악 시간에 선생님께서 아코디언을 연주하셨습니다. 그 소리를 듣고 얼마나 감동했는지 모릅니다. '나도 크면 꼭 아코디언을 연주하겠다' 라는 소망을 품었습니다. 그 소망을 갖고 교회에서 열심히 피아노를 쳤습니다. 중학교 성적이 우수하게 나왔습니다. 그리하여 누구나 부러워하는 최고의 명문고 '제물포고' 에 합격했습니다. 고향에서 합격 소식을 듣고 대대적으로 환영했습니다. 축하 인사도 많이 받았습니다.

고교 1학년 때, 교회를 열심히 다녔습니다. 주말에는 봉사활동을 하며 교회 친구들과 이야기를 많이 나누었습니다. 그렇게 생활하다 보니 고1 성적이 지지부진했습니다. 부모님께서 이를 아시고는 많이 걱정하셨습니다. 그래서 고2 때부터는 열심히 공부했습니다. 그 결과, 대학에 진학할 수 있었으며 대학에서 적지 않은 장학금도 받았습니다. 초등학교 때 바로 옆집에 서당이 있었습니다. 그 집의 막내가 친구여서 한문을 어깨너머로 배우고, 붓글씨 쓰는 법도 배웠습니다. 그래서 초등학생치고는 필체가 뛰어났습니다. 대학 때 논문작성을 많이 했는데 초등학교 때 닦은 그 글솜씨로 논문을 써서 좋은 성적을 받았습니다.

대학 졸업 후에 몇몇 대그룹에 동시 합격했습니다. 나는 울산에 있는 '현대자동차' 를 택했습니다. 학교 다닐 때 '자동차는 기계공업의 꽃' 이라고 배웠기 때문이었습니다. 자동차에 대한 첫 느낌은 '복잡하지만, 아름다운 종합 예술품' 이었습니다. 입사해 자동차를 절개한 사진과 실제 부품을 보니 '신기함' 그 자체였습니다. 신입사원 시절, 울산 자동차 공장에서는 소음이 많고, 물이 새고, 주행 시 바람이 새어 나가는 소리가 나는 자동차를 생산하고 있었습니다. 그때, 나는 '내가 할 일이 많다' 라는 것을 깨달았습니다. 그래서 자동차 생산라인부터 시작해서 완성차 탄생까지의 전 과정을 매일 매일 파악했습니다. 생산 흐름 레이아웃, 사진, 메모를 주도면밀히 살펴보았습니다. 그랬더니 3년 후에는 생산라인 전 과정을 '완벽하게' 파악할 수 있게 되었습니다.

자동차 한 대의 부품은 '2만 개' 가 넘습니다. 각 부품이 스펙대로 정확히 만들어지지 않거나 모든 부품의 정밀성이 떨어지면 불량 자동차가 생산됩니다. 각 부품이 정확하게 조립되고 각종 부품의 유압, 통신선이 정확히 연결되어야 한 대의 자동차가 만들어집니다. 그다음으로는 고객이 만족하는 '완성차 주행 평가' 를 실시해야 합니다. 이렇게 어렵고 복잡한 과정으로 신차(新車)가 매년 개발되다 보니 정밀한 업무체계가 필요했습니다. 이에 따라 '신상품 개발 업무 표준' 을 만들었습니다. 또한 품질이 균일한 자동차를 정확하게 생산할 수 있어야 하고, 매년 증가하는 자동차 생산 수요를 제대로 맞추려면 자동차 신공장이 속히 건설되어야 했습니다. 그래서 연간 30만 대 자동차 생산이 가능한 프레스, 차체, 도장, 완성차 조립공장, 엔진공장, 미숀 공장 등의 '신공장 건설 업무 표준' 을 만들었습니다. 현대자동차의 사업부장, 본부장을 역임하면서 이러한 일들을 제대로 해냈습니다. 그것은 나의 큰 업적입니다.

울산공장 2공장 신설, 3공장 신설, 4공장 증설, 5공장 증설에 참여했고, 아산 신공장은 내가 주도적으로 최첨단의 표준공장으로 건설했습니다. 현대차 아산공장을 짓기 위해 일본, 미국, 독일, 이태리에 있는 최신 공장을 직접 방문했습니다. 그리하여 현대차 공장의 업무 표준 기초를 정립했습니다. 또한 국내 현대 기아차 공장 신설·증설을 비롯해 해외공장 건설부지 점검, 공장 건설, 양산 라인 점검, 신차 양산 품질 점검 등을 하면서 미국, 중국, 러시아, 체코, 슬로바키아, 멕시코, 튀르키예, 베트남 등 여러 나라를 수차례 방문했습니다. 이렇게 노력한 결과, 현대기아차는 세계적인 자동차 회사로 '급발전' 할 수 있었습니다. 이를 친구들에게 자신 있게 말할 수 있습니다. 어떻게 보면 나는 평생을 '자동차 만드는 예술가' 로 살아온 것 같습니다.

현대기아차에서 36년 동안 일하면서 정말 바쁘게 지냈습니다. 바쁘고 힘들수록 중학교 때 외운 트로트 노래들을 불렀습니다. 그 노래는 시련과 고난과 역경을 이겨내게 해주었습니다.

트로트 노래는 자동차 회사 모임을 비롯해 각종 모임에서도 불렀습니다. 참석자들은 트로트를 듣고 박수로 환호했습니다. 트로트는 기쁠 때나 슬플 때나 나를 이끌어 준 '고마운 노래' 였습니다.

아코디언은 자동차 회사 퇴직하고 1차 협력사로 옮기면서 시간 여유가 생겨 배우기 시작했습니다. 학원에서 배웠고 집에서 연습했습니다. 어려서부터 풍금과 피아노를 좋아해서인지 아코디언은 그렇게 어렵지 않게 배울 수 있었고, 실력은 나날이 발전했습니다. 그때, 나에게 아코디언 특기가 있다는 것을 발견했습니다. 아코디언은 사실 연주하기 어려운 악기입니다. 화음이 버튼으로 되어있고, 멜로디 건반도 세로로 세워져 있어 잘 보이지 않습니다. 손으로는 바람을 반복해서 불어 넣어 주어야 합니다. 그렇지만 휴대하기 편리해 어느 장소에서든지 연주할 수 있어서 좋습니다. 악기 소리가 좋아서 관객의 호응도 높습니다. 나이 들어 악기를 연주하면 시간 보내기가 쉽고, 마음이 힐링되며 치매 예방과 치료 효과도 높습니다. 악기 연주는 건강에 최고입니다. 친구들에게 악기 배우기를 적극 권합니다.

사회생활 하면서 가장 중요하게 생각한 인생 지침은 모교 교훈 '학식은 사회의 등불 양심은 민족의 소금' 이었습니다. 특히 '무감독 시험 정신' 은 나의 굳건한 정신적 기둥이 되어 주었습니다. 나는 모교를 많이 자랑했습니다. 지금도 여전히 모교를 자랑하고 있습니다.

오랜 냉담을 풀고 주님의 품으로

캐나다 밴쿠버에 있는 '성 김대건 성당'

박익서 연세대(법학) 재학 시 가톨릭대학생 전국협의회 회장을 맡아 봉사하였다. 가톨릭 세례명은 '아오스딩'이다. 당시 이성효 주교(현 천주교 마산교구장)는 아주대 학생으로 수원교구 대학생연합회 회장을 맡고 있었다. 그래서 서로가 친했다. 대학 졸업 후에는 KCC 그룹에서 오랫동안 근무했다. 제고 분당 모임에 참석해 친구들과 어울리는 것을 큰 낙으로 삼고 있다.

내게는 세 분의 누님과 두 분의 형님이 있다. 그중 둘째 누님은 오랜 세월을 캐나다 밴쿠버에서 살았다. 슬하에 딸이 셋 있는데, 그중 장녀가 췌장암으로 약 5년간 투병하던 끝에 2023년 초 유명을 달리했다. 그 아픔은 깊고 오래 남아, 누님 내외의 몸과 마음 모두를 지치게 했다.

그해 가을, 누님 부부는 지병 치료도 받고, 여행도 겸하여 천주교 성지순례를 다닐 요량으로 한국을 방문하였다. 둘째 누님이 머물던 막내 누님 댁이 가까워 우리 부부와도 자주 만나 운동도 함께하고, 맛집 기행도 나서며 따뜻하고 소중한 시간을 나눌 수 있었다. 지인들과도 오랜만에 만나 위로를 얻은 둘째 누님 부부는 다시 안정을 되찾아 캐나다로 돌아갔다.

그로부터 1년이 지난 작년 가을, 둘째 누님 내외는 막내 누님 부부와 우리 부부를 캐나다로 초대하였다.

한국에서 신세 진 것도 갚을 겸 얼굴도 보고 싶다는 것이었다. 그렇게 우리 네 명은 한 달간 캐나다 여행을 다녀오게 되었다.

첫 일주일은 캐나다 로키 전문 여행사를 통해 북미 로키산맥의 절경을 만나는 일정으로 채워졌다. 콜롬비아 아이스필드, 재스퍼 · 밴프 · 요호국립공원, 그리고 루이스와 모레인 호수 등 이름만으로도 벅찬 장소들을 순례하듯 둘러보았다.

특히 밴프 국립공원과 에메랄드빛으로 빛나는 모레인 호수와 루이스 호수의 빼어난 아름다움은 오랫동안 뇌리에서 지워지지 않았다.

이후 며칠간은 밴쿠버 시내의 캐나다 플레이스와 빅토리아 섬에 위치한 부차드가든 등을 둘러보았다. 세계 4대 정원 중 하나로 손꼽히는 부차드가든은 19세기 초반 석회석 채석장이었던 곳으로, 꽃과 수목을 백 년 가까이 심고 가꾼 정원의 아름다움은 필설로 형용하기 어렵다.

그렇게 약 3주 동안 우리는 지역 축제에 참여하고, 지인들과 운동(주로 골프)을 하며 유쾌한 시간을 보냈다. 여행 중 가까워진 지인들의 저녁 초대에도 응하고, 인근의 강과 호수, 공원들을 산책하며 계절의 숨결을 가까이에서 느꼈다.

하지만 그 여정 속에서도 가장 잊히지 않는 순간은 뜻밖의 계기로 주님의 손길을 느끼고, 그 부르심 앞에 조용히 응답하게 된 시간들이었다.

누님 댁은 밴쿠버 근교 소도시 랭리에 있는 대형 콘도미니엄이다. 그곳에서 한 달간 세 부부가 함께 머물며 매일 아침 기도로 하루를 열고, 식사 전후로 성호를 긋고 기도하며 지냈다. 처음에는 어색하게 느껴졌지만, 어느 순간부터 그 일상 안에 자연스레 녹아드는 나 자신을 발견하게 되었다.

둘째 누님네 가족은 두 딸과 사위, 손자 손녀들까지 모두가 독실한 천주교 신자다. 밴쿠버 교구 내 김대건 성당에 다니며 주일 미사는 물론 성당 봉사에도 적극적으로 참여하고 있었다. 막내 누님과 매형 또한 신실한 신앙인이었고, 우리 부부는 영세를 받았지만, 오랫동안 냉담(冷淡)했던 터였다. 우리는 미사에 함께 참례(參禮)했으나 성체(聖體)는 모시지 못한 채, 그들의 경건한 모습을 조용히 지켜보곤 했다.

그러던 중 2024년 9월 23일, 캐나다 현지 교우들이 주관한 골프대회에 참가하게 되었다. 캐나다 입국 당시 짐이 많아 드라이버와 퍼터만 챙긴 터라, 아이언은 신부님 것을 빌려서 사용하고 있었다. 그런데 그날, 핏 메도우스 골프클럽 15번 홀에서 예상치 못한 행운의 세컨 샷 이글을 기록했다. 동반자들과 함께 축하 모임도 갖고, 이글 패도 전달받았다. 물론 그전에도 국내외에서 몇 차례 이글을 기록한 적은 있었지만, 신부님의 아이언을 빌려 이룬 이번 이글은 더욱 각별하게 느껴졌다. 마침 골프대회 참석자 대부분이 교우들이었기에, 신부님께 어떻게 감사의 마음을 전할지를 고민하자 누군가 내게 조용히 말했다.

"고해성사(告解聖事)를 받고 냉담을 푼 다음, 다시 성당에 다니는 것이 신부님께 드리는 가장 큰 선물이 아닐까요?"

그 말이 내 마음 깊은 곳을 울렸다. 나는 1984년 10월, 천주교 신자인 아내와 인천에 있는 성당에서 혼배성사를 받고 결혼했지만, 권위적인 본당 신부님에 대한 불만과 실망감으로 오랫동안 냉담자로 지냈다. 그러다가 2013년 11월에 모친께서 별세하신 후, 당시 천주교 수원교구 주교였던 절친 이성효(리노) 주교의 장례미사 집전(執典)을 계기로 냉담을 풀고 다시 분당에 있는 성당에 다녔으나, 몇 년 뒤 부임한 신부님의 정치색 노출과 재정 문제에 대한 과도한 욕심에 크게 실망해 다시 냉담하게 되었다.

하지만 캐나다의 광활하고 풍요로운 자연 속에서 맑은 공기를 마시며 살아가는 일상은 머리를 맑게 해주었고, 마음은 한층 더 깊고 넓어졌다. 그렇게 시시각각 마주한 작은 사건들을 통해, 나는 분명히 느낄 수 있었다. 주님께서 나를 다시 부르고 계셨고, 더는 외면할 수 없도록 '믿음의 외통수문'으로 몰아가고 계셨다는 것을!

결국 나는 2024년 9월 29일 일요일 오전 8시, 밴쿠버 써리시에 있는 김대건 성당에서 고해성사를 보았다. 고해성사 중, 그간의 냉담 이유를 조심스레 고백했더니 신부님께서 잠시 침묵하신 뒤 말씀하셨다.

"저도 사제이지만, 신자들의 마음을 헤아리지 못하고 상처를 주는 분들이 생각보다 많습니다. 제가 그분들을 대신하여 용서를 구하겠습니다."

그 순간, 나는 마치 고압 전류에 감전된 사람처럼 꼼짝할 수가 없었다. 자기의 잘못을 고백하러 온 평신도 앞에서, 신부님께서 오히려 자신을 낮추어 용서를 청하시다니! 그것이 믿기지 않아 한동안 멍하니 있다가, 보속(補贖)을 받고 고해실을 나서는 순간 깨달았다. 우리 죄인들의 발을 닦아주신 주님께서, 성사 받는 그 자리에 신부님을 통하여 말씀으로 함께 임하셨다는 사실을 말이다. 참으로 훌륭한 신부님을 만나 평생 잊을 수 없는 고해성사를 받고, 이어진 미사에서 성체를 모시는 순간, 내 안에 들어오신 주님의 존재를 너무도 생생하고 뜨겁게 느끼며, 그 오랜 시간을 기다려 주신 주님의 깊고 따뜻한 사랑에 뜨거운 감사의 눈물을 흘렸다.

한국으로 돌아온 후, 우리 부부는 매주 주일 미사에 꾸준히 참석하며 신앙의 삶을 회복하고 있다. 틈틈이 기도하고, 성경을 읽으며 주님을 가까이서 영접하는 삶은 참으로 충만하고 은혜롭다. 돌이켜보건대, 지난 캐나다 여행은 오랫동안 냉담했던 나를 주님께서 당신의 품에 안기기 위해 계획하신 일이 아니었을까 싶다.

얼마 전에는 절친한 수원교구 이성효 주교가 마산 교구장으로 취임하는 경사가 있어, 착좌식에 초대받아 다녀왔다. 과거에는 냉담 중이라 천주교 행사나 모임에 참석해도 늘 눈치가 보여 마음 한구석이 불편했지만, 이제는 거리낌 없이 떳떳한 마음으로 어울릴 수 있어 참으로 기뻤다.

원래 의도한 바는 아니지만, 졸지에 원고 청탁을 받고 어떤 글을 써야 할지 한동안 고민했다. 그러다 문득, 내가 다시 주님의 부르심에 응답하게 된 이 여정을 담아내는 것이 의미 있는 증거가 되리라는 확신이 들었다. 비록 졸필일지라도, 오랜 냉담을 지나 주님의 품으로 돌아온 이 이야기가 누군가의 마음에 '작은 울림'이 된다면 그보다 더 큰 기쁨은 없을 것이다.

다섯 번 죽음의 고비에서 구원하신 하나님

원진희 연세대에서 신학을 전공했고, 독일 유학을 다녀왔다. 군대 생활은 광주에 있는 육군보병학교에서 유격대 조교로 근무했다. 전역 후부터 지금까지 43년 동안 목사로 사역하고 있다.

누구든지 인생에서 죽을 고비를 다 겪었을 것이다. 나 자신도 예외가 아니다. 나는 지금까지 69년 동안 다섯 번의 죽을 고비를 넘겼다. 지금 돌이켜보면 그 죽을 고비들에서 나를 이끌어 주신 분은 하나님이라고 고백하지 않을 수 없다.

첫 번째 고비는 1960년, 내가 네 살 때였다. 나는 장남으로 태어났다. 심한 소아마비에 걸려 몸은 가눌 수 없어 문어처럼 흐물흐물해져 제대로 앉지도 못하고 죽어가고 있었다. 부모님은 나를 거적대기에 싸 안고, 자전거에 실어 약 1킬로 떨어진 동산에 묻으려고 집을 나서려는 참이었다. 옆집 아주머니가 교회 집사님이었는데, 그 광경을 보고 만류하면서 하나님을 믿고 교회 나가서 기도하자고 권면하셨다. 어머니는 나를 살리려고 수십 번 굿도 해보았고, 용하다는 의원들을 다 찾아다녔으나 허사였던 참이었다. 어머님은 확신이 있으셨는지 아버지를 설득해 그길로 나를 안고 교회를 찾아갔다. 그 당시 부천 여월교회(현재는 복지교회)라는 곳에 기도를 많이 하는 여전도사님이 계셨다.

어머니는 1시간 걸리는 길을 나를 업고 매일 새벽마다 새벽기도회에 나가셨고, 그 여전도사님은 낮에는 목사님을 모시고 우리 집에 와서 예배드려 주셨다. 한 달이 지났을 때, 나는 방에 누워 있고 교인들은 나를 둘러앉아 예배를 드렸는데 나는 방 안에 '불방망이' 같은 것들이 왕래하는 현상을 직접 보았다. 겨울인데도 방은 열기로 가득 차 방문을 열어젖혔고, 성도들은 웃옷을 벗어 제겼다. 교인들이 간 후에 얼마 안 있어서 나는 스스로 일어나 서서 툇마루까지 걸어갔다. 그러곤 어머니에게 "엄마, 나 섰어!" 하고 크게 외쳤다. '신유(神癒)의 기적'이 일어난 것이다. 정말 꿈 같은 사건이었다. 그 사건이 나를 신학교에 가도록 만들었다.

두 번째 고비는 1978년 9월의 일이다. 연세대 신학과 4학년 때 연고전(延高戰) 후에, 뒤풀이하려고 동대문 운동장에서 연세대 교정까지 스크럼을 짜고 '유신철폐!' 구호를 외치며 행진했다. 교정 안에 들어왔을 때 스크럼은 거의 다 흩어지고 신학대학원 기숙사에 있는 나와 선배들만 남았다. 나는 편한 복장을 하려고 운동복으로 갈아입고 슬리퍼를 신고, 계속 시위를 이어갔다. 형사들이 우리 시위대를 유심히 보고 있다 덮쳤는데, 나만 슬리퍼를 신고 있어 도망가지 못하고 형사들에게 붙잡혀 세단 자동차에 몸이 틀어박힌 채 어디론가 끌려갔다. 나중에 알고 보니 서대문경찰서였다. 거기서 조사받고 지금은 서울시청 별관으로 사용하는 덕수궁 돌담길 옆 검찰에 넘겨졌다. 내 기억으로는 담당이 박철언 검사였던 것 같다. 그는 같이 시위했던 사람들을 심하게 다그쳤다. 나에게는 '3년은 감옥살이를 해야 할 것'이라며 협박했다. 조서를 쓰는 과정에서 부친이 뭘 하냐고 묻기에 시골 새마을 지도자라 대답했다. 어떤 연유인지 나를 혐의 없이 풀어주었다. 나중에 알고 보니 나를 회유해 학원 프락치로 이용하려고 했던 것이다.

당시 신학과 담당 형사는 건물 앞에 죽치고 앉아 있다가 나만 나오면 회유했다. 나는 그 회유를 지혜롭게 잘 넘겼다. 그런데 한참 후에 독일에서 유학했을 때 5.18 기념행사에 참석하면 그 녹화 테이프가 벌써 기관으로 들어가 내가 가끔 귀국하면 나에게 접근해 그에 관해 물어보곤 했다. 참으로 끈질긴 양반들이었다.

세 번째 고비는 1980년의 일이다. 1979년 3월에 대학 졸업하고 군에 병으로 입대했다. 광주 육군보병학교 유격대 조교로 배치받았다. '5·18 진압군'으로 투입되었다가 그해 여름, 피교육생들(학생 장교)이 유격 훈련받으러 들어오는 것에 대비해 산악훈련 레펠 줄을 교체하려고 높은 바위에 올라갔다. 그런데 낡은 줄이 끊어지는 바람에 그 높은 곳에서 4명이 굴러떨어졌다. 온몸이 많이 다쳤다. 나는 허리를 유난히 다쳐 전혀 거동하지 못했다. 1개월 이상을 누워 있었는데도 지휘관은 후송을 보내지 않았다. 고참들이 답답해하는 차에, 나보다 10개월 선임 병장이 자기가 고칠 수 있다고 자진해서 나섰다. 잠시 외출하더니 소주 대병에 잉크색 같은 액체를 담아 가지고 왔다. 그 병장은 송광사 주지 스님 시봉으로 있다가 입대했는데, 그의 말로는 그 주지 스님이 가르쳐 준 대로 한 번 실행해 보았다는 것이다. 시골 변소에 가면 가장자리에 변소를 칠 때 밀려서 남은 인분이 발효되어 있는데 자기가 볼 때 그것은 15년 이상 발효된 것이라고 했다.

우리 동기 4명은 고참이 힘들게 해서 구해온 '발효된 인분'을 식기판 오른쪽 국 담는 곳에 부어서 네 번 정도 마셨다. 입에서 나는 냄새는 약 일주일 갔는데, 참으로 신기하게도 아무 배탈이 없었고, 사흘 만에 우리 동기 4명이 거뜬하게 일어나 조교의 임무를 잘 수행하다가 전역했다. 이것이 의학적으로 가능한 일인가?

네 번째 고비는 1995년의 일이다. 8년간의 독일 유학을 마치고 1993년 1월에 인천 계산중앙감리교회 부담임 목사로 부임했다. 3년 후, 한 여집사님이 교회에 새로 왔다가 만수동으로 이사했다. 그 집사님 친정이 전남 완도였는데, 친정어머니가 소천하셨다. 장례 예배를 위해 권사님 내외와 심방 전도사님을 모시고 6월 30일 밤 11시에 계산동을 출발했다. 새벽에 완도에 도착해 예배드리고 아침 7시경에 완도를 출발해 상경하는 도중에 강진 부근에서 사고가 일어났다. 약간 지루한 2차선이었는데, 내가 보니 운전하는 남자 권사님이 졸음운전을 하고 있었다. 조수석에 앉아 있던 나는 남자 권사님을 깨운다고 '툭' 쳤다. 그러자 그분이 놀라서 핸들을 오른쪽으로 돌렸다. 그 바람에 차가 가파른 낭떠러지로 굴러떨어질 위급한 상황이 되었다. 그런데 놀라운 것은 큰 미루나무 한 그루가 그 긴 2차선 도로 옆에 막아서 있는 것이 아닌가! 내가 탔던 차(소나타III)는 미루나무를 들이받으면서 오른쪽 바퀴 쪽으로 차체가 찌그러졌다. 그러면서 오른쪽 바퀴가 미루나무에 걸린 것이다. 그래서 목숨을 구할 수 있었다. 나머지 세 사람은 기적적으로 다치지 않았다. 나만 차체가 찌그러지면서 오른쪽 고관절이 빠지고 오른쪽

다리 무릎 아래 뼈들이 발목까지 다 으스러졌다. 나는 인천으로 후송되어 부기가 가라앉을 때까지 한 달 동안 수술하지 못하다가 간신히 수술받아 발목뼈를 맞추는 데 성공했다. 그러곤 나는 장애인이 되었다. 그때도 하나님이 함께하셨다.

마지막 5번째 고비는 2021년이다. 코로나 1차 백신을 맞고 열흘 후에 체온이 41도까지 올라가는 고열에 시달렸다. 나 혼자 힘으로 일어나지 못하고 잠만 자고 있었는데, 아내가 그날따라 그 시간에 집에 있다가 내가 고열에 시달리는 것을 보고 119를 불러 한양대 병원 응급실에 입원시켰다. 코로나에 감염된 것은 아니었다. 의사는 고열로 인해 신장이 망가져 투석을 받아야 한다고 했다. 그 이후부터 지금까지 힘들지만, 일주일에 3회, 1회에 4시간 투석을 받고 있다. 다행히 합병증은 없다. 그나마 투석을 받을 수 있는 건강과 체력이 남아 있는 것이 너무도 감사한 일이다.

군 전역 후, 1981년 9월부터 시작한 목회 사역이, 독일에서 어학코스 다닐 때를 제외하면 43년이나 되었다. 이제 은퇴 1~2년을 남겨 놓고 있다. 인생의 죽을 고비에서 구원해 주시고 부족한 죄인을 귀한 사역에 사용해 주신 하나님의 은혜에 감사할 따름이다.

"하나님, 내 영혼이 하나님 안에서 안식을 얻을 때까지 나의 인생에는 진정한 휴식이 없었습니다." (성 어거스틴)

국해웅 선생님! 사랑합니다

윤희운 대학원에서 교육행정학과 상담심리학을 전공했으며 경기도에서 교장으로 정년 퇴임할 때까지 40년 가까이 교편생활을 했다. 현재 불교 지도 법사로 활동하고 있다.

작금의 선생님과 학부모 갈등을 접하며 만감이 교차한다. '각자의 위치에서 최선을 다하지 못했기 때문에 일어나는 갈등이 아닌가?' 하는 생각이 든다. 특히 요즈음 의료분쟁 사태가 겹치면서 선생님은 선생님의 사명감을 지니고 최선을 다했는가? 선생님이라는 직업이 하나의 돈벌이 수단(일선 학교와 교수들의 대입 문제 유출 등)으로 전락한 것은 아닌가? 옛말에 스승의 그림자는 밟지도 않는다는 말이 있는데, 요즘은 선생님 알기를 너무 하찮게 여기는 경향에 대해 선생님들도 뒤돌아볼 때인 것 같다.

내가 수원의 모 중학교에서 교감을 하던 시절이다. 교무실이 너무 시끄러워서 나가보니 학부모 한 분이 심지어 쌍욕까지 해가며 담임선생님을 나오라며 노발대발이다.

그분을 조용히 방송실로 모셔서 자녀를 여기서 계속 학교 다니며 졸업시킬 생각이 있느냐고 물으며 진정시키고, 사정 이야기를 한참 들어주었더니 흥분을 가라앉히셨다. 그런 다음 담임선생님께 사과하고 귀가했다.

한편 선생님 스스로가 자초하고 있는 것은 아닌지? 나는 관리자로서 그 역할을 소홀히 하고 있는 것은 아닌지? 나의 경험을 통해서 각자의 위치에서 선생님은 선생님 위치에서, 관리자는 관리자 위치에서, 학부모는 학부모 위치에서 생각해 보았으면 하는 생각에서 이 글을 쓴다. 어느덧 교직에서 퇴직한 지 5년째가 되어가고 있다. 40년 가까이 교직에서 지내다 보니 나의 이야기는 자연스레 스승과 제자의 이야기가 주를 이룬다.

학창 시절 담임선생님

고등학교 3학년 때 담임이시면서 고교 선배님이셨던 국해웅 선생님 이야기다. 나의 고향은 인천이고 초중고 시절을 인천에서 보냈고, 다행히도 아직 선생님은 인천 송도 신도시에서 살고 계신다. 내가 지금 사는 곳은 성남 분당인데, 선생님을 뵈러 전철을 타고 인천에 가는 길이다. 선생님이 약주를 좋아하셔서 반주하실 때 대작을 해드려야 해서 차 없이 대중교통인 전철을 타고 가는 중이다. 지금 수인선 야목역 근처를 지나고 있는데 차창을 통해 들어오는 들판이 이렇게 아름다울 줄이야. 우리나라는 이렇게 아름다운 금수강산을 지니고 있어 새삼 감동을 준다. 차창에 펼쳐진 논밭의 풍경, 그 뒤 주변으로 둘러싼 산의 풍광이 참 조화롭게 느껴진다.

선생님을 만날 생각에 가슴이 벅차오른다. 매번 만나 뵈러 갈 때마다 설레는 마음은 어째서일까? 아마 선생님에 대한 존경과 감사한 마음 때문일 거다. 선생님께서 혼자 어색해 하실까 해서 고교 선배 동기 한 분을 더 모시고, 컴퓨터 프로그래밍 사업을 하는 고3 때 같은 반 친구 권 박사와 함께 넷이서 모임을 갖는다. 어쩌면 모든 선생님이 영향을 주셨지만, 오늘 모시는 분은 특히 많은 영향을 주셨다.

고3 때, 밤샘이 가능한 독서실에서 새벽에 잠이 드는 바람에 등교 시간을 맞추지 못하고 지각을 했었다. 허둥지둥 교실 문을 여니 조회를 한 다음 모두 자율학습을 하고 있었다. 부리나케 들어가니 선생님이 한번 쓱 보시더니 "늦었네"라고 한 말씀만 하시고는 자리에 앉으라고 하셨다. 야단치지 않으시고 단지 "늦었네"라는 한 말씀이 '큰 울림'을 주셨다. 그 순간 감사한 마음과 앞으로 늦지 않게 정신 바짝 차려야겠다고 다짐했다.

교감·교장 시절

그 이후 학교의 관리자가 되어 직원회의 시간에 그 일화를 소개하며 학생들을 야단치는 것만이 능사가 아니니 학생들에게 가능한 아침부터 꾸짖지 않도록 당부 말씀을 드렸다.

역지사지(易地思之)로 선생님들도 아침부터 관리자에게 싫은 소리 들으면 기분이 좋겠냐고 말씀드리고, 학생들이 잘못했으면 당연하게 지도해야 하지만 그 즉시 말고 한두 시간 지난 다음 불러다가 조목조목 이야기하면 아이들도 다 알아듣는다는 사실을 주지시켰다.

현직에 재직할 때의 일이다. 특별히 출장을 가거나 바쁜 일이 없으면 아이들 안전을 위해 교문 앞 횡단보도에서 아이들의 안전을 보살폈다. 매일 자전거를 타고 등교하는 항상 웃으면서 인사하는 1학년 6반 윤 군이었는데 항상 밝은 아이였다. 어느 날, 점심시간 현관 앞에서 마주친 윤 군이 나와 마주치면서, "교장 선생님, 좀 웃으세요. 웃으면 복이 온다잖아요. 입꼬리가 내려가지 않게 항상 웃으셔서 입꼬리가 올라가도록 하세요."라고 인사말을 건넸다. 그때 나는 뒤통수를 한 대 얻어맞은 심정이었고, 이 인사말은 나를 각성시키는 계기가 되었다.

돌이켜 보면 내가 우리 학생들을 보면 항상 웃고 "안녕"이라고 말을 건네며 의무감에서 인사를 하다가도, 혼자 순회할 때는 얼굴이 경직되어 있었던 것 같다. 이 자리를 빌려 마음을 전한다. 참으로 학생들과 생활하기를 잘한 것 같다. '윤 군아! 고마워~.' 아울러 천진난만했던 모든 학생에게도 감사한다. 우리 학생들이 나에게 좋은 스승이었다.

사실 국해웅 선생님을 모셔 식사를 대접하기 시작한 지가 그리 오래되지 않는다. 대략 15년 정도 되었을 것이다. 한동안 생각하지 못하다가 내가 교직에서 담임했던 지금 50대 중반인 제자들이 '스승의 날'에 초대해 식사를 대접받은 기억이 난다. '나는 별로 해준 것이 없는 것 같은데, 제자들에게 이런 대접을 받아도 되는가?' 하는 자책을 많이 한 것 같다. '아! 나는 무엇을 하고 있는가?' 제자들이 내가 그동안 간과하고 잊고 지냈던 선생님을 떠올리게 했다. '나도 받은 만큼은 돌려드려야 하지 않을까?' 하는 마음에서 선생님을 모시게 되었다. 제자들에게 이 점을 감사하게 생각한다.

권 박사와 함께 선생님과 선배님을 1년에 서너 번 모시고 식사를 한다. 이 자리를 빌려 친구인 권 박사에게도 감사한 마음을 전한다. 지금 생각하면 선생님에 대한 감사한 마음을 말로 다 표현할 수 없다. 내 나이가 일흔을 바라보는데 선생님 연세가 여든을 넘었으니 모실 수 있는 기간도 많지 않을 것 같다. 지금도 선생님을 뵐 생각에 가슴이 설렌다.

이 지면을 빌려 나를 일깨워 준 교직 초창기 시절 담임을 했던 고교 제자들과 나를 항상 웃게 만들어 준 중학교 윤 군에게 고맙고, 끝으로 여든을 넘어 살아가실 날이 살아오신 날보다 적게 남은 고3 때 담임선생님이셨던 국해웅 선생님께 거듭 감사드리며, 죽는 날까지 배우면서 살아가겠다고 굳게 다짐해 본다.

국해웅 선생님! 사랑합니다. 감사합니다.

나는 선원이다!

필자가 승선할 VLOC(325,000톤) 운반선

유성현   한국해양대(기관학과) 졸업 후, 현대상선에서 1st Engineer로 일했다. 그 이후에 육상에서 공무 감독도 하고 자재부에서 일했다. 다시 재승선하여 현재는 우양상선에서 Chief Engineer로 일하고 있다.

나는 선원이다. 대한민국 외항선에 승선하고 있는 현직 선원이다. '배를 탄다' 라고 하면 사람들은 고기잡이배를 타는 어부나 섬을 오가는 여객선쯤으로 생각한다. 사람들은 외항선(상선이나 화물선)에 대해 잘 몰라 '배에서 낚시도 하냐?' 고 묻기도 한다. 한마디로 답하면 '할 수 없다' 이다. 왜냐면 배의 속도가 워낙 빠르고 높이도 높기 때문이다.

대한민국 조선업은 세계 최강이다. 상선 보유량(군용 아닌 민간용 선박) 이 약 1,200척으로 세계 5위에 이른다. 사람들은 지금도 여전히 상선(무역선)에 대해 잘 모르고 관심도 없다. 예전의 나도 그랬다. 고깃배와 여객선이 배에 대해 아는 것이 전부였다. 내가 한국해양대학교를 지원했던 것은 '망망대해를 멋지게 여행한다' 라거나 '미지의 세계를 알고 싶다' 라는 그런 큰 꿈을 가져서가 아니었다. 어렵고 가난했던 시절이었기에 단지 경제적인 이유로 해양대에 진학했다. 입학해 보니 해양대는 정말 알지 못했던 '미지의 세계' 였다. 해양대는 나의 좁은 식견을 완전히 벗어나도록 해주었다. 여러모로 좋은 대학이었다. 학비도 거의 없고, 숙식도 제공되고, 군 복무도 대체할 수 있었고(4년간 해군 ROTC 교육), 졸업과 동시에 취업도 되고, 급여도 대기업의 3배 수준이었다.

당시 해외여행이 자유롭지 않았던 때였다. 그런데 선원수첩만으로도 5대양 6대주를 거침없이 다닐 수 있었다. 바다 생활하며 어려웠던 점은 전보나 텔렉스로 육지와 소통할 수밖에 없어 가족과의 연락이 쉽지 않았다. 기나긴 항해 끝에 항구에 도착해야지만 엽서나 편지를 써서 소식을 전했다. 이제는 그런 일이 정말 아득한 옛날이야기가 되어 버렸다. 지금은 머스크가 쏘아 올린 8,000개의 위성으로 Star-Link라는 통신서비스를 이용해 바다 위에서도 24시간 인터넷이 가능하다. 카톡은 물론 보이스톡, 페이스톡 모두 가능하고 업무가 끝나면 OTT(인터넷을 통해 TV, 영화, 방송 등 각종 미디어 콘텐츠를 제공하는 서비스)까지 즐길 수 있다.

결혼 후 1년이 지났을 때, 현대상선(현 HMM) 본사로 발령이 났다. 그동안 배에서 5년 정도 승선 생활을 했는데 이를 끝내고 본사에서 공무 감독도 하고, 자재부에서 일하게 되었다. 육지에서 일하게 되어 정말 좋았다. 특히 가족과 함께 지낼 수 있어서 행복했다. 아이들이 커가는 모습을 가까이서 지켜볼 수 있었다. 그 후 16년 정도 육지에서 지내다가 다시 승선(乘船)했다. 현재까지 승선 생활은 26년 정도 했는데 여전히 재밌고 보람이 있다.

나는 배에서 일하면서 우리나라 경제발전에 어느 정도 기여하고 있다는 자부심을 갖고 있다. 그래서 이 일을 더욱 열심히 한다. 23년을 기관장으로 일하고 있다. 기관장으로 내가 하는 일은 선박 전체 기관에 대한 점검과 감독이다. 매일 아침 계단이나 엘리베이트를 이용해 8층 이상을 내려간다. 그러면 배의 중심이라고 할 수 있는 엔진 컨트롤룸(Engine Control Room)이 나오는데 그곳에서 아침 8시에 엔지니어들과 미팅을 한다.

엔지니어들이 제출하는 장비별 정비계획서를 검토하여 우선순위별로 그날 시행할 작업을 바로 지시한다. 그리고 작업 진행 상황, 완료 상황, 모든 장비의 운전 상태 등을 점검하고 확인한다. 여기서 '모든 장비'라 함은 설명하기 어려울 정도로 숫자도 많고 크기도 크다. 프로펠러를 돌리는 주 엔진(Main Engine)의 경우, 실린더는 직경 80센티로 8기통이 있다. 발전기도 있고, 해수를 진공상태에서 끓여 청수(淸水)로 만드는 조수기도 있다.

육지에서 우리가 필요로 하는 '모든 기계의 거대한 집합체'라고 말하면 이해가 될까? 언젠가 배에 오른 가족들이 엔진의 높이와 크기에 놀라 입을 다물지 못한 적이 있었다. 엔진룸은 무인 당직 시스템으로 운영되고 있으며 이상 발생 시를 대비해 그날 당직자 엔지니어의 룸으로 경보가 울리도록 조치하고 오후 5시면 모두 퇴근한다.

'항해사는 브리지에서 종이 해도(海圖)를 깔아 놓고 컴퍼스로 위치와 거리를 재면서 키를 움직인다.' 영화에서는 항해사들이 이런 모습으로 나오는데 이는 이미 오래된 옛날이야기다.

최근에는 선박의 장비들이 모두 자동화되어 컴퓨터로 처리한다. 전자해도가 설치되어 모니터 위에 실시간으로 선박의 위치, 수심, 속도가 표시되고, 주변 선박의 모든 정보까지 파악할 수 있다. 게다가 인공위성을 통해 방향값을 세팅하고 조정하기 때문에 운항 중 조정키를 잡지 않는다. 테슬라의 자율주행을 떠올리면 된다. 조정키는 자동차 핸들보다 작은데 접안(接岸, 육지에 배를 댐)과 이안(離岸, 육지에서 배가 벗어남) 시에 도선사(Pilot)나 선장의 지시로 조타수가 조작한다.

선원들은 오후 5시가 되면 모두 퇴근해서 각자 또는 함께 휴식하며 다양한 취미활동을 즐긴다. 탁구장과 헬스장, 수영장도 있다. 파도가 잔잔한 주말에는 5킬로 마라톤을 뛴다. 갑판을 6바퀴 돌면 5킬로가 된다. 그리고 아주 특별한 날엔 선상 바비큐를 즐긴다. 필리핀 조리장이 통돼지구이를 비롯해 인도네시아와 미얀마 음식을 준비하고 우리는 맛있게 먹는다. 물론 김치를 비롯한 한국 음식들도 조리장이 만들어 준다. 만약 조리장이 못하면 유튜브에서 레시피를 보거나 아내한테 전달받은 레시피로 내가 직접 김치를 담그고 반찬도 만들어 외국 선원들에게 나누어 준다. 그러면 그들은 무척이나 좋아한다.

승선 이야기를 하자면 끝이 없을 것 같다. 이제 선박에 관해 이야기하겠다. 이는 내가 이 글을 쓰는 목적이기도 하다. 글 쓰는 것이 낯설고 부족하지만 잘 읽어주기 바란다.

선박은 현대사회 운송수단 중에서 가장 느리지만 가장 크다고 보면 된다. 물론 크기도 다양하고 용도에 따라 모양도 갖가지이다. 우리나라는 수입과 수출 물량의 99.7%를 상선으로 수송하고 있다. 상선은 LNG 운송선, 원유 운송선, 자동차 운송선, 컨테이너 운송선, 광석 전용 운반선, LPG 운송선, 화학제품 운반선, BULK선, 해저케이블 설치선, 중량물 운반선, 연료

보급선 등으로 세분되어 있다. 유사시 전략 물자 수송은 국가의 존망을 좌우하기에 상선대를 '제4군'이라 부른다. 영국에서는 상선대를 '왕립상선해군(Royal Merchant Navy)'이라 부르기도 한다. 우리나라도 전시에는 일정한 척수를 '전시 국가 동원 선박'으로 지정해 반드시 한국 국적의 선원을 적정이상 승선시켜야 할 의무가 있고, 전쟁 발발 시 선박별로 지정된 업무를 수행하도록 관리하고 있다.

곡물, 석탄, 광석, 철재 등 포장하지 않는 화물을 운송하는 선박을 벌크(Bulk)선이라고 한다. 내가 대학 졸업 후 현대상선에 입사해 처음으로 승선한 벌크선은 크기가 14,000톤(벌크선의 크기는 트럭과 마찬가지로 적재할 수 있는 무게로 판단한다)이었다. 그 벌크선은 주로 중동의 현대건설 현장에 필요한 자재들을 운송했다. 그런데 16년 후에 싱가포르에서 일하게 되었을 때 내가 승선한 배는 VLCC(Very Large Crude oil Carrier)라는 종류의 유조선이었는데 크기가 30만 톤이었다.

30만 톤을 쉽게 설명해볼게. 뉴스에서 볼 수 있는 미국 항공모함의 크기와 비교하면 항공모함은 보통 5~7만 톤 정도의 크기이다. 니미츠급 항공모함도 10만 2천 톤 정도로 전투기의 이착륙용 갑판만 333미터일 뿐이다. 그런데 그 3배가 되는 30만 톤이면 성인 남성을 무려 400만 명 태울 수 있고, 63빌딩(높이 249.6미터로 지상 60층·지하 3층)을 싣고 갈 수도 있다. 배의 높이가 아파트 20층 높이이며, 갑판의 넓이는 축구장 3개를 합친 것과 같다. 참고로 VLCC보다 더 큰 ULCC도 있다. 'UL'은 Ultra Large의 약자로 엄청나게 크다는 것을 표현하고 있다. ULCC는 길이만 458미터로 56만 톤까지 원유를 적재할 수 있다.

1979년은 나에게 중요한 해였다. 그때는 외국에서 대한민국을 거의 모르고 있었고, 외국에서 대한민국 제품을 찾아보기도 어려웠던 시기였다. 나는 그 시기에 전 세계로 대한민국 제품을 운송했던 주역 중의 한 명이었다.

해가 거듭되면서 남미지역의 백화점들에도 대한민국 제품이 차차 진열되기 시작했고, 한국의 자동차가 유럽 전역에 수출되기 시작했다. 그리하여 이제는 남미지역의 백화점에서 대한민국의 제품을 아주 쉽게 구입할 수 있게 되었고, 미국이나 유럽 어디를 가도 심심치 않게 한국제품과 한국자동차를 볼 수 있게 되었다. 이러한 대한민국의 국제적·경제적 위상을 보면 나의 기여도 조금은 있을 것 같아 뿌듯한 생각이 든다.

나는 보통 사람들이 거의 볼 수 없는 파나마 운하와 수에즈 운하도 많이 지나다녔다. 운하는 쉽게 말하면 육지에 수로를 만들어 배가 다닐 수 있게 한 것이다. 바다를 대륙이 막고 있어서 반대편으로 가려면 굉장히 멀리 돌아가야 하는데 운하는 마치 터널처럼 대륙에 뱃길을 뚫은 것이다. 파나마 운하는 길이가 82킬로이고 수에즈 운하는 무려 193킬로에 달한다.

포스코 철강 제품을 미국의 동남부나 멕시코로 운송할 때는 파나마 운하를 이용했고, 튀르키예나 이탈리아로 운송할 때는 수에즈 운하를 이용했다. 물론 운하의 폭이 제한되어 일정 이상의 큰 선박은 운하를 이용할 수 없다. 그럼에도 불구하고 운하를 지날 때마다 그 웅장한 크기와 기술에 놀라곤 한다. 최근에는 수에즈 운하를 통과하려면, 소말리아 해적과 후티 반군의 상선 공격 위험이 존재해서 대한민국 국적선은 반드시 707 특수부대나 UDT 출신의 무장 요원 2명이 승선하고, 청해부대의 전투함이 2일간 호위하며 아덴만을 통과한 후에 홍해로 들어가고 수에즈 운하 입구에서 무장 요원이 내린다.

선박을 운행하는 직업에는 '해기사'와 '일반 선원'이 있다. 해기사가 되려면 국제 면허가 필요하다. 해기사에는 배의 항해와 화물 선적을 관할하는 '항해사'와 배를 움직이는 기관을 다루는 '기관사'가 있다. 항해사는 선장과 1, 2, 3등 항해사, 기관사는 기관장과 1, 2, 3등 기관사로 구분된다. 나는 어렸을 때부터 기계를 다루는 것에 흥미가 있어 직업을 기관사로 택했다. 해양대학 졸업 후 바로 승선해 기관사로 일했다. 육상 근무 후에 싱가포르에 있는 상선 회사에 입사해 다시 바다로 돌아왔다. 지금은 대한민국 국적 우양상선의 Bulk선에 승선해 바다를 누비며 선원의 삶을 살고 있다. 상선 한 척에 해기사 8명, 일반 선원 13명 도합 21명이 승선하고 있다. 현재 우리 회사에는 2명의 여성 선장과 다수의 여성 해기사도 있다. 요즘은 한국의 젊은 해기사들이 승선을 기피해 많은 선박이 선장과 기관장을 제외하고는 필리핀, 미얀마, 인도네시아인들로 채워지고 있다. 승선 4개월 후에는 휴가 신청이 가능하고, 한 달 승선할 때마다 법정 휴가 8~10일을 쓸 수 있다. 나는 2025년 7월에 브라질에서 광석을 싣고 중국 청도로 들어오는 32만 5천 톤 광석 전용 운반선 VLOC에 승선할 계획이다.

선교사로 중국, 아프리카 그리고 유럽을

추수감사절 예배 포스터(오른쪽이 필자)

이석규　대학 졸업 후, 영원무역에서 근무했다. 직장생활을 마치고는 평생을 영국 선교사와 스페인 선교사로 살았다. 지금은 지쳤던 몸과 마음을 어루만지며 편안한 마음으로 행복하게 살고 있다.

영원무역이란 회사의 부장 때 중국 청도에 현지 공장을 세우라는 임무를 받고, 영원무역 청도공장을 세운 후, 1996년 귀국했다. 이후 내 인생의 방향이 급격히 달라지기 시작했다.

무종교의 집안이었지만 군 제대 직후 불가항력적 체험으로 신앙을 갖게 된 나는 중국에서 귀국 후 단지 성경을 좀 더 깊이 알고 싶은 열망에 신학을 공부하면서 인생의 판도가 바뀌어 버렸다.

영국 선교사 시절

선교사로 최초에 파견된 곳은 영국이었다. 1998년 우리나라는 IMF 사태로 환율이 급격히 추락했다.

당시 파운드당 원화 환율이 2,500원 정도까지 내려갔다. 본국으로부터 학비를 조달받지 못하게 된 유학생들은 유학을 포기하고 한국으로 돌아가거나 아르바이트를 하며 간신히 버티고 있었다. 아르바이트로 간신히 버는 수입은 그냥 살기도 턱없이 부족한 실정인데 방 한 칸 월 렌탈료(약 230~280파운드)는 당시로는 엄청 비싼 가격이었고 거기에 식비, 학비, 교통비 등등 도저히 버티기 어려운 생활고를 겪고 있었다.

나는 당시 런던 외곽에 있는 New Malden이란 지역에 있었고, 내가 머물고 있던 집에는 한국어로 '베델의 집(런던백향목교회)' 이란 현판이 걸려 있었다. 어느 날 늦은 밤 문을 두드리는 소리가 들려 나가보니 한국인이라고 하는 여학생(제주도에서 왔다는데 훗날 귀국해서 대한항공에서 근무했다)이었다. 지방에서 Home Stay를 하고 있는데, 부모님께서 유학비를 보낼 형편이 못 되어, 지방에서는 아르바이트 자리를 구하기 어려워서 런던에 있는 한국 유학생 친구를 만나 정보를 구하러 왔다가 돌아가려고 나왔는데, 기차 막차가 끊어졌다는 것이다. 런던에서 유학 중인 친구는 영국 현지인이 운영하는 좁고 값싼 하숙방에 있어서 다시 가서 초인종을 누를 수도 없어서 오도 가도 못하고 밤길을 방황하다가 기적처럼 한국어 현판을 보고는 지푸라기 잡는 심정으로 무조건 문을 두드렸다고 했다. 신변안전이 걱정되기도 하고 안타까워 일단 들어오라고 하고 소파에서라도 괜찮으면 오늘 밤은 여기서 있다가 아침에 가라고 했다. 아침을 간단하게 먹여서 보냈는데, 며칠 후 지난번 찾아왔던 여학생이 런던 거주 한국 유학생 친구 두 명을 데리고 다시 찾아왔다.

내가 런던에 온 것은 교민들을 상대로 한 선교를 하기 위해서 온 것인데, 그때 런던의 한국 유학생들로부터 그들의 처참한 실상(먹을 것도 제대로 먹지 못하고 버티는)을 적나라하게 알게 된 나는 고민 끝에 거주하던 '베델의 집'을 개조해서 유학생들의 주거를 해결할 '유학생 공동체'를 만들기 시작했다. 그들의 어려운 사정을 고려해 입주 비용은 주거, 식비 포함 주당 40파운드로 했더니 월 160파운드로 주거와 식비 모두 가능했다. 그런데 공간적 제약으로 안타깝지만, 최대 13명밖에 받을 수 없었다. 나는 금요일 오후 파장하는 값싼 재래시장을 찾아가 한 상자에 여섯 포기가 들어있는 배추(스페인산)를 3상자 18포기를 구입해서 매주 금요일마다 손수 김치를 담갔다. 입소문이 나서 주말이면 다른 곳에 사는 유학생들도 김치를 먹으러 찾아왔다. 그리고 공부에 열중할 수 있도록 모든 편의를 제공했다. 가장 중요한 숙식 문제를 해결하니 마음 편히 공부에 열중하게 되었다.

어느 날 비자 연기 차(학생 비자를 연기하려면 잠시 출국했다가 입국할 때 비자가 갱신되었다) 가까운 프랑스에 잠시 다녀오겠다고 파리로 간 청년에게서 급하게 전화가 왔다. 파리 시내를 걷고 있는데, 어느 한국인 남자를 우연히 만나게 되었다고 한다. 이분은 한국에서 사업을 하다가 IMF 사태로 회사가 파산되었고, 채무자들이 빚 독촉을 하며 몰려들자, 아내와 아이들에게 피해를 주지 않으려고 위장 이혼을 하게 되었는데, 이혼 후 남편이 회생 가능성이 적다고 판단한 아내가 재산을 다 차지하고 실제로 남편을 버린 것이었다. 충격을 받은 이분은 방황과 상념 끝에 평소에 꼭 가보고 싶었던 프랑스 파리를 가보고 세상을 떠나려고 계획했다는 것이다. "선교사님 어찌했으면 좋을까요?"라는 유학생에게 무조건 런던으로 데려오라고 했다. 런던 '베델의 집'으로 온 그를 반갑게 맞았다. 고향을 묻고 갖가지 신분 확인을 하니 인천 사람이었다. 그에게 교회 간사직을 맡기고, 꼭 필요한 귀한 존재임을 각인시켰다. 그의 마음은 절망감이 점차 사라지고 희망으로 대체되었다. 어렵게 아르바이트해서 중고차를 한 대 구입했고, 차를 이용한 간단한 용달 사업을 시작했으며, 점차 런던에서 자리를 잡게 되었다. 그리하여 그의 인생은 '사망에서 생명'으로 변하였다.

지금도 유학 생활을 성공적으로 마치고 한국으로 또는 그곳에 정착해 각 분야에서 한몫하고 있는 제자들이 내게 연락을 해온다. "선교사님, 지금도 저희들을 위해서 애쓰시던 모습이 눈에 선해요." 재정 상태가 넉넉하여 모든 비용을 보내줄 수 있는 집안의 자제들은 이와 같은 사역이 필요치 않겠지만, 자신의 꿈을 펼치고 싶은데 형편이 그렇지 못해 어려움을 호소하는 유학생들이 얼마나 많은지 모른다. 나는 유학생들이 공부에 전념할 수 있는 최대한의 환경을 만들어 주고, 갖가지 어려움에 대한 상담도 진행했다. 이는 가장 보람 있는 사역 중 하나였다. 나는 지금도 각 종교 단체의 선교사들이 이런 사역을 해주기를 소망한다.

스페인 선교사 시절

중국 선교는 중국 현지로 가야 하는 줄 알았으나, 그건 하나님의 오묘한 섭리에 무지한 것임을 깨달았다. 런던에서 밀레니엄을 맞이한 2000년 중후반이었다. 나는 런던백향목교회 '베델의 집'을 젊은 선교사에게 물려주고 서북부 아프리카 해안에 위치한 카나리아제도로 향했다. 카나리아제도는 콜럼버스가 발견한 땅으로 7개의 작은 섬으로 구성되어 있다. 나는 그중

한 섬인 그란카나리아섬으로 갔다. 이 섬은 우리나라 제주도 정도의 크기로 라스팔마스라는 보세 무역항이 있고, 우리나라에서는 참치잡이 선단이 진출해 있던 곳이었다. 참치잡이 수확량이 급감하면서, 우리나라 선주들의 사업은 조기잡이 선단으로 바뀌었다. 당시 선장이나 항해사나 갑판장 정도는 한국 사람이었고, 일반 선원은 값싼 임금을 주는 중국 조선족들로 대부분 이루어져 있었는데, 한번 출항하면 최소 6개월은 바다에 떠 있었고, 수리를 위해 1년 만에 라스팔마스 항으로 돌아오는 배도 있었다. 이들은 항구로 돌아와도 배 수리 기간인 약 1개월 정도 육지가 아닌 배 안에서 숙식하며 머물렀는데, 그 생활환경은 아마 내가 지금 말해도 믿지 않을 정도로 열악한 환경이었다. 배 안에 들어가 보니, 쥐와 함께 생활하는 것은 물론이고 우리나라 바퀴벌레의 거의 2~3배 정도 크기의 바퀴벌레들이 득실거렸다. 나는 이들을 찾아다니며 대화하고, 위로하고, 필요한 물품들을 구해주고, 몸이 불편한 선원들을 도왔다. 한국인 항해사나 갑판장의 임금은 월 3천 불 정도, 중국 조선족 선원은 300불에 불과했다. 우리나라 악덕 선주들은 그것도 제때 지급하지 않거나 떼어먹거나 했다. 사실 만선을 하지 못하면 파산하기도 했다. 이들은 중국에서 나올 때 큰 꿈을 안고, 거의 1만 불 정도나 되는 브로커 비를 지불하고 장밋빛 꿈을 꾸고 나왔는데 대부분이 빚이었다. 그런데 임금을 받지 못하니 빚도 갚지 못하고, 고향으로 돌아가자니 빚을 갚을 수가 없어, 결국 고향으로 돌아갈 수도 없으니까 어쩔 수 없이 그곳에서 하선해 불법체류를 하는 선원들이 늘어갔다. 불법체류자로 전락한 그들이 최소한의 정착을 하려면 도움의 손길이 필요했고 나는 그들을 도울 수밖에 없었다. 이들은 배를 수리하는 곳에 인력이 부족할 때 일당을 받고 부정기적으로 일하거나, 지대가 높은 산 일부 땅을 개간해 청경채, 부추, 상추 등의 채소를 경작해 섬 안에 있는 중국 식당에 팔았다. 불법체류자라서 차량이 있을 수도 없고, 판로도 개척할 수 없으니 나는 교회 차를 이용해 그들이 생산한 수확물을 실어 섬 전체로 판매하러 다녔다. 그들은 내가 없으면 농사지은 채소를 판매할 방법이 막막했다. 그들은 나를 '선교사님' 또는 '아버지'라고 불렀다.

라스팔마스 항구 근처에 위치한 공원에 조선족 선원을 만나러 나갔던 나는 깜짝 놀랐다. 카나리아제도는 사실 아프리카 땅인데, 스페인이 강제 점령한 스페인령이다. 그곳 원주민을 학살한 잔혹한 역사는 생략한다. 수많은 아프리카인이 공원에서 노숙하고 있었다. 물어보니 나이지리아, 가나, 시에라레온, 이베리아 등의 나라에서 내전을 피해, 혹은 궁핍함을 피해 목숨을 걸고 뗏목을 타고 넘어온 난민들이었다. 그들은 바다를 넘어오면서 수많은 사람이 소중한 생명을 잃는 등 안타까운 상황이었다. 그들을 방치할 수 없었던 나는 매주 목요일 그들에게 1인당 500cc 생수 한 병과 빵을 공급하기 시작했는데, 서로 먼저 받겠다고 아우성을 치고 무질서하기가 난리도 아니었다. 아무리 질서를 지키라고 소리쳐도 막무가내였다. 그러던 어느 날도 무질서를 걱정하며 나갔더니, 그날은 이들이 줄을 서서 질서 있게 차례를 지키는 것이었다. 어떤 아프리카인 둘이서 이들을 통제하고, 질서를 지키도록 인도하고 있었다. 이들도 역시 난민으로 훗날 나와 함께 라스팔마스 아프리카 교회를 설립한 사람들로 한 명은 나이지리아 목사, 다른 한 명은 가나 선교사였다. 이들은 영국 식민지로 영국의 영향을 받아 많은 이들이 기독교 신앙을 갖고 있었다. 당시 스페인은 국교가 가톨릭이라서 개신교를 이단시 하는 경향이 있었다. 나는 라스팔마스에 개신교 스페인 교회가 있다는 것을 알고, 거기를 찾아가서 스페인 목사에게 도움을 요청했다. Sergio 목사와 Dolores 사모, 이들 부부는 나의 요청을 흔쾌히 허락했다. 그래서 나와 Sergio 목사는 스페인 교회가 주일에는 11시에 예배를 드리고, 나는 아프리카 난민들과 오전 9시에 예배를 드리기로 합의했다. 물론 무료로 교회 시설을 활용하기로 했다. 나는 주일 아침 일찍 각 처에 기거하는 아프리카 사람들을 차에 태워서 교회로 오게 했고, 부족한 영어 실력이지만 영어로 설교했다.

이 아프리카 교회 예배를 마치면 다시 라스팔마스 항구로 조선족 선원들을 태우러 가서 한국교회로 데리고 왔다. 그리고 그들에게 설교했다. 이렇게 해서 라스팔마스에는 아프리카 교회가 세워지게 되었다.

이 아프리카 난민들은 나라를 불문하고 다 영어로 소통이 가능했다. 당시 난민으로 넘어온 나이지리아 목사나 가나 선교사의 설명으로 알게 된 놀라운(?) 사실이 있다. 이들 나라는 한 나라에도 부족마다 언어가 달라서 (나이지리아만 해도 66개의 부족 언어) 서로 의사소통이 안 되고 부족 간 잦은 갈등과 전쟁이 있었다. 아프리카 대륙 중 모로코만 프랑스 식민지로 프랑스어를 사용했다. 나머지 나라들은 영국 식민지가 되다 보니 모두 영어가 가능해서 모든 부족이 한 언어로 소통하게 되었다고 한다. 이들은 난민으로 인정을 받지 못한 불법체류자이다 보니, 정상적인 명의의 계약이 안 되고, 그러니 취업도 주거도 불안정할 수밖에 없었다. 어쩔 수 없이 내 명의로 계약(불법이지만)하여 집 렌탈을 진행하는 등의 도움이 필요했고 현지 취업 사정도 알고 소통하는 도움도 절실했다. 이들은 주로 현지인이 경영하는 농장에서 육체노동을 했는데, 이들의 꿈은 돈을 모아서 비행기 티켓을 사서 유럽 본토로 넘어가 정착하는 것이었다. 이즈음 마드리드에서 였는지 런던에서였는지 라스팔마스행 비행기를 탔는데, 우연히도 김상근 동기를 만나서 너무나 반가웠던 기억이 새롭다.

기억의 조각들을 정리하며

새벽부터 밤늦게까지 조금도 쉴 틈이 없었던, 육체적 · 정신적으로 너무나 힘든 삶은 몸과 마음 모두를 피폐하게 만들었고, 기쁨도 사라졌다. 아무도 나를 돕는 곳은 없었다. 저수지가 유지되려면 사용하는 물과 저수지로 입수되는 물이 있어야 할 텐데, 나의 육체와 영혼의 저수지 물은 고갈되었다. 병든 몸을 이끌고 귀국했다. 그리고 다시 살아났다. 아프고 쓰리고 부끄러운 기억도 많아서 그냥 추억 속에 묻으려 했으나, 내 인생도 한 번쯤 정리가 필요할 것 같은 생각이 드는 즈음에 망설이다가 마침 문집팀의 권유로 갖가지 많은 부분은 생략하여 정리해 보았다.

단 한 번만 주어진 삶에서 나만을 위함이 아닌 남을 위한 삶도 살았던 것에 후회는 없다. 불혹(不惑)의 나이까지는 세상적인 성공을 위하여, 이순(耳順)까지는 남을 위하여, 그 이후는 나의 행복을 위하여 살고 있고, 종심(從心)을 지나고 있는 지금이 가장 행복하다.

내 이름은 '이부프로펜!'

필자가 운영하는 약국에서

이운복 서울대 약대를 졸업하고 제약회사에서 10여 년 동안 일했다. 회사를 그만두고는 현재 안산에서 대형약국을 운영하고 있다.

나의 형님은 아스피린, 아세트아미노펜이고, 동생은 덱시부프로펜, 나프록센을 비롯해 지금도 계속 태어나고 있습니다. 아스피린 형님은 남미 원주민이 열날 때 버드나무 껍질을 먹고 해열하는 것에서 발견되었고, 이후 부작용을 줄이거나 작용을 강화하기 위해 개량되었지요. 나는 유당 등의 친구를 만나 믹서기, 반죽기, 과립기, 건조기, 타정기, 코팅기, 포장기라는 여행을 거쳐 품질관리라는 검역을 통과해 정제라는 새로운 이름을 얻어 세상으로 나오게 되었습니다. 때로는 콩기름을 만나 부드러운 젤라틴에 싸인 연질 캡슐로, 감미료와 만나 시럽으로, 폴리머를 만나 부드러운 천을 입고 파스라는 새 이름을 얻어 세상 구경을 하기도 하지요.

사람의 수명이 늘어나고 과학의 급속한 발전으로 몰랐던 질환이 발견되고, 삶이 풍족해지자 예방에 눈을 돌리게 되어 건강과 관련한 약물과 식품, 보조기구의 수요가 급팽창하고 통신 발전에 따라 새로운 방정식이 세상에 급속도로 전파하게 되었습니다. 전래해 내려오는 것을 재해석하고 땅을 뒤지고 바다와 하천을 분석하고 미생물과 동식물에서 새로운 것을 찾아 신약을 찾기도 합니다. 이렇게 찾은 것들을 우리 몸에 도움이 되는 물질로 분류하면 필요한 약물이 나오겠지요. 사람과 유사한 동물을 통해 효능을 입증하고, 임상실험을 거쳐 새로운 약이 만들어지면 적응증과 흡수 형태에 따라 주사제로, 경구(經口)약으로, 피하(皮下)흡수제 등의 형태로 제품이 확정되고 드디어 공장에서 제품이 만들어져 시중에 유통됩니다.

'약사'는 약장사, 약쟁이, 약싸개로 불리기도 하지만 직업을 수행할 능력을 갖추려면 미생물, 식물, 동물, 광물, 화학, 물리, 생태학 등의 다양한 지식의 기반이 필요하답니다. 연구실에서는 앞에서 말씀드린 제제화까지의 과정이 행해지고 더불어 합성을 통해 개선된 약물을 찾는 노력이 행해집니다. 생산에서는 정해진 제조공정에 맞는 각 원자재 관리, 위생 관리, 공조 관리 등이 이루어지며, 품질관리 부서에서는 규격에 적합한 약품이 만들어졌는지 육안적, 물리적, 화학적, 미생물, 생물학적 검사를 수행하고, 제품의 보관부터 유통 중에 발생할지도 모를 경시적인 문제에 대비합니다.

드디어 환자에게 갈 약이 약국에 왔네요. 제가 근무하는 약국에는 2,300여 개의 조제약을 비롯한 총 3,000여 가지의 제품이 정해진 위치에 정돈되어 자신의 차례를 기다리고 있습니다.

오전 8시, 8대의 컴퓨터를 켜고 2대의 자동포장기, 2대의 90포 포장기, 1대의 분말 포장기를 준비시키며 약국의 하루를 시작합니다. 약사를 비롯한 10명의 직원이 출근하고, 자신의 업무에 따라 업무 준비를 마치고, 오전 9시 처방전을 소지한 손님이 찾아오며 본격적인 업무가 시작됩니다. 처방전에 기재된 내역을 전산입력하고 올바르게 입력되었는지(처방 기관, 의사, 환자명, 주민번호, 산정 특례, 약품명, 일수, 수량) 확인한 후에 조제 특이 사항과 요구사항 등을 한 번 더 확인한 뒤, 조제를 하고 포장지마다 올바른 약인지 수량은 맞는지 검수 작업을 행합니다.

이제 나의 차례입니다. 환자의 이름을 부릅니다. 대답이 없습니다. "??" 목청을 높여 다시 부릅니다. 족히 나보다 10여 세는 많아 귀가 어두우니 이제야 대답을 합니다. 혹여 다른 사람인지 '생년월일'을 확인합니다. 포장된 약과 따로 나가는 약을 하나씩 짚어가며 복약지도를 합니다. 눈이 잘 안 보이신다고 합니다. 준비된 큼직한 스티커를 붙여 드립니다. '아침, 점심, 저녁, 자기 전, 기상 후 즉시' 환자의 얼굴에 만족한 미소가 스칩니다. 왠지 나도 기분이 좋습니다. 약을 한가득 담은 가방을 들어 빠트리고 안 담은 약은 없는지 바닥을 한 번 더 훑어봅니다. 한 환자가 갑자기 소리치며 불끈거립니다. 다른 사람보다 먼저 왔는데 다른 사람 다 가도록 약을 안 준다고 합니다. 전산을 확인해 보니 '1,340포 포장, 약 종류 15가지' "휴~" 족히 1시간의 일거리로, 다른 환자의 20배 일거리입니다. 꾹 누르며 차분히 설명합니다. 머쓱했는지 주위를 보며 앉습니다. 드디어 약이 나왔습니다. 두 손가득 받아 들며, '고맙다' 라고 인사합니다. 싱긋 미소로 화답합니다. 이번엔 전산 수납 쪽이 약간 소란합니다. 환자는 지난번보다 약값이 많다고 합니다. "네. 지난번은 4개월이고, 이번은 6개월이네요." "깨갱." G-G "환자분, 이번에 약 함량이 많이 올랐네요?!" 이와 관련해 식생활과 운동에 대해 조언해 줍니다.

우리는 내 몸에 좋은 약을 찾습니다. 옛말에 '일병만약(一病萬藥), 일약만병(一藥萬病)' 이라는 말이 있습니다. '한 가지 병에 만 가지 약을 쓰고, 한 가지 약으로 만 가지 병을 고친다' 라는 뜻입니다. 우리에게 좋은 약이 있을 수도 있고, 없을 수도 있습니다. 어제를 잘 살았기에 오늘도 잘 살아야 내일이 있지 않을까요?

두서없는 글 올리며 친구들 모두의 건강과 안녕을 기원합니다.

인간은 우연히 진화했을까?

임헌만 연세대 생물학과를 졸업하고 미국으로 유학 가 델라웨어대에서 분자생물학으로 박사학위를 받았다. 귀국 후, 충남대 생물학과에서 가르치다가 정년퇴임했다. 현재는 명예교수로 있다.

나는 3학년 8반 58번으로 키가 컸다. 담임은 '생물'을 가르쳤던 이은복 선생님이다. 친구들 기억나니? 내가 밴드부 컨덕터였다는 것을. 졸업 앨범에 내가 지휘봉을 들고 있고, 음악실에서 밴드부 친구들과 함께 찍은 사진이 있다. 나는 고등학교 그리고 대학 시절에 '방황의 삶'을 보냈다. 그러다가 학문에 뜻을 세워, 미국으로 유학을 떠났다. 귀국 후에 1992년부터 충남대 생물학과에서 32년 동안 가르치다가 2023년에 정년 퇴임했다. 나의 전공은 '분자생물학'으로 유전자가 어떻게 작동하여 생명 현상이 일어나는가를 연구하는 학문이다. 유전자는 DNA라는 물질로 되어있는데 단백질을 만들어 생명 현상을 일으킨다.

분자생물학을 가르치면서 부딪치는 질문은 '생명은 진화했는가? 아니면 창조되었는가?' 였다. 친구들도 한 번쯤 인간이 진화한 것인지 아니면 창조된 것인지 질문했을 것이다. 진화론을 배운 생물학자로서 창조론은 말도 안 된다고 굳게 믿고 있었다. 그런데 유전자에 관한 연구를 하면서 진화론에 회의가 들기 시작했다. 그래서 진화 그리고 창조에 대한 내 생각을 말해보려고 한다. 이 이야기는 독특해 아마 한 번도 들어보지 못했을 것이다.

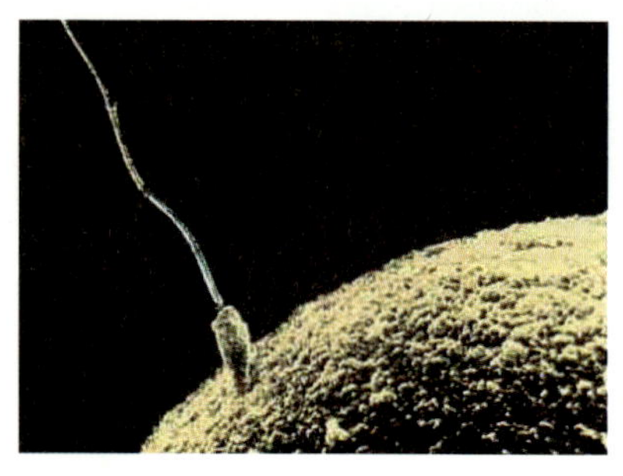

왼쪽 사진은 정자가 난자와 결합하는 모습을 전자현미경으로 찍은 것이다. 우리 모두에게 저런 순간이 있었지. 난자의 크기는 0.1mm, 정자는 약 0.005mm(5마이크론)이다. 그래, 우리는 모두 저렇게 시작했지. 정자의 머리에는 DNA가 염색체 형태로 들어가 있다. 정확히 23개의 DNA 사슬이 있다. 난자의 핵 속에도 23개의 DNA 사슬이 존재한다. 둘이 만나 만들어진 수정란에는 23 × 2개 즉, 46개의 DNA 사슬이 있다. 이 46개의 DNA 사슬이 한 인간을 만든

다. 참으로 신비롭지? 어떻게 이 DNA가 한 인간을 만드는지 나는 과학적으로 이해하지만, 아직도 여전히 신비롭기만 하다.

염색체의 숫자가 '인간'이라는 종(種)을 유지한다. 염색체의 숫자는 동물마다 다르다. 사자, 호랑이, 사슴, 말 등의 동물은 염색체 숫자가 서로 다르기에 각기 종의 특징을 지닌 모습이 세대를 거쳐 유전된다. 즉, 다른 종 사이에서 상호 교배가 일어나 나타나는 '변이종'은 새로운 종으로 유전되지 않는다는 뜻이다. 예를 들면, 말(암컷 말)과 당나귀(수컷 당나귀)를 교배하면 '노새'가 태어나는데, 이 노새는 다음 세대를 만들 수 없다. 즉, 노새는 불임이다. 그 이유는 노새는 정자나 난자를 생성할 수가 없기 때문이다. 그래서 노새라는 종이 유지될 수 없고, 말은 말대로 당나귀는 당나귀대로 종을 유지하게 된다. 이것을 '자연의 법칙'이라 한다.

이 모든 일의 근원은 말과 당나귀의 염색체 숫자가 다르다는 데 있다. 말은 64개 그리고 당나귀는 62개의 염색체를 가지고 있다. 암컷 말이 만들어 낸 난자에는 32개의 염색체가 있고 수컷 당나귀가 만들어 낸 정자에는 31개의 염색체가 있다. 그래서 수정란에는 63개의 염색체가 존재하게 된다. 이 63개 염색체를 갖는 수정란은 아무런 문제 없이 세포분열을 해 노새라는 생명체를 만들어 낸다. 그런데 문제는 노새의 고환에서 또는 난소에서 정자와 난자가 만들어지지 않기 때문에 불임이 되는 것이다. 정자나 난자를 생성하기 위해서는 세포분열(생물 시간에 '감수분열'이라고 배움)이 필요한데 세포분열 시 염색체의 숫자가 반으로 줄어들게 된다. 염색체 숫자가 홀수일 때에는 감수분열이 이루어질 수 없다. 이유가 궁금하지? 그런데 감수분열의 과정이 너무 복잡하므로 여기서는 설명하기가 곤란하다. 어쨌든 명확한 자연의 법칙은 염색체의 숫자가 홀수가 되면 정자 또는 난자가 그 동물의 몸속에서 만들어지지 않는다는 것이다.

그런데 참으로 흥미로운 사실이 밝혀졌다. 1991년 미국국립과학원 발간

저널(PNAS)에 'Origin of Human Chromosome2' 라는 논문이 발표되었다. 이 논문과 나중 몇 편의 논문은 사람의 염색체 2번(1번부터 23번까지 숫자가 메겨져 있음)은 침팬지의 염색체 12번과 13번의 끝과 끝이 붙어서 일어난 결과로 만들어졌다는 것이다('Human Chromosom2 results from the end to end fusion of Chimpanzee Chromosome12 and 13'). 이러한 과학적 사실은 왜 인간이 46개의 염색체를 가지고 있으며 침팬지는 48개의 염색체를 가지고 있는지를 설명해 준다.

즉, 그 옛날 언젠가 침팬지 종의 염색체 2개(12번, 13번)가 붙음으로써 염색체 숫자가 48개에서 46개로 변화되었고, 46개의 염색체를 갖는 개체는 후에 '인간' 의 종으로 진화했다는 것이다.

이러한 발표에 나는 크나큰 충격을 받았다. 그 이유는 유전자 재조합(분자생물학)을 깊이 연구했던 나로서는 염색체, 즉 DNA 사슬의 끝과 끝이 붙는다(fusion)는 것은 '생화학적으로' 또는 '우연히' 일어날 수 있는 일이 아니었기 때문이었다. 염색체 끝(우리는 '텔로미어' 라고 알고 있음)은 서로 붙일 수 없는 아주 특수한 구조로 되어있어서 우연히 일어날 수가 없다는 것이 많은 분자생물학자의 생각이다. 그렇지만 일어났기에 친구들이나 나나 그리고 우리 인류가 존재하고 있는 것이다. 참으로 신기한 일이 아닌가?

친구들, 생각해 보자. 몇백만 년 전에 모든 침팬지가 48개의 염색체를 가지고 있었고, 이들이 모여 살고 있었다. 어느 날, 어떤 수컷 침팬지의 고환에서 한 정자가 만들어지다가 '우연히' 염색체 12번과 13번이 붙었다고 하자. 일어날 수 없는 일이 일어났다고 가정하는 것이다. 그렇게 해서 이 특별한 정자는 23개의 염색체를 가지게 되었다. 한번 사정(射精)에 천 만개 이상 정자가 배출되는데 이 특별한 정자가 난자와 결합해 수정란을 만들 수 있는 확률은 '천 만분의 1' 정도가 된다. 이는 극히 낮은 확률이다. 그런데 만들어진 새끼는 염색체 숫자가 23개(수컷) + 24개(암컷) 해서 47개 홀

수가 된다. 즉 노새 같은 것이 태어나는 것이다.

극히 낮은 확률로 만들어졌지만, 이 새끼는 불임이 되고 새로운 종을 만들 수 없다. 모두가 48개의 염색체를 가지고 있는 그룹에서, 46개의 염색체를 가지고 있는 새끼를 만들기 위해서는 암수 모두가 염색체 46개를 가지고 있어야 한다. 따라서, 염색체 46개를 가진 암수가 염색체 48개를 가진 옛날 침팬지 종으로부터 '우연히' 만들어질 수 없는 것이다. 이론적으로는 가능하지만, 그 확률은 매우 낮다. 23개의 정자가 만들어지고 23개의 난자가 동시에 만들어지고 이 두 개의 정자와 난자가 결합해야 46개 염색체를 갖는 새끼가 태어나는 것이다. 그런데, 이게 끝이 아니다. 아직도 주위의 모든 개체가 48개 염색체를 가지고 있으므로, 극도로 낮은 확률의 일이 또 한 번 그 침팬지 집단에서 일어나야 한다. 즉, 또 하나의 46개 염색체를 갖는 개체가 같은 시기에 만들어져야 하고 이들이 46개 염색체를 갖게 된 암수가 짝을 지어 새끼를 낳아야 46개의 염색체를 갖는 '호모사피엔스'가 만들어지고 유전되는 것이다. 즉, 46개 염색체를 갖는 아담과 이브의 출현이 있어야 한다는 것이다.

그런데 이렇게 극히 낮은 확률의 일이 '실제로' 일어났다. 그래서 이 일은 '자연적'으로 일어난 것이 아니라 그 누군가 인간을 만들겠다는 '강한 의지'를 갖고 진행했기에 가능했다고 생각한다.

지금까지 서술한 이야기는 매우 '과학적'이다. 그래서 나는 인간은 과학적으로 우연히 진화한 것이 아니라 아주 높은 지성을 지닌 어떤 Entity(神)에 의해 만들어졌다고 생각한다. 참고로 위의 글 내용은 내가 지은 책 'Mystery of Consciousness'에 잘 소개되어 있다.

내가 일했던 국회도서관

한국건축가협회상 본상(1988)을 수상한 국회도서관 건물(한자 '册'의 이미지 형상화)

장문중 숭의동에서 태어나 창영국교 → 인천고시학원 → 인중 → 제고 → 인하대 경영학과를 나왔다. 배다리 근처 경동 출신 동갑내기와 결혼해 서울 개포동 → 여의도동 → 김포 → 분당을 거쳐 현재 용인에 정착해 살고 있다. '손주 돌보기'를 낙으로 삼아 살아가고 있다. 나의 버킷리스트는 캠핑카를 장만해 전국을 떠도는 것이다. 혹시 가능하다면 북한도 한 바퀴 돌고, 만주와 시베리아까지 가고 싶다.

고3, 2학기 중반까지도 나는 당연히 공대 쪽 건축 분야로 진학할까 생각하고 있었다. 대학 입시원서 쓸 즈음에 형님(제고 12회)이 느닷없이 경영학과로 진학하라고 강권하는 바람에 그냥 편하게 인하대 경영학과로 진학했다. 당시 삼환(三煥) 그룹이 '煥' 자 돌림 3형제가 창업한 회사였는데 우리 3형제도 '삼중(三重) 기업'을 만들어 보자는 '야무진 꿈'을 꾸었다. 그런데 형님 사업이 계속 실패해 그 꿈은 일장춘몽(一場春夢)으로 끝났다. 제고에서 배운 '수학2' 덕분에 문과대에서 '수학1' 시험을 보니 만점을 받았다. 이래저래 제고에서 배운 실력으로 대학 4년간 무료로 공부했다. 장학금으로 등록금 낼 때마다 조금씩 남았다. 남은 돈으로 교재는 안 사고 친구들과 거하게 한잔씩 하곤 했다.

첫 직장으로 '한양주택그룹'에 입사했다. 유통업이 장차 유망할 것으로 예상돼 신설회사인 '한양유통'에 지원했다(한양유통은 후에 한화그룹에 인수되어 갤러리아백화점으로 바뀌었다). 당시 한양유통 사무실은 서울 압구정동 한양쇼핑센터(지금의 갤러리아 명품관)였다. '개발부'라는 부서에서 서울·경기지역 쇼핑센터 지을 땅을 보러 다녔다. 지금의 잠실 롯데월드 부지도 우리 부서에서 서울시로부터 불하받았다. 건물을 지어서 오픈도 하고 나름대로 열심히 일했다.

그런데 2년 만에 사표를 내고 말았다. 회장이 무슨 황제같이 군림하는 등 기업문화가 나와 잘 맞지 않았기 때문이었다.

사실 나의 아버님은 인천시립도서관 관장만 20년 가까이 하셨다. 아버님은 1950년대 당시 표양문 초대 인천시장의 비서로 재직하셨다. 내가 귀동냥으로 들은 바로는 표 시장이 물러나면서 아버님이 원하는 부서로 보내주겠다고 했다. 그런데 아버님은 권력도 있고 소위 '물 좋은 부서'도 많았는데 기껏 도서관으로 가겠다고 하셨다. 그 덕에 나는 어린 시절부터 율목동에 있는 시립도서관에 자주 놀러 갔다. 아버님은 도서관장으로 취임 후,

혼신의 노력을 다해 예산을 확보해 당시로는 엄청난 규모인 신관(지금의 율목도서관)을 건립하셨다. 사실 그전에는 일본인 사업가의 주택을 개조해 시립도서관으로 사용했다. 어릴 적 기억으로 그 옛날 시립도서관은 예쁜 목재 건물 그리고 잘 가꾸어진 일본식 정원이 어우러져 한 폭의 그림과도 같았다. 지금도 그 모습이 눈에 선하다.

그리고 또 인천중학교에 입학해 '000 총류' '100 철학' '200 종교'… 어쩌구 하며 받은 도서관교육과 우리 학교 도서관에 대한 깊은 인상, 그리고 내 뇌리에 박혀 있는 이런저런 도서관에 대한 기억 때문인지 '전직(轉職)'을 생각했다.

기업이나 회사보다는 문화 분야랄까 연구소 같은 분위기의 도서관을 떠올리고 성균관대학교에서 1년 과정의 '정사서 교육과정'을 수료했다.

수료 후, 한양대 안산캠퍼스(ERICA 캠퍼스) 도서관에서 오라는 얘기가 있었는데, 너무 멀어서 망설이고 있었다. 그때, 무슨 운명이었는지 거의 공채가 없는 국회도서관에서 '7급 사서직 공무원 공채' 공고가 났다. 헌법, 행정학 등 경영학과에서 배운 과목도 있고 해서 급히 준비해 시험을 보았다. 그런데 연대, 성대, 중대에서 정규 도서관학과를 나온, 세 살에서 여섯 살까지 어린 아홉 명의 합격자 중에 '수석!'으로 합격했다. 이는 '제고의 힘'이었다. 그런데 그렇게 입사해서 받은 첫 월급은 전 회사의 반 토막이었다. 이는 내가 고스란히 감내해야 할 고통이었다.

국회도서관의 기능은 크게 네 가지로 나눌 수 있다. 첫째는 전통적인 도서관 기능으로서 좋은 장서를 갖추고 국민에게 열람 서비스를 제공하는 것이다. 둘째는 석·박사학위논문, 정기간행물 기사, 법률 문헌 등의 국가 단위 데이터베이스를 만드는 것이다. 셋째는 위의 여러 가지 자료를 디지털화하여 국가전자도서관시스템을 구축하는 것이다. 넷째는 국회도서관만의 고유한 기능으로 국회의원들에게 정책이나 법률에 관한 참고 자료를 직접 조사해 제공하는 것이다. 예를 들면, 국회의원이 세계 주요국들의 AI 관련 법률이나 정책자료를 보고 싶다고 요청하면 관련 박사급 전문가, 언어·지역 전문가들이 주요국들의 AI 관련 법령 정책 기타 현황 등을 조사해서 보고서를 만들어 제공하는 것이다.

나는 30년간 근무하면서 순환보직을 했는데 그 처음이 '일반도서 수집'이었다. 현재 약 850만 권에 달하는 국회도서관 장서의 극히 일부지만 나도 조금은 숟가락을 얹었다. 그 일을 하며 방대한 국내 출판계·학술계를 망라해 자료들을 조사·선정·수집하면서 많은 책의 서평, 서문, 목차, 후기 등을 읽으며 학문과 정보의 세계가 정말 넓고 깊고 무궁무진함에 눈을 떴다. 그것은 나에게 무척이나 소중한 소득이었다. 그리고 석·박사학위 논문 쓰려는 사람은 누구나 한 번쯤은 이용해 봤을 석·박사학위 논문 DB와 정기간행물 기사 데이터베이스 구축 업무도 했다. 또한 현재 약 4억 2천만 면(페이지)에 달하는 국회 전자도서관 구축 업무에도 종사했다. 요즘 국회도서관 홈피를 보니 국회 전자도서관 접속자 수가 연간 5,400만 명에 이른다고 하는데 내 생각에는 우리나라뿐만 아니라 전 세계에서 접속하지 않을까 싶다. 한때 미력하나마 그 일에 종사했던 사람으로서 커다란 보람과 자부심을 느끼게 한다.

국회에 '입법조사처'라는 기관이 있다. 원래는 국회도서관의 한 부서였던 것인데 위에서 얘기한 국회도서관의 기능 중 네 번째 기능을 좀 더 확대 발전시키기 위해 독립시킨 것이다. 지금의 국회도서관은 기초 데이터에 관한 자료만 조사 번역해서 제공하고, 좀 더 심도 있는 전문적인 정책자료는 입법조사처에서 담당하고 있다. 이 기능은 미국의 의회도서관이나 일본의 국회도서관이 가진 기능과 거의 같다. 따라서 입법조사처는 의회도서관과 국회도서관에서 '핵심적 기능'을 수행한다고 할 수 있다.

동기 문집을 만든다고 할 때 내가 '무엇에 대해 쓸까?' 고민하다가 국회도서관 얘기를 택한 것은 사실 다음과 같은 말을 꼭 하고 싶어서였다. 국회에는 약 30개 이상의 크고 작은 강당, 세미나룸, 회의실 등이 있는데 매일같이 예약 전쟁이 일어나고 있다. 그 이유는 3백 명의 의원들이 각종 연구 모임, 토론모임, 학술대회 공부 모임, 전문가 간담회 등을 무척이나 많이 개최하고 있기 때문이다. 모두 의정활동에 필요한 새로운 정보를 얻기 위함이다. 국회 관련 뉴스에서 걸핏하면 싸움이나 하고 거친 말로 소리나 지르고 하는 장면이 나온다. 그런 뉴스를 보는 국민은 욕을 하고 국회 무용론, 의원 수 줄이기 등을 주장한다. 국회에 근무한 사람으로서 이는 정말 억울하고 안타까운 일이다.

4년 임기의 국회에서 처리되는 안건은 보통 2만여 건 이상이 된다. 주로 신규 법률제정안, 법률 개정안, 예산안, 각종 조약 결의서, 청문회 등인데 이들의 99퍼센트는 여야 의원들의 심도 있는 때로는 치열한 토론과 합의를 거쳐 원만하게 통과되고 있다. 뉴스에서 보는 그런 장면들은 각 당의 정체성이 극명하게 걸려 있는 아주 극히 일부의 안건에 대해서만 그런 일이 벌어지는 것이다. 또한 기자들은 그런 것만 흥미 위주로 보도하고 시청자들은 그런 뉴스만 보게 된다. 그런 뉴스는 국민에게 깊이 각인되어 기억에서 잘 지워지지 않게 된다. 혹시 관심 있는 친구들은 국회 홈피에서 국회 속기록을 펼쳐보면 느끼는 바가 달라질 것이다. 대부분의 법률안은 그 법률안으로 이득을 보는 국민과 피해를 보는 국민이 있게 마련이다. 그러니 일정 부분에 장점과 단점이 있어 치열하게 연구하고 논쟁하고 그러다 합의가 안 되면 표결로 처리하는 것이다.

위에서 말한 각종 회의 장소가 부족한 이유는 요즘 법률안은 사회가 발전하고 복잡해짐에 따라 공부할 것이 적지 않아 그 많은 국회의원이 이를 공부하려고 회의 장소를 사용하기 때문이다. 그래서 내 생각으로는 국회의원은 판검사·변호사 출신 법률가와 행정고시 출신보다는 '테크노크라트

(Technocrat 기술관료)' 같은 사람들이 더 적합하다고 본다. 이야기가 길어졌는데 요점은 뉴스나 언론 보도 '그 너머'를 좀 봐 달라는 말을 하고 싶었던 것이다.

우리나라 국회도서관은 850만 권을 소장하고 있다고 했는데 미국 의회도서관은 3천3백만 권의 장서와 470개 언어로 된 5천8백만 점의 광대한 자료를 가지고 있다. 믿거나 말거나 하는 얘기로, 만약 인류문명이 멸망하더라도 미국 의회도서관 자료만 확보되어 있다면 인류문명을 통째로 복원할 수 있다고 한다.

우리나라에는 유네스코 등재 기록유산이 많다. 만일 조선왕조실록이나 승정원일기, 비변사등록, 일성록 같은 기록이 없다면 조선 시대 역사는 얼마나 허허하고 답답하고 깜깜한 역사가 되었을까 싶다. 그런 면에서 다양하고 소중한 우리의 기록문화, 정신적·학술적·역사적 기록유산들을 수집하고 다듬어 지금의 국민은 물론 자자손손 이용할 수 있도록 하는 기관에서 내가 일했다는 자부심은 죽을 때까지 간직해도 된다고 생각한다.

국회도서관에 근무하면서 사시사철 쾌적한 건물, 잘 조경된 공원 같은 넓은 경내, 인조잔디 축구장, 테니스장, 농구장, 배구장, 실내 체육시설 등 각종 운동 시설과 주변의 한강공원은 나에게 최고의 근무 환경을 제공해 주었다. 이 또한 엄청난 '축복'이었다. 그리고 해마다 피는 윤중로 벚꽃은 '보너스'였다.

끝으로 내가 입사할 때만 해도 '경제 제일주의' 분위기 속에서 도서관에 대한 인식은 매우 낮았다.

그런데 지금은 문화복지 차원에서 집 근처 어디나 공공도서관이 있다. 골프, 등산, 당구 등 육체 건강과 친구들과의 친목을 위한 야외활동도 중요하지만, 집 근처 공공도서관을 적극적으로 활용해 정신적·지적 탐구의 시간도 갖고, 치매도 예방하고, 서가에서 서향(書香)을 맡으며 힐링해 보

라. 또한 부부가 함께 그리고 손자 손녀들도 함께 이용해 보라. 노후의 삶
이 질적으로 양적으로 풍요로워질 것이다. 국회도서관에서 평생 일한 사
람으로서 '공공도서관을 적극 활용할 것'을 간곡히 권한다.

한 번도 안 하는 사람은 있어도
한 번만 하는 사람은 없다!

국립법무병원장 시절

조성남 고려대 의대(정신과)를 졸업하고 37년 동안 마약 치료 외길 인생을 걸어왔다. 마약 중독과 정신질환 범죄심리 분야의 전문가다. 국내 유일 범법 정신질환자 입원 치료 기관인 치료감호소(현 국립법무병원)에서 소장으로 근무했고, 이후 중독질환 전문 치료기관인 강남을지병원 원장을 지냈다. 현재는 전국 최초 마약중독자 통합 치료관리 공공시설인 서울시마약관리센터의 센터장으로 일하고 있다.

'한 번 중독자는 영원한 중독자'라는 말이 있다. 한 번 마약류에 중독이 되면 잦은 재발로 인생이 망가지고, 가족이 해체되고, 결국에는 중국처럼 나라가 망하게 되는 무서운 결과를 초래한다. 그래서 가능한 한 중독이 안 되도록 철저히 예방하고, 남용 초기에 집중적인 치료를 해야 한다. 아무도 중독이 되고 싶어서 마약류를 남용하지는 않는다. 좋다고 하니까 아무리 불법이라 하더라도 '한 번만 해보면 어떨까?' 하며 시작하는 것이다. 그러나 중독은 '단 한 번'으로 시작하는 것이다. 그래서 한 번도 시작하지 않도록 중독의 무서움을 알려 예방해야 한다.

우리는 암을 겪어보지는 않았어도 다른 사람들이 겪은 암을 통해 암이 얼마나 무서운 질병인지, 암이 왜 생기는지, 초기부터 시작해서 어떻게 진행되는지, 결국은 사망에 이르는 무서운 질병임을 잘 알고 있다. 그래서 암을 예방하려고 노력하며, 건강검진을 통해 혹시 암이라도 발생하면 가능한 한 초기에 철저한 치료를 하려고 노력한다.

마찬가지로 호기심에서 한 번 했을 뿐인데 왜 재발이 되고 중독이 진행되는지를 알려야 하며, 중독으로 어떻게 삶이 파괴되어 가는지, 얼마나 피해가 많이 발생하는지 잘 이해시켜야 한다.

대치동 학원가에서 어린 학생들에게 ADHD(Attention Deficit Hyperactivity Disorder, 주의력집중결핍과잉행동장애) 치료제라며 음료수에 메스암페타민이나 메틸페니데이트와 같은 각성제를 몰래 섞어 먹인 사건이 있었다. 이를 계기로 정부에서도 청소년 마약류 남용에 대한 예방 교육을 강화해야 한다며 대책 마련에 나섰다. 그러나 이미 청소년들은 인터넷이나 SNS, 채팅을 통해 마약류의 효과나 투여 방법과 구입 방법까지도 잘 알고 있다. 오히려 예방 교육을 하고 감독을 해야 할 학부모나 선생님들이 더 모른다. 그래서 학생들보다 먼저 학부모나 선생님들에게 중독이 어떠한 질병인지를 잘 이해시키는 예방 교육부터 시작해야 한다. 또한 중독을 통해 많은 피해를 겪고 치료를 통해 잘 회복된 사람들이 자기의 경험을 토대로 예방 교육에 참여한다면 더 효과적일 것이다. 단지 단약(斷藥)만 오래 한 사람들이 아니라 중독을 충분히 이해하고 그 피해를 철저히 겪어보아서 다시는 자신과 같은 삶을 살지 않도록 간절히 원하는 사람 중에 누가 보아도 바람직한 삶을 살아가는 회복자들이 일정한 교육을 받아 예방 교육을 담당해야 한다. 물론 전문가와 한 팀으로 담당한다면 더 좋을 것이다.

예방 교육은 주기별 접근도 달리해야 한다. 어릴 때부터 중독은 무서운 질병이라는 인식을 시켜야 한다. 미국의 'Say No!' 프로그램이 대표적인 예로 유치원 때부터 누군가가 '마약'이란 말만 해도 'NO!'라고 거절하라는 일종의 세뇌 교육이며, 이는 논리적인 사고가 부족한 아이들에게는 매우 효과적인 예방법이다. 초등학교 수준에서는 어려서부터 불법행위는 거절하도록 훈련하는 것뿐만 아니라 마약류에 대한 직접적인 내용보다 간접적으로 '건강한 신체와 건강한 정신이 얼마나 소중한 것'인지를 인식시켜 맑은 공기의 소중함과 깨끗한 피의 소중함을 느끼게 만드는 것이 중요하다. 준법정신과 의사의 지시에 따라 약물을 복용하는 등의 올바른 약물 사용법을 제대로 알리는 것도 중요하다. 아직 책임능력이 부족한 청소년들에게는 자칫 마약류 남용을 홍보할 수 있는 위험성이 있다. 청소년은 100가지 나쁜 점을 이야기해도 한 가지 좋은 점을 기억하고 호기심이 발동해 한번 해보고 싶은 마음이 들 수 있기 때문이다. 그러므로 청소년들에게 중독이 어떻게 시작이 되고 왜 한번 시작하면 끊기가 어려운지, 뇌에 어떠한 변화가 생기는지 등을 이해시키는 것이 중요하다.

아직도 우리 사회는 중독이 질병인지도 모르고 마음만 먹으면 끊을 수 있는데 왜 못 끊느냐고 질타만 하고 있다. 이 세상에 병을 앓고 싶은 사람은 아무도 없다. 질병은 의지와 상관이 없다. 마음먹는다고 질병이 생기는 것도 아니며 질병이 생기면 마음먹는다고 없어지는 것도 아니다. 자신도 모르게 중독이 되는 것이므로 초기부터 철저히 치료하는 환경이 중요하다. 또한 '마약 떡볶이', '마약 김밥' 처럼 '마약' 이란 단어가 긍정적인 느낌을 주도록 세뇌하는 환경도 위험하다. 미디어에서 담배를 흡입하는 모습을 모자이크 처리하듯이 은연중에 나도 모르게 세뇌되는 환경을 정비할 필요가 있다. 미디어에서 마약류의 위험을 알리려는 의도에서 방송하는 것이지만, 마약류가 어떠한 좋은 느낌을 주는지, 어떻게 투약하는지, 어디서 구하고 있는지 등을 너무나 자세하게 자극적으로 알려주는 것이 문제다. 많은 청소년이 마약류 남용의 위험성을 알리는 방송을 보고 오히려 호기심을 느끼고 마약 남용에 발을 들여놓는 경우도 많다. 따라서 마약이라는 단어가 긍정적인 느낌을 주는 나쁜 환경을 정비해야 하고 일반인들에 대한 중독 예방 교육이 선행되어야 하며 이와 함께 청소년에 대한 예방 교육이 이루어져야 시너지 효과를 볼 수 있을 것이다.

한국마약퇴치운동본부에서는 인형극이나 연극, 뮤지컬 등을 통해 다양한 예방 교육을 하고 있으며, 재활프로그램을 통해 중독에서 회복된 사람들에게 일정한 교육프로그램을 제공해 회복 강사를 양성하고 있다.

양성된 회복 강사들은 예방과 치료 현장에서 활발하게 활동하고 있다. 상담이 필요한 사람들은 언제든지 1899-0893으로 연락하면 많은 도움을 받을 수 있다.

"마약은 한 번도 안 하는 사람은 있어도 한 번만 하는 사람은 없다."라는 말이 있듯이 중독은 한 번으로 시작된다. 재발이 반복되고 결국에는 사망에 이르게 진행되며, 자신뿐만 아니라 가정이 파괴되는 정말 무서운 질병이다. 그러므로 한 번도 경험하지 않도록 철저하게 예방하는 것이 매우 중요하다.

미국살이 13년에 다시 한국으로

필자가 살던 집

최영래　인하대 졸업 후 한라그룹에 입사했다. 임원 승진 후 한라그룹 모스크바, St. Petersburg 지사장과 'RUSKORTURBO LTD'(한·러 합작회사) 한국 측 대표를 지냈다. 미국에서는 Hudson Products Corporation, Lincoln Manufacturing Inc., Taylor Wharton America Inc. 등에서 일했다. 인천 연수구에 살며 라인댄스와 골프를 즐기고 있다.

2012년 11월, 인천공항을 출발한 지 12시간 만에 텍사스 댈러스 국제공항에 도착했다. 비자와 이민 관련 서류를 꺼내 다시 확인하고 입국 심사대 쪽으로 들어서서 심사관이 빤히 보이는 플라스틱 부스 앞에서 차례를 기다렸다. 예전 미국 출장 다닐 때와는 다르게 긴장되었다. 입국심사관이 이민서류를 이리저리 훑어보고 몇 가지 질문과 답이 오간 후, 서류를 돌려주면서 웃음 섞인 표정으로 한마디 던졌다. "Welcome to America!" 그 순간, 불안한 마음이 들었다. 한국에서 듣기로는 이민서류에 별다른 문제가 없으면 입국심사관이 공항에서 곧바로 영주권을 발급해 준다고 했다. 그런데 왜 서류를 돌려주지? 궁금했으나 물어볼 수도 없었고 그럴 시간도 없었다.

대한민국의 7배에 달하는 광활한 영토를 보유한 텍사스에서 차로 3~4시간 거리는 보통이다. 댈러스 공항을 나와 거의 5시간을 논스톱으로 달려 남쪽에 있는 휴스턴에 도착했다. 우선 차부터 사야 했다. 유럽 차, 일본 차 딜러샵에서 벤츠, BMW, Toyota를 구경했지만, 가격이 너무 비싸 포기하고 결국 가성비 좋은 현대 에쿠스를 샀다. 엊그제 미국 땅에 내렸으니, 크레딧이 있을 리 없고 은행에서 신용카드 발급도 거절당했다. 다행히 한국인 세일즈 매니저를 만났고, 미국에서 사는 첫차이고 현금을 주겠다는 말에 대폭 할인까지 해주었다. 보통 미국 딜러들은 야외에 수백 대의 다양한 모델을 전시해 놓고 One-stop sale을 원칙으로 해서 한나절이면 모든 절차를 끝내고 직접 자기 차를 몰고 나올 수 있다.

다음은 집을 구하려고 휴스턴 외곽지역을 돌며 수십 개의 모델하우스를 둘러보았다. 미국 가정집 구조를 자세히는 모르지만, 최소한 내부구조와 주방 시스템, 난방 공조기, 스프링쿨러 등에 대해서는 알아야 해서 공부했다. 며칠을 발품 팔아 예산에 맞고 내부구조도 마음에 드는 1층짜리 모델로 정하고 시내에서 남쪽으로 약 30~40분 거리에 있는 시엔나의 신규주택단지에 새집을 짓기로 계약했다. 그때가 2013년 2월 말이었다. 그러는 사이

미국 이민국으로부터 10년 유효 기간의 영주권이 도착했고, 사회보장국에서 SSN(Social Security Number)까지 받아서 드디어 적법한 체류자격을 얻게 되었다. 나보다 훨씬 먼저 와서 휴스턴에 살고 있는 한인 교포분들은 우리를 볼 때마다 "처음부터 SSN를 받아놔야만 나중에 66세가 되면 사회보장연금을 받고 메디케어도 가입할 수 있다."고 여러 번 강조했었다. 제대로 준비가 돼가고 있다는 생각에 마음이 한결 가벼워졌다. 영주권이 나왔으니 빨리 한국에 나가서 이삿짐을 보내야 한다는 생각에 서둘러 한국으로 왔다. 도착하자마자 미국대사관 방문, 외무부 여권 교체 등 복잡한 이주 절차를 마무리했고, 이삿짐까지 배에 실어 미국으로 보냈다.

미국 도착한 다음 날, 바로 집 짓는 현장을 방문했다. 우리 집을 포함해서 총 14개 집을 짓는 신축 현장이었는데, 일반 사람은 접근이 불가했다. 그러거나 말거나 Hard cap을 쓰고 나가 작업반장을 붙들고 "우리 집이다. 잘 좀 부탁한다."라며 시원한 음료수도 건네고 점심도 배달해 주며 그들과 친하게 지냈다. 38도를 넘나드는 뜨거운 텍사스 여름 날씨에 야외에서 일하는 작업자들에게 차가운 콜라 한 캔이 고마웠는지 이런저런 추가 사항도 다 들어주었다. 암튼 콘크리트 기초를 끝내고 구조물이 속속 올라가고 지붕 덮개 공사와 동시에 전기배선, 배관, 실내 공사가 순조롭게 진행되면서 약 6개월간의 공사 끝에 2013년 8월 말 공사가 완료되었다. 한국에서 보낸 이삿짐은 이미 LA 롱비치 세관 보세창고에 도착해 있었고 건축회사와 Title 이전 서류에 최종적으로 서명하고 은행에 잔금과 등기 비용 송금요청서를 보내는 것으로 주택 구입도 완전히 끝났다. 한국에서 온 이삿짐을 풀고, TV, 냉장고, 세탁기 등 전자제품과 침대, 소파 같은 가구를 들여놓고 나니 2013년 가을이 되었다.

미국 이주를 끝내고 낙엽 떨어지는 가을이 되니 심심해지기 시작했다. 누가 뭐라고 하는 것도 아닌데 아무 일 안 하고 허송세월하는 게 답답하고 무료했다. 지루한 일상이 계속되던 어느 날, 시내로 장을 보러 갔다가 우연히 한국 사람을 만나게 되었다. 그 사람과 몇 차례 라운딩도 함께 나갈 정도로 친구가 되었다. 이런저런 미국 생활 얘기를 나누던 중, 한국 대기업 근무 경력으로 미국 Oil & Gas 회사나 정유(精油) 분야에 지원해 보면 어떠냐는 조언을 들었다. 그날 저녁부터 인터넷을 뒤지고 사전도 찾아가며 처음으로 5쪽짜리 영문 이력서를 작성했다. 사실, 집사람과 함께 미국 생활에 필요한 1년 예산, 월 생활비, 세금과 보험료 같은 고정 지출비를 계산해 보니 가져간 돈이 턱없이 부족했고 그마저도 차 사고 집 사는데 절반 이상을 써버렸기에 어쩔 수 없이 생활비를 벌기 위해서 다시 일을 해야만 했다.

인터넷 구직사이트에서 찾은 미국 회사에 이력서, 자기소개서, 자격증과 함께 온라인으로 접수한 지 딱 일주일 만에 집에서 32마일 떨어진 Beasley 라는 소도시에 있는 Hudson Products Corp. 회사로부터 인터뷰하러 오라는 연락을 받았다. 부랴부랴 인터넷에서 HPC에 대한 정보를 찾았고 Q&A 자료도 준비해 리허설도 몇 차례 진행했다. 인터뷰하는 날, 일찍 도착해서 안내받은 리셉션 룸에 들어서니 사장과 담당 부사장이 바로 앞자리에, 몇 사람은 좀 떨어져서 자리하고 있었다. "잘 왔습니다. 반갑습니다. 우리 회사에 지원해 줘서 고맙습니다." 간단한 인사말 후에 바로 사장의 첫 질문이 나왔다. "이 분야에 경험이 많던데 한국에서 어떤 일을 했었는지 간략하게 설명해 주세요." 예상했던 터라 Plant Engineering 분야에서의 경험과 현장 노하우를 담담하게 얘기했다.

한 10분이나 지났을까? 내 얘기를 듣고 있던 사장이 갑자기 일어서더니 악수를 청하며, 옆에 있는 부사장에게 나머지 인터뷰를 맡기고 나가버렸고 이어서 부사장과 인터뷰를 계속해 나갔다. 지금 와서 얘기지만, 그때 그 부사장을 만난 것은 나에겐 큰 행운이었다. 그도 엔지니어 출신이라 서로 말이 통했고 한국에도 여러 차례 출장을 와서 한국인의 근면성과 성실성을 높이 사는 사람이었다. 그 덕분에 자유로운 분위기에서 무사히 인터뷰를 마칠 수 있었고, 며칠 후에 합격 통보를 받았다. 3개월간의 유예기간을 조건으로 2013년 12월 초부터 일을 하기 시작했다.

운 좋게 들어간 Hudson에서 2020년 코로나 사태로 해고될 때까지 거의 6년 넘게 일했다. 어느 금요일 아침 9시, 평소 친하게 지내던 인사팀 젊은 친구가 엄숙한 얼굴로 내 책상 앞에 서서 "지금부터 30분 내로 개인 사물을 정리해서 따라오세요."라는 것이었다. 나중에 알게 되었지만, 미국에서 일시 해고나 정식 해고의 경우에는 그런 식으로 일하던 사무실에서 격리·조치 된다고 했다. 어쨌든 개인 사물을 챙긴 후 인사팀장 사무실로 자리를 옮겨 마지막 미팅을 가졌다. 우여곡절 끝에 쥐꼬리만큼의 위로금, 401K(퇴직연금) 가입서, 실업급여 동의서를 받아 들고 6년간 몸담았던 Hudson 사무실을 나왔다. 그때가 금요일 아침 10시 반 정도 되었다. 순식간에 백수(白手)가 되고 나니 마땅히 어디 갈 곳도 없었고, 집사람한테 뭐라고 얘기할지 몰라 한동안 주차장에 '멍하니' 서 있었던 기억이 새삼스레 떠오른다.

그날 오후, 집에 들어서니 집사람이 깜짝 놀라며 물었다 "아니! 왜 이렇게 일찍 왔어? 무슨 일이야? 당신 혹시 짤린 거야?" 역시 여자들의 촉이란 대단했다. 다음 날 아침 서둘러 카운티 TWC 지역 센터에 가서 실업급여 신청서를 접수했다. 뉴스에 미국 전역에 코로나 사태로 인해 해고된 실업자가 수백만 명이라더니 그 넓은 사무실이 신청자들로 꽉 찼다. 오후에는 대기자 라인이 사무실 밖 2백여 미터까지 이어져 나갔다. 그야말로 난민캠프와 다름없었다. 다행히 2주 후부터 텍사스 주 정부에서 제공하는 실업급여가 매주 화요일마다 통장에 입금되기 시작했다. 거기에 더해서 트럼프 행정부가 의회에 신청했던 연방 지원금 법안이 의회를 통과해서 수백만 명의 실업자들에게 우선으로 특별지원금도 제공되었다. 코로나 사태로 불시에 해고된 나에게는 주 정부 실업급여와 연방 특별지원금이 큰 도움이 되었다. '사람이 죽으라는 법은 없다' 라는 말이 맞았다.

코로나 사태가 어느 정도 진정국면에 들어서면서 미국 노동시장에서 신규 채용 붐이 일어났고 그동안 제공하던 연방 특별지원금도 곧 중단할 것이라는 보도가 나왔다. 어쩔 수 없이 일자리를 찾기 위해 다시 몇 군데 회사에 이력서를 냈다. 그 결과, 휴스턴 올드타운에 있는 Lincoln Manufacturing Inc.(석유 채굴 장비 전문회사)에서 수석 엔지니어로 일했고, 마지막으로 Taylor Wharton America Inc.(초저온 수소 저장 탱크 전문회사)의 Supervisor로 자리를 옮겨 2023년 12월 퇴직할 때까지 다녔다. 늦은 나이에 아시아 사람에 대한 보이지 않는 차별과 언어 스트레스를 참아가며 '제고인의 자긍심' 으로 끝까지 버텨냈던 인고의 세월이었다.

5~6년 전부터 한인 교민사회에서 한국으로 '역이민' 을 고민하는 이민자들이 많아졌다. 한국 정부에서도 65세 이상의 해외 동포에게 복수 국적을 허용해 주고, 한국으로 돌아와 거주할 경우는 의료보험은 물론 지방자치단체별로 여러 가지 혜택을 부여해 주고 있었다. 고국을 떠나 멀고 먼 이국땅에 정착해 온갖 고생을 이겨내며 자식들 교육하고, 가정을 일으켜 세웠던 팔십 넘은 이민자들은 자식을 미국에 남겨두고 더 늦기 전에 고향으로 돌아오는 '역이민' 을 생각했다. 은퇴에 대비해서 미리 노후 자금을 넉넉히 준비해 둔 사람은 걱정 없겠지만, 나같이 연금으로만 생활해야 하는 연금 생활자에게는 기본 생활비와 높은 세금, 차 보험, 집 보험 등의 고정 지출비를 감당하기가 적잖이 부담되었다.

'그냥 힘들더라도 여기서 몇 년 더 살까? 아니면 이참에 집도 처분해서 한국으로 돌아갈까?' 둘 사이에서 고민을 거듭한 끝에, 결국 '빠른 시일 내에 돌아가는 것' 이 최선이라고 결정했다. 실행에 옮겼다. 다시 이삿짐을 꾸려 한국으로 돌아와 예전에 살던 아파트에서 한국 생활을 시작한 지 어느새 일 년이 다 되어간다.

88올림픽을 회고하며

최한영   한국외국어대 영어과를 졸업했고, 그 후에 서울올림픽조직위원회, 한국외환은행, 서울증권, 녹십자 등에서 근무했다.

나는 젊은 날 한때 우리 고등학교 동기 윤지병과 함께 1988 서울올림픽 개최를 준비하는 서울올림픽조직위원회의 직원으로 근무한 적이 있어 올림픽에 관한 생각이 남다릅니다.

냉전 구조가 극에 달했던 1980년대, 공산권과의 대립으로 모스크바 올림픽(1980)과 LA 올림픽(1984)이 반쪽짜리 올림픽으로 치러진 후, 결국에는 미국의 레이건과 소련의 고르바초프가 타협한 결과, 서울 올림픽(1988)은 온전한 올림픽으로 치러질 수 있었습니다.

이후 베를린 장벽이 무너지고 스콜피온즈의 'Wind Of Change(변화의 바람)' 이 전 세계를 풍미했었지요.

Wind Of Change

– Scorpions

I follow the Moskva down to Gorky Park

Listening to the wind of change

An August summer night, soldiers are passing by

Listening to the wind of change

나는 모스크바 거리를 따라 고리키 공원으로 내려가요.

변화의 바람 소리를 들으며

팔월 어느 여름밤, 군인들이 지나가고 있어요.

변화의 바람 소리를 들으며

The world is closing in

Did you ever think

that we could be so close like brothers

The future's in the air I can feel it everywhere

Blowing with the wind of change
세상이 가까워지고 있어요.
상상이나 했었나요,
우리가 이렇게 형제처럼 가까워질걸?
바람 부는 어디서나 우리의 미래를 느껴요,
변화의 바람이 불어요.

Take me to the magic of the moment on a glory night
Where the children of tomorrow dream away
In the wind of change
영광의 밤 그 마법의 순간으로 날 데려가주세요.
내일의 아이들이 꿈을 꾸는 곳
그 변화의 바람 속으로

Walking down the street
Distant memories are buried in the past forever
I follow the Moskva down to Gorky Park
Listening to the wind of change
거리를 따라 걷노라면
머나먼 기억들은 과거 속으로 영원히 묻혀버리죠.
나는 모스크바 거리를 따라 고리키 공원으로 내려가요.
변화의 바람 소리를 들으며

Take me to the magic of the moment on a glory night
Where the children of tomorrow share their dreams

With you and me
영광의 밤 그 마법의 순간으로 날 데려가 주세요.
내일의 아이들이 꿈을 나누는 곳
당신과 나와 함께

Take me to the magic of the moment on a glory night
Where the children of tomorrow dream away
In the wind of change
영광의 밤 그 마법의 순간으로 날 데려가 주세요.
내일의 아이들이 꿈을 꾸는 곳
그 변화의 바람 속으로

The wind of change blows straight into the face of time
Like a stormwind that will ring the freedom bell
For peace of mind
Let your balalaika sing what my guitar wants to say
변화의 바람이 이 시대에 정면으로 불어오고 있어요.
폭풍처럼 자유의 종소리를 울릴 거예요.
마음의 평화를 위하여
당신은 발랄라이카로 노래하세요, 난 기타로 말하겠어요.

Take me to the magic of the moment on a glory night
Where the children of tomorrow share their dreams
With you and me
영광의 밤 그 마법의 순간으로 날 데려가 주세요.

내일의 아이들이 꿈을 나누는 곳
당신과 나와 함께

Take me to the magic of the moment on a glory night
Where the children of tomorrow dream away
In the wind of change
영광의 밤 그 마법의 순간으로 날 데려가 주세요.
내일의 아이들이 꿈을 꾸는 곳
그 변화의 바람 속으로

2008년 유럽 금융위기 이후 G7이 지도력을 잃어가고 강대국 간에 눈앞의 이익에만 급급한 이전투구(泥田鬪狗)가 볼썽사나운 작금, 2018 평창동계올림픽을 기화로 강대국들이 좀 더 대승적으로 타협하여 보다 나은 세상으로 나아갈 수 있게 되기를 간절히 바라면서 스콜피온즈의 '변화의 바람(Wind Of Change)'을 기대했었습니다. 이때 또한 평창동계올림픽(2018)의 북한 참가와 남북 화해 분위기를 타고 트럼프와 김정은 간의 싱가포르 북미협상이 성과를 거두기를 간절히 바랐습니다. 금강산 관광의 기회를 놓쳤던 나는 다시 금강산에 오를 기회가 오지 않을까 내심 기대도 했었지요.

역풍이 더욱 거세지고 있어요. 트럼프의 재집권 이후 '미·중 대립의 격화'라는 역풍이 더욱 심하게 불어오고 있을 때, '전주(全州)'가 총 61표 중 49표를 받아 11표를 얻는 데 그친 '서울'을 압도적인 표 차로 제치고 2036년 하계 올림픽 국내 유치 후보 도시로 선정되어 올림픽 유치 경쟁에 뛰어들게 됐습니다.

국내 후보 도시로 선정된 전북은 국제올림픽위원회, IOC에 유치 신청을 하게 됩니다. IOC는 미래유치위원회 사전 심사를 거쳐 이르면 2025년 하반기에 2036년 하계 올림픽 개최지를 결정할 예정입니다. 앞서 튀르키예 이스탄불과 인도네시아 누산타라 등이 유치 의사를 밝혔고, 카타르 도하와 이탈리아 피렌체 등도 유치 신청을 검토 중인 것으로 전해졌습니다.

전주는 최근 올림픽 유치 도시들의 콘셉트인 '지방 도시 연대'를 통한 국가 균형 발전 차원에서 유치 후보지가 돼야 한다며 지지를 호소했습니다. 전북을 중심으로 올림픽을 치르되, 전남·충남·대구 등 인접 지자체 시설을 적극적으로 활용하겠다는 겁니다. 전주월드컵경기장을 주 경기장으로 증축하고, 양궁은 광주 국제양궁장, 테니스는 충남 홍성 국제테니스장에서 분산 개최하는 방식이라고 설명했습니다. 객관적으로 전북의 국제적 인지도나 인프라 수준은 서울과 비교해 크게 떨어지는 것이 사실이지만, 그럼에도 불구하고 전북이 후보에 선정된 이유는 IOC가 원하는 올림픽 패러다임의 변화와 이를 이용한 비수도권 연대가 주효했다고 합니다.

요즘 나는 집사람과 함께 둘레길 산책 및 여행도 하면서 사진 촬영하기를 즐깁니다. 서울, 수도권 및 경기도는 물론 동해안, 부산 및 제주도 등 안 다닌 곳 없이 다녔습니다. 대구에 에어비앤비로 한 달 살며 경주, 안동은 물론 가야산 해인사, 포항 호미곶, 양산 통도사, 창녕 우포늪, 청송 주왕산, 철쭉으로 유명한 황매산 등 곳곳을 누볐고, 광주에서는 보름간 에어비앤비 숙소를 거점으로 목포, 여수는 물론 강진, 해남, 완도, 진도, 신안군 다도해 등 가볼만한 곳은 여러 번 다녀 왔습니다. 이제는 국내 여행을 넘어 그 권역을 조금 더 넓혀 일본 및 중국 등 인근 국가의 둘레길도 산책하고 싶고 맛집도 다니고 싶어, 일본어와 중국어 공부도 좀 하고 있습니다.

앞으로 트럼프와 김정은 간의 북미협상이 잘 되어 트럼프의 부동산 빌딩이 평양, 신의주, 원산 및 청진에 높이 솟기를 바라며, 미국의 자본이 북한에 들어가서 북한이 중국의 속국이 되는 것을 저지해 주었으면 합니다. 그러면 내게도 놓쳤던 금강산 관광의 기회가 찾아오겠지요. 2036년 하계올

림픽경기가 전주, 광주, 대구 및 홍성에서 벌어지기를 기대합니다. 또한 남
북 자유 왕래가 허락되고 시베리아 횡단 철도와 연결되면, 시베리아 철도
를 타고 블라디보스토크, 하바로프스크를 거쳐 내가 좋아하는 영화 '닥터
지바고'의 라라를 찾아 여행을 떠나고 싶어요.

내 인생의 BC와 AD

신반포교회에서

홍문수 서울대에서 불어불문학(학사·석사)을 전공하고 신학대학원에 들어가 목사가 되었다. 미국 리폼드신학교에서 목회학 박사학위를 받았다. 34년 동안 서울 신반포교회 담임목사로 목회하고 있다. 저서로는 '크리스천 트라이앵글'이 있다.

제고를 졸업한 지 어언 반세기가 흘렀다. 세월이 화살같이 빠르다는 말로는 부족할 정도로 순식간에 지나간 느낌이다. 지난날의 희로애락이 주마등처럼 눈앞을 스쳐 간다. 고교 시절, 나를 아는 친구들이 지금의 나를 보면 아마 깜짝 놀랄 듯하다. 목사가 되어 있다니! 분명히 고교 시절 교회에 다니지 않았는데, 도대체 무슨 일이 있었던 거지? 의아해할 것이다.

나는 학창 시절 무신론자였다. 인중·제고가 자랑하던 개가식 도서관에서 철학과 문학 서적을 탐독했다. 제고가 당시 전국 독일어 경시대회에서 내리 1등을 하던 학교였는데, 뜬금없이 제2 외국어로 불어를 선택했다. 그래서 그랬는지 대학도 불어불문학과에 입학했다. 아마 별일이 없었다면 불어불문학에 심취해서 대학교수의 길을 걷지 않았을까 생각된다.

그랬던 나에게 별일이 생겼다. 한창 사르트르와 카뮈 등 무신론적 실존주의 문학가의 작품 세계에 빠져있던 나에게 인생의 대전환이 일어난 것이다. 한마디로 내 인생이 BC와 AD로 바뀐 것이다.

BC는 '예수 그리스도 이전(Before Christ)'을, 그리고 AD는 '주님의 해에(Anno Domini)' 즉 '예수 그리스도 이후'를 가리킨다. 성탄을 기준으로 시대를 나누는 연호로 사용하지만, 동시에 개인의 인생에서 예수 그리스도를 만나기 전과 후를 가리킨다.

대학 3학년 때 절친이 강권해서 따라갔던 대학생 선교단체에서 성경 공부를 하다가 예수 그리스도를 만났다. 구체적으로 말하면, 그 단체가 주최한 여름 수양회에 참가했다가 예수 그리스도가 살아계신 하나님의 아들이며 구세주임을 확신하게 된 것이다. 수양회는 동해안의 초등학교 교사(校舍)에서 개최됐는데, 셋째 날 오후 바닷가에서 자유시간을 보내던 중 연세대 3학년생이 파도에 휩쓸리게 되었다. 홀어머니의 외아들이었던 그는 익사 직전 구사일생으로 구조되었다. 많은 이들 앞에서 펼쳐진 극적인 상황은 하나님이 계시지 않으면 불가능한 것이었다. 무신론자였던 내가 성경 공부를 하면서도 신의 존재에 대해 여전히 의심하고 있었는데, 그 장면을 지켜보면서 살아계신 하나님을 인정할 수밖에 없었다. 그날 밤 익사 직전 구조된 그 학생의 생생한 간증은 나로 확신케 하기에 충분했다. 그 후 마음이 활짝 열렸고, 성경의 진리가 나를 사로잡았다. 성경은 그 어떤 책보다 흥미진진하고 정확 무오한 하나님의 말씀임을 확신하게 된 것이다.

그때로부터 성경 말씀이 내 인생을 온전히 변화시켰다. 예전에는 소심하고 우울질에 가깝던 성격이 밝고 적극적인 성격으로 바뀌었다. 인생관과 가치관도 바뀌었다. 무엇보다 참 평안과 기쁨이 영혼 깊은 곳에서 샘물처럼 솟아오르게 됐다. 저절로 이 진리와 이 기쁨을 누군가에게 전해야겠다는 열망이 생겼고, 캠퍼스에서 선후배와 동료 학생들에게 성경의 복음을 전하게 됐다. 3학년 2학기부터 대학원 4학기까지 3년 반을 그렇게 보냈다.

대학교수에 대한 꿈이 컸지만, 하나님의 소명은 그보다 더 강력했다. 그 소명에 잠시 저항했어도 하나님이 내 마음을 바꾸어 주셨고, 마침내 나는 기쁨으로 신학대학원에 입학할 수 있었다. 물론 고생길이었다. 가족의 핍박도 있었고, 다른 친구들이 번듯하게 사회생활을 하는 것을 보면서 느끼는 소외감도 있었다. 하지만 신학 공부의 기쁨이 훨씬 더 컸기에 거뜬히 졸업하고 목사가 될 수 있었다.

목사가 된 후에는 쉽지 않은 길이지만, 기쁨과 보람으로 성직을 수행했다. 부목사를 거쳐 담임목사로 한 교회를 맡아 34년째 목회하고 있고, 이제 내년이면 은퇴하게 된다. 그동안 국내외 각지에서 많은 사람에게 복음을 전했고, 특별히 사랑하는 성도들과 동고동락하는 행복을 누렸다. 가정적으로는 우리 부부가 사랑 안에서 행복하고, 두 자녀가 신앙 안에서 각기 아름다운 가정을 이루어서 더할 나위 없이 감사하다. 만일 다시 태어난다고 해도 나는 또 목사가 될 것이다. 아내는 이따금 나에게 말한다. 목사 외에는 할 게 없는 사람이라고. 칭찬인지 핀잔인지 알 수 없으나, 나로서는 마냥 기분 좋은 말이다. 목사는 은퇴해도 여전히 할 일이 많다. 세상을 떠날 때까지 진리를 찾는 이들에게 성경 진리를 소개하고, 천국을 놓친 이들에게 천국 복음을 전할 수 있기 때문이다. 하나님이 은퇴 후에 나에게 어떤 삶을 준비해 놓으셨을지 몹시 기대된다. 은퇴는 리타이어(Re-Tire) 즉, 타이어를 갈아 끼우는 것이니까.

넘쳐
넘쳐흘러서
하늘을
차네

제주도에 사는 재미, 좁쌀 막걸리의 진미

제주 좁쌀 막걸리와 고기

기만덕 서울의대를 졸업하고 제주로 내려가 '위앤장 기만덕 내과의원'을 운영하고
있다.

제주도에 산 지 40년. 용동 큰 우물 앞집 쌀막걸리 나왔다고 동창 몇몇이 만나 맑고 하얀 막걸리 한 사발 마시며 서로의 위안이 되어 주던 때가 엊그제 같은데. 벌써 삭신이 쑤시고 여러 기관도 고장 나고 폐차처분 단계까지 오게 되었다. 그래도 아직 심폐기능이 제대로 작동하고 간땡이가 붓지 않았다면 주말쯤엔 막걸리 생각이 나야 정상인 것 같다.

제주도에서 뭐 SNS에 이름난 식당이 어딘지 찾는 것만큼 어리석은 일은 없다. 그것은 이 동네 사람들이라면 그런 곳엘 가지 않기 때문에 그 식당이 뭘 맛있게 잘하고 값싼지 알 수가 없기 때문이다. 게다가 외식을 거의 안 하니 물어봤자 소용없는 일. 하지만 오래 살다 보면 동네 사람들이 잘 가는 밥집이 없는 건 아니다.

많은 질문은 '다금바리는 정말 맛있는가?' '갈치는 왜 그리 비싼가?' '방어는 모슬포 바다에서 잡은 건가?' 이런 것들이지만 사실 그걸 매일 먹으며 사는 것도 아닌데 어떻게 답을 줄 수가 있단 말인가?

그러나, 매일 먹던 걸로 주장할 수 있는 건 '제주도 막걸리는 진짜 맛있다'라는 것이다. 외도동 제주 막걸리 공장에서 갓 나온 당일바리 막걸리도 맛있지만, 하루하루 지나면서 달라지는 막걸리 맛은 꾼이 아니고서는 '말할 수 없는 진실'이라 하겠다. 제주 막걸리는 봄이라면 출하된 후 3~4일 정도 냉장 보관된 것이 가장 훌륭한 맛을 낸다고 생각한다. 물론 처음 한두 잔이 맛있다. 그걸로 끝내야 한다.

제주의 막걸리에 '좁쌀 막걸리'가 있다. 이건 빚는 기술을 가진 장인들이 만들어 알려진 식당이나 주점에만 판매하는데, 보통 상표를 붙여 막걸리 통에 넣어 파는 것은 그 맛이 보장이 안 되고 주전자로 내주는 곳에 가야지만 그 진미를 맛볼 수 있다.

좁쌀 막걸리를 마시기 위해 가끔 찾는 곳은 신제주에서 20분 정도 '평화로'를 따라가다 캐슬렉스 골프장 지나 우회로를 내려가면 어음리 도축장 입구의 한 고깃집이 나온다. 이 집은 20여 년 전에 처음 알게 되어 간혹 다니게 되었다. '어사촌'이란 식당이다. 주변의 고깃집이 두 개가 있는데 모두 좁쌀 막걸리를 팔지 않고 한 곳에서만 취급한다. 빛깔은 도토리 색에 좁쌀 특유의 약간 단맛이 난다. 막걸리 느낌은 그대로다. 양은으로 된 막걸리 사발에 따라 마셔야 제맛이 난다.

그런데 이젠 여기저기 고장이 나서 막걸리도 못 마시게 되다니.

사파리와 카메룬 선교의 추억

카메룬 피그미족 마을에서(필자 뒷줄 왼쪽 두 번째)

김대수 서울대에서 화학교육을 전공했다. 학군단(ROTC) 화학 장교로 전역 후 LG
에서 몇 개월 근무했다. 공립학교로 발령을 받아 천호중학교 과학 교사로
교편생활을 시작했다. 서울 시내 여러 학교에서 34년 정도 근무한 후 경기
고에서 명예퇴직했다.

2007년에 둘째 딸이 아내가 다니는 교회의 카메룬 교회에서 약 1년간 대학생 선교 활동을 한 적이 있었다.

그래서 그해 여름 방학을 이용해 우리 부부는 나이로비를 경유해 카메룬에 가서 현지 교회를 방문하고 여행도 했다. 나이로비에서는 마사이마라 국립공원 사파리 투어를 했고, 카메룬에서는 피그미족 마을을 방문했다. 그때의 추억을 인상적인 날의 일기만 골라 엮어보았다.

7월 31일.

오늘부터 케냐 마사이마라 국립공원 사파리 일정이 시작된다. 이*라임(마사이족 출신 사파리 가이드)의 사파리 차에 우리 부부만 타고 이동했다. 나이바샤 호수에 도착해 숙소에 짐을 풀었다. 오전에 초승달 섬으로 보트 투어를 나갔다. 호텔 인근의 선착장에 가서 모터보트를 타고 10분 정도 가니 섬이 나왔다. 자유롭게 걸어 다니면서 기린, 영양, 물소 등을 구경했다. 해안가의 덤불 지역으로 접근하니 감시원이 하마가 있어 위험하니 가지 말라고 호루라기를 불었다. 하마는 풀만 먹지만 사나워서 강물에 누(아프리카 초원 소) 등이 신경을 건드리면 한 번에 두 동강이 날 정도로 깨문다고 했다. 13시 15분이 되니 호텔 선착장에서 모터보트가 와 우리를 태워 호수를 건네주었다.

8월 1일.

아침 식사를 하고 8시 30분에 숙소를 출발했다. 도로 사정이 엉망이라 곳곳에서 도로 공사를 하고 있었다. 곡괭이로 땅을 파는 사람도 눈에 띄었다. 아침부터 숙소에서 우리 방을 기웃거리는 사람이 있었다. 나중에 알고 보니 체크아웃할 때 짐을 들어주고 팁을 받으려는 사람이었다. 케냐에서는 사파리 차량에 에어컨이 없다. 날씨가 덥지 않아 에어컨을 켤 필요가 없기 때문이다. 도로 중간중간에 검문소가 있어 지나가는 아무 차나 세우고 증명서를 검사한다. 이는 돈을 내라는 것이다. 10시 30분에 나쿠루 국립공원 입구 매표소에 도착했다. 이곳은 플라밍고 군무가 유명한 호수 지역이다. 12시 30분에 Lake Nakuru Lodge에서 체크인했다. 이 지역에는 차가 진창에 빠지는 곳이 곳곳에 있어서 한번 진창에 빠지면 낭패다. 코뿔소, 임팔라, 자칼, waterbuck, buffalo, 기린, 톰슨가젤, 플라밍고, 바분, 펠리칸을 구경했다. 사파리를 하면 도로에서 가끔 아프리카 종단 사파리 차량을 만나게 된다(전 일정 40일 소요). 트럭 사파리는 동부 아프리카 지역을 대형 특수트럭에 타고 이동하면서 매일 경치 좋은 곳에 텐트를 치고 같이 야외에서 요리해 먹으면서 다닌다.

그런데 대부분이 외국인이라서 영어 소통이 안 되면 곤란하다. 오늘 태어난 지 사흘 된 코뿔소 모자(母子)를 보았다. 이 시기는 대단히 위험한 시기라 어미가 조그만 움직임에도 공격한다. 가이드가 약 500미터 밖의 나무 위에 표범이 앉아있다고 방향을 알려주는데 내 눈에는 전혀 보이지 않았다. 마사이족은 시력이 4.0 정도로 눈이 대단히 좋다.

8월 2일.

차를 타고 가면서 보니 주민들이 사는 집의 지붕은 거의 함석이고 벽은 나무, 함석, 돌 등으로 지었다. 태양이 강할 때는 무척 더울 것 같은 생각이 들었다. 도로 옆에 세운 'SLOW DOWN'이라고 써놓은 나무 안내판이 바람에 쓰러지지 않도록 구멍을 수백 개나 뚫어 놓은 것이 인상적이었다. 우리나라 같으면 안내판 다리 부분에 큰 돌을 눌러 놓았을 텐데. 11시 5분에 Narok에서 차량에 기름을 넣었다. 그곳은 사파리 가이드인 이*라임의 고향이었다. 차가 흙먼지가 나는 길을 달릴 때는 서로 맨 앞에 서서 달리려고 추격전을 벌인다. 이*라임은 운전을 잘해서 우리 차는 대체로 먼지를 뒤집어쓰지 않았다. 1시간 정도 마사이 빌리지를 방문했다. 방문 시 1인당 1,500 Ksh(케냐 실링)을 냈다. 이 마을은 인구가 70명인데 모두 한 가족이었다. 우리가 도착하니 먼저 남자들 20여 명이 나와 붉은 옷을 입고 창을 든 채 껑충껑충 뛰는 전사(戰士) 춤을 추면서 환영했다. 이어서 여자들이 나와 춤을 추면서 우리를 마을 마당으로 인도했다. 춤이 끝난 후 마을 뒤편의 가판대에서 기념품을 사라고 했다. 그런데 가격을 엄청나게 부풀렸다. 하는 수 없이 나무 조각품 한 개를 구입했다. 기린이 물 마시는 모양을 조각한 것인데 나중에 알고 보니 바가지를 썼다. 이어 집 안에 들어가서 구경을 시켜주는 데 안이 너무 좁고 어두워서 잘 보이지 않았다. 마당에서 불피우기 시범을 보여주고는 도구를 10달러에 사라고 했다. 이 사람들은 관광객을 '사냥감'으로 여긴다는 느낌이 들었다. 12시 25분에 마사이마라 국립공원 Kokorock Lodge 로비에 도착했다. 롯지 주변은 빙 둘러서 울타리를 치고 총을 든 현지인들이 맹수들의 습격에 대비해 주야로 경계하고 있었다. 롯지 후면에 하마 pool을 운영하고 있어서 하마 소리가 우렁차게 들렸다. 인근에는 엄청난 양의 하마 똥이 쌓여 있었다. 하마는 피부가 약해서 낮에는 물속에서 지내고 밤이 되면 숲으로 나가 풀을 뜯어 먹는다. 16시~18시 30분에는 게임 드라이브를 나갔다. 게임 드라이브 중에 사자 부부가 섹스하는 장면을 보았다. 나는 처음에 사자들이 무엇을 하는지 잘 몰랐다. 이*라임이 아내가 못 듣게 귓속말로 알려주었다. 누 떼가 있는 곳에는 사파리 차량이 별로 없고, 사자들이 있는 곳에는 어김없이 사파리 차량 10여 대가 모여 있었다. 역시 사자는 밀림의 왕이다. 마사이 마라에서는 하루 전에 벌룬 투어를 예약하면 다음 날 새벽에 동물들이 뛰어다니는 평원 위를 날면서 구경할 수 있다. 그때 인당 가격이 400불이나 되어서 포기했는데 지금 생각하면 후회막급이다. 했어야 했던 것. 할까 말까 할 때는 해야만 한다.

8월 3일.

오늘은 이동 거리가 먼, 게임 드라이브 계획이 있어서 7시 30분에 숙소를 출발했다. 9시 30분에 탄자니아 접경의 마라 강가에 도착했다. 이곳은 탄자니아의 세렝게티에 있던 동물들이 강을 건너 케냐의 마사이마라로 이동하는 길목으로 동물들이 강을 건널 때 장관이 연출된다. 그래서 사진작가들이 많이 찾는다.

그런데 동물들이 강을 건너는 시간이 짧아 그 시점을 잡아 여행하기가 어렵다. 이곳의 수심은 10미터로 동물들이 강을 건널 때 하마들은 이들을 물어 반 토막 내고, 악어들은 동물들을 포식한다. 총 든 군인들이 이곳을 지키며 안내했다. 이 크로싱 지역을 지나는 동물들은 주로 누와 얼룩말이었다. 돌아오는 길에 코끼리, 콘도르, 가젤, 하이에나 등을 보았다.

8월 4일.

7시 30분에 아침 식사를 하고 8시 30분에 체크아웃했다. 9시에 게임 드라이브를 나가 사자들이 누를 잡아먹는 광경을 보았다. 사자들은 한 번 먹으면 닷새 정도는 먹지 않는다. 우리가 본 사자 가족은 형제 2명에 암놈 1명이었는데 암놈을 이 둘이 공유하고 있었다. 이들 사자 무리를 구경하느라 인근에서 모여든 사파리 차량이 15대나 되었다. 역시 밀림의 왕은 사자였다. 10시 30분에 Mara air strip에 도착했다. 11시에 나이로비행 경비행기가 도착할 예정이었으나 연착해 12시 20분에야 도착했다. 이*라임과 헤어져서 비행기에 탑승했다. 12시 30분에 출발해 13시에 나이로비에 도착했다. 비행장에는 ATS 이 사장이 보낸 차량이 대기 중이었다. 이 사장은 30대의 청년인데 취학 전의 어린 아들, 젊은 아내와 함께 나이로비에서 소규모로 사파리 업체를 운영하고 있다. KBS '인간극장'에 주인공으로 출연한 적도 있었다. 나이로비에서는 현지인이 밤에 돌아다니면 경찰이 연행하는 경우가 있다. 어떻든 15시 30분에 공항에 도착했다. 우리가 탈 비행기는 20시 45분 발 카메룬 야운데 행인데 연착해 21시 40분에야 도착했다. 나이로비에서 카메룬의 야운데 공항까지는 3시간 30분 정도 소요되었다. 현지 시각 23시 20분에 도착했다.

8월 8일.

하루에 5,000 CFA에 4륜구동 갤로퍼III Jeep을 빌렸다. Mfou 교회 목사가 소개한 운전기사가 차를 몰고 교회로 왔다. 8시 50분에 출발해 자연 보존 지역 인근의 시골 교회로 이동했다. 차량에 기름과 엔진 오일을 주유했다. 카메룬에서는 차량 사용자가 엔진 오일 대금을 지불한다. 10시 45분에 비포장도로로 들어섰다. 도로 위에 고목이 쓰러져 있어서 차량이 앞으로 나아갈 수 없게 되었다. 마을 사람에게서 큰 칼을 빌려 나무를 잘라 제거하고는 길을 내었다. 12시 10분에서 13시 15분까지 메사메나 삼거리 풀밭 위에서 준비해 간 점심을 먹었다. 14시 40분에 사말로모에 도착했다. 여기는 전기가 안 들어오는 지역이라 저녁에는 무척 어둡고 한 치 앞도 보이지 않았다. 이곳 마을은 마당에 무덤을 만드는 풍습이 있었다. 그리고 산에 불을 질러 화전을 일구었다. 강을 건너기 좋은 곳에서 통나무로 만든 나룻배를 타고 강을 건너 피그미족 마을로 들어갔다. 이들은 나무로 얼기설기 만든 뼈대에 나뭇잎을 덮어 지붕을 만든 집에서 살았다. 집안에는 가재도구가 거의 없었다. 키가 정상인보다 50cm 정도 더 작은 것 같았다. 16시에 다시 나오니 통제소에서 현지 관리들이 "왜 신고하지 않고 자연 보존 지역에 들어갔느냐?"면서 벌금을 내라고 했다. 우리는 경찰서로 가서 일행 8명의 여권을 등록하고는 겨우 풀려났다. 이들은 우리가 촬영한 사진 한 장당 3,000 CFA를 내라고 했다. 우리는 선교 목적으로 방문했다고 하면서 이를 묵살했다. 20시에 이곳을 출발해 차가 전혀 다니지 않는 캄캄한 산길을 달려 20km나 떨어진 곳에 위치한 사말로모 교회에 도착했다. 사방은 캄캄했다. 목사관에서 현지 교회 목사님과 인사를 나누었다. 그 목사님은 한국의 평화를 위해 기도한다고 했다.

이어 교회 청소년 모임에 참석해 예배를 드렸다. 이들은 예배 시 율동을 심하게 하며 호루라기를 불었다. 무척이나 인상적인 예배 방식이었다. 마치 강남 클럽에 온 것 같은 기분이 들었다. 저녁 식사로 점심때 남은 밥과 마른 빵을 조금씩 먹고 콘크리트 바닥이 있는 방에서 모기장을 치고 잤다. 모기가 많았다. 밤에 소변을 보려고 문밖으로 나갔더니 한 치 앞도 보이지 않았다. 그래서 그냥 문 앞에다 소변을 보고 들어와 잤다. 이때 겪은 흑암보다 더 어두운 밤은 그 이후 어디에서도 본 적이 없다.

8월 9일.

아침 식사로 빵 5개와 커피를 마셨다. 10시에 교회 마당에서 환영 행사가 열렸다. 아이들 수십 명이 나와 카메룬 댄스를 추면서 원을 그렸다. 그릇에 돈을 넣기에 5,000 CFA를 넣었다. 동전이 없어서 비교적 큰돈을 넣었다. 현지 목사님은 500 CFA 정도 넣은 듯했다. 카메룬 현지 교회에서는 예배 시 한 사람이 춤추며 노래하며 분위기를 띄우면 모두가 일어나 춤추면서 흥겹게 노래한다. 반주는 나무를 깎아서 만든 타악기였다. 이러한 노래를 몇 곡 한 후에 설교를 했다. 저절로 흥이 났다. 가는 길에 산속에 있는 피그미족 마을의 집을 방문했다. 돌아오는 길은 마을에서 사말로모를 거쳐 아코모링가를 지나는 경로를 택했다. 3시 30분경 배가 고팠다. 일행 중 한 명이 마을의 아는 집에 들러 카사바 찐 것과 동물 고기 삶은 것을 얻어와서 한 조각씩 먹었다. 16시 10분에는 산길에 고목이 쓰러져 찻길을 가로막고 있어서 간신히 나무를 우회해 지나갔다. 4륜구동 차량이 아니면 엄두도 내지 못할 일이었다. 산길이 워낙 좁아서 차가 지나갈 때면 사람들은 숲속으로 들어가 피해 있어야 했다. 어젯밤 산길을 차량으로 지나갈 때 개천가에서 벌거벗고 목욕하는 사람들을 보았다. 17시에 메사메나에 도착해 차량에 플라스틱 통에 든 경유를 넣었다. 아프리카 시골에서는 주유소가 아니라 길가에 휘발유가 든 통을 늘어놓고 기름 넣을 차량을 기다린다. 20시 30분이 되어 카메룬 교회에 도착해 씻고 쉬었다. 피곤한 하루였다.

칠순에 노래하는 캐니언 변주곡

브라이스 캐니언

김영길 인하대에서 전기를 전공하고 현대제철에 들어가 오랫동안 일했다. 지금은 친한 벗들과 만나 담소하고, 여행하고, 골프 치고, 미술관 전시회도 구경하며 삶을 즐기고 있다.

칠순 기념 부부 여행으로 택한
그 광활한 땅, 미국!

처음 미국 설렘은 잠시.
같은 시공 광활함과 다양함,
기본 예의는 생활화,
말로 해야 편해지는 사회.
우리의 도덕적 기대는 오해될 수도 있음에
또 다름의 현실 자각.

미국 정말 넓다.
끝 가는 모래 바닥,
동서남북이 같은 모습으로
끝없이 열려 있다.
가끔 용오름 모래바람이 일고,
어쩜 구름 한 점 없는 하늘,
어떤 때는 하얀 구름이 수채화다.
온통 잔디가 능선들을
가깝게 멀게 이어간다.
그곳을 뚫고 가는
화물열차는 앞뒤가 없다.
여러 모양을 한 채
길 따라 선을 그을 뿐.
그러다 마주친 저 산과 계곡들은 무엇인가!

귓전이 가끔 찡하게
높이 올라간 요세미티.
높다. 크다.
잘려 나가고 남은 삼각 바윗덩어리.
역사 기록물인 양,
검고 하얀 울퉁불퉁 근육질의 통바위가
모든 것을 내려다보고 있다.
그 곁에서 쏟아지는 물줄기는 난리다.
쓸어내고 뚫고
아래로 아래로 흘러내린다.
힘든 몸을 일으키게 한다.

자이언 캐니언은
가로세로 갈라진 낮은 바위들과
멀리 흰 듯한 회색, 암적색 줄들이 겹쳐
시간의 추억들을 그대로 쌓았다.
산허리를 뚫어 만든 터널 사이사이로 보이는
브릿지인 듯한 캐니언은 대자연이다.

모뉴멘트 밸리에서
석양의 무법자들이 말 타고 달리다
고삐를 묶어놓고 잠시 쉬라고
바위 덩어리가 붉은 모래 바닥 위에 불뚝 불뚝
같은 듯 다른 모양으로 웅장하게 서 있다.

홀스슈 벤드는
콜로라도 강줄기가
270도 휘감으며 찐 녹색의 물이 흐르는 곳.
그곳을 차고 가는 젯트 배가
물줄기 그으며 달린다.
위에서 보면 옛 임금님 옥새 같다.
왔으니 즐기다 가라고 허락하는 도장.

엔텔로프 캐니언은
어느 인디언이 우연히 발견한
모래와 낮은 수목만 있는
들판 아래 숨어있던 곳.
붉은 사암을 거센 물줄기가 용트림하며 만들어낸
나사처럼 날카롭고 구불구불 좁고도 높다.
조각품 사이로 들어온 빛은 날카롭다.
여기서 인생 샷 하나,
파노라마를 수직으로 찍어 남겨 놓는다.

브라이스 캐니언,
그냥 경이롭다.
각양각색 조각들이 자웅을 겨루고 있는데,
모든 그리스 신화 신들이 모여있는 듯.
때론 도끼, 동물, 사람들이 도자기에 그려진
골동품의 그 모습을 하고 있다.
그냥 내려가다 시간에 쫓겨 단숨에 오르려니

거친 숨결 쪼그라진 근육 죽는 줄 알았다.
후유증 회복에 두 시간.

그랜드 캐니언,
경비행기로 내려다보는
대지는 기가 차다.
18억 년이 6억 년씩 나누어
3단을 이루고 있는 다양한 모습의 계곡과
그 사이로 저 밑에 흐르는
콜로라도 강줄기는
초록빛으로 그냥 멈춰있다.
계곡 맨 꼭대기,
그곳에도 조각품들이 세워져 있다.
내가 더 오래된 계곡이라고.
모든 계곡 위는 그저 평평하다.
멋짐을 자랑하는 캐년들도
원래의 본모습에 숨어있던 내 것이라고.
그렇게 50분 비행은 끝났다.

두서없이 적어본 여행의 흔적,
다시 읽을까 의심되지만
그냥 적어봤다.
내 소원 중 하나 미국 다녀왔다.
"God bless us. Thanks."

사랑하는 제자의 결혼을 축하하며

김택윤 공주사대(생물교육)와 고려대 대학원(생물교육)을 졸업하고 대전대에서 이학박사를 수료했다. 경기도 교육청에서 교사, 교감, 교장, 교육장(고양시)을 역임했다. 정년 퇴임 후에는 교육청 자문위원으로 활동하고 있다. 붓글씨, 당구, 자전거 타기 등을 즐기며 행복하게 살고 있다.

나의 교직과의 인연은 이미 정해져 있었는지도 모르겠다. 아버지께서는 옛날 시골 서당에서 당시 학교를 못 가는 시골 청년들의 훈장이셨다. 나는 어릴 때 동네 형들과 천자문, 동몽선습, 명심보감을 공부했다. 어린 것이 형들과 같이 글을 배우려니 졸다가 벌도 서고 회초리도 맞고 형들의 놀림 도 받았다. 자랑인 것 같아 쑥스럽지만 졸았어도 배운 것을 외워서 발표하 는 시간에는 달달 잘 외웠다고 한다. 이렇게 어릴 때 서당을 다니고 서산에 서 초·중학교를 우수한 성적으로 졸업한 나는 명문고 제물포고등학교로 진학했다. 대망의 꿈을 품고 시작한 나의 고교 시절은 늦게 찾아온 사춘기 였을까? 여러 가지를 비관하며 공부를 소홀히 했다. 고2 때부터 뒤늦게 정 신을 차리고 열심히 따라가려고 부단히 노력했다.

새벽에 제일 먼저 등교해 교문을 열고 도서관에 간 기억도 있다. 드디어 고3 때 대학 입학원서를 쓰는 순간, 나는 한의대를 가고 싶었으나 아버지께 서는 집안에 '교직에 몸담는 자손'이 한 명은 있어야 한다고 사범대를 권하 셨다. 갈고닦은 실력도 부족하고 당시 집안 사정도 어려워 국립 공주사범 대학으로 진학했다. 이로써 교직은 나의 평생직업이 되었다. 고교 시절 배 운 '학식은 사회의 등불 양심은 민족의 소금'은 나의 공직 생활에 근간이 되었고 보람찬 정년으로 이끌어 주었다.

나는 교직을 천직으로 생각하고 제자들을 길러내고 나이도 웬만큼 드니 결혼식에 주례를 맡아 달라는 부탁이 들어오곤 했다. 담임을 맡았던 제자 들의 결혼식으로부터 지역사회 인사들의 자제 결혼식, 학창 시절 친구들의 자녀 혼사까지 다양하게 주례를 맡았다. 결혼은 인륜대사(人倫大事)요 인 생의 새 출발이니 결혼식 주례는 중차대한 역할이고 나 개인으로도 큰 영 광이 아닐 수 없다. 주례자는 신랑·신부, 양가 부모님 뜻도 살피고 신랑· 신부에게 도움이 되는 좋은 말을 함축적으로 전해야 한다. 원만한 결혼식 의 진행을 위해 사회자와 사전 소통하고 결혼식장의 환경도 사전에 파악해야 한다. 또한 주례사의 내용도 중요하나 분량도 길지 않게 조절해야 한다. 너무 길면 안 하는 것만도 못할 수 있다. 요즘은 양가 부모님이 덕담(德談)을 주는 방식으로 주례를 대신하니 그것도 하나의 좋은 방법이라 생각한다. 결혼식은 인생을 새 출발하는 신랑·신부의 최고의 날이고, 가정의 대사이며 축복의 날이다. 주례를 맡으며 신랑·신부에게 인생 선배로서 어떤 좋은 말을 해주면 좋을까 고민하며 썼던 주례사를 50주년 문집에 올리자니 쑥스럽기만 하다. 결혼식 전체의 주례과정은 생략하고 주례사만 올린다. 부족하지만 깊은 이해를 바란다.

****

"눈 꽃송이 곱게 피는 겨울날을 맞이하여 오늘 인생을 새롭게 출발하는 신랑 김○○ 군과 신부 박○○ 양의 결혼을 진심으로 축하합니다. 그리고 이 자리를 축복해 주시기 위해 함께해 주신 하객 여러분에게, 또한 코로나로 인하여 멀리서 축복의 마음을 전하고 계신 모든 분에게, 양가의 혼주님을 대신해 깊은 감사의 말씀을 드립니다.

아울러 신랑 신부를 정성으로 키우시어 오늘의 혼사를 맞이하신 양가 부모님들에게도 진심으로 축하의 말씀을 드립니다.

오늘 제가 양가의 귀중한 혼사에 주례를 서게 된 연유는 양가 부모님 모두 자녀 교육에 대한 깊은 사랑과 열정을 가지시고, 특히, 신랑 김 군이 제가 재직했던 분당고등학교를 졸업한 제자로 깊은 인연을 가지고 있기 때문입니다. 김 군을 학교에서 자주 만날 수 있어서 청소년기의 성장 과정을 잘 지켜볼 수 있었습니다. 늘 겸손하시고 배려하시는 부모님의 가정교육 덕분에 항상 예의 바르고 총명하였으며 매사 열정적인 자세로 공부하는 모범적인 학생이었습니다. 신부 박 양 또한 훌륭한 부모님의 사랑과 정성으로 어린 시절부터 성실하고 지혜롭게 성장하였습니다.

먼저 신랑·신부의 약력을 간략히 말씀드리면, 신랑 김 군은 김 사장님과 최 여사님과의 1남 1녀 중 장남이며 현재 미국 뉴욕에 있는 세계 최고의 기업 Google에서 S/W 개발 연구원으로 근무하는 장래가 촉망되는 최고의 신랑이고, 신부 박 양은 박 사장님과 정 여사님의 1남 1녀 중 장녀로서 현재 미국의 유명한 회사에서 쥬얼리 디자이너로 근무하는 미모와 지혜를 겸비한 일등 신부입니다. 이렇게 세계적인 인재로 훌륭하게 성장한 신랑·신부를 보니 참 대견하고 자랑스럽습니다. 신랑·신부가 어떻게 만났는지 모두 궁금해하실 것 같아서 제가 일전에 대화하며 들은 얘기를 전해드리겠습니다. 신랑·신부는 친구의 소개로 만나 첫눈에 반했다고 합니다. 함께 있으면 마음이 따뜻해지고 저절로 미소가 지어진다고 합니다. 이렇게 서로의 사랑을 아끼고 믿음으로 키워서 오늘 온 세상에 알리게 되었다고 합니다. 이 두 사람 모두 지식과 교양을 겸비한 인재들이기는 하나 부부로서는 신입생이기에 인생의 선배로서, 이 자리에서 세 가지만 당부하고자 합니다.

첫째 '좋은 말'을 많이 하고 '서로 돕는 부부'가 되길 바랍니다. 좋은 말은 나를 기쁘게 하고, 당신을 즐겁게 하며 우리 모두를 행복하게 합니다. 신랑·신부는 모두 '참 잘했어, 여보 사랑해'를 매일 10번 이상 말하기 바랍니다. 신랑이 좀 더 많이 하면 더욱 좋겠습니다. 양성평등에 어긋날지 모르겠으나 제가 겪어 본 바로는 남자가 더 많이 베풀며 사는 것이 인생의 요령인 것 같습니다. 또한 신랑·신부는 결혼 후에도 모두 직장생활을 할 텐데 먼저, 누가 해주기를 바라지 말고, 내가 먼저 도와주어야 합니다. 남편은 '내가 어떻게 하면 아내가 필요로 하는 것을 채워줄 수 있을까?' 생각하고 행동하며, 아내도 '내가 어떻게 하면 남편을 도와줄까?' 노력하고 실천해 보시기 바랍니다. 이렇게 서로를 배려하고 행동할 때 서로의 믿음과 사랑이 깊어질 수 있습니다. 성경에서도 어떻게 돕고 사랑해야 하는가를 '자기 몸처럼 사랑해야 한다'고 했습니다.

둘째, 결혼 후에는 '한쪽 눈을 감기' 바랍니다. 신랑·신부가 정말 사랑해서 결혼하지만 살다 보면 서로의 단점이 보이는데, 나에게만 맞추려 하면 큰 갈등이 생기게 됩니다. 사람은 누구나 단점이 있으며, 이 단점이 쉽게 고쳐지면 좋겠지만, 시간이 필요할 수도 있습니다. 그럴 때는 변화될 때까지 수용하고 기다려주면 훨씬 마음이 편해질 수 있습니다. 영국의 사상가 토머스 풀러는 "결혼 전에는 두 눈을 뜨고, 결혼 후에는 한쪽 눈은 감으라."라고 하였습니다. 즉, 결혼 전에는 두 눈을 크게 뜨고 자기 짝을 찾아야 하지만, 결혼 후에는 한쪽 눈을 살짝 감아서 단점은 보지 말고 장점만 보라고 하는 '심오한 충고'라고 생각합니다. 단점이 보이면, 윙크하듯이 한쪽 눈을 감고 살아가면 좋겠습니다. 상대방의 장점만 보고 단점은 보지 않으면 좋겠습니다. 우리 주변에 성공적인 결혼 생활을 하시는 분들이 서로 닮은 것처럼, 서로의 닮은 꼴이 되고 아들·딸 낳아서 함께, 다복한 가정을 만들어가기 바랍니다.

셋째, 자기의 능력을 발휘하고 자기의 일을 즐기시기 바랍니다. 신랑은 세계 최고의 IT회사에서 세계 최고의 인재들과 함께, 보다 편리한 세상을 만들기 위한 S/W를 개발하고 있습니다. 자기가 좋아하는 연구 분야인 만큼 더욱 훌륭한 S/W를 만들어 주면 좋겠습니다. 신부 또한 내면의 예술 감각을 발휘하여 더욱 멋진 디자이너로 거듭나길 기대합니다. '일을 즐기는 사람을 그 누구도 이길 수 없다'고 하였습니다. 자기의 일을 즐기며 하다 보면 더 큰 인재로 우뚝 서고 더 나은 세상을 만들 거라 믿습니다.

결혼은 넓은 바다를 향해 포구를 떠나는 배와 같습니다. 두 사람이 함께 헤쳐가야 할 인생의 바다는 잔잔할 때도 있지만 거친 파도와 폭풍우가 몰아칠 때도 있을 것입니다. 어떠한 고난과 시련이 와도, 이제 함께 한 곳을 바라보며 항상 인내하고 합심하여 멋지고 행복한 항해를 펼쳐 나가기 바랍니다. 끝으로 오늘 이 자리에 함께해 주신 가족, 친지, 하객 여러분들에게,

양가 혼주님을 대신해 다시 한번 깊이 감사드리고 오늘 새로 탄생한 김 군, 박 양 부부가 멋지고 행복한 삶을 살아갈 수 있도록 계속 지켜봐 주시기 바랍니다. 아울러 여기 계신 모든 분의 가정에도 행운이 가득하시기를 기원합니다. 감사합니다.”

****

주례를 서준 신랑·신부가 아들·딸을 잘 낳고 행복하게 산다는 소식을 들었을 때 가장 기쁘다. 어제도 주례를 서주었던 제자 김 군이 아들을 낳았다는 소식을 들었다. 그럴 때마다 기쁘고 큰 보람을 느낀다. 또한 교직은 나에게 다양한 봉사의 기회를 주고 제자들을 키우는 천직이었으며, 제물포고는 교직을 수행하는 데 늘 힘을 주었고 자부심이었다. 제물포고는 내 인생에 보물이다. 지금도 교교 시절 동문수학한 친구들이 있어 나는 행복하고 감사하며 살고 있다. 인생은 함께 사는 것이다. 남은 인생 나와 인연이 닿은 친구들과 함께 더욱 건강하고 즐겁게 살고 싶다. 고교 졸업 50주년 맞은 우리 동기 친구들, 더욱 행복하길 빈다. 파이팅!!!

치매 예방엔 바둑! 장생회 유감

장생회 멤버들

목학수   40년 정도 애니메이션 업계에 종사하고 있다. 바둑과 당구를 사랑한다. 열린 마음으로 친구들과 함께 인생 황혼길을 걸어가고 싶다.

우리 19회 취미 그룹 중에 바둑 모임이 있다. 바로 '장생회(長生會)'이다. 장생회는 졸업 40주년 기념 대국을 계기로 만들어졌다. 비교적 늦게 출발한 셈이나 그 열기만큼은 다른 모임에 못지않다. 회원은 한 30여 명 되니 결코 작은 모임이 아니다.

모든 모임이 생기고 사라지는 부침(浮沈)이 있듯이 우리 장생회도 창립 초기의 활발하고 의욕적인 분위기는 다소 사그라든 느낌이 없지 않다. 물론 개개인의 사정은 알 수가 없지만 어쨌거나 바둑을 사랑하는 마음만큼은 변치 않았으리라 생각한다.

장생회 바둑 사랑의 군계일학(群鷄一鶴)은 바로 이한섭 장생회 회장이다. 바둑과 관련된 모임이나 대회라면 빠지지 않고, 제고 전체 바둑 모임인 '춘추기우회'에서도 단연 돋보이는 활동을 하고 있다. 또한 '예스24배 전국 고교 동문전'에 제고 대표 선수로 당당히 참가하고 있으니 같은 19회로서 자랑스럽게 생각하지 않을 수 없다. 더불어 새로운 시대 상황에 발맞추어 AI(인공지능)를 통한 바둑 연구에도 몰두하고 있는 중이다. 그리고 총무로서 역할에 충실한 주광윤, 모임에 정말 열심히 참석하는 문양환, 송환구, 이종혁, 박창균, 김정태, 김하헌 등등. 모두 정말 소중한 친구들이다.

장생회 지난 10년을 뒤돌아보면 모든 일이 기쁘고 즐겁기만 하다. 모임을 위해 본인의 집에 기꺼이 초대해준 이철영, 황운제, 김광수, 정선오에 감사할 뿐이다(이 글을 빌어 유명을 달리한 황운제, 정선오의 명복을 다시 한번 빌어 본다). 특히 황운제 네 양평집에서는 개울가에 수박을 담가놓고 바둑 두던 기억을 잊을 수가 없다.

제고 전체 바둑 모임인 '춘추기우회'에서 유독 19회가 가장 열심인 기수로 활동하고 있다. 후배보다 선배님들이 훨씬 많으나 우리 19회가 선후배들의 중간 다리 역할을 하고 있다. 예전엔 17회가 그 역할을 했지만, 지금은 구심력이 크게 약해졌다. 선후배 모임에 참석하면서 한가지 느끼는 것이 우리 19회의 좋은 점은 성격들이 모나지 않고 둥글어서 어떤 선후배들과도 잘 어울린다는 것이다. 이것이 우리 전체 19회의 DNA에 스며들어 있는 장점이 아닐까?

몇 자 적어보았지만 이제 저물어 가는 우리 나이에 외롭고 쓸쓸함은 피할 수 없다. 그래서 더욱 친구가 그립고 필요한 것이 아닐까? 바둑은 치매 예방에 좋다는 것이 증명되었다. 건강을 위해, 우정을 위해 바둑을 배우고 바둑 모임에 참석하기를 우리 19회 친구들에게 간절히 권한다.

끝으로 거론되지 않은 우리 장생회 친구들 이름을 불러 본다. 김정오, 김종훈, 노진환, 박양규, 오수열, 오준길, 이원민, 황규철….

남미에서만 비행기 아홉 번

페루 마추픽추에서

박병관　연세대에서 사회학을 전공하고 국가정보원에서 30여 년 동안 재직하다가 2015년에 퇴직했다. 지금은 여행, 서예, 색소폰 앙상블 등의 취미생활을 하며 소일하고 있다.

　그동안 벼르던 남미 여행을 한 달 일정으로 결정하고 나니 여러 가지 걱정이 앞섰다. 무엇보다도 폐암 수술한 지 채 2년도 안 된 아내의 체력이 문제였다. 우리 부부는 며칠간 고민 끝에 중간 지점인 미국 LA에서 재충전 후 페루에서 합류하기로 하고 일행보다 먼저 인천공항을 출발했다. 미국에서 2일간 휴식을 취한 우리 부부는 미국과 파나마시티를 거쳐 21시간 비행 끝에 페루 리마공항에 도착했다.

잉카 문명의 중심지, 페루

　첫 번째 방문국인 페루는 수준 높은 문명을 영위했던 잉카 제국의 숨결이 살아있는 역사적인 곳이다. 잉카족은 11세기 말 중부 안데스 지역을 기점으로 12세기 초 수도 쿠스코를 중심으로 에콰도르, 볼리비아, 칠레를 어우르는 대제국을 건설하여 찬란한 문명을 꽃피웠으나 1532년 스페인 식민 통치가 시작되면서 문화재들이 대부분 파괴되었다.

　리마는 1821년 산마르틴 장군이 약 300년간 스페인 식민통치로부터 독립을 선언한 역사적인 곳이다. 대통령궁 주변 등 관광객이 많이 모이는 아르마스 광장에는 경찰관이 많이 배치되어 있었다. 대통령궁 뒤편 산에는 판자촌 슬럼가가 있는데 가이드는 관광객이 출입하기에는 위험한 곳이라며 멀리서 구경만 하라고 했다. 리마에서 나스카 문명이 있는 나스카라인으로 가는 중간 지점에 오아시스 마을 와카치나가 있다. 하루 묵으면서 버기카로 모래언덕을 질주하고 샌드보딩을 타면서 환호성을 지르고 모래 산 정상에서 석양을 감상하는 것도 특별한 경험이었다.

　나스카라인은 리마에서 약 400km 떨어진 페루 연안에 위치하는데 이 광활한 평원은 우주인 등 그림과 수 km에 이르는 기하학적 도형이 수백 개나 된다. 경비행기를 타고 위에서 내려다본 평원은 너무나 광활하여 한눈에 들어오지도 않았고 바위 절벽 곳곳에 새겨진 거대한 그림들을 보면서 놀라지 않을 수 없었다. 이 그림들은 종교 의례나 천문학적 기능을 해왔던 것으로 여겨지고 있는데 그 방대한 양과 규모 때문에 고고학자들에게 가장 큰 수수께끼로 남아있다.

13세기부터 16세기까지 잉카제국의 수도였던 쿠스코는 배꼽, 중심을 뜻하는데 해발 3,360m의 고산에 위치한다. 잉카 시대의 도로, 다리, 터널 등은 지금도 사용하고 있으나 대부분 잉카 시대 건물은 스페인이 쿠스코를 함락시킨 후 도시 재정비 명목으로 건물을 부수고 그 위에 성당과 귀족들의 집을 지어 원형대로 보존된 것이 없다. 태양의 신전을 헐고 그 위에 세운 산토도밍고 교회는 지진으로 인해 건물은 완전히 무너졌는데 석벽만은 그대로 남아 있어 잉카 시대의 석조 기술을 엿볼 수 있었다.

세계 7대 불가사의 중 하나인 마추픽추는 1911년 미국인 하이램 빙험이 발견하고 '잃어버린 공중 도시'라 불렀다. 마추픽추 부근에서 1박을 하고 열차로 2시간 정도 달려간 후 버스로 갈아타고

산 비탈길을 20여 분 정도 올라가서야 역사적인 현장을 만날 수 있었다. 산 정상에는 엄청난 크기의 바위로 담을 쌓고 건물을 지었던 흔적이 고스란히 남아 있다. 어떻게 이렇게 큰 바위를 산 정상까지 운반해 왔는지 잉카인의 지혜에 감탄이 절로 나왔다.

인디오의 나라, 볼리비아

두 번째 방문한 국가는 볼리비아였다. 행정수도 라파즈는 세계에서 가장 높은 곳(해발 3,650m)에 있고 남미에서 가장 많은 인디오가 사는 도시이다. 분지형 도시로 산꼭대기까지 집들이 빽빽하고 봉고와 케이블카가 주 교통수단으로 이용되고 있었다.

남미에서 가장 큰 담수호인 티티카카 호수는 페루와 볼리비아 국경에 걸쳐 있으며 세계에서 가장 높은 곳(해발 3,812m)에 있다. 호수에서 갈대로

만든 배를 타고 끝없이 높고 푸른 하늘과 안데스산맥을 하얗게 덮고 있는 만년설을 바라보며 자연이 연출하는 한없는 아름다움에 경탄하고 무아지경에 빠지는 행복한 시간을 보냈다.

여행자들의 버킷리스트 1순위에 올라있는 우유니 소금 사막은 지각변동으로 솟아올랐던 바다가 산악지형의 분지에 갇혀 가장 평평한 소금 사막으로 형성되었다. 해발 3,500m에 위치한 이 소금 사막은 볼리비아와 칠레의 경계선상에 있으며 소금 매장량은 1,000억 톤이 넘고 특히 리튬은 전 세계 매장량의 25% 이상 된다. 여행자들은 지구에서 가장 큰 거울인 소금 사막을 보기 위해 12월부터 4월까지 우기 시즌에 주로 방문한다. 비가 온 후 얇은 물이 고이면 소금 표면이 거울처럼 하늘을 반사해 환상적인 풍경을 만들어 내는데, 세상에서 가장 아름다운 풍경의 하나로 꼽힌다.

우리 일행은 사진 찍는데 가장 좋은 곳을 찾기 위해 물이 고여있는 소금 사막 안으로 승용차로 30분쯤 들어갔다. 아무도 없는 소금 사막 한가운데서 사진을 찍으면서 어린아이처럼 즐거워하고 자연이 연출하는 장엄한 일몰 광경을 보면서 모두 어쩔 줄 몰랐다.

와인의 나라, 칠레

육로로 칠레에 입국한 우리 일행은 여행자의 마을 산 페드로 데 아따까마에서 여정을 풀었다. 아따까마 사막에 위치한 이곳은 세계에서 가장 건조한 곳의 하나로 맑은 하늘과 낮은 습도로 인해 천문 관측에 최적의 조건을 제공한다고 한다. 여기서 멀지 않은 곳에 달의 지형을 닮았다는 '달의 계곡'은 황량하면서도 신비로웠다. 마치 땅을 구겨놓은 것처럼 꾸깃꾸깃한 모양이 인상적이었고 지표면 곳곳이 하얀 소금으로 덮여있어 마치 눈이 온 것 같았다. 달의 계곡에서 석양을 보고 있을 때 일 년에 한두 번 올까 말까 한다는 비가 오기 시작했다.

현지인들은 비가 오는 것을 축복이라며 반겼는데 식당과 상점들이 일찍 철수하는 바람에 우리는 삶은 달걀과 비상식량으로 저녁을 대신해야만 했다. 다음날 와이너리 투어로 산티아고 주변에 있는 콘차 이 토로 와인 공장에 갔다. 이곳은 남미에서 가장 큰 규모의 와인 생산지로 우리나라에서 쉽게 만나볼 수 있는 와인을 생산하고 있었다. 여러 나라에서 온 관광객들과 함께 와인 오크통이 가득 쌓여 있는 창고에서 여러 종류의 와인을 시음했다. 안내자는 칠레의 맑은 기후와 이상적인 토양 조건으로 전 세계 와인의 80%를 생산한다고 설명하면서 자부심을 느끼는 것 같았다. 와이너리 투어를 마치고 16세기 초 유럽 선박이 최초로 입항한 역사적인 곳이며 남미에서 가장 중요한 태평양 항구 중 하나였던 발파라이소에 갔다.

'천국의 골짜기' 라는 뜻의 발파라이소는 UNESCO에 등재된 역사 지구인 산토도밍고 언덕을 중심으로 발전했다. 언덕 위의 빈민촌 주택가 담벼락에는 다양한 벽화들이 그려져 있는데 관광객들로 북적이는 필수 코스 중 하나가 되었다. 파타고니아 지역에 있는 토레스 델 파이네 국립공원은 세계 10대 절경에 속하는 명소로 빙하, 파란 호수, 회색 호수, 설산, 바위산, 야생동물 등 자연이 줄 수 있는 모든 것을 한 곳에서 만나 볼 수 있는 종합 선물 세트 같은 곳이었다.

탱고의 발상지, 아르헨티나

국제버스를 타고 지구상 가장 아름답다는 파타고니아 대자연을 감상하면서 아르헨티나로 입국하여 다음 날 페리토 모레노 빙하에 갔다. 이 빙하는 길이 30km, 넓이 250km², 높이가 74m나 된다. 배를 타고 100m까지 접근하여 살펴보니 집채만 한 빙산이 여기저기 떠 있다. 빙하가 하루 2m씩 호수 쪽으로 밀려나고 굉음을 내며 강물로 쏟아져 내리는 것을 보고 지구 온난화의 심각성을 느꼈다.

다음날 남미의 파리라 불리는 수도 부에노스아이레스에 도착했다. 남미에 살면서도 유럽을 꿈꾼 아르헨티나인들은 아무것도 없던 대초원에 4세기 반 만에 유럽풍의 거리를 만들어 냈다.

탱고의 발상지 부에노스아이레스 보카 지구는 다양한 색으로 페인트를 칠한 집들이 매우 많아 마치 스칸디나비아의 작은 마을에 온 듯한 느낌을 준다. 그 당시 이곳의 가난한 사람들은 일하던 조선소 등에서 쓰고 남은 페인트를 얻어와 자기 집 외부에 칠하였고 이런 일이 반복되다 보니 자연스럽게 알록달록한 원색의 테라스, 지붕, 외벽 등이 되었다.

삼바의 나라, 브라질

어느덧 여행 마지막 일정인 이과수 폭포와 리우데자네이루 시내 관광만 남겨 놓았다. UNESCO 지정 세계자연유산인 이과수 폭포는 2일간에 걸쳐 브라질과 아르헨티나에서 각각 보았는데 그 광경이 너무 달랐다.

가장 압권인 악마의 목구멍을 비롯한 크고 작은 폭포들이 몇 단계를 거치며 이루는 장관은 신의 창조물 앞에서 인간의 존재가 왜소함을 느끼기에 충분했다.

리우데자네이루는 2016년 남미에서 최초로 하계올림픽이 개최된 도시로 자연미와 인공미가 조화된 세계 3대 미항 중 하나이다.

또한, 남미 3대 축제 중 하나인 삼바 축제가 매년 열리는 곳으로 외국 관광객 1/3이 축제 기간에 방문한다. 우리 일행이 방문했을 때는 축제 기간이 아니어서 남미 7개 국가의 전통춤을 공연하는 호텔 디너쇼에서 삼바를 맛보는 것으로 만족해야 했다.

시가지 바로 뒤에 있는 코르코바도산 정상에는 독립 100주년을 기념해 세운 예수상이 있다. 리우 시내를 내려다보고 있는 거대 예수상은 세계 7대 불가사의 중 하나로 리우의 랜드마크 역할을 하고 있으며 관광객의 필수 코스가 되었다. 예수상 밑에서 올려다본 조각상은 멀리서 바라볼 때와 달리 무척 크게 느껴졌다. 몇몇 여행객들은 한 장의 사진에 예수상을 담기 위해 바닥에 누워 사진을 찍기도 했다.

이번 여행은 남미 내에서 비행기를 아홉 번이나 갈아타고 일행 중 몇 명이 고산증으로 고생하였지만, 모든 일정을 무사히 마무리하고 나니 뿌듯했다. 그동안 정들었던 일행들과 다음에 다시 만날 것을 약속하며 아쉬움을 남기고 귀국 비행기에 올랐다.

나만의 인생 찾기 '카카오 뮤직'

박희면 홍대 미대를 졸업하고 한국산업디자인진흥원에서 근무했다. 이어 한국산업
기술대에서 교편을 잡았다. 현재 홍익대학교 세종캠퍼스 산학중점교수, 한
국인공지능진흥협회 이사, 한국정리수납협회 한국정리문화체험관 관장, 대
한민국 산업디자인전람회 초대 디자이너로 활동하고 있다.

2014년 4월 30일,

카카오 뮤직을 선곡해 올리기 시작한 첫날이다.

우리는 살아가며 입학, 졸업, 슬픈 일, 기쁜 일, 감동을 받은 날, 기억하고 싶지 않은 날 등 수도 없이 많은 변곡점이 있고 무엇인가 기억하며 살아가고 있다.

고등학교 때, 역사 선생님이 수업 시간에 백묵을 칠판에 '툭 툭' 치며 무언가 생각하다가 나를 보고 질문을 하려다 "박희면" 하더니, "이름 재미있네, 총알이 바키면 어떻게 되는 거지?" 하며 웃다가 같은 반 친구들로부터 그날부로 '총알이 박키면' 으로 불리게 되었다.

그날은 당황했지만, 오랜 세월이 지나 오랜 친구들을 만나면 나는 상대방 이름이 잘 기억나지 않지만, 친구들은 멀리서부터 '오! 바키면' 하고 이름을 부른다.

지금도 강연이나 수업할 때면 3가지 그림을 그려놓고 이름을 소개하고 있다. '박히면(TAGET), 바뀌면(CHANGE), 밝히면(BRIGHT)' 하면서 이름을 소개하면 다 그때 이해하고 웃는다.

많은 시간이 지났지만 기억하고 싶은 날 중에 또 하나가 2014년 4월 30일. 카카오 뮤직을 선곡해 올리기 시작한 첫날로 나만의 인생의 중요한 의미를 찾을 수 있는 날이다.

빅터 프랭클은 『죽음의 수용소에서』 "삶의 의미는 스스로 찾는 것이 아니라, 우리가 삶에게 어떤 의미를 부여하느냐에 달려 있다."라고 했다.

음악이 좋아서 시작한 이유도 있지만….

세월이 지나면, 많은 명함을 주고받고 전화번호에 기록하고, 오랜 시간 지나면 아주 가까이 있는 사람들도 언젠가는 멀어지고, 잊혀져 가고 소원해져 갑자기 문자 보내기도 쉽지 않고 그나마 소식도 모르게 될 것이 일반적인 '잊혀짐' 의 순서인 것 같다.

인사를 하고 만나며 나누었던 사람들 이젠 무얼 하고 있는지?

세상에 존재하고 있는지조차도 전혀 모르는 사람이 많아지고 있다.

그럴 때가 반드시 올 것이 분명하기에 매일 7시면 아침에 한 곡씩 맘에 드는 음악을 선별하고 좋은 글과 함께 올리는 이유는 바로 나 자신과의 약속이며 나의 삶에 대한 의지의 의미이기도 하다.

잊혀져 가는 사람들에게 무탈하고 살아가고 있는 모습과 나름 변함없이 지내고 있음을 표시하기 위해서 시작한 '카카오 뮤직' 이다.

어떤 때는 7시에 매일 올리는 음악을 며칠 못 올리면 전화나 문자로 '무슨 일 있으세요?' 하고 묻는 후배도 있고, 명절이면 꼭 선물을 보내오는 지인들도 있다.

"좋은 음악들 잘 듣고 있어 감사드립니다."

아는 지인들 그리고 모르지만, 카카오 뮤직을 함께하는 사람들이 내 뮤직에 다녀간 숫자가 14만 명을 넘었다. 오늘도 음악을 함께하고자 방문한 사람들 표시가 뜬다.

함께한다는 것은 즐겁고, 참 고맙고 감사한 일이다. 어느 지인 한 분도 우울증에 시달리고 있었으나 내 카카오를 방문해 편안한 음악을 자주 잘 듣고 많은 치료가 되었다고 진심 어린 고마움을 표해준다.

나도 이렇게 방문한 사람들이 남기고 간 이름과 모습을 그려보기도 한다.

차를 운전하거나 호수 공원을 걸을 때, 조용히 책을 읽을 때, 음악을 듣고 있으면 정신적으로 맑은 에너지와 긍정적 용기를 얻고 느끼고 있다.

참 좋은 습관을 만들었다고 나 자신도 고맙다고 늘 생각한다.

음악적 지식을 쌓고자 하는 것은 없다. 작곡자, 가수 이름은 기억하려 하지 않는다. 그냥 리듬이 뇌리를 스치며 머리와 가슴에 물밀듯 들려오면 된다.

왜 음악을 매일 올리나 의심해 본 적이 하루도 없으며, 오늘 급한 일로 못 올리면 마음에 부담도 와 위험을 알면서도 운전하며 선곡을 올릴 때도 있다.

내 명함 상단에도 이렇게 표식하고 명함을 전달하고 있다.

"카카오 뮤직 – 매일 음악과 함께 인사드립니다"

벌써 3,000번째 선곡을 넘어섰다. 2014년부터 시작해 10년이 넘은 것이다.

그간 늘 음악과 함께한 습관에 감사하고 또 계속해야 한다고 생각한다.

나를 알고 나를 생각하고 기억해 주는 사람들이 있는 한 말이다.

우리는 가슴으로 함께 느끼며 살아가는 세상이기 때문이다.^^

'함께 한다는 것',

그것만으로도 얼마나 고맙고, 감사한 일인가.

호락호락 테니스

테니스 회원들(필자 맨 가운데)

송광영 태어난 곳은 남동구청 앞 소래 가는 길목 수산동이고, 학교 다닐 때는 유도 부에서 활동했다. 평일에는 충남 서산에서 일하고 매주 목요일마다 인천에 서 친구들을 만나 테니스를 즐기고 있다. 주말에는 선산을 지키며 농사를 짓는다.

사시사철 테니스
비가와도 괜찮아 눈이와도 괜찮아
바람불어 좋찮아 구름끼어 좋찮아
비가오면 비맞고 눈이오면 치우고
바람불면 결따라 고맙구나 구름아
매주목에 만나요 오후두시 만나요
건강하게 나와요 열일불구 나와요
운동해서 즐겁고 대화해서 정겹고
막걸리가 좋지만 친구라서 좋지요

동고동락 테니스
복식게임 테니스 동고동락 테니스
돌아가며 편먹고 사이좋게 친다네
승리하고 싶다면 극기먼저 필요해
내파트너 격려해 승리쟁취 한다네
잘한친구 본받아 나도따라 해보니
일취월장 실력이 몰라보게 늘었네
상대팀이 잘할땐 나이스볼 외치고
우리팀이 잘할땐 물개박수 친다네

장장세월 테니스
제물포회 테니스 장구세월 동호회
연중무휴 테니스 자강불식 테니스
천년지기 조회장 건건총무 송문철
강화도령 황대표 광평후예 이교수

유도선수 송거사 모임초대 최승렬
서창시인 이교장 천사총무 이교수
명예회원 허양회 열병합소 이전무
초창회원 여현수 청운대학 박교수

죽마고우 테니스
그대와난 환상콤비 언제라도 든든하죠
손과발이 척척맞아 믿음속에 하나되죠
공격수비 함께하고 전후좌우 따로없고
요리조리 받쳐주니 무난하게 승리하죠
그대와난 환상콤비 언제라도 내편이죠
맘과맘이 척척맞아 믿음속에 하나되죠
힘들때는 참아주고 잘할때는 기뻐하고
새록새록 선우되니 행복하게 승리하죠

캐나다에서 새로운 삶을 시작하다

캐나다 밴프국립공원 캐슬산에서(아내와 함께)

신부섭 충남 서산에서 태어났다. 중학 때는 태권도부와 역도부에서, 고교 때는 펜싱부에서 활동했다. 항공대를 졸업 후에 ROTC 공군 장교로 임관해 군 복무를 했다. 제대 후에는 대우자동차에서 일했다. 2003년에 캐나다로 이민 가서 지금까지 살고 있다.

2003년 2월, 캐나다에서도 낯선 매나토바주 위니펙이라는 도시로 이민을 떠났다. 밴쿠버에서 위니펙행 비행기로 환승해 공항에 도착하니 밤 10시경이었다.

영하 23도의 강추위였다. 소문으로만 듣던 위니펙 강추위가 나의 마음을 더욱 심란하고 불안하게 만들었다.

큰딸이 다니는 교회 사람들의 도움으로 미리 렌트한 아파트에 무사히 도착해 캐나다 생활이 시작되었다.

차량이 없으면 생활하기가 힘들기에 차량부터 구입하고 필요한 식료품, 생활용품을 사니 마음이 조금은 진정됐다. 주일에 한인교회에 출석하니 교인들이 반가워하며 많은 정보를 주었다. 지인의 소개로 식품점에 취업해 일하게 되었고 몇 달 후에는 일식집 요리사 보조로도 일하면서 캐나다 생활이 시작되었다.

2005년, 큰딸이 온타리오주 킹스턴에 있는 대학에 입학하자 우리 가족은 알바타주 캘거리로 이사했다. 캘거리는 로키산맥과 가까운 도시이기에 산악회에 가입했다. 그로부터 매주 토요일 로키산맥에 있는 많은 산을 다녔다. 겨울에는 노르딕 스키도 탔다.

2016년, 애드먼튼에 사는 큰딸이 부모의 도움이 필요하다고 하여 우리는 정들었던 캘거리를 정리하고 애드먼튼으로 이사해 현재까지 살고 있다.

나의 캐나다 삶을 간단히 정리하면 '자식을 위한 삶', '손주들과 함께한 삶'이라고 말하고 싶다. 작은딸이 방황할 때 같이 운동하며 격려하고 지냈던 세월이 아련히 떠오른다.

한국에서 생활할 때는 아내에게 많은 지적도 많이 받았으나, 이곳에서는 올바르게 살려고 많이 노력했다.

하나님께서 매 순간 우리 가정을 사랑하시고 돌봐 주셨음을 고백한다.

그리고 무엇보다도 캐나다의 좋은 자연환경이 나를 잘 버티게 해준 '1등 공신' 중의 하나인 것 같다.

보고 싶은 인중22 · 제고19회 동기들아,

사랑한다.

우리 모두 100세까지 건강하자.

캐나다 알바타주 애드먼튼에서

큰 그릇이 채워질 때까지

필자의 시집 〈살아있음에〉

이기석 공주사대를 졸업하고 인하대 교육대학원에서 영어교육으로 석사학위를 받았다. 사이버한국외국어대학에서 한국어교육을 전공했다. 군자중학교와 시흥은행중학교에서 교장으로 근무했다. '문학사랑'에서 신인상을 수상해 시인으로 등단했다. 시집으로 〈살아있음에〉가 있다.

살아있음에

　시집 초본을 받아 보고 설레는 마음이 들었다. 갖고 싶었던 장난감을 얻은 아이처럼 긴 세월 기다렸던 바람이 이제야 찾아와 그랬는지 모른다. 왠지 모르게 잠을 설치다 아침에 일어나 보니 눈이 내렸다. 서설(瑞雪)도 가끔은 내려와 줘야 사람이 사는 맛이 있다.

　어린 시절부터 글을 읽고 쓰는 것을 좋아했다. 특히 시를 좋아했다. 시는 단순한 글처럼 보이나 큰 그릇이다. 어휘 하나하나에 함축된 의미는 세상만사 모든 것을 담을 수 있다. 주변의 시를 겉넘어 섭렵했다. 보들레르, 랭보, 에드거 앨런 포의 시들이 많이 와닿았다. 부족한 게 많은 사람이 험한 세상을 살아오면서 주위 사람의 도움을 많이 받았다. 도울 위치에 있을 때는 나름대로 도움을 원하는 이들을 꽤 챙겨 주었다. 하지만 시련과 갈등 속에 찾아드는 울분을 삭이지도 못하고 마음 바닥에 남는 응어리 찌꺼기는 여전했다. 이럴 때 글을 썼다. 한 송이 꽃이 되길 바라는 마음으로 글을 썼다. 그렇게 시 감성을 차곡차곡 저장해 왔다.

　한국어를 본격적으로 공부하면서부터 부족한 글 내용을 스스로 고쳐가면서 하나둘 주위 사람들과 공유하기 시작했다. 공감하는 이들이 늘어갔다. 그래도 글을 지어 조심스레 어울렸다.

　이제 부끄럽지만, 새색시 속살 드러내듯 글들을 내놓는다. 사람들과 공유하고 공감하고 같이 울기 위함이다. 속으로만 새겼던 감성을 같이 느끼게 되어 너무 벅차다. 힘이 생긴다. 숨기지 않아도 되니 너무 좋다. 대 놓고 마음껏 실컷 글을 쓰련다. 큰 그릇이 채워질 때까지.

　해가 지면 둥지로 돌아간다. 사랑하고 늘 함께하는 식구들이 기다린다. 거친 말에도 싫은 내색 없이 착하기만 하고 다 받아주는 내 곁 사랑, 헤매는 듯 보이나 제 갈 길 잘도 찾아갈 우리 아들, 야무지게 인생 챙겨 살아갈 우리 딸. 우리 모두 다시금 나간다. 인생길 덤덤하나 알차게. 살아있음에!

'잔인한 사월' 단상

사월만 되면 괜스레 귀에 거슬리는 말이 떠돈다. '잔인한 사월'이다. '잔인한 사월'은 영국의 시인 T.S. 엘리엇의 시 '황무지(The Waste Land, 1922)'에서 나온 말이다. 시인은 1차 대전 후 황폐한 잔재로 덮인 자연과 세상을 읊었다.

April is the cruellest month, breeding

Lilacs out of the dead land, mixing

Memory and desire, stirring

Dull roots with spring rain.

4월은 잔인한 달,

죽은 땅에서 라일락을 키워내고,

추억과 욕망을 뒤섞고,

잠든 뿌리를 봄비로 깨운다.

'잔인한'은 극단적 표현이기에 쉽게 다가갈 수 없는 말이다. 그럼에도 시인이 우리에게 주려는 메시지는 과연 무엇일까? 무릇 작가는 '감정 통역사'이다. 작가가 '사람들이 힘들다'고 묘사한다면 이는 역경을 극복하자는 희망의 메시지라 볼 수 있다. 수사학(修辭學)에 '모순어법(oxymoron)'이라는 것이 있다. 이는 미국 작가 E. A. 포의 '검정고양이(Black Cat)'에서 비롯되었다. 모순어법의 예를 들면 '소리 없는 아우성', '사랑하니까 헤어진다.', '지혜로운 바보(a wise fool)', '잔인할 만한 친절(cruel kindness)' 등을 들 수 있다.

그래서 시인은 '황무지'에서 죽은 땅에서 꽃이 피어 나는, 나쁜 기억에 소망을 주는, 메마른 뿌리에 봄비를 주는 사월을 가장 잔인하다고 한 것이다. 결국 시인이 세상 사람에게 주고 싶은 메시지는 '너무 잔인할 정도로 희망적인 사월' 이라는 것이다.

참·거짓 명제는 온데간데없이 사라지고 흑백 논리가 난무하는 세상살이라 해도 어차피 가야만 한다면 염세적인 길보다 낙관적인 길로 걷는 게 낫지 않을까 생각해 본다.

사월,
앞서거니 뒤서거니
아지랑이는 피어오른다.

함께 인생을 출발하는 아들 부부에게

가훈 '幸中辛'

이돈구 성균관대에서 행정학을 전공했으며, 학원에서 30여 년간 교육사업을 하면서 군자삼락(君子三樂)을 즐기다가 3년 전에 은퇴하여 현재는 초야에서 안빈낙도(安貧樂道)를 즐기면서 여생을 보내고 있다.

오늘 함께 인생을 출발하는 아들과 며느리에게 '인생의 나침반'이 될 몇 가지 사항을 당부한다.

첫째, 상호 간에 존중해라.

그동안 다른 환경 속에서 생활해 왔기에 서로 간에 생각이 많이 다르다는 것을 느끼게 될 것이다.

앞으로는 같은 생각은 공유하되 다른 생각에 대하여는 부정하지 말고 다름을 인정하고 존중한다면 살아가면서 발생하는 많은 갈등을 어렵지 않게 해소할 수 있을 것이다. 상호존중이야말로 '가화만사성(家和萬事成)의 기본'이라는 것을 알았으면 좋겠다.

둘째, 각자의 역할에 충실해라.

결혼 전에는 단순히 사랑하는 사이였지만, 앞으로는 남편과 아내의 역할, 사위와 며느리의 역할, 자녀를 낳으면 아버지와 어머니의 역할에 전념하고 충실해야 한다.

아울러 대인관계와 함께 직장에서 사회인의 역할을 제대로 수행할 수 있도록 서로 배려해 주는 것이야말로 건강한 가정을 이루는 첩경이라는 것을 명심했으면 한다.

셋째, 우리 집의 가훈인 '幸中辛'(행복할 '幸', 가운데 '中', 매울 '辛')의 의미를 마음속에 새겨라.

우리가 흔히 말하는 신라면 '辛' 자인 '매울 辛' 한자의 상단에 한일자(一)를 그으면 '행복할 幸' 자가 되는데 이는 행복 속에 역경의 의미가 들어있다는 뜻으로 어려움과 고난을 잘 이겨낼 때 비로소 진정한 의미의 행복을 느낄 수 있으니 어려운 상황에 직면하더라도 결코 좌절하지 말고 긍정적인 자세로 서로를 격려하고 극복하면서 인생이라는 기나긴 마라톤을 함께 뛰기를 바란다.

넷째, 결혼을 완성해라.

　결혼은 가정생활의 시작에 불과하다. 앞으로 자녀 둘 이상을 낳아 잘 기르고 가르쳐서 국가사회가 필요로 하는 구성원으로 만들어 낼 때 비로소 결혼이 완성된다는 점을 인식하고 꼭 실천해야 한다. 이렇게 해야 가문의 자손으로, 국가사회의 구성원으로 책임을 다하는 것이다.

　이상으로 상호 존중과 역할에 충실함으로써 화목하고 건강한 가정을 이루고, '幸中辛'과 함께하는 인생 여행에서 백년해락(百年偕樂)하기 바란다.

자전거와 함께, 칠순도 가뿐히

이창수 대학 졸업 후, 한국은행에 들어갔다. 외환위기 이후에는 금융감독원으로 자리를 옮겨 일했다. 2013년에 은퇴해 지금은 강원도 화천에서 조그마한 땅에 들깨를 심으며 놀고 있다.

드디어 3월 2일이다. 오늘이 헌혈할 수 있는 '마지막 날'이다. 내일이면 만 70세가 되어 할 수 없게 된다. 헌혈은 만 69세까지만 가능하기 때문이다. 오늘 하면 헌혈 횟수가 총 86회다. 전혈 82회, 성분 헌혈 4회다. 전혈은 2개월 간격으로 일 년에 총 5회 할 수 있기에 16년 이상 헌혈한 것이다. 헌혈하고 집에 돌아오는 중에 대한적십자사로부터 문자가 왔다.

"그동안 헌혈 참여에 감사드리며 2025년 3월 3일부터 연령 초과로 헌혈 참여가 불가능함을 알려드립니다. 늘 건강하시고 행복하세요."

일흔에 이르러 잠시 먼 옛날을 회상해 본다.

5살 어린 아이가 아침에 눈을 뜬다. 좀 뒤척이다 일어날 요량이다. 그런데 무언인가 좀 이상하다. 다시 한번 더 몸을 뒤척인다. 이게 웬일인가? 몸이 움직여지지 않는다. 며칠 후 아이와 그 아이 가족에게 청천벽력이 떨어졌다. '전신 소아마비'라는 병이 생긴 것이다. 할 수 있는 것은 눈동자 움직이기, 말하기, 음식 먹기가 전부다. 이때부터 온 가족이 아이 병을 낫게 하려고 혼신의 힘을 쓴다. 세발자전거에 몸과 발을 묶고 밀고 다니기(다리 운동을 강제로 시키기 위한 것이다), 한약 먹이기, 침 맞히기 등.

세월이 흘러 아이는 초등학교에 입학한다. 가족들의 노력 덕에 몸이 회복되어 걸을 수 있게 되었다. 그러나 아이는 항상 조용히 앉아 있다. 뛰는 것을 싫어한다. 시도 때도 없이 넘어지기 때문이다. 오른쪽 다리가 부실한지 항상 오른쪽으로 넘어져 오른쪽 이마가 깨진다. 깨진 이마, 또 깨지고….

초등학교 시절 내내 운동회 달리기에서 상을 받아 본 적이 없다. 그냥 나눠주는 공책을 받아 올 뿐이다. 시골 중학교 입학시험에 50m 달리기 항목이 있는 데 모든 학생이 만점을 받지만, 이 소년은 기본점수만 받는다. 재수해서 인천에 있는 중학교에 들어가려고 시험을 볼 때도 마찬가지다. 기본점수만 받는다. 학교행사인 단축마라톤에서도 뛰지 못하고 걷는다. 소년이 운동장으로 들어왔을 때는 모두 집에 가고 아무도 없다. 완주 후 나눠주는 알사탕은 교무실로 가서 받아야만 얻어먹을 수 있다.

시간은 흘러 소년은 이제 청년이 되어 군 복무를 하고 있다. 일 년에 몇 차례 10km 완전군장 달리기가 있다. 옆 동료들이 이 청년의 총, 배낭, 헬멧을 나눠 들고 뛴다. 이 청년은 알몸으로 뛰고 있다. 대부분의 군인은 한 시간 내외의 기록으로 막사로 돌아온다. 허지만 이 청년은 홀몸으로 뛰었음에도 불구하고 1시간 30분이 지나야 돌아온다. 이렇게 달리기는 이 청년과는 거리가 먼 운동이었다.

저녁을 먹고 식구들과 동네 산책길을 걷고 있다. 때는 바야흐로 봄철, 달리기에 좋은 절기다. 마라톤 붐이 있던 때라 여기저기 뛰는 사람들로 북적인다. 이 청년은 이제 직장인이다. 그가 걷다 말고 갑자기 뛰는 사람들을 쳐다본다. 나도 한번 뛰어 볼까? 평생 생각지도 못한 일이 벌어졌다. 뛰고 싶은 충동을 느낀 것이다. 10m, 30m, 50m… 뛰어 본다. 할 만하다.

이렇게 달리기에 입문한다. 1km, 3km, 5km 뛰어 본다. 자신감이 생겼다. 10km에 도전한다. 주말이면 매주 달리기 연습에 몰두한다. 10km를 1시간 내외로 주파하는 것을 목표로 한다. 거리를 늘려 하프 마라톤에 참가해 본다. 목표는 '완주' 다. 점차 달리기에 자신감이 생긴다. 풀코스 마라톤을 목표로 연습한다. 매일 1km, 주 1회 10km, 월 1회 20km 달리기. 자칭 '마라톤 마니아' 가 되었다. 풀코스 마라톤을 수차례 참가했다. 5시간 이내 완주를 목표로 한다. 한 번도 4시간대로 들어온 적이 없지만, 목표는 4시간대이다. 완주하고 출발점에 들어오면 시간을 재주는 기계들만 작동할 뿐 아무도 없을 때가 많다.

외환위기로 온 나라가 고통을 받고 있는 시기였다. 직장에서 야근을 밥 먹듯이 하고 퇴근은 저녁 11시가 넘어서 하는 것이 당연하게 생각하던 때다. 그때는 토요일도 출근해서 일하는 시기였다. 어느 일요일, 신문지에 끼워진 자전거 할인판매 광고지를 보게 되었다. 자전거 구경이나 할 요량으로 광고지에 나와 있는 가게를 찾아갔는데 무슨 마법에 걸린 듯 덜컥 자전거를 사 왔다. 이때부터 자전거와의 동거생활이 시작되었다. 자전거를 타면 즐겁고 행복했다. 자전거 동호회에도 가입했다. 여기저기 강원도 일대의 임도(林道), 4대강 자전거길 등 전국 자전거 길을 누비고 다녔다. 인천 아라 뱃길에서 부산 을숙도까지 가는 '633코스'(거리가 633km라서 붙여진 이름), 경북 안동댐에서 을숙도에 이르는 '낙동강 코스', '동해안 자전거 코스', '섬진강 코스' 등 웬만한 자전거 길은 다 다녔다.

해외 라이딩 원정도 다녀왔다. 중국 윈난성, 몽골 울란바토르 등. 그리고 우리나라 모기업에서 주관하는 금강산 관광코스를 내가 가입한 자전거 동호회에서 특별히 교섭해 자전거를 타고 다녀 오기도 했다. 등산도 좋아하고 산 야영장에서 캠핑하기를 좋아해서 자전거 라이딩과 캠핑을 결합한 'solo 야영 라이딩'도 즐기게 되었다. 강원도 가리왕산 임도, 양양 미천골, 남양주 축령산, 군포 수리산, 가평 연인산, 제주도 순환 자전거 길을 두 번이나 야영하면서 라이딩 하기도 했다. 이제 자전거 타기는 생활의 일부가 되었다. 음악을 들으며 자전거를 타고 다니면 모든 잡념이 없어지고 행복하다. 건강도 챙기게 된다.

자전거는 여느 기계와 같이 각종 부품을 조립하여 만든다. 마름모꼴 본체를 '프레임'이라 하고 이것에 바퀴, 브레이크, 변속기, 안장, 핸들바 등을 조립해서 완성된다. 각종 부품에는 등급이 있어 고급 등급으로 갈수록 가볍고 작동이 부드러워진다. 물론 가격은 비싸진다. '자전거 무게 1kg 줄이는데 100만 원 비싸진다'는 말이 있을 정도다. 일반 자전거 무게가 25kg 내외인데 이것을 20kg대로 줄이려면 500만 원이 비싸진다는 말이다.

자전거는 용도에 따라 도로에서 주로 타는 것을 '사이클', 산길에서 탈 수 있도록 제작된 것을 'MTB'(Mountain Bicycle)로 부른다. 충격흡수기(Shock Absorber, 통상 '쇼바'라 한다) 장착 여부에 따라 앞바퀴에만 달린 것을 ‘Hard Tail’ (뒤쪽은 충격흡수기가 없어 타는 느낌이 딱딱하기에 붙여진 이름), 앞뒤 바퀴 양쪽에 다 있는 것을 ‘Full Shock’ 자전거라고 구분하기도 한다. 여기에 구동장치에 모터가 달린 ‘전기자전거’ 가 있다.

처음 자전거를 탈 때는 Hard Tail 자전거를 탔는데 강원도 산 임도를 타다 보니 Full Shock 자전거가 필요했다. 장거리 야영 투어를 다니다 보니 텐트, 잠자리 장비, 취사도구 등 짐이 많아져서 다리 힘만으로 타기에 힘들어진다. 게다기 나이가 많아지면서 젊었을 때와 달리 힘도 없어져 갔다. 마침 시기적으로도 전기자전거 붐이 일고 있을 때여서 Full Shock 자전거에 모터를 달아 전기자전거를 만들었다. 이젠 짐이 많아도 쉽게 달릴 수 있게 되었다. 이제 이 전기자전거가 분신이다. 이렇게 자전거 타기가 삶의 전부가 되었다. 몸에 근력도 생기고 자전거를 타면 행복하다.

‘건강한 육체에 건강한 정신이 깃든다.’ 라는 말이 있듯이 100세 시대, 아니 110세 시대에 건강한 몸을 유지해서 마음과 정신도 건강하게 살고 싶다.

일흔에 이르러서 30년 후의 건강한 몸과 마음을 꿈꿔 본다.

바울의 선교 여행지를 따라가다

이탈리아 로마 콜로세움(원형경기장) 앞에서

정왕식 인하대(조선공학과)를 졸업하고 현대중공업 조선사업부에서 36년간 근무했다. 10년 전에 세종시로 이사와 서울, 인천, 울산을 오가며 그동안 못 만났던 친구들과 만나는 재미로 시간 가는 줄 모르고 살고 있다.

지난 6월 9일부터 20일까지 내가 세종시로 이사 온 후 10년째 출석하고 있는 세종제일교회 창립 70주년 기념 해외 성지순례(튀르키예, 그리스, 이탈리아)를 무사히 잘 다녀왔다. 기독교 성지순례 여행사인 로뎀투어를 통해 담임 목사님 내외를 비롯해 은퇴 목사님 부부, 장로님, 권사님, 집사님 등 총 28명의 단체여행이었다.

50대에서 80대까지 다양한 연령층으로 구성되었고, 부부 참여는 우리 부부를 포함해 총 일곱 부부였다. 말로만 듣던 해외성지순례를 교회 출석한 지 38년 만에 처음으로 다녀왔다. 그동안 회사업무로 해외 출장과 일반 패키지여행 그리고 외국에 사는 아들을 만나러 가서 자유여행을 꽤 많이 다녔지만, 이번 성지순례는 아주 색다른 경험과 감동을 주었다.

우선 여행 떠나기 6개월 전부터 순례 계획을 세우며 기도로 준비했다. 새벽예배를 비롯한 모든 예배시간을 통해 말씀과 기도로 그리고 관련 유튜브 동영상을 보며 사도 바울의 다섯 차례 전도 여행을 따라가는 성지순례를 준비했다.

드디어 떠나기 전날에 마지막 주일 예배를 드리고, 다음 날 오후 교회에 모여 대절한 버스에 올랐다. 인천공항 근처 식당에서 저녁 식사를 하고 공항에 도착하니 가이드 목사님과 논산의 교회 담임 목사님 가족 4명, 포항에서 오신 장로님 부부가 기다리고 계셨다. 우리 교회 인원 21명과 합하여 총 28명이 되었다. 티켓팅과 출국 심사를 끝내고, 드디어 코로나로 인해 미루었던 해외여행을 6년 만에 가게 되었다. 기대와 설렘이 교차하는 순간이었다. 튀르키예와 이탈리아는 몇 번 가본 적이 있었지만, 그리스는 처음이었다. 두바이를 경유해서 이스탄불로 가는 에미레이트 항공도 처음 타보는 보잉 A380 기종이었다.

밤 12시가 다 되어 이륙해 새벽 4시 반에 두바이에 도착해 예약한 공항 라운지에서 샤워와 아침 식사를 하고 좀 쉬었다가 환승 비행기로 갈아타고 5시간 가까이 비행해 오후 2시 반에 이스탄불 국제공항에 도착했다. 현지 가이드 선교사님을 만나 지금은 이슬람 교회가 된 아야 소피아 성당, 로마 시대 전차 경기장이었던 히포드롬, 지붕이 있는 시장인 그랜드 바자르를 10여 년 만에 다시 구경하고 동서양을 가로지르는 보스포러스 유람선을 타고 해협을 한 바퀴 돌며 아름다운 석양을 감상했다. 닭도리탕 한식으로 저녁 식사를 하고 이틀 만에 호텔에서 여행 둘째 날 첫밤을 지냈다.

다음날은 새벽 일찍이 일어나 이스탄불 국내공항으로 가서 한 시간 반 정도 걸려 카파도키아 국제공항으로 이동했다. 이어 버스로 30곳 이상의 암석 굴 교회가 있는 괴뢰메 박물관과 비둘기집으로 가득한 바위산인 우치사르, 기독교도들이 박해를 피해 숨어 지낸 지하도시 데린구유를 방문했다. 전에도 왔었던 곳이지만 다시 와보니 당시의 박해를 피해 지하에 땅굴을 파고 생활했던 기독교인들의 참상을 보는 듯해 가슴이 무척 아팠다.

튀르키예는 비잔틴 시대인 그리스, 페르시아, 로마의 지배를 거쳐 14세기 중반에 오스만 투르크에 의해 이슬람 세력이 장악했다. 그 결과, 기독교 중심지였던 '콘스탄티노플'이 이슬람교도가 많은 도시란 뜻의 '이스탄불'로 이름이 바뀌었다. 1차 세계대전 때는 연합군에 패해 영국, 프랑스, 이탈리아 연합국의 지배 아래 있다가 1923년 터키공화국으로 건국하며 수도를 앙카라로 옮겼다. 이어 성경에 기록된 이고니온인 튀르키예 제3의 도시 콘야로 이동해 셋째 날 밤을 보냈다.

다음날 알바츠로 이동해 로마 시대에 기독교 박해를 피해 예루살렘에서 온 기독교인들이 세운 비시디아 안디옥으로 갔다.

그곳은 초대교회를 비롯한 여러 교회가 있고, 후에 바나바와 바울의 전도 여행의 전초기지가 되었던 곳이다. 이어 파묵칼레로 이동하면서 소아시아 프리지아의 수도이자 의료도시였던 고대도시 유적과 교회터, 야외극장이 있던 라오디게아 교회를 구경하고 '목화의 성' 파묵칼레에 도착해 고대 유적 히에라폴리스, 사도 빌립 순교교회를 보고 노천 온천에서 잠시 족욕을 한 후에 온천 호텔에 몸을 풀었다.

여행 5일째를 맞아 소아시아 7대 교회인 빌라델비아 교회, 사데 교회를 보고 에베소로 이동해 누가의 묘를 비롯해 고대 에베소의 상징물인 셀수스 도서관이 있는 큐레테스 거리, 하드리아누스 신전, 마리아 기념교회, 아고라(시장), 원형극장, 아르카디안 도로 등을 구경했다. 이어 차낙칼레로 이동해 쉼을 가졌다.

하루에 4~5시간을 버스로 이동하며 여러 곳을 방문하느라 몸은 피곤했지만, 죽을 고비를 넘기면서 걸어서 이곳을 지나간 사도 바울을 생각하면 참을 수 있었다.

다음날에는 일찍 일어나 압살라 국경을 통과해 드디어 처음 와보는 그리스로 입국했다. 빌립보로 이동하여 원형극장, 사도 바울 감옥, 로마 시대 도시 유적과 교회 등을 구경하고 루디아 기념 교회와 성문 밖 강가의 세례터에서 몸 대신 발만 담갔다.

이어 까발라로 이동해 네압볼리 항구와 사도 바울 도착 교회를 보고 데살로니카로 이동해 휴식했다.

튀르키예는 국민의 98%가 이슬람교도이나 그리스는 98%가 그리스 정교를 믿는다. 그래서인지 튀르키예에는 기독교 유적지가 별로 남아 있지 않았으나 그리스에는 잘 보전되어 있었다.

튀르키예도 사도 바울 때처럼 다시 복음 전도의 문이 활짝 열려 기독교가 전파되길 기도한다.

여행 7일째에는 주일을 맞아 호텔 내에 있는 연회장을 빌려 주일 예배를 드리고, 환상적인 경치를 자랑하는 메테오라 산정 수도원을 방문했다. 메테오라 산정 수도원의 명칭은 '공중에 떠 있는 수도원' 이란 뜻이다.

중세인 11세기 이후에 수도사들은 일반인들이 쉽게 근접할 수 없도록 깎아지를 듯한 기암절벽 위에 무려 24개의 수도원을 짓기 시작했다. 그리하여 이교도 국가인 튀르키예의 점령 아래서도 종교적 전통과 헬레니즘 문화를 잘 보존할 수 있었다.

그곳은 1980년 유네스코가 지정한 세계문화유산에 등록된 곳이다. 하지만 지금은 관광객이 넘쳐나서 수도 중인 수도사들은 없고, 수도원 관리를 위해 수녀들만 거주하고 있다.

이어 아테네로 이동해 국회의사당을 보려 했으나 데모 시위가 있어 경찰이 입구 도로를 막는 바람에 못 보고 근대 올림픽 경기장을 밖에서 구경하고 파르테논 신전 근처에서 휴식했다.

다음날 아크로폴리스 답사에 나서 헤로데스아티쿠스가 아테네 시민에게 기증한 헤로데스아티쿠스 음악당과 유네스코 세계문화유산 1호인 파르테논 신전, 그리고 아레오바고 법정으로 불렸던 아레오바고 언덕에 올라가서 사도 바울이 복음의 열변을 토했을 때를 회상해 보았다. 이어서 고린도로 이동해 고린도 운하와 고대 고린도 유적지(박물관, 재판석, 목욕탕 등), 구고린도 사도 바울 교회를 보고 파트라로 이동하였다.

이곳에서 나이트페리에 승선해 이탈리아 바리항으로 가려 했으나, 화물 운송 노동자들의 임금인상 파업으로 선상에서 저녁식사 후에 캐빈에서 자고 아침 식사 후에 아테네 국제공항으로 가 비행기를 타고 1시간 반 정도 걸려 로마에 입성했다.

곧바로 성 베드로 성당과 광장, 바티칸 박물관을 관람하고 트레비 분수, 콜로세움과 카타콤베, 세 분수 교회(사도 바울 참수 터, 하늘 계단 성당, 압비아 가도)를 둘러보고, 모든 교우와 함께 손에 손을 잡고 묵상 기도를 하며 서로를 격려하는 시간을 가졌다.

호텔에서 마지막 2박을 한 후 로마 국제공항을 출발해 또다시 두바이를 경유해 인천 국제공항에 무사히 도착했다.

생전 처음으로 간 이번 해외 성지순례를 통해 그동안 성경과 말씀으로만 들었던 사도 바울의 5차에 걸친 전도 여행에 대해 많은 것을 직접 보고 느끼고 깨달을 수 있는 시간을 가질 수 있었다. 10박 12일의 짧지 않은 긴 여정을 아무 사고 없이 무사히 돌아올 수 있게 해주신 하나님께 깊은 감사와 찬양을 올려 드린다.

나의 고향, 팔당호

팔당호 전경

조기명　고향인 양평군 서종면에서 농사를 지으며 살고 있다.

양수초교 깡촌 놈인 나는 강산호(江山湖)를 따라 걷길 즐겨 오늘도 무진강산(無盡江山) 팔당호로 간다. 예전에 이곳은 한적한 나루터였으나 50년 전에 완공된 팔당댐으로 지금은 호수다. 운길산에 올라 수종사에서 내려다보면 북한강과 남한강이 만나고 오른편으로 저 멀리 다산 정약용의 고향 그리고 황사영의 처가 마재마을에 팔당호수가 펼쳐진다. 나는 오늘도 여유당 앞뜰을 지나 연꽃 두렁길을 따라 걷다가 그 옛날 팔당 소내 나루터에 서서 시간을 거슬러 되짚는다.

지금으로부터 꼭 241년 전인 1784년 4월 14일, 맹춘(孟春)에 얼었던 강물이 녹아 출렁이고 뻐꾸기 밤새 울던 봄날이었다.

조선 최고의 실학자 정약용은 이른 나이(30세)에 돌아가신 큰형수 경주 이씨의 4주기 추모 제사를 맞았다. 아홉 살에 생모를 잃은 다산은 어린 시절 큰형수 손에 자랐기에 엄마처럼 그에 대한 사랑이 지극했다. 형수는 명문가 출신으로 이벽의 누이이다.

다산의 맏형 정약현은 이벽이 손아래 처남이지만 스승으로 모실 만큼 이벽의 학문은 뛰어났다. 당시 이곳의 행정구역은 경기도 광주군 초부면 마현리(현재는 경기도 남양주시 조안면 능내리)였고, 8대에 걸쳐 홍문관을 지낸 선조들의 대를 이어 나주 정씨는 여기 터를 잡았다. 그날 밤 정약용은 큰형 정약현과 이벽, 둘째 형 정약전 이렇게 넷이서 제사상을 물리고 제주(祭酒)를 나누었다. 봄밤은 깊었다. 지난해 생원시(生員試)에 합격한 22살 청년 다산은 술에 취해 잠이 들었으나 이벽은 14살에 시집와 젊은 나이에 돌아가신 누님 생각에 잠을 설쳤다.

그리고 다음 날 4월 15일, 정약용 형제와 이벽 세 사람은 강 건너 광주군 남종면을 바라보며 수양버들 봄안개에 잠긴 팔당 나루로 걸어 나와 나룻배에 몸을 싣는다. 뱃길에 정씨 형제는 이벽으로부터 제목을 모르는 '한 권의 책'을 넘겨받는다. 지난달 다산의 매형 이승훈(조선 최초의 천주교 세례자)

이 북경에서 가져온 천주교 교리 책이다. 자연스레 대화는 시대의 천재 명문가 이승훈을 등장시키고 한강 뱃길 따라 서울 오는 내내 서학(西學)에 관한 이야기로 시간 가는 줄 몰랐다. 먼 훗날, 형틀에 묶인 채 사랑하는 형과 매형 그리고 조카사위 황사영(큰형 정약현의 큰 사위)과 함께 마주할 운명의 장면을 감히 다산은 뱃전에 서서 상상이나 했으려나.

그리고 그렇게 17년 세월은 속절없이 빠르게 흘렀다. 1801년 2월 26일, 풍운지회(風雲之會)의 정조 임금이 갑자기 승하했다. 꽃 피는 4월 어느 날, 정조의 총애를 받았던 정약용과 이승훈은 서소문 네거리로 끌려 나왔다. 형틀에 묶인 채 정약용은 실토했다. "황사영은 조카사위이지만 죽어 마땅하오며, 이승훈은 베드로가 맞습니다." 목숨을 지키기 위한 배교자(背敎者)로서 이 말 한마디는 그가 죽는 그날까지 평생 자신을 괴롭혔을 것이다. "죽는 것과 사는 것은 가볍고 무거움일 뿐 무슨 차이가 있단 말인가?"

셋째 형 정약종과 그의 큰아들, 그리고 매형 이승훈은 참수(斬首)되었다. 정약종은 약용과 약전 두 형제를 살리겠다는 생각에 아무 대꾸도 하지 않고 매형 이승훈을 묵묵히 바라보며 기꺼이 순교했다.

조카사위 황사영은 그해 겨울 '황사영 백서사건'으로 능지처참(陵遲處斬)을 당하였다. 황사영은 유복자 외아들로 태어나 일찍이 총명한 신동으로 맹모삼천지교 어머니를 따라 강화에서 이주해 선비 마을 경기도 광주 땅에 살다가 정약종의 제자가 되길 간청하여 강을 건너 마재마을 여유당 행랑채에 기숙하며 학문에 몰두해 16살에 초시 장원에 급제했다. 17살에 진사 장원에 합격하였으나 출세의 길을 버리고 스승 정약종의 길을 따라 '천주실의(天主實義)'의 진리를 추구하였고 마침내 순교하게 된다. 그의 나이 이제 막 잎사귀 푸릇푸릇 피어오르는 26살이었다.

눈 앞에 펼쳐진 부귀와 공명의 길을 가지 않고 영혼과 천주(天主)를 믿고 육신을 버리고 자유의 길을 택한 황사영이 추구한 세상은 다산의 '실사구시(實事求是)’와는 다른 것이었다. 진사시 장원 때 정조 대왕이 황사영의 손을 잡고 미래를 기약했다 하여 손목을 명주로 감고 다녔을 만큼 정치에 입문코자 야욕도 불태웠으나 당파 싸움 속 현실정치에 대한 비관이 그의 진로를 바꾸는 계기가 되었을 것이다. 그토록 노심초사 아들의 입신양명(立身揚名)의 길을 고집하다가 끝내는 아들이 가고자 했던 길을 따라 세상의 부귀영화를 버려야 했던 황사영의 어머니 이씨 부인은 거제도로 여필종부(女必從夫)하고, 사랑하는 부인 정명련(마리아 정난주)은 제주도 관비(官婢)로 끌려간다. 그녀는 귀양길에 추자도 갯바위에 두 살 난 젖먹이(황경한)를 이불에 싸서 내려놓고 훗날 제주도 모슬포항에 묻히기까지 이승에서 모자는 상봉하지 못했다.

정난주는 아들이 관노(官奴)로 살아가는 것을 피하려고 뱃사공에게 뱃길에 죽어 수장시켰다고 관(官)에 보고해달라고 부탁했다. 황경한은 그 마을 오씨가 데려다 키워 추자도에 살다가 그 섬에 묻혔다. 성호 이익의 수제자이자 정약현의 처남 이벽도 1785년(31살)에 독살인지 병사인지 모르게 타계함으로 이승훈, 황사영, 이벽 등 조선 최고의 천재 모두가 꽃을 피우기 전에 ‘하늘의 별’이 되었다.

멸문지화(滅門之禍) 풍비박산(風飛雹散)으로 이어지는 1801년은 잔인한 신유박해의 시작이었다. 그 해에 이가환(이승훈의 외삼촌으로 다산이 스승으로 따랐던 인물)도 고문으로 숨지는 등 조선 시대의 아까운 인물들이 역사 속으로 사라지는 끔찍한 날들의 연속이었다. 다산 자신도 목숨은 간신히 유지했으나 강진에 유배되었고, 형 정약전은 유배지 흑산도에서 사망하는 단초가 되었던 게 팔당 나룻배의 ‘한 권의 책’이었다.

이제 그 신유박해로부터 극구광음(隙駒光陰)의 시간 ‘224년’ 세월이 흘렀다. 나는 이곳에 오면 소내 나루의 옛 풍경을 상상한다. 꼭 18년 만에 돌아와 정쟁(政爭)의 회오리바람 속에 파산한 초가(草家)의 툇마루에 걸터앉아 있는 다산의 모습을 떠올린다. 먼저 보낸 형들과 조카, 누나와 매형 그리고 자신의 여섯 자식들이 가슴에 묻혔을 것이고, 특히 천재는 천재가 알아본다고 장원급제하고 마재마을을 흥분시키며 잔치가 한바탕 벌어졌던 그 날의 기억 속에 주인공 황사영을 떠올렸을 것이다. 당시 인적없는 소내 나루엔 조약돌이 댕글댕글 또랑또랑 일렁이는 강물에 부딪혀 조잘대고 햇살에 반짝이는 금모래 사장을 걸으며 나머지 18년을 다산은 이곳에서 시인으로 살다 갔다.

약전, 약정, 약용, 이벽, 이승훈 그리고 황사영의 영혼이 소내 나루 수면에 출렁이고 산이 거꾸로 잠긴 채 오늘 호수는 마냥 푸르다. 이승훈이 형장에서 참수 직전 지었다는 절명시(絕命詩)다.

"月在天 水上池盡"

(달은 지더라도 하늘에 있고, 물은 넘쳐 연못에 가득하네.)

이제 팔당호는 나의 일상이 되었다. 이곳에 오면 흰 종아리를 걷어 올리고 다슬기를 잡던 다산의 어린 조카 정명련도 만나고, 평생 뱃사공으로 살다 간 정백만의 삐꺽거리는 노 젓는 소리도 정겹다. 볼거리를 찾아 떠났다가 먼 곳 여행에서 돌아와서의 심신의 고단함을 'Travel Blue' 라고 이름 붙이고 난 후 굳이 먼 곳 볼거리를 찾아 떠나는 비행이 싫어졌다. 그저 일상으로 고향의 호수를 여행한 후부터 나는 '시인' 이 되었고 누구나 이곳에 오면 '시인' 이 된다. '논탁시(논두렁 탁배기 시인)' 가 나의 필명(筆名)이다. 시 한 수를 나의 고향 팔당호에 띄운다.

팔당호 가을

오라는 곳도
갈 데가 없을 땐

다시 또
어린 시절
그곳에 간다.

옛 강이 지금은
호수 되어
해 질 무렵이면
눈부신 銀빛 카펫이 깔린다.

강변을 걷다가
호숫가 벤치에 앉았노라면
몸서리치게 아픈 기억은
한 닢 낙엽 되어
강물에 지고

사무치는 그리움은 갈대숲에 흔들리는데
마음은 童心으로 호수 위를
뛰어 다닌다.

북방의 노래

촬영 현장에서

조재훈 한국방송(KBS) 다큐멘타리 PD로 일했다. '청산문학'에 시로 등단했다. 지은 책으로 〈PD가 쓰는 PD론〉이 있다.

하얼빈의 연인들

하얼빈의 하늘에는
새가 날지 않는다
백 년 전
이토오를 쓰러뜨린 안중근의 총알이
북만주에서 영원히
새들을 몰아냈다

하얼빈에선
늘 연인들이 헤어진다
만리 송화강의 물결이 언제나
검은 것은
헤어진 여인들이 강가에서
그녀들의 머리카락을 잘라
멀리 오호츠크해로 띄워 보내기 때문이다

하얼빈에선
모든 이별한 남자들이
가래침을 뱉는다
있는 힘껏 목울대를 돋우어
국공합작 시대 이후의 마오의 초상을 향해
길게 침을 뱉는다
이별이 마치
건국의 아버지 탓이라도 되는듯이

연인을 잃은
하얼빈의 모든 남자와 여자들은
미친 듯 차를 몬다
분노 때문이라기보다는
홀가분해서다
차들은
푸른 신호에 맞춰 길을 건너는
행인들을 향해
성난 투우처럼 돌진하고 사람들은
붉은 천을 내던진 투우사처럼
요령껏
목숨을 부지하기 위해
사투를 벌인다

새 한 마리 날지 않는
도시의 하늘 밑에서
너에게
오래전 써 놓았던
짧은 편지를 보낸 후
막 헤어진 하얼빈의 연인들처럼
나 역시 홀가분하다
오랫동안 참았던 침을 뱉어
이별의 인사말을 대신하고
살아 남기 위하여 오늘도 난
파란 신호등의 횡단보도를

전력 질주하고 있다

탕
한 세기를 건너
안중근의 총성이
숨이 턱까지 이른 내 귓가에
메아리친다
새 한 마리가 끝으로
도시를 떠난다

북방의 가을

가을이 왔다
북방의 하늘이 높아지고
고추잠자리들이
고개 숙인 내 이마 위를 날며
짧은 생을 시작한다

가을이 왔다
옷장 구석에 처박아 두었던
낡은 외투를 꺼내며
어디선가
멀리 떠나라고 등을 떠미는

북소리가 들려 오기를
귀 기울인다
바람이 불 때마다
물살이 검고 깊어지는
송화강 너머 만주벌판으로
어제보다 일찍 지는 해
북소리는 끝내 들리지 않았고
건조한 대기 위에는
희미한 나프탈린 냄새만 떠돌았지만
나는 포기하지 않고
내 얇은 지갑을 꺼내
하얼빈 중앙역을 떠나는 대륙횡단열차는
나를 어디까지 데려다줄 수 있을지
낡은 지폐를 헤아려본다

가을이 왔다
불온한 꿈을 꾸는 한 마리 고추잠자리처럼
잘못 없이 혼난 어린애처럼
눈물을 멈추고
예정하지 않은 곳으로
나는 떠난다
몇 장의 지폐를 몽땅 털어
편도 표를 끊고
더 먼 북쪽
가을이 이미 오래전에 찾아와

잎이 진 자작나무 숲속에서
몇 마리 늑대가
겨울 사냥을 준비하는 곳을 향해
나는 웃으며
밤 기차에 오른다

검도는 나의 운명

성덕당에서 검도부원들과 함께(필자는 앞줄 가운데)

차은환 인중 22회를 졸업했다. 건설업을 하였으며 현재는 서산에 있는 스테인리스 강관 공장장으로 일하고 있다.

검도….

검도는 이렇게 나에게 다가왔습니다. 집집마다 굴뚝 연기가 나던 1960년대 중반, 밖에서만 뛰어놀던 초등학교 시절, 고등학교에 다니는 형과 형 친구들이 대나무 쪽으로 만든 칼 같은 것을 가지고 집에 오는 것을 종종 보았습니다. 호기심이 많아 저것이 무언가 궁금하기도 했지만, 친구들과 놀기 바빠 땀범벅이 된 어린아이 기억에는 그냥 바람 스치듯 멀리 사라지곤 했습니다.

형들이 다니던 중학교에 입학한 후, 학기 초 신입생을 위한 동아리 설명회 때 '운명의 검도'를 다시 접하게 되었습니다. 어렸을 때 자주 보던 죽도(竹刀)와 낡디낡은 호구(護具)를 들고 교실 단상에 서서 검도가 왜 좋은지 침까지 튀어가며 열심히 설명하는 선배들을 보며, '아! 이것이 예전 형들이 하던 건가?' 하는 호기심에 이것저것 물어보니 목에 힘줄까지 세워가며 침이 마르도록 친절하게 대답해 주었습니다. 결국 형들의 검도부 후배인 것을 알게 되고 입회 의사를 밝히니 쌍수를 들고 환영해 주었습니다. 무의식 속에 감춰져 있던 검도와의 인연은 이렇게 시작되었습니다.

학창 시절 땀에 절어 근처에만 가도 고약한 냄새가 코끝을 스치던 몇 벌밖에 없는 호구 중 그래도 먼저 쓰고 운동하고 싶어 방과 후에 성덕당(成德堂) 안에 있던 검도실 문을 일찍 열던 기억이 납니다. 까까머리 어린 녀석들이(주성, 기선, 재화, 호철, 영인, 수용 등) 통 큰 하의 도복(袴, 하카마)이 없어 유도복을 입고 운동하며 고래고래 기합 소리 지르던 모습들. 없는 용돈 털어가며 그래도 귀여운 후배들이라고 축현국민학교 앞 빵집에서 토스트 한 조각씩 사주었던 선배들. 학교 앞 인성여고로 가는 길에 위치한 홍예문 너머 무덕관(武德館)에서 쾌쾌한 냄새가 전유물이었던 검도와 유도를 다른 학교와 열심히 시합하던 기억들. 검도는 그렇게 아련히 기억하는 추억으로만 남아 있었습니다.

그러한 소소한 검도가 나의 인생에 운명적으로 다시 다가오리라고는 생각조차 못 했습니다. 30대 후반 개인사로 인하여 인생의 어려움에 처했을 때 검도는 나에게 너무 많은 힘이 되어 주었습니다. 운영하던 회사의 어려움으로 모든 것이 나락으로 떨어지고, 나 자신 어디 하나 기댈 수 없고 몸과 마음이 피폐해진 나에게 살며시 손을 내민 것이 검도, 검도였습니다. 그 손이 너무나 따듯해 한번 잡으니 정말 놓기 싫었습니다. 주변과 마음이 정리될 때까지 한동안 혼이 나간 사람처럼 미친 듯이 매달렸습니다. 아마도 남들이 평생 운동했을 양을 그때 다한 것 같습니다.

잊는 것이 능사는 아니었겠지만, 고통을 조금이라도 잠재우고 마음의 평온을 찾기 위해서 무념무상 속 수련을 하다 보니 어느 순간 검도는 나의 맘속에 큰 기둥으로 자리를 잡게 되었고, 바른 자세, 바른 칼 그리고 흔들리지 않는 마음으로 운동하는 수련의 길을 열어주었습니다. 덕분에 나의 일상도 정상적으로 돌아왔습니다. 이렇게 일생현명(一生懸命)할 수 있는 검도는 나도 모르게 인생의 반려자가 되었습니다. 오직 꾸준한 수련과 정진만이 나를 일으켜 세워준 검도에 대한 보답이 아닐까 하고 생각했습니다.

어느덧 40년 가까이 운동을 하다 보니, 7단 승단도 하고 칭호를 취득하는 기쁨도 누렸습니다. 어느 누구와 이야기를 해도 검도는 빠질 수가 없는 주제가 되다 보니 다른 사람의 눈에 비추어진 저의 모습은 '검도인', 그냥 검도와 사랑에 빠진 그런 사람이 되었습니다. 더불어 주변의 소중한 사람, 좋은 친구들과의 즐거운 교감에 항상 고마워하고 소중히 여기는 마음도 갖게 되었습니다.

아직 나의 능력을 필요로 하는 회사의 배려로 넓고 쾌적하며 깨끗한 환경을 갖춘 사내 검도장을 만들어 지인들을 지도하며 일주일에 4회 넘게 운동을 하고 있습니다. 저녁 수련 시 피곤이 가득한 얼굴도 있지만, 운동 때 호면(護面) 안에 반짝이는 눈들을 보며 나의 마음도 지난 하루를 바르게 가

다듬는 시간이 되기도 합니다. 격렬한 운동 후의 상쾌함! 그것은 경험한 분들이 더욱 더 잘 아시리라 생각됩니다.

어느 노 선생께서 "오십 년 정도 운동을 하니, 이제야 바른 검도를 할 수 있겠다."라고 말씀하셨습니다. 칠십 후반의 나이에 "검도는 말로 하는 것이 아니고, 몸과 마음의 수련을 통해 정진하는 것이다." 하시며 그 나이에 청년처럼 운동하시는 모습을 보며 나의 검도 가치관을 다시 정리하는 계기로 삼고 있습니다. 나 역시 뜻대로 행하여도 어긋나지 않는 '종심(從心)의 나이'에 이제야 검도의 깊은 뜻을 조금씩 조금씩 알아가고 있습니다.

마음으로 하는 검도, 흔들리지 않는 마음으로 하는 검도 그리고 인생. 이것이 남은 나의 여정과 검도 과정의 최종 목표이기도 합니다.

수련하면서 배운 것을 인생에 더하고 후배들에게 귀감이 되는, 그런 삶을 살면서 만추(晩秋)에도 불구하고 눈이 부시게 소중한 하루하루를 살아가려고 하고 있습니다.

觀花美心 꽃을 보며 마음을 아름답게 하고
觀水洗心 물을 보며 마음을 씻고
觀山開心 산을 보며 마음을 열며
觀劍知德 칼을 보며 덕망을 알아간다

위의 글을 보며 오늘도 청춘 같은 나의 마음을 다잡아 봅니다.

마라톤 하이, 달리니 보약 한 제!

100회 마라톤 기념탑 앞에서

한정열 공군사관학교를 졸업하고 38년 7개월 동안 총 5,251시간의 전투기 비행기록을 남기고 대령으로 예편했다. 마라톤을 인생처럼 즐기며 행복하고 건강하게 살고 있다.

인생을 마라톤이라고 하던가? 2000년 9월 초 어느 날 아침, 강원도 원주 공군 북부기지에서 아침 신문을 보다가 '조선일보 춘천국제마라톤대회' 라는 기사가 눈에 '번쩍' 들어왔다.

평소에 달리기를 좋아하는 편이라 마라톤에 솔깃했다. 허지만 마라톤에 대해서는 문외한이라 '과연 달릴 수 있을까?' 라는 의구심이 들었다. 신문 기사는 '강원도 의암호를 배경으로 맑은 호수와 가을의 울긋불긋한 단풍을 벗 삼아 춘천 시내를 달리는 마라톤코스를 펼친다.' 라는 것이었다. 그 멋진 기사에 반해 마라톤에 한 번 도전해 보기로 했다.

나는 마라톤에 대한 정보도 없이 오로지 '군인정신' 으로 홀로 연습에 매진했다. 달리기는 주중에는 8~10킬로를 2~3회 실시했고, 주말에는 장거리 야외로 나가 15~18킬로를 달렸다. 그리고 마라톤 거리인 42.195킬로의 감을 잡기 위해 공중 항공 정찰 비행도 해보았다. 전투기로 공중 전투 임무를 완료 후에 귀대하면서 춘천 상공을 정찰했다. 이렇게 한 달 반 정도 연습했다. 드디어 10월 셋째 일요일에 생애 첫 풀코스 마라톤 대회에 참가했다. 마라톤이 무엇인지도 모르는 채 풀코스를 정말 '용감하게' 도전한 것이었다. 풀코스라 긴장감, 두려움, 고통 등이 이루 말할 수 없을 정도로 컸다. 나는 '가슴이 터져 나가라' 하고 달렸다. 결과는 '5시간 19분 54초' 였다. 나로서는 대만족이었다. 기필코 해냈다는 자신감과 희열이 내 가슴 속에서 포탄 터지듯 터져 나왔다. 이때부터 마라톤에 확실한 동기부여를 받았다. 나의 마라톤 인생은 그때부터 시작되었다.

이후 혼자 '독립군' 으로 마라톤 연습을 했다. 그러곤 주말이면 대회에 참가했다. 점차 기록이 단축되는 즐거움이 생겼고, 건전하고 긍정적인 생활로 마라톤에 대한 매력과 자부심을 느끼게 되었다. 그렇게 해서 나는 '마라톤 마니아' 대열에 동참하게 되었다. 달리는 마라톤은 모든 운동 중에 '가장 정직' 하다. 나는 마라톤이 그런 운동임을 확신한다. 마라톤은 단순하면서도 깔끔한 운동이다. 흔히 마라톤을 '인생'에 비유한다. 스타트부터 중간 과정 그리고 골인까지의 전 과정이 태어나서 살다가 죽음에 이르기까지의 인생 과정과 비슷하다. 뛰면서 극한의 상황을 극복하고, 포기하지 않고 기록에 도전하며, 목표를 달성했을 때의 그 기쁨과 희열은 우리네 인생사와 정말 비슷하다. 지금 내 인생의 시점은 마라톤으로 비유하면 풀코스 중 37~38킬로 달린 듯하다. 앞으로 10년 정도는 더 달려야 골인이 된다고 생각한다. 지난 25년간, 마라톤을 달리는 동안 수많은 사람과 희로애락하며 기쁨과 엔도르핀을 나누었다. 그 친구들과 동호인들의 달리던 모습이 주마등처럼 지나간다. 그들과 함께 달릴 수 있었음에 깊이 감사드린다.

2001년부터 2005년까지는 약 100명의 회원을 보유한 '청주마라톤 동호회'에 참여해 달렸다. 그 중간 기간인 2003년부터 2004년까지는 제고 19회 'RUN JMP' 친구들인 조경훈(회장), 태영, 홍식, 명구, 동식, 세헌, 현철, 철석, 중기 등과 함께 달렸다. 그리고 2010년부터 2019년까지는 약 70명의 회원이 있는 '용인 수지 마라톤 동호회'에 참여해 달렸다.

주로(走路)에서 그들과 함께 마라톤을 달렸던 '행복한 추억'이 생각난다. 여기서 잠깐 나의 마라톤 사랑 닉네임에 대해 말해 볼까 한다. 이름하여 '보약 한 제'다. 그렇게 닉네임이 붙여진 이유가 있다. 19회 동기인 최세헌은 자신이 한의사이지만 '마라톤이야말로 건강을 지키는 둘도 없는 보약'이라고 했다. 그런 생각으로 달리니 마라톤 '준 마니아'가 되었다는 것이다. 실제로 내가 뛰어 보니 진짜 보약을 복용한 듯, 정신과 육체가 건강해지는 것을 느꼈다. 내가 보기에 마라톤 10킬로를 뛰면 '보약 한 첩'을 복용한 것과 같고, 하프코스를 뛰면 '보약 두 첩'을 복용한 것과 같다. 더 나아가 풀코스를 뛰면 '보약 한 제'를 복용한 것과 똑같은 효과가 난다. 이런 이유로 '보약 한 제'라는 닉네임이 붙여진 것이다. 이 자리를 빌려 최세헌에게 고마움을 표한다.

나는 지난 25년 동안 전국 방방곡곡을 누비며 뛰어다녔다. 국내 풀코스 125회, 하프코스 250회, 10킬로 60회, 연습 2만 5천 킬로, 국제 대회의 참가는 일본 도쿄 대회와 중국 대련 대회이다.

이렇게 달린 거리를 모두 합산해 보면 대략 지구 한 바퀴 거리인 4만 킬로를 달린 것 같다. 엄청난 거리를 달린 것이다.

나는 마라톤이라는 취미를 가지면서 완전 마니아가 되어 버렸다. 조금은 중독이 된 것 같기도 하다. 1년 계획을 세울 때 마라톤 대회 참가를 최우선 일정으로 정한다. 그 뒤로 개인 일정과 모임 일정을 잡는다. 나는 마라톤을 함으로써 긍정적이고 건전한 생활을 할 수 있었다. 마라톤은 유산소 운동이라 하체 근육이 발달하고, 신장과 폐 기능이 향상되며, 엔도르핀 분비로 기분이 상쾌해지고, 스트레스가 말끔하게 해소된다. 마라톤은 나의 건강 유지에 많은 도움을 주었다. 지금까지도 나는 관절과 족저근막염 등의 병이나 부상 없이 잘 달리고 있다.

요즘 매스컴에서 '고령화 시대에 어떻게 하면 건강하게 장수할 수 있는가'에 대해 자주 이야기한다. 육체와 정신이 모두 건강한 '건강수명'은 평균 73세라고 한다. 우리도 그 나이에 근접해 가고 있다. 어쨌건 건강하게 살려면 마음과 몸이 건강해야 한다. 우리 동기들도 매일 40~50분씩 즐거운 마음으로 빠르게 걷든, 천천히 달리든, 유산소 운동을 해야 한다. 나는 지금은 풀코스 마라톤은 접었고, 하프 마라톤만 전반기, 후반기 4~5회씩 꾸준히 달리고 있다.

오늘은 4월 6일이다. 나는 오늘도 아침 일찍 '이천 마라톤 대회'(하프 코스)에 참가하기 위해 부지런히 움직였다. 날씨도 쾌청하고 공기도 맑아 기분이 무척 상쾌하다. 마라톤 대회장은 늘 시끌벅적하다. 나는 스타트 선을 출발해 봄기운으로 가득한 시골의 푸르름을 만끽하며, 도로 주변에 핀 벚꽃을 벗 삼아 한바탕 멋진 레이스를 펼칠 것이다. 봄과 가을 지방 마라톤

대회에 참가해 시골 읍내와 시골길을 달리는 기분은 달려본 사람만이 느낄 수 있다. 그 기쁨과 희열은 대단하다.

힘들어도 같이 뛰는 '달림이들'이 있고, 서로 위로하고 격려하는 '러너스 하이'(Runner's High)를 기대하고, 골인의 희열과 나만의 만족을 위해 오늘도 열심히 달린다. 마라톤은 누구나 할 수 있지만 건강을 유지하며 뛰는 맛과 희열은 직접 뛰어 본 사람만이 느낄 수 있다.

나도 10번 이상 '러너스 하이'를 경험했다. '러너스 하이'는 오래 달리면 육체와 정신이 고통을 넘어서면서 몸과 마음이 기분 좋은 상태로 변하게 되는데 마치 하늘을 날고, 꽃밭을 걷는 기분이 되는 순간을 말한다. 저 높은 하늘 아래 이만한 희열이 또 있을까?

달리는 나는 정말 행복하다. 달리면서 귀중한 보약도 복용한다. 건강하고 즐겁게 달리고 있어 나 자신에게 고맙고 감사한 마음이 든다. 다음 대회를 위해 또 준비하고 기다리는 생각에 발걸음이 가벼워진다. 언제까지 뛸지는 모르나 나의 건강달리기는 계속될 것이다.

정열아, 오늘도 수고 많았다. 쭈욱 즐달 하여라!

그리고 10년 후, 졸업 60주년 때 19회 동기들과 서로 건강한 모습으로 만날 것을 기대하자!

내가 만난 중국인들

하와이에서

황규철 한국외국어대(러시아어)를 졸업했다. 중국과의 무역업을 35년 동안 했다.
친구들과 골프와 당구를 치며 삶을 즐기고 있다.

요즘 중국인들에 대한 혐오가 많이 커졌다. 관광객으로 온 중국인 중에 일부가 몰상식한 행동으로 지탄받기도 하고, 군사시설을 촬영하다 발각되어 국민의 공분을 사기도 한다. 하지만 가짜뉴스에 중국인을 동원하는 경우도 많아져 중국인들로서는 억울할 수도 있을 것이다.

중국 무역업을 하며 중국을 다닌 지 35년 되었다. 사업 초창기에 중국 출장을 자주 다녔다. 어린 시절 '중공(中共)'으로 배웠던 무시무시한 공산국가이지만, 중국인들을 직접 만나보니 말은 안 통하지만 금세 친밀감을 느낄 수 있었다. 우선은 생김새가 우리와 아주 비슷했다. 아니 사실 똑같이 생겼다. 한중일(韓中日)이 생김새가 다르다는 견해도 있다. 그러나 내 생각에는 생활 습관의 차이, 섭취 음식의 차이로 인한 다름이 있을 뿐이지 생김새 자체만 놓고 보면 분간되지 않는다.

우리와 공유했던 유교 문화의 영향인가? 손님 접대가 극진했다. 나는 주로 혼자 다녔는데, 해외에서 귀중한 고객 왔다고 여러 직원이 나와서 같이 식사하면서 환대해 주었다. 특히 한국 사람은 술이 세다고 알려져 높은 도수의 백주(白酒)를 마구 권했다. 상다리가 부러질 정도로 많은 음식이 나오고, 손님의 코가 삐뚤어질 정도로 만취해야 제대로 대접했다고 여긴다. 우리 문화와 비슷하다. '봉건제도 타파' 기치를 내걸었던 모택동의 공산당도 많은 음식이 낭비되는 이런 접대 문화는 바꾸지 못했다고 한다.

그 외에 7층 아파트에 엘리베이터가 없어서 놀랐고, 1990년대에 대형트럭을 여성이 운전하고 다녀서 놀랐다. 같은 직장에 부부가 같이 근무하고 있는 경우도 보았는데, 여성의 직급이 더 높았다. 남녀평등이 일찍 이루어진 듯하다. 요즘 한국에서도 대형버스와 대형트럭에 여성 운전자가 많이 늘었다는 기사를 보았다. 품질 경영으로 이름난 어느 제조업체를 방문했는데, 사장이 이전 사장의 운전기사 출신이었다. 그는 나이가 나보다 어리고 왜소하지만 총명해 보였다. 인재를 선발하는데 제한이나 편견을 두지 않는

'실용적인 사회'라는 인상을 받았다.

　삼국시대부터 가까이 지내던 이웃 국가 중국, 우리에게 선진 문화를 전해주었고, 임진왜란 때는 파병하여 일본의 침략을 물리치는 데 큰 도움을 준 이웃이었는데, 이데올로기 차이로 인해 오래 단절되었다. 중국의 두 가지 이색적인 문화를 소개한다.

장기

　바둑은 '계가 방식' 외에는 큰 차이가 없어 한중일은 국제 대회를 자주 개최했다. 그런데 장기는 행마(行馬) 방식이 많이 다르기에 국제 대회가 열리지 못했던 것 같다. 예를 들면, 우리나라에서는 '포(包)'가 공격할 때나 이동할 때 모두 말 하나를 뛰어넘어야 하는데, 중국에서는 공격할 때만 넘어 다니고 이동할 때는 '차(車)'처럼 다닌다. 이는 합리적이고 일리가 있다.

　실제 전장(戰場)에서도 포가 이동할 때는 굴리지 않고 차량에 싣고 다니지 않는가? 또한 '상(象)'이라는 말의 경우에도 우리나라는 한 보(步) 이동하고 밭 '田(전)' 자로 움직여 알파벳 'P' 자 형태로 행마하는데, 중국에서는 밭 '田(전)' 자로만 행마하고 아군 진영 내에서만 기동할 수 있게 제한하고 있다. '상(象)'은 궁(宮)을 지키는 '수비군'이라는 뜻이다. '마(馬)'의 행마는 양국이 같다.

　'졸(卒)'은 중국에서는 삼팔선 같은 중앙선을 넘기 전까지는 직진만 해야 하고 그 이후에는 좌우로 행마할 수 있다. 중공군의 '인해전술(人海戰術)'처럼 적진으로 무조건 돌격하는 것이다. 우리나라는 처음부터 좌우 및 앞으로 행마할 수 있다. 궁(宮)에는 '왕(王)'과 '사(士)'가 있는데, 중국에서는 '왕(王)'은 십자(十字)로만 다닐 수 있고, '사(士)'는 엑스(X) 방향으로만 다닐 수 있다. 그러므로 궁에서 '왕(王)'의 길과 '사(士)'의 길이 따로 없이 마음대로 다니는 우리나라보다 왕을 보호하기가 훨씬 어렵다. 이상과 같이 우리나라와 중국은 행마 방식이 많이 다르다. 나는 중국 방식이 훨씬 합리적이라고 생각한다.

손가락셈

우리는 손가락으로 숫자를 표시할 때, 6부터는 양손을 쓰는데, 중국인들은 한 손으로 다 처리한다. 5까지는 같고, 6은 가운데 세 손가락을 접고 엄지와 약지를 펴서 표현한다. 7은 엄지 검지 중지를 펴서 한데 모은다. 나머지는 접는다. 8은 나머지 세 손가락을 접고 엄지와 검지만 권총 모양처럼 편다. 9는 검지만 약간 구부리고 나머지 네 손가락은 모두 접는다. 모든 손가락을 다 접으면 10이다. 이것을 배우면 한 손에 딴 일을 하고 있어도 멀리 있는 사람과 의사소통이 가능하다. 중국의 '손가락셈'은 우리나라에 도입해도 좋을 듯한 '유익한' 문화라고 생각한다.

초창기 중국 다닐 때 항공노선이 아직 개설되지 않아 배를 타고 다녔던 적이 있다. 한 번은 인천항에 도착해 많은 여객이 출구 쪽으로 모여서 하선(下船)을 기다리고 있었다. 일부 한국인들이 중국 방문 이야기를 나누고 있었다. "중국인들은 가난하고 샤워를 하지 않아 냄새나고 머리를 감지 않아 모발은 바짝 붙어있고…." 모두가 중국인을 비하하는 내용이었다. 그때 한 아줌마의 목소리가 허공을 때렸다. "어디서 중국인 흉을 봐요? 한국이 발전한 게 얼마나 되었다고 그래요! 한국도 십여 년 전만 해도 거지들 천지였고, 아주 가난했어요. 지금 중국이랑 다를 게 없었어요. 올챙이 적 생각하세요!" 중국 화교 아줌마의 성난 자존심을 드러내는 목소리였다.

맞다. 과거 조선에 선진문물을 공급했던 중국인들은 한국의 발전상을 목격하고 커다란 자극을 받았다. "한국이 이렇게 발전하고 있는 동안 우리는 무엇을 했단 말인가?" 그 이후, 우리가 그들을 무시하고 있을 때 중국인들은 시장경제를 도입하고 열심히 노력했다. 이제는 여러 유망 분야에서 한국을 앞질렀다. 태양광, 전기차, 로봇, 인공지능 등에서 미국을 가까이 추격하고 있다. 미국이 견제한다고 애를 쓰지만 대세(大勢)는 막을 수 없어 보인다. 교육이 기본인 '유교(儒敎)'에 뿌리를 두고 있는 중국인 14억 명의 '입신양명(立身揚名) 욕구'가 분수처럼 뿜어져 나오니 아무도 그 기세를 막지 못할 것이다. 중국의 수많은 과학 논문 숫자가 이를 증명하고 있다. 과거 세계 최강대국이었던 중국이 다시 돌아오고 있다. 그런 중국을 혐오하고 배척하는 게 능사는 아니다. 미래에는 최강대국과 다시 이웃해 살아야 하는 날이 올지 모른다. 오랜 이웃으로서 평화롭게 함께 공존할 수 있는 길을 모색해야 할 것이다.

인천중학교22회 · 제물포고등학교19회
졸업 50주년 기념 문집

우리들의 빈티지 카페

발행 2025년 10월 17일
지은이 기념 문집 편찬위원회
펴낸이 모두출판협동조합(이사장 이재욱)
펴낸곳 모두북스
디자인 최남식

ⓒ 기념 문집 편찬위원회, 2025

모두북스 등록일 2017년 3월 28일 등록번호 제2013-3호
주소 서울 도봉구 덕릉로 54가길 25 (창동 557-85, 우 01473)
전화 02)2237-3301, 02)2237-3316 팩스 02)2237-3389
이메일 seekook@naver.com
ISBN 979-11-89203-62-7(03810)

*책값은 뒤표지에 씌어 있습니다.